《三国演义》与中国古典小说研究

卫绍生 著

中原出版传媒集团
大地传媒

大象出版社
·郑州·

图书在版编目(CIP)数据

《三国演义》与中国古典小说研究 / 卫绍生著.— 郑州 : 大象出版社, 2017. 8
ISBN 978-7-5347-8575-7

Ⅰ. ①三… Ⅱ. ①卫… Ⅲ. ①章回小说—中国—明代 ②古典小说—小说研究—中国 Ⅳ. ①I242. 4②I207. 41

中国版本图书馆 CIP 数据核字(2017)第 047654 号

《三国演义》与中国古典小说研究

SANGUO YANYI YU ZHONGGUO GUDIAN XIAOSHUO YANJIU

卫绍生 著

出 版 人 王刘纯
责任编辑 郑强胜
责任校对 钟 骄
书籍设计 王 敏

出版发行 大象出版社(郑州市开元路 16 号 邮政编码 450044)
发行科 0371-63863551 总编室 0371-65597936
网 址 www.daxiang.cn
印 刷 郑州市毛庄印刷厂
经 销 各地新华书店经销
开 本 890mm×1240mm 1/16
印 张 22.75
字 数 330 千字
版 次 2017 年 8 月第 1 版 2017 年 8 月第 1 次印刷
定 价 49.00 元

若发现印、装质量问题,影响阅读,请与承印厂联系调换。
印厂地址 郑州市惠济区清华园路毛庄工业园
邮政编码 450044 电话 0371-63784396

卷前絮语

对古典小说的兴趣，是在读大学之前培养起来的。读小学、初中的时候，正值十年“文革”，古典小说大多被当作“封、资、修”的“黑货”烧了或禁了，所以只好读那些“当红”的小说。以当时的知识水平和判断能力，觉得这些小说还不错。偶尔觅得几部古典小说，比如《三国演义》《水浒传》《七侠五义》等，对比起来一读，就有了云泥霄壤之感。“文革”结束后，1978 年第一届全国统考，本人有幸考入北京师范大学中文系。在校四年，有了便利条件，阅读小说的兴趣得到了满足，古典小说，外国小说，名家的，非名家的，都从图书馆借来读。有的细细读，有的粗粗翻，不知不觉中读了不下百部。那时对小说兴趣颇浓，大学毕业论文选择了《三国演义》作为研究对象，论文题目为《论〈三国演义〉的整体结构特色》。这篇习作后来以“夏炜”为笔名发表在《中州学刊》1984 年第 4 期，并被收入山东人民出版社 1998 年出版的《名家解读〈三国演义〉》一书。由此而与《三国演义》结缘。这么多年来，这种缘分一直在持续着，本人对《三国演义》的研究从未间断，但客观地说，对《三国演义》的研究并没有做到全神贯注，而是断断续续，兴之所至或任务所迫的情况更多一些。

关注《三国演义》，自然也要关注整个中国古典小说，从先秦诸子、两汉杂记、魏晋南北朝志人志怪小说，到唐传奇、宋元话本、明清小说，自然要有所涉猎，追索其源头，厘清其流变，梳理其发展变化之迹，探究其内在艺术规律，弄明白中国古典小说何以兴，《三国演义》《水浒传》《金瓶梅》《红楼梦》等何以能够成为不朽的名著。“小说”一词的发明权属于庄子，《庄子·外物》最早言及“小说”一词，称：“饰小说以干县令，其于大达亦远矣。”但这里的“小说”是与“大达”对举的一个词，是指无关大道理的琐屑言辞，即荀子所谓“小家珍说”[①]。先秦和西汉时期，有不少类似庄子所说“小说”的作品。东汉初年的桓谭对先秦和西汉时期出现的“小说”作过这样的解释：“若其小说家，合丛残小语，近取譬论，以作短书，治身理家，有可观之辞。”[②] 桓谭的解释比较符合两汉以前“小说”的情况，其表现形式是“丛残小语”，创作方式是“近取譬论，以作短书”，而其思想意义则在于“治身理家”。班固注意到了这种现象，在《汉书·艺文志》中特列“小说家”一派，并把它归于“诸子”之列：

> 小说家者流，盖出于稗官。街谈巷语、道听途说者之所造也。孔子曰：“虽小道，必有可观者焉，致远恐泥，是以君子不为也。”然亦弗灭也。闾里小知者之所及，亦使缀而不忘。如或一言可采，此亦刍荛狂夫之议也。[③]

班固给“小说家”的定位是“出于稗官”，是“街谈巷语、道听途说者之所造也”。当然，班固所说的“小说”，既包括子夏所说的“虽小道，必有可观者焉”，又包括桓谭所说的“合丛残小语，近取譬论，以作短书”。总体而言，是指那些篇幅不长、文体随意，且又能讲说一些道理的杂文或随笔式文章，与魏晋以后的“小说”有本质不同。

古典小说的出现，是随着文学的自觉和文体的大备而出现的，其时代大体可以定位在魏晋时期，其标志就是干宝《搜神记》的问世。李剑国《唐前志怪小说史》把唐前志怪小说分为三个时期，认为先秦是志怪的酝酿和初步形成时

---

① 《荀子·正名》有云：“故智者论道而已矣，小家珍说之所愿皆衰矣。”

② 李善注《文选》卷三十一江淹《李都尉》诗注引东汉桓谭《新论》。

③ 班固：《汉书》卷三十《艺文志》。按：班固所引孔子语，实为子夏之言。

期，两汉为志怪趋于成熟的发展时期，魏晋南北朝是志怪的完全成熟和鼎盛时期。[①] 这虽是就志怪小说而言，但与中国古典小说的发展轨迹大体一致。魏晋南北朝时期，是志人小说和志怪小说的形成期和鼎盛期，代表作就是《世说新语》和《搜神记》。这一时期的小说多是短制，属于典型的“丛残小语”，篇幅不长，文体随意，杂记、随笔、语录等，皆可为小说。虽然如此，还是有不少篇章有了故事情节，开始讲究形象塑造、叙事艺术和语言艺术，而“虚构”作为小说艺术的主要标志已经被广泛使用。用今天的眼光来看，魏晋南北朝时期的小说可能还显得比较稚嫩，但它毕竟具备了小说的基本要素，已经可以在众多的文体中自为一体。

进入唐宋时期，古典小说的容量开始加大。无论唐传奇还是宋话本，都不再像魏晋南北朝志人、志怪小说那样属于短制，情节也不再是单一的，而且细节描写、人物描写和场景描写已经是很普遍的事儿了。唐传奇和宋话本开始更多关注人物的生活和情感，关注人物所处的社会与环境，关注人物之间的社会关系，同时还兼顾到环境描写与景物描写。如《霍小玉传》写李益与霍小玉相见：

> 其夕，生浣衣沐浴，修饰容仪，喜跃交并，通夕不寐。迟明，巾帻，引镜自照，惟惧不谐也。徘徊之间，至于亭午。遂命驾疾驱，直抵胜业。至约之所，果见青衣立候，迎问曰：“莫是李十郎否？”即下马，令牵入屋底，急急锁门，见鲍果从内出来，遥笑曰：“何等儿郎，造次入此？”生调诮未毕，引入中门。庭间有四樱桃树，西北悬一鹦鹉笼，见生人来，即语曰：“有人入来，急下帘者。”生本性雅淡，心犹疑惧，忽见鸟语，愕然不敢进，逡巡。鲍引净持下阶相迎，延入对坐。年可四十余，绰约多姿，谈笑甚媚。因谓生曰：“素闻十郎才调风流，今又见仪容雅秀，名下固无虚士。某有一女子，虽拙教训，颜色不至丑陋，得配君子，颇为相宜。频见

① 刘叶秋：《古小说的新探索（序）》，见李剑国《唐前志怪小说史》，南开大学出版社 1984 年。

鲍十一娘说意旨，今亦便令永奉箕帚。”生谢曰：“鄙拙庸愚，不意顾盼，倘垂采录，生死为荣。”遂命酒馔，即令小玉自堂东阁子中而出，生即拜迎。但觉一室之中，若琼林玉树，互相照耀，转盼精彩射人。既而遂坐母侧，母谓曰：“汝尝爱念‘开帘风动竹，疑是故人来’，即此十郎诗也。尔终日吟想，何如一见？”玉乃低鬟微笑，细语曰：“见面不如闻名，才子岂能无貌？”生遂连起拜曰：“小娘子爱才，鄙夫重色。两好相映，才貌相兼。”母女相顾而笑，遂举酒数巡。生起，请玉唱歌。初不肯，母固强之。发声清亮，曲度精奇。酒阑，及暝，鲍引生就西院憩息。闲庭邃宇，帘幕甚华。鲍令侍儿桂子、浣沙与生脱靴解带。须臾，玉至，言叙温和，辞气宛媚。解罗衣之际，态有余妍，低帏昵枕，极其欢爱。生自以为巫山洛浦不过也。

李益与霍小玉的相见，竟然写得如此婉转曲折，富有声色。而“庭间有四樱桃树，西北悬一鹦鹉笼”，看似闲笔，实则是以景写人，借物写人，对李益与霍小玉形象的塑造都有“比兴”之功。类似的描写，在魏晋南北朝小说中难得一见，而在唐传奇和宋话本中，倒是较为常见的事情。可见，到了唐传奇和宋话本，古典小说的叙事艺术和人物塑造已臻于完善。

和魏晋南北朝小说相比较，唐传奇和宋话本在中国古典小说史上的地位同样重要，而其在艺术上取得的成就无疑更为显著，尤其是其篇幅的加长和容量的增大，为元明之际长篇小说的出现奠定了坚实基础。

元代出现的《全相评话五种》，是古典小说由宋话本和拟话本向长篇小说过渡的产物。《全相评话五种》皆是讲史话本，每一种皆分为不同的单元，每一单元又由若干历史故事组成。分开来看，是一个一个故事，连缀起来，则是由一条或多条主线串起来的某一朝代历史故事集合。如《元刊全相三国志平话》，以司马仲相阴间断案开篇，确定了西汉至三国因果业报的主线，这就是“仲相断阴间公事”一节中所说：“汉高祖负其功臣，却交三人分其汉朝天下。交韩信分中原为曹操，交彭越为蜀川刘备，交英布分江东长沙吴王为孙权，交汉高祖生许昌为献帝，吕后为伏皇后。交曹操占得天时，囚其献帝，杀伏皇后报仇。江东孙权占得地利，十山九水。蜀川刘备占得人和。刘备索取关、张之勇，却无谋略之人。交蒯通生济州，为琅琊郡复姓诸葛，名亮，字孔明，道号卧龙先生，于南阳邓州卧龙岗上建庵居住。此处是君臣聚会之处，共立天下，往西川益州建都为皇帝，约五十余年。交仲相生在阳间，复姓司马，字仲达，三国并收，独霸天下。”在这样一个因果业报的故事框架下，三国故事尽入其中。但读者读起来，缺少那种一气呵成、欲究其竟的快感。究其原因，则是《三国志平话》尚不具备长篇小说丝丝入扣的叙事艺术和结构特征。长篇历史小说《三国演义》的出现，则把中国古典小说推向了一个新的发展阶段。

《三国演义》的成书年代虽然迄今尚无定论，但一般认为成书于元明之际，且其作为中国第一部古典长篇历史小说，却是无可争议的事实。它承上启下，继往开来，在中国文学史尤其是中国小说史上占有非常重要的地位。正是由于《三国演义》的成功示范，其后《水浒传》《金瓶梅》《红楼梦》等古典小说名著才得以陆续问世，在中国乃至世界文学史上形成了一道靓丽的风景线，令许多读者对中国古典小说名著中的形象塑造、景物描写、艺术结构、叙事方式、语言艺术等大为赞叹。正是这些作品取得的非凡成就，令古典小说在中国文学样式中赫然独立，成为与诗歌、散文、辞赋、散曲等并列的一种文学样式，才有了文学史上的唐诗、宋词、元曲、明清小说的说法。近代国学大师王国维说：“凡一代有一代之文学：楚之骚，汉之赋，六代之骈语，唐之诗，宋之词，元之曲，皆所谓一代之文学，而后世莫能继焉者也。”[①] 王国维不曾说到小说，但小说事实上成为明清时期最为发达、影响也最大的文学样式。关于这一点，只要看一看清代禁毁小说的情况就可以明白了。

中国古典小说何以会招致当权者的禁毁呢？除所谓的“诲淫诲盗”和鼓动暴民造反等原因外，更重要的是小说表达的思想倾向和情感指向对寻常百姓有

① 王国维：《宋元戏曲史·自序》，中国戏剧出版社 1984 年。

潜移默化之功，给统治者禁锢人们的思想、约束人们的行为造成了很大的不便。可是，中国古典小说从其产生之日起，并不是有意识地要与当权者唱对台戏，而是通过不同的方式试图维护所谓的“正统”，包括思想的、文化的和政权的“正统”。有的小说记载愤激之语和愤激之事，也是在特定环境下出现的，都有其“规定情景”。譬如《水浒传》写梁山好汉打家劫舍、占山为王、扯旗造反，那也是官逼民反，民不得不反。更何况，梁山好汉后来都接受了招安，成为朝廷对付其他农民起义的重要力量。作者让梁山好汉“反贪官不反皇帝”，把握住了最后的底线。所以，《水浒传》对当权者来说，是帮忙而不是添乱。《金瓶梅》在明清两代是以“诲淫”的名义被禁的，但如果站得高一点，对所谓“诲淫”的细节描写可能就不会那么在意，而会从中发现其真正的价值。毛泽东曾这样评价《金瓶梅》，说“在揭露封建社会经济生活的矛盾，揭露统治者与被压迫者的矛盾方面，《金瓶梅》是写得很细致的”。他认为，《金瓶梅》“这本书写了明朝的真正的历史。暴露了封建统治，暴露了统治和被压迫的矛盾，也有一部分很仔细。《金瓶梅》是《红楼梦》的老祖宗，没有《金瓶梅》就写不出《红楼梦》”。[①]《水浒传》和《金瓶梅》是反复被禁的所谓“诲淫诲盗”之作，尚且都有各自的“底线”，对当权者都未造成实质性伤害，那么就更遑论其他古典小说了。可见，对中国古典小说确实有个如何看待的问题。研究者对中国古典小说进行研究，除要搞清楚小说的作者生平、成书年代、版本流变等相关问题外，更为重要的是对小说的文本研究，包括对小说的思想内容、艺术成就、主要贡献、当代价值、后世影响等进行全方位解读，既帮助读者认识和了解古典小说和古代社会，又为当下文化建设提供镜鉴。

《三国演义》是中国古典小说的标志性之作，也是中国古典小说由短制向长篇过渡的标志性之作，更是中国古典小说的承上启下之作。本人研究方向偏重于魏晋南北朝文学，研究对象又主要集中在魏晋时期，但这一时期与《三国演

① 刘继兴：《毛泽东五评金瓶梅》，http://history.people.com.cn/GB/205396/17846718.html。

义》展现的宏大历史叙事和时间跨度正相吻合，研究内容与三国时期的社会、历史、思想、文化等有内在一致性，所以研究范围就自然而然地由魏晋文学扩展至《三国演义》，进而延伸到中国古典小说。这些年来，除与他人合著《中国古典小说的人文精神与艺术风貌》（巴蜀书社 2002 年）、《三国演义与人才学》（巴蜀书社 1993 年）、《人才与谋略——〈三国演义〉启示录》（台湾书泉出版社 1995 年）等研究专著外，还先后发表古典小说研究论文 30 余篇，其中大多数集中在《三国演义》研究方面。这些文章的写作时间，早者为 20 世纪 80 年代，迟者为近年所作。20 世纪 80 年代，文化研究方兴未艾，西方叙事学理论开始传入，学术界思想比较活跃。在此学术背景下，笔者的《三国演义》研究，一方面注重文本研究，关注《三国演义》的思想内涵、人物形象、创作方法、艺术成就，关注三国故事的材料来源、故事演变及后世影响，关注《三国演义》与其他艺术形式的相互影响与借鉴；另一方面，则更多地偏重对《三国演义》的文化阐释和艺术探索，从文化学视角对《三国演义》进行观照和阐释。时间既久，相关研究竟然累积成帙。今从中选取 24 篇，与其他相关研究文章 6 篇汇为一册，作为多年来中国古典小说研究的一个小结。

本书对《三国演义》的研究，跳出了传统的主题思想、人物形象、艺术分析等研究范式，而是更多地从文化的视角切入，对《三国演义》的思想内容、人物形象、艺术结构、文化内涵、当代价值等进行深入探讨，既有辨章学术、考镜源流式的研究，亦有揭橥实质、探究价值式的研究。所收文章涉猎较广，虽然不成系统，但在文化精神与文化价值的探究上有其内在的一致性。收入本书的其他 8 篇文章，大致可分为两类。第一类是《三国演义》之外的其他古典小说研究，包括《〈搜神记〉成书年代考论》《不一样的隋唐英雄谱》《家族传奇的典范》《北宋忠臣良将的颂歌》《传承的是爱国精神》和《明季世俗生活画卷》等 6 篇文章。这些文章，有的是公开发表的学术论文，有的是为某一种小说的出版而写的前言，有的是参加学术会议的论文。需要说明的是，这些文章收录时都做了必要的修订，有的则因需要增加了题目。第二类是公开发表的古代戏曲论文。这类文章有 2 篇，一篇是《从泛戏剧到戏剧的自觉》，另一篇是《元人杂剧的时空观念论略》，都是研究元人杂剧的戏曲观念的。中国古典小说与古代戏曲是相通的，故而收录进来，置于本书的最后。

中国古典小说是一个“富矿”。有人说，中国古典小说的“四大名著”都已经研究得差不多了，想从中选一个没有人研究过的题目就很难。这话说对了一半。按照传统的研究方法和研究思路，确实很难找到研究的“空白”地带。但是，如果能够改变一下思路，换一个视角，借助新的研究方法，重新审视那些所谓已经研究“透”了的问题，就一定会有新的发现和新的惊喜。王国维在《人间词话》中把人生和学问分为三种境界：“古今之成大事业、大学问者，必经过三种之境界。‘昨夜西风凋碧树，独上高楼，望尽天涯路’，此第一境也；‘衣带渐宽终不悔，为伊消得人憔悴’，此第二境也；‘众里寻他千百度，蓦然回首，那人正在灯火阑珊处’，此第三境也。”① 研究中国古典小说，也要经过这三种境界。跨越寻求，超越勤奋，才会有蓦然所得的喜悦。李清照笔下的“寻寻觅觅，冷冷清清，凄凄惨惨戚戚”之景，虽然冷清孤寂，却是做学问的人必须忍受的经历，必须要有的修炼。没有这种经历和修炼，就幻想蓦然有得，就想大有作为，那无异于痴人说梦，是不切实际的。

笔者 1982 年从北京师范大学中文系毕业，进入河南省社会科学院文学研究所从事专业研究，迄今已经 35 年了。毛泽东说，三十八年过去，弹指一挥间。那是伟人气魄和诗人气质。从事社会科学研究工作，其中的甘苦只有真正潜心深入进去，才能品味得到。这种工作需要的是严格细致、深入探究和独立思考，免不了较真、枯燥甚至琐屑，很难浪漫起来。三十多年的研究工作，紧张、忙碌、辛苦而漫长，难得“偷得浮生半日闲”。不过，回头看一下，这些年的辛苦不是白费，确实是颇有所得，在魏晋文学、古典小说和文化研究等方面，倒也积累了一些成果。本人计划退休前把有关魏晋文学、古典小说和文化学研究的

① 王国维：《人间词话》第二十六。

文章整理一下，从中选择一部分，编为三卷，作为这么多年从事专业研究的一个小结。第一卷是关于魏晋文学研究的，名为《魏晋文学的多维观照》，已经由河南人民出版社出版；现在呈现给读者的是第二卷，主要内容是关于《三国演义》和中国古典小说研究的，名为《〈三国演义〉与中国古典小说研究》；余下的是第三卷，主要内容是关于传统文化与当代文化研究的，书名暂定为《文化：传统与当代的对话》，计划2017年结集出版。

文章甘苦事，得失寸心知。选择了从事专业研究，就应该无怨无悔，更应该乐其所乐、乐其有得，甚至是以苦为乐。“书山有路勤为径，学海无涯苦作舟。”学术研究需要勤奋和付出，舍此之外，没有捷径可走，也很难投机取巧。只有勤付出、多付出，长了见识，有了积累，再伴之以深邃的思考、深入的研究，才能形成自己的思想观点，在学术研究上有所收获、有所成就。多年从事学术研究的一点感悟，冀与同好共勉。

卫绍生

丙申金秋于郑州

目　录

古典历史小说的道德取向
——从《三国演义》谈起

古典历史小说作家十分注重历史经验的总结，在审美创造中积极发挥文学作品的教育功能和“史镜”作用。从鸿蒙初开以至清代，历史小说都有表现和描述。考察以《三国演义》为代表的古典历史小说，不难发现它们有一个十分明显的趋向，那就是道德取向的一致性。道德取向是古典历史小说之“脉”，从最早出现的《五代史平话》，到《三国演义》，再到后来的历朝历代演义，这个“脉”自始至终一脉相承，绵延不绝。在历史进程和朝代更迭的范式上，在重大历史事件起始原因的阐释上，在重要历史人物功过是非的评价上，古典历史小说都表现出一种鲜明的历史道德化倾向。本文从《三国演义》入手，对古典历史小说的道德取向进行探讨，并就教于方家同好。

一、历史演进的道德范式

历史进程的道德范式不是小说家的发明，而是儒家和道家共同创造的。早在中国社会由奴隶社会向封建社会转型时期，孔子和庄子就已经用道德的尺度来解释历史的演进，把历史进程道德化了。孔子称赞黄帝、尧、舜“垂衣裳而天下治”①，称赞汤、武“顺乎天而应乎人”，看重的就是这些圣贤的人格力量

① 〔晋〕韩伯康：《周易注》卷八《系辞下》。

和道德力量。“三皇五帝”等远古时期的统治者，既不是选举出来的，也不是世袭的，而是通过禅让这一途径。他们治理天下，依靠的不是强权和法令，而是个人的人格力量和道德力量。所以，从尧开始，统治者通常考虑的不是如何治理天下，而是如何选择一个有德行的人来接替他们，把天下禅让给那些具有人格魅力和高尚道德的人，这样的故事可谓多多。《庄子·让王篇》对传说中的尧、舜、禹、汤的“让王”作了详细描述。庄子推崇尧、舜、禹、汤等禅让王位的明君，更推崇以许由、巢父等为代表的不肯接受禅让的高士。从他们身上，人们可以感受到高洁的人格力量和道德力量。历史在孔子、庄子等儒家和道家宗师不经意的描述中形成了一种道德范式——天下者，非一人之天下，乃天下人之天下也，唯有德者居之。

这种道德范式在历史进入世袭社会以后曾经受到严峻的挑战。世袭制一条重要的原则就是嫡长子继承，皇帝死了，嫡长子即位，嫡长子若是死了，就由嫡长子之子接替。哪怕嫡长子是个十足的窝囊废，但因其是嫡长子，传位于他是天经地义的。若是废长立幼，就不符合道德规范，就会引起兄弟争斗乃至仇杀，国家就会大乱。所以，在世袭社会，讲究的是嫡长子继承。于是有了第二种范式——嫡长子继承。只有在皇帝无嗣，或是天下大乱、诸侯争雄的情况下，才会把第一种范式“唯有德者居之”抬出来。

上述两种道德范式，对历史小说家演绎历史进程和朝代更替，具有很强的约束力和影响力。只要是基本上以历史为依据的古典小说，都无法摆脱这两种范式的影响。合乎这两种范式的，就赞扬，就称颂，否则就会受到贬斥。《五代史平话·梁史评话》开篇对“黄帝垂衣裳而天下治”称赞一番之后，笔锋一转，写道：“这黄帝做着个厮杀的头脑，教天下后世习用干戈……汤伐桀，武王伐纣，皆是以臣弑君，篡夺了夏、殷的天下，汤、武不合作了这个样子。后来周室衰微，诸侯强大，春秋之世二百四十年之间，臣弑其君的也有，子弑其父的也有。孔子圣人为建三纲伦、九法斁，秉那直笔，做一卷书，唤作《春秋》，褒奖他善的，贬罚他恶的，故孟子道：‘孔子作《春秋》而乱臣贼子惧。’”汤伐桀，武王伐纣，是以有德伐无道，所以孔子称作“顺乎天而应乎人”。就是这样顺天应人的事情，在评话的作者看来，同样是以臣弑君，不合乎政治伦理。虽然如此，它却符合历史演进的第一种道德范式。

《三国演义》演绎三国历史，同样接受了这样两种道德范式。汉之将亡，作者首先写桓、灵二帝诸多“失德”之举：禁锢善类、宠信宦官、妇寺干政。所有这些都与“唯有德者居之”的道德范式相矛盾，所以由“失德”而至“失政”，以至于改朝换代，也就是自然而然、合乎情理的事情了。《三国演义》中的亡国之君几乎都是这个德行。蜀汉后主阿斗、吴主孙皓，则是有过之而无不及。后主宠信宦官黄皓，耽于酒色。大臣刘琰的妻子胡氏十分有姿色，入宫朝见皇后，被后主留在宫中一个月才放出去。刘琰奈何后主不得，就把怒气发到妻子身上，暴打胡氏一顿。后主知道后，立即就把刘琰杀了。孙皓暴虐凶残，沉溺酒色，宠信宦官，奢靡无度。他每次宴会群臣，一定要让他们都喝醉才肯罢休，然后让黄门官纠劾众人过失，若是有人犯了错，就剥其面皮，凿瞎其眼睛，暴行令人发指！西晋都督羊祜闻孙皓失德，曾上表请求伐吴。司马炎准备出兵，却因贾充等人的阻止而作罢。羊祜感慨道：“天与不取，岂不大可惜哉！”后来，他辞官归乡，又对司马炎说：“孙皓暴虐已甚，于今可不战而克。若皓不幸而殁，更立新君，则吴非陛下所能得也。”益州刺史王濬也上书请求伐吴，他说：“孙皓荒淫凶逆，宜速征伐。若一旦皓死，更立贤主，则强敌也。”其和羊祜可谓英雄所见略同。作为一国君主而失德，就会失去民心，失去支持，其结果必然是失政失国。三国归晋，与其说是晋朝君臣的努力，不如说是三国之君因失德而拱手相送。

争夺天下的人，常常借用“唯有德者居之”的道德范式，把自己打扮成正义的一方，以为天下道德尽归于己。《三国演义》第一百十九回司马炎逼魏元帝让位一段，就透露出“道德”二字在争夺天下时所具有的非凡力量。司马炎要篡位，首先拈出“才德”二字，说曹奂没有才德，应该让有才德者来坐天下。黄门侍郎张节驳斥司马炎，也是一个“德”字，以为曹奂“有德无罪”，不能让位与人。于是司马炎又拿出“与汉家报仇”的理由，以为曹氏篡汉，他就可以为汉家报仇。这其实也是一种道德方面的理由。汉家江山让你曹氏篡夺了，我司马炎为汉家报仇，为何就不能篡夺你曹魏的天下呢？司马炎篡魏因此也就变成“有德”了。因为其有德，其篡夺曹魏政权才符合“唯有德者居之”的道德范式，才可以名正言顺地、堂而皇之地、心安理得地去做他的皇帝。

如果说“唯有德者居之”是社会处于动乱之际的一种演进范式的话，那么嫡长子继承则是试图使历史演进纳入和平轨道的道德范式，而与之相对应的废长立幼，则被认为是致乱之源。所以，每当有人试图废长立幼时，就会招致舆论的攻击。按照封建礼仪规范，嫡长子在没有过错的情况下，就享有继承父亲官职、爵位、财产的当然权利。若是生于帝王之家，嫡长子就是当然的储君或太子。《三国演义》的作者接受了这样一种观念，按照嫡长子继承的原则去演绎历史进程。汉灵帝生有二子，长子刘辩是何皇后所生，次子刘协是王美人所生。但是，因为汉灵帝喜欢刘协，就想立庶出的次子刘协为太子。大将军何进担心失势，强行立刘辩为帝，后来董卓进京，废刘辩，立刘协为帝。随着刘协被立为汉帝，东汉国无宁日，以至于最后天下三分。废长立幼的事情同样发生在袁绍、刘表身上，其结果是兄弟反目，自相残杀。刘表曾就废长立幼之事请教刘备，刘备说：“废长立幼，取乱之道。”刘表不听劝阻，废长立幼，致使经营多年的基业毁于一旦。

司马昭立世子一事，则是嫡长子继承道德范式的正面例证。司马昭的权位是从其兄长司马师手中接过来的，他常说：“天下者，乃吾兄之天下也。”司马师无子，司马昭就把次子司马攸过继给兄长。司马昭即位晋王之后，想把已经过继给司马师的司马攸立为世子。小说第一百十九回写道：“司马昭受封晋王，欲立攸为世子。山涛谏曰：‘废长立幼，违礼不祥。’贾充、何曾、裴秀亦谏曰：‘长子聪明神武，有超世之才。人望既茂，天表如此，非人臣之相也。’昭犹豫未决。太尉王祥、司空荀顗谏曰：‘前代立少，多致乱国。愿殿下思之。’昭遂立长子司马炎为世子。”山涛等人认为嫡长子继承天经地义，合乎礼仪道德规范，而废长立幼则背弃了这一原则，只能招致动乱。司马昭偏爱次子，但最终听从大臣的建议，没有立司马攸为世子。他顺从了嫡长子继承的原则，立长子司马炎为世子。毛宗岗以为这是司马昭的阴谋。其说显然过于矫情。司马昭若是把长子司马炎过继给司马师，司马师未必会接受，因为司马炎是司马昭的长子，且司马炎仅长司马攸一岁，无论从哪个角度来讲，司马师都断无以其弟长子为嗣子的道理。再说，嘉平二年（250年）司马懿死时，司马炎和司马攸一个5岁、一个4岁，而司马师仅43岁，正是年富力强，司马昭怎么会知道其兄五年后病死，把权位让给他呢？如果司马师长寿一些，即位晋王，岂不是要把天下传给司马攸了吗？其实，从司马昭对司马攸的喜爱程度来看，让司马攸接替曹魏天下，也许正是司马昭的真实想法。只是由于司马师过早地死去，他才按照嫡长子继承的道德范式去做罢了。

二、历史事件的道德演绎

历史事件的发生、发展以及会有怎样的结局，无疑都有其内在的原因，所谓“历史不以人们的意志为转移”，说的就是这个道理。但是，受传统伦理道德观念的影响，《三国演义》等古典历史小说对历史事件的演绎，往往着眼于道德范畴，用儒家的道德观念去衡量、去评判。

唐代著名史学家刘知几认为：“夫史之称美者，以叙事为先。”而叙事就是“书功过，记善恶，文而不丽，质而非野，使人味其滋旨，怀其德音，三复忘疲，百遍无斁”。[①] 书功过，记善恶，使人味其滋旨，怀其德音，是史学家的职责。而历史小说则属于文学创作，小说家完全可以跳出历史学家提供给他们的东西，根据自己对历史事件和历史人物的认知与理解进行文学创作。《三国志平话》设计的因果业报的套路，就是很典型的例子。后世的一些历史小说如《隋唐演义》《说岳全传》也都借用这种路子。《三国演义》虽然与《三国志平话》

---

① 〔唐〕刘知几：《史通》卷六《叙事》。

一样讲述的是三国历史故事，但它却没有借用评话那种明显具有佛教色彩的套路，而是回归到儒家的政治伦理道德的传统上。

蔡元培论及中国的政治道德时说："孔子之言政治，亦以道德为根本，曰'为政以德'，曰'道之以德，齐之以礼，民有礼且格'。季康子问政，孔子曰：'政者，正也。率以正，孰敢不正？'以唐虞以来相传之古义也。"① 政治如此，人们的社会文化活动亦是如此。传统的道德观念渗透到包括政治、军事在内的社会生活的各个方面。春秋时期的宋襄公不击半渡之军，楚汉战争中项羽要烹刘邦之父，都充满浓厚的道德意味。表现在历史小说中，就是把重要的历史事件道德化，按照伦理道德的思路重新加以演绎。

刘备伐吴是作者对历史进行道德演绎的例证。刘备自称是中山靖王之后，汉室后裔，但他称帝之后，想的不是如何恢复汉室，而是如何去践行桃园结义之承诺，为关羽报仇。他不顾孔明、赵云等人的劝阻，一意孤行。张飞为了桃园结义的誓言，也火上浇油，推波助澜，结果却是大仇未报身先死。张飞之死是道德强加给刘备的又一重负。当初桃园结义，刘、关、张曾经立下誓言，不求同年同月同日生，但求同年同月同时死。关羽、张飞先后死去，刘备独生，感受到了沉重的道德压力，他不能承担背信弃义的重负，所以不顾大臣劝谏，执意伐吴。这与其说是践约履义，不如说是不堪道德的重负。在刘备伐吴的整个过程中，道德承诺是激励刘备一直朝前走的内在动力所在。

按照作者的道德观念演绎历史事件，是历史小说的共有趋向。如吴门啸客的《前七国孙庞演义》，仿照《三国演义》的模式，在全书开篇先来了个"朱仙镇孙庞结义"，让孙膑和庞涓路途偶遇，焚香结义，对天发下重誓，立下了"有书同读，有艺同学"的誓言。庞涓还立下了"如有昧心，不得还乡，夜走马陵道，乱箭射死，七国分尸"的重誓，与他后来背弃兄弟之义、夜走马陵道、被孙膑活捉、七国分其尸相呼应。

---

① 蔡元培：《中国伦理学史·先秦创始时代》。

孙膑和庞涓是战国时期的著名将领。司马迁记述二人之事时写道："孙膑尝与庞涓俱学兵法。庞涓既事魏，得为惠王将军，而自以为能不及孙膑，乃阴使召孙膑。膑至，庞涓恐其贤于己，疾之，则以法刑断其两足而黥之，欲隐勿见。齐使者如梁，孙膑以刑徒阴见，说齐使。齐使以为奇，窃载与之齐。齐将田忌善而客待之。"① 后来，孙膑为田忌军师，在马陵道大败庞涓。庞涓智穷兵败，自杀而死。在上述记载中，涉及道德范畴的仅庞涓嫉贤妒能、暗害孙膑一事，并不涉及信义等伦理道德。但小说作者却设计了一个孙、庞结义的情节，使庞涓的嫉贤妒能不仅是一种个人道德品质问题，而且是背信弃义的行为，为传统的道德规范所不容。所以，孙膑后来擒获庞涓之后，义正词严地指责庞涓"误国伤君，忘情背义"。作者在庞涓被杀之后，赋诗一首，从道德的角度对发生在孙、庞二人之间的事情作了一番评价："你离宜梁我离燕，相逢结义在朱仙。投师一日从云梦，学艺三年共食眠。谁料下山先入魏，岂期设计昧苍天。马陵道上生擒取，才报当时刖足冤。"

三、历史人物的道德评价

塑造历史人物，评价历史人物的功过是非，是古典历史小说的重要内容之一，而道德评价则是历史小说人物评价的主要参照。但是，人们的道德观念不是一成不变的，道德评价体系往往随着时代的变迁而发生变化。

道德评价是《三国演义》人物评价的基础平台。其对历史人物的道德评价往往是借他人之口说出，尽量避免作者以旁观者的身份加以评判。这样，就更加具有可信性和公允性，更容易和读者沟通，博得读者的理解，得到读者的认同。其道德评价推崇和赞扬的是忠、孝、仁、义等传统的伦理道德，以及符合这些伦理道德规范的社会行为。毛宗岗评点《三国演义》的"三绝"（诸葛亮之"智"、关羽之"义"、曹操之"奸"）之说，都是关于道德方面的。而刘备

① 〔汉〕司马迁：《史记》卷六十五《孙子吴起列传》。

作为“仁爱”的化身，更是作者道德观念的体现者。作者一再称赞刘备是“仁慈之主”“仁义布于四海”。在三让徐州、携民渡江等事件中，极力描写刘备的仁爱，渲染其仁爱的感染力，把刘备塑造成了“三绝”之外的第四“绝”。小说还塑造了许多忠于旧主的人物形象，如以董承为代表的汉献帝的一帮旧臣，以黄权、王累为代表的刘璋的属下，都是以忠臣的面目出现的。对于他们，作者并不因为他们所事之主暗昧而否定他们的忠诚，相反却给予热情的赞扬。

对孝道的张扬，是《三国演义》道德评价体系中的重要内容。孔子认为，孝是德之要义，也是人们安身立命的根本。他说：“道者，自然之妙用；孝者，人道之至德。”人们只有“孝成于身”，才能“道治天下”。[①] 受儒家孝道观念的影响，忠孝治国、诗礼传家成为中国传统文化的理想模式。汉代，举孝廉成为士人的一条晋身之道。到了西晋，晋武帝更是标榜以孝治天下。所以，从《后汉书》开始，《孝友传》《忠义传》《孝义传》等都在正史中占据了一席之地。宋明理学兴起之后，孝道出现了异化趋势，其最明显者有二：一是孝感天地，王祥卧冰、孟宗哭竹、郭巨埋儿等，都是至诚至孝感天动地的例子；二是以自戕的方式以尽孝道，其最极端者是割股疗亲。《三国演义》所述历史上自东汉下迄西晋，其间，儒家思想统治虽然已经崩塌，各种思想文化竞取风流，但孝道并没有被摒弃，孝道仍然是重要的道德评价尺度。在小说中，受到作者称赞的人物常常都有孝名，如鲁肃“事母至孝”、徐庶“为人至孝”、姜维“奉母至孝”，等等。而那些被视为奸诈、虚伪、残忍的人物形象，则和“孝”字无缘。即使有所谓的“孝行”，作者也会通过另一种表现形式予以否定。如曹操为父报仇而屠徐州，在作者看来就是借行孝之名而行残暴之事。毛宗岗评论此事道：“曹操杀吕伯奢一家是有意，陶谦杀曹嵩一家是无心。曹操迁怒于陶谦，犹可言也；迁怒于徐州百姓，则恶矣；至复迁怒于昔日救命之陈宫，则尤恶矣。恶人有恶言必践，言之则必行之。前日杀吕家，是宁可我负人；今日欲报仇，是不可人

① 《亢仓子·顺训道第七》。

负我。”[①] 把曹操为父报仇看作是“宁可我负天下人，不让天下人负我”，则曹操之“孝行”也就是非道德之事了。

如果说世情小说在人物评价上采用道德评价体系，是其题中应有之义的话，那么历史小说采用道德评价体系，就有将历史道德化之嫌了。有意思的是，历史小说家不仅不忌讳这一点，反而有意识地用传统道德观念去衡度、框范、评价历史人物。建立在传统的伦理道德规范之上的古典历史小说的道德评价体系，自然是以儒家的“三纲五常”和“三从四德”等伦理道德观念为基本评价原则。历史小说的道德评价体系，因此而成为一种评价模式。进入这种评价体系或评价模式的历史人物，常常因为他们在道德的某一方面表现特别突出而成为一种道德符号。如刘备之仁、关羽之义、诸葛亮之智、曹操之奸、董卓之凶狠残暴，等等。一说到这些人物，读者自然而然地就会把这些人物和传统的道德观念联系在一起。其他历史小说中成功的人物形象，都可以归入某种道德范畴，如秦琼之侠义、魏徵之敢言、林冲之正直、武松之勇猛、李逵之直率、岳飞之忠君爱国、秦桧之奸诈阴险，等等，也都逐渐演变成某种道德符号，成为某种道德观念的化身。这是中国古典历史小说的一大特色，也是其久盛不衰、深入人心的重要原因所在。

古典历史小说对历史进程的道德阐释、对历史事件的道德演绎和对历史人物的道德评价，以及由此而形成的道德取向，不仅对文学创作，而且对中国人的社会文化心理及行为产生了深远的影响。人们常说中国社会是一个伦理型社会，而伦理型社会的形成，依靠的不仅是儒家文化的力量，也不仅是以儒家文化为代表的正统文化的引导和约束，而且包括了文学家有意无意的努力。可以说，没有包括古典历史小说家在内的文学家的共同努力，传统的伦理道德观念不会对中国社会产生如此深远的影响。同样，如果传统的伦理道德观念不是那么深入人心的话，古典历史小说也不会表现出如此明显的道德取向。

（原载《新世纪〈三国演义〉论文集》，《文教资料》2001 年）

---

① 〔清〕毛宗岗评本《三国演义》第十四回。

评《三国演义》的天人观

司马迁撰写《史记》是“欲以究天人之际，通古今之变，成一家之言”。罗贯中敷衍三国史传而成的不朽巨著《三国演义》，借助生动丰富的艺术形象和悬念迭起的历史故事，究天人之际，通三国之变，反映出作者对传统的天人关系的痛彻思考。

《尚书》《易经》《论语》等先秦著作都曾对天人关系作过理论探讨，但表述得最充分、最完备的则是汉代的董仲舒。他在继承了先秦天命思想的基础上，创立了以“天”为核心的唯心主义哲学思想体系，有所谓“天者，百君之神也，王者之最尊也”之说。他提出了“唯天子受命于天，天下受命于天子”的君权神授思想，把国家兴亡、社会治乱、日月运行、四时更序都视为上天意志的表现，认为人的行为只能顺从天意，否则必将受到惩罚。董仲舒对天人关系的阐释和界定成为一种影响深远的潜流，不自觉地浸入人们的思想意识中，以至于像罗贯中这样尊重客观历史的作家在涉及天命与人事、天意与民意、天理与人欲这些问题时，自觉不自觉地接受了传统的天人观念和宋代理学的影响，其文化意识和思想倾向因而具有一定的复杂性。

一、天命与人事

天命与人事的矛盾，是《三国演义》天人关系中最为突出的一组矛盾。三国的分合变化，有其内在的规律，是历史发展的必然结果。然而，作者在表现和解释这一历史进程的时候，却时时为天命和人事的矛盾所困扰，一方面有意无意地展示天命，将三国历史神秘化、天命化，另一方面却使出浑身解数表现人事，显示和肯定人的社会历史作用。矛盾的两个方面有时泾渭分明，有时却水乳交融，痕迹杳然。

汉祚将终，先有青蛇蟠椅、山崩地裂、雌鸡化雄、黑气冲堂等诸多异事为征兆，以示天命；汉之分为三国，不仅有曹操“三日争辉”之梦为兆，而且还有一套兴废理论。曹操欲迁都于许，太史令王立说：“吾仰观天文，以察炎汉气数，自去春太白犯镇于斗、牛，过天津，荧惑又逆行，与太白会于天关。金火交会，必有新天子出。吾观大汉气数终矣，晋、魏之地，必有兴者。”三国未立，而天象已然昭明。“数之所在，理不得而夺之；命之所在，人不得而强之”。作者不仅在理论上作了明确表述，而且还在情节安排和人物塑造中时时显示天命的作用。赤壁之战，“万事俱备，只欠东风”。隆冬之际，东风何来？作者别出心裁地铺写了“七星坛诸葛祭风”一节，曹操的八十三万人马败于一旦。孔明何以借来东风？最合适的解释就是孔明知天命、顺天命。这一点可以在曹操败走华容道一节中得到印证。诸葛亮知曹操兵败必经华容道，故意让义重如山的关羽去埋伏。他说：“亮夜观天象，操贼未合身亡。留这人情，教云长做了，亦是美事。”曹操得天时为一方之主、司马懿父子绝处逢生，都是显例。

在人物塑造上，作者把知天达命视作理想人物的一种境界，能够达到这种境界的是备受作者推崇的诸葛亮。他至聪至慧，至忠至诚，通晓天意，知天达命。他对刘备的一席话可谓知天达命之言：“将军欲成霸业，北让曹操占天时，南让孙权占地利，将军可占人和。先取荆州为家，后即取西川建基业，以成鼎足之势，然后可图中原也。”未出草庐，已知天下三分，曹操、孙权、刘备为三国之主。这与曹操的“三日争辉”之梦有异曲同工之妙。他知天下将三分，就尽力辅佐刘备。虽然他也曾知其不可为而为之，做了一些违天命之事，但他最终还是意识到天命不可违，顺从了天命，而且，他的天命之举虽然计高于人，但也无一如愿以偿。另一个知天命的人物就是人们褒贬不一的曹操。他不像诸葛亮那样未行先知，而常常是到时候方晓。仓亭战袁绍，土人进黄星之论，隐然喻其为魏地之主，曹操虽心中甚喜，但并不解悟，直至濡须战孙权时梦“三日争辉”，才兀然彻悟。作为乱世奸雄，他的使命是扫荡北方群雄，成为一方霸主。从顿丘起兵至洛阳命终，他都是在尽乱世奸雄之任。后来，他虽生过非分之念，但知自己非一统之君，终于未登大位。孙权修书劝其进位，他一眼就看出孙权的用心：“是儿欲使吾居火炉上耶!”临死之前，他知天命已尽，拒绝群臣设醮修禳，比诸葛亮禳星还要明智。然而，他也有至死不悟之事：夜梦三马同槽，却疑是马腾父子。在已有梦兆的情况下，尚不能悟知司马氏父子将要篡位，与诸葛亮知蜀汉嗣祚之期相比，实在逊色。由于在知不知天命和如何知天命、顺天命这点上，曹操和诸葛亮相差悬殊，作者倾注的情感和政治伦理评价因之也大为不同。

《三国演义》在表现和张扬天命的同时，相对明显地突出了人的哲学地位，肯定和赞誉了人在社会历史发展中的价值和作用。汉之覆灭，虽是“天数已尽”，但作者并不一语遮掩了事，而是力图揭示人事变化带来的影响。小说开卷介绍“中涓得权”，接着详细叙述了汉帝宠信十常侍，进而导致何进作乱、董卓弄权等一系列事件，表现了汉王朝走向衰亡的历程，视宦官专权、奸臣当道、妇寺干政为汉王朝灭亡的重要原因。尽管其解释不一定切中肯綮，但试图从人事变化的角度探求，无疑表明了作者的意图所在。三国之立，人事的作用显而易见。作者一方面注意表现曹操、孙权、刘备纵横捭阖、扫荡群雄的历史壮举，一方面又着力描写他们网罗人才、扶根固本，把人才当作三国之立的根本原因之一。曹操既得天时，又思贤如渴，广为招揽人才。孙权有长江天险之利，同样注意延揽人才。他“自承父兄之基业，广纳贤士，重用谋臣，开设宾馆于吴会”，令张雍、张纮接待诸宾，你推我荐，人相延接，江东人物由是天下称之。刘备既无天时，又无地利，因而更加看重人才，三顾茅庐恭请诸葛亮出山相助；占领荆州、西川之后，他更是招降纳叛，广为网罗。正是因为各有一批人才辅佐，曹操、孙权、刘备才有了立国之本、鼎峙之基。

在人物塑造上，作者虽然把知天达命作为理想人物的一种境界，但并没有把人物写成天命支配下的玩偶而任意驱使，而是注意表现人物的德行、见识、胆略、智慧、勇力、性格和心路历程。对曹操、刘备、孙权，作者没有把他们写成真龙附身、半人半仙式的人物，而是努力表现他们凭借英雄本色而取得成功的历程：怎样决策、怎样用人、怎样用兵、怎样交攻，以及他们骄傲时的失败、审慎时的胜利……遇有危难和挫折，他们也多是凭个人的机敏和部将的拼死效命来转危为安。即使是“华容道”那段带有天命色彩的描写，作者也详述了其中合理的人事因素。对知天达命的诸葛亮，作者始终把注意力集中在描述和渲染他的超人智慧和盖世才华上，三气周瑜、智取荆襄、计捉张任、七擒孟获、“失空斩”等，都是诸葛亮尽人事的精彩章节。唯其能出神入化地描绘诸葛亮的智慧和才能，这一形象才得以具有巨大的艺术魅力，才得到人们的普遍喜爱，才在一定程度上弥补了诸葛亮形象“近妖”的损失。

天命与人事虽是一组矛盾，但二者非水火不能相容。在作者的笔下，人为事件的成功是天人一致的结果，人为事件的失败则是因为天人相背。刘备孤穷，得诸葛亮之助而称帝于蜀，即属前者；诸葛亮全力扶汉，六出祁山，欲图中原，然而终无寸功，即为后者。可见，在作者的观念中，天人一致的时候，人事起决定作用；天人相悖的时候，起决定作用的却是天命。“古今兴亡数本天，就中人事亦堪怜”。[①] 用修髯子这两句诗概括《三国演义》中的天命与人事的关系，似乎更恰当些。

二、天意与民意

天意与民意的矛盾不及天命与人事的矛盾尖锐明显。作者敷衍三国历史，目的是借助艺术形象对三国历史进程给予艺术阐释，而其褒贬人物遵循的一条

① 嘉靖本《三国志通俗演义》修髯子《引》。

重要原则就是传统的顺天应人思想。在传统文化中，那些成就伟业的封建帝王，无一不是以顺天应人的面目出现的；而那些失败者，无论其原因为何，则最终都归结为逆天悖民。正是受了这样一种传统观念的影响，《三国演义》的作者在褒贬人物和描述具有重大历史意义的事件时，就特别重视表现天意和民意。

汉之衰亡，作者不仅花费了许多文字写上天垂象，以示天意，而且用极为简练的语言描述了当时的民心："朝政日非，以致天下人心思乱，盗贼蜂起。"正是因为人心思乱，张角的太平道才得以迅速发展。在汉失权柄、天下大乱的情况下，谁能顺天应人，谁就能成就伟业。谁能顺天应人呢？在作者看来，图谋篡逆的董卓虽然权倾天下，但其所作所为却是悖天逆人，当时英雄无不欲得而诛之。董卓的败亡就是天意和民意相辅相成、合二为一的结果。

在传统文化中，天意与民意理论上是一致的。但在《三国演义》中，天意与民意的表现常常有很大距离。作者有时着重表现天意，有时则把注意力集中到民意上。魏主曹丕"生时有云气，青色一片，圆如车盖，覆于其室，终日不散。望气者对操曰：'此子贵不可言，非人臣之气。'"将禅汉，"麒麟降生，凤凰来仪，黄龙出现，嘉禾瑞草，甘露下降"；将死，亦先有"许昌城门无故自崩"作为异象。后主刘禅生时，"有白鹤一只栖于县衙屋上，鸣四十余声，望西飞去"；长坂坡遇险，则是人神共佑，"忽然红光紫雾从土坑中滚起"，把怀抱阿斗的赵云救出。作者用这些不可言喻的奇异之事昭示天意，却没有对民意作更多的描述，产生了较大的空档。这并不是作者的有意疏忽，而是因为史传提供的民意方面的内容相对较少。作者不人为地夸饰，正反映出其创作态度的严肃性。

《三国演义》中可以称为顺天应人的人物大概只有刘备。他能够从贩履织席的村夫成为蜀汉之主，在作者看来，主要是他能上应天意，下顺民心。作者塑造刘备这一人物形象，是从这两点着笔的。刘备"两耳垂肩，双手过膝，目能自顾其耳，面如冠玉，唇若涂脂"，天生的一副帝王相。遇有危难，也吉人自有天相，受到上天的护佑。失箸闻雷、檀溪逃生，都是明显的例证。刘备不仅承天意，得天佑，而且还能顺应民心。“刘玄德携民渡江”一节，虽然意在表现刘备的“仁心”，但实际上也表现了民心所向。刘备入主西川，亦有“若要吃新饭，须待先主来”的童谣以示民心所向。不仅如此，作者还把刘备匡扶汉室视为顺应人心。刘备白手起家，既无地利可凭，又无天时可用，其所得者唯有所谓的“人和”。刘备有何“人和”可言呢？原来，他是中山靖王之后，献帝刘协的皇叔，与汉室可以搭上这么一层关系。这点关系，在作者看来至关重要。正是有了这层关系，刘备在与诸侯争雄的时候才可以正统自居，以匡扶汉室相号召，才可以名正言顺地打起蜀汉的旗号，公开与“挟天子以令诸侯”的曹操作对，招揽天下英雄。所谓的刘备独占人和，实际上正反映出作者根深蒂固的蜀汉正统观念。

尽管作者力图使天意与民意相一致，但事实上二者的矛盾还是不可避免。这种矛盾明显地表现在曹操这个人物身上。曹操虽然挟天子以令诸侯，占有天时，但他并没有得到民心。作者一再申明“天下者，非一人之天下，乃天下人之天下也，唯有德者居之”，而作者笔下的曹操却是奸诈诡谲，弄权欺上，奉行“宁教我负天下人，休教天下人负我”的处世哲学，不具备作者理想的君德。这样，作者就自陷矛盾境地。一方面作者认定曹操没有君德，失却民意，一方面又把曹操写成秉承天意完成北方霸业的人物。作者设计的“三日争辉”之梦，及其煞费苦心描绘的曹操遇难呈祥、逢凶化吉的几个重要事件，如濮阳城遇火、宛城历险、华容道中伏、渭水割须弃袍等，都是有意无意地强化后一方面的意图。而关于曹操顺应民意之事，作者仅仅写了他矫诏讨伐董卓。就是这件事情，作者着意描写的还是曹操的奸雄本色，顺应民意则是不经意中写出。

天意与民意理论上应该是一致的，然而，民意可证，天意难测。什么是天意？谁秉承天意？任何一种回答都只能是主观猜测和自我标榜。所谓的“天”是不存在的，天意只是一些人为证实自己的言行符合公理、道义、民心而作的唯心解释。所以，唐代诗人王建说：“天意皆从彩毫出，宸心尽向紫烟来。”[①] 正是因为“天意”因人而异、因事而异，具有很大的随意性，唐代诗人王勃才生出“天意从来高难问”的感慨。这很能说明，在普通人的心目中，天意是怎样的高深莫测！罗贯中不是超凡脱俗的神仙中人，他对天意的理解和把握不能跳出三国历史提供给他的那些最为基本的东西，不能超越他所处的那个时代的现实，更不能摆脱传统思想文化的制约。他对天意的理解和把握只能建立在历史、现实和传统的思想文化之上。因此，当天意与民意一致的时候，他写起来就可以放开手脚；而当天意与民意不一致甚或发生矛盾的时候，他就只有采取变通的方法，或有意拉开二者的时空距离，避免读者直接加以对应，或干脆写此舍彼，取彼舍此，有意切断二者的联系。这样虽然可以部分地掩饰其政治倾向，但由于作者把是否顺天应人作为褒贬人物、评价历史的重要依据，因此，尽管其处理天意与民意时煞费苦心，人们还是可以从中发现其真实意图。

三、天理与人欲

古人对天人关系的悟性很高，他们不仅很早就发现了天命与人事、天意与民意之间神秘的、微妙的、说不清道不明的关系，而且还设想了天理与人欲的对立：“人生而静，天之性也。感于物而动，性之欲也。物至知知，然后好恶形焉。好恶无节于内，知诱于外，不能反躬，天理灭矣。夫物之感人无穷，而人之好恶无节，则是物至而人化物也。人化物也者，灭天理而穷人欲者也。于是有悖逆诈伪之心，有淫泆作乱之事。”[②] 人生在世，除了愚傻呆痴，自然会有口腹耳目、酒色财气、功名利禄、饮食男女等欲望。这些欲望有其存在的价值和合理性。在付诸行动的时候，只要不危及他人和社会的利益，就不应该给予过多的否定。然而，传统文化虽然承认人各有欲望，但它却从根本上排斥人欲，人为地把天理与人欲对立起来，使之水火不能相容。到了宋代，道学先生更视

---

① 《文苑英华》卷二百五十四王建《上裴舍人度诗》。

② 〔唐〕孔颖达：《礼记注疏》卷三十七。

人欲为万恶之源，提出了“存天理，灭人欲”的主张，欲把人的七情六欲统统斩除而后快，天理与人欲更加水火不能相容。罗贯中生当理学炽盛之时，虽欲摆脱理学的影响而不得，作品表现的天理与人欲的关系因而显得尖锐对立。

作者曾一再强调“天下者，非一人之天下，乃天下人之天下也，唯有德者居之”，但同时又维护君臣纲常，认为君臣名分既已确立，君为臣纲就是天经地义，为君者纵无君德，为臣者也不能为求一己之欲而自乱纲常。正是在这个意义上，作者对亡国之君汉献帝给予了过多的同情，而对董卓、曹操这两个“不臣之臣”却颇为难容。作者接受了传统的文化观念，认为董卓、曹操皆怀篡逆、不守为臣之道，悖忤天理，因而笔下毫不留情予以批判。可见，在涉及正统观念和政治伦理的时候，作者维护的是“天理”所具有的道义尊严，而对“人欲”，不论其动机和效果如何，一概在否定之列。即使是对刘备取西川，作者也颇有微词，因为刘备与刘璋同是刘汉后裔，侵夺同宗基业，大违天理。中国古代社会是宗法社会，宗亲关系神圣不可侵犯，否则就将招来背宗忘祖、六亲不认的指责。作者对刘备的微词，主要着眼于此。

作者在对功名利禄、饮食男女等人欲表示理解、同情和赞许的同时，却时常不由自主地用封建纲常伦理加以规范，甚至表现出深恶痛绝之情。关羽是一个极为看重名位的人，对此，作者的感情比较复杂。曹操许田打围，跃马天子之前受拜，关羽极为愤怒，几欲杀之；孙权欲为其子迎娶关羽之女，关羽闻言勃然大怒：“吾虎女安肯嫁犬子乎?”在他眼里，鼎立江东的孙权实在算不上什么人物。对这两件事情，作者多有赞许。但对关羽另外两件有关名位的事情，作者的态度就不尽相同了。一是关羽欲入川与马超比试高下，二是关羽听说黄忠同为五虎大将，大为鄙夷。欲与马超比武，是要争武功第一的名位；不与黄忠同列，看重的也是名位。在他看来，黄忠不过是一老卒，与之同列是自降身份。名位欲使深明大义的关羽一时忘乎所以，几乎坏了大事。诸葛亮深知关羽具有强烈的名位欲，致书关羽，投其所好：“亮闻将军欲与孟起分别高下。以亮度之，孟起虽雄烈过人，亦乃黥布、彭越之徒耳，当与翼德并驱争先，犹未及美髯公之绝伦超群也。今公受任荆州，不为不重。倘一入川，若荆州有失，罪莫大焉。惟冀明照。”对关羽表现出来的名位欲，作者时而赞许，时而指责，时而肯定，时而否定，流露出对人的功名利禄之欲的复杂态度。

饮食男女，人之大欲。然而事实上，不仅佛家和道家文化都禁止男女之欲，就是提出这种主张的儒家文化同样反对不符合封建纲常伦理的男女之欲。《三国演义》的作者对男女之欲，同样是以“天理”——封建的纲常伦理为原则进行评判的。刘备在荆州，周瑜知其甘夫人已殁，设美人计诱刘备来东吴。吕范来荆州做媒人，刘备借口甘夫人“骨肉未寒”，搪塞吕范。吕范说：“人若无妻，如屋无梁，岂可中道而废人伦?”刘备得诸葛亮奇谋，赴东吴成就了与孙权之妹的好姻缘。孰料刘备沉湎男女之欲，不思荆州。后来，刘备为汉中王，法正劝他再纳新妇以襄内政，刘备从之，纳吴懿妹为妃。同是婚娶，作者对前者稍有微词，说刘备贪恋女色；对后者，作者是完全赞同，尽管刘备娶的是同宗刘瑁的寡妇。同是一事，作者的态度竟有如此差别！除政治伦理因素外，主要是因为前者人欲淹没了天理，后者天理取代了人欲。尽管吕范的“岂可中道而废人伦”与法正的“人伦之道不可废”有同样的意义，但前者却是人伦无法掩饰双方当事者肆意膨胀的人欲。作者颇有微词，正是基于这一点。不过，比较起来，作者对刘备还算笔下留情，因为他是作者心目中正统力量的代表。对曹操，作者就不客气了。在“曹孟德败师淯水”一节中，作者写曹操方受张绣之降，即娶张绣叔张济妻淫乐。曹操恩威并施，终于得娶张济妻。谁知他也像刘备一样迷恋女色，沉醉于温柔乡中，“不想归期”，结果致使张绣降而复叛，曹操的爱将典韦、长子曹昂、侄子曹安民皆因曹操一己之欲而死于非命。曹操虽然得脱，但也惶惶若丧家之犬。通过这一事件，作者不仅揭示了曹操奸雄本色的另一面，而且对曹操纵欲误事作了无言的指责，表明了作者对男女之欲的否定批判态度。对于苗泽，作者的批判态度更为明显。苗泽为求与黄奎妾李春香做长久夫妻，向曹操告发了黄奎。事后，苗泽求曹操将李春香赐给他为妻，曹操道：“你为了一妇人，害了你姐夫一家。留此不义之人何用!”竟将二人并家小斩首于市。苗泽为了男女之欲出首姐夫，是为人欲而弃天理，故而曹操杀之。

显而易见，对天理与人欲，作者是不由自主地接受了当时盛行的理学的影响，用天理规范人欲，否定人欲，用人欲反证天理，维护天理。作者虽然较多地描述了人的各种欲望，但其目的不是肯定和赞扬人欲的作用和价值，而是借此多侧面刻画人物形象，维护封建纲常伦理的道义权威。正是因此，人欲无意中成了作者否定和批判的靶子。所以，并不是作者冥顽不化，充当卫道者。天理与天命、天意不可违的观念，并不是人们通常所理解的天之道，而是理学家顶礼膜拜的封建纲常伦理和道德规范。面对这样的“天理”，罗贯中无论如何是不可能像“敢倡乱道”的李贽那样视有若无的。他肯定和维护天理的道义权威，否定和摒斥人欲，正反映出儒家文化强大的时空穿透力。

（原载《天府新论》1990 年第 6 期，与胡世厚合作）

艰难的二难选择
——《三国演义》的妇女观评析

《三国演义》中有关女性的描述，反映出作者对女性的文化价值与意义的认识过程中存在着两难心理，使作者时时面临着两难选择。作为历史小说，作者不可能把矛盾心态和两难选择表现于二难推理中，而只能借助一个个生动逼真的艺术形象表现出来。有时，作者情之所至，不免站出来直抒胸臆。然而，此时此地，彼时彼景，是倾向于此还是倾向于彼，作者始终徘徊不定，陷入深深的矛盾之中。

一、人与非人的选择

《三国演义》的作者从未表述和流露过女人非人的意思。虽然作者不止一次地对女性使用了最不恭敬的词语，但也从未否定女性所具有的特征和意义。只有在女性进入历史文化的范畴之后，在女性成为文化行为者之时，作者才处于女性是人还是非人的两难选择中。

作品在广阔的文化背景上，描述了众多女性个体作为文化载体和文化行为者的七情六欲，承认女性所具有的“情”。其中喜如甘夫人得子、吴太夫人得婿；怒如孙夫人叱徐奉、丁盛，骂陈武、潘章；哀如伏皇后捐躯、董贵妃丧生；惧如吕布妻严氏、袁绍妻刘氏。另如糜夫人爱子、刘夫人杀妾、李春香出首主人、马邈妻李氏死节……都反映了女性自身的情。尽管作者对女性形象表现出来的“情”或肯定，或否定，或褒或贬，态度不一，但毕竟表明作者承认女性与生俱有的“人情”即“七情”，以及对作为文化载体的女性的肯定。当然，对女性的情感表现，作者的态度是不同的。对糜夫人投井、孙夫人跳江，作者是肯定和赞扬的。她们的行动虽有全忠守节之意，却也充满爱子恋夫之情。但由于受传统妇女观的影响，作者对女性的情感表现基本上持否定态度。王允夜闻貂蝉叹息声，厉声斥道：“贱妾！将有私情耶?”这句问话看似平淡，实则是封建社会男权意识的反映。毛后被曹睿赐死，只不过是多了一句“陛下游北园欢乐否”的问候语。作为皇后，问皇帝游玩是否快乐，于情于理皆无可指责，可是毛后却因此而被赐死。原来，毛后的关切之情实际上充满了对郭夫人不便明言的嫉恨之意。正是因此，曹睿要杀她，郭夫人要恨她，《三国演义》的作者也不能原谅和同情她。那些有情感个性的女性，再一次受到了不许有“私情”的黄牌警告。

貂蝉和毛后的情感表现，作者虽不赞成，但尚能容忍。对那些背离封建伦理道德的情感表现，如对刘氏杀袁绍宠妾、郭汜妻妒等，却是难以容忍。妒在传统妇女观中被列为“七出”之一。《三国演义》的作者接受了这种传统观念，不问青红皂白，对女性表现出来的“妒”深恶痛绝。刘氏出于嫉妒心理杀害其他女性，髡发、刺面、毁尸，残忍至极，作者“其恶如此”之概，不是无由而发。而郭汜妻之妒似又当别论，郭汜妻是受了杨彪妻的挑拨，且是听说郭汜与李傕妻有染之后，才出于一个女性维护自身利益的本能，设计保护自己和丈夫。这是正当的行动，是合情合理的情感表现。然而，受传统妇女观的影响，作者视女性类似的行动为妒忌，否定了女性正当合理的、自然而然的情感要求和情感表现。

肯定也罢，否定也罢，赞扬也罢，贬斥也罢，作者毕竟承认女性是有情之人，未把女性排斥在情感的承载者和表现者之外。不仅如此，作品还在复杂的文化背景上描述了女性的文化行为及其产生的社会文化效应，如何太后与董太后争权、蔡夫人密谋排斥刘备、王氏激夫赵昂为主报仇、辛宪英劝其弟忠于职守、徐庶母骂徐庶不明大义……不论是否赞成她们的行动，作者都不加掩饰地描述了她们各自行为产生的社会效应，肯定了她们的文化价值与文化地位。较为典型的是徐母骂徐庶。徐庶中了程昱之计，来到许都。徐母见而大骂徐庶不识曹操之伪，“玷辱祖宗，空生于天地间”！骂毕自缢而死。徐母的行动具有鲜明的拥刘反曹的倾向，符合传统的正统观念，受到了作者的高度赞扬。同时，徐母的行动对徐庶是一个很大的刺激，更加坚定了徐庶终身不为曹操设一谋的决心。赤壁大战时，他看破了庞统献连环计的真实用意，唬得庞统魂飞魄散，却并没有告诉曹操，致使曹军船焚于战火，兵败于赤壁。徐母骂徐庶的社会效应至此始见。孙夫人保刘备出吴境，也表明了作者对女性的文化价值与地位的肯定。由于孙夫人力排万险，陪同刘备安全出吴境，为刘蜀的兴盛和三国的鼎立建立了奇勋。

在承认、肯定和赞扬女性的文化价值与地位的同时，作者却陷入了难以自拔的矛盾境地。在一些有关女性的描写中，作者以鲜明的态度否定了女性作为人与作为文化行为者所应有的双重身份。张飞陷刘备妻小于吕布军中，深感愧对义兄，欲自刎谢之。刘备急忙拉住，开导他说：“古人云‘兄弟如手足，妻子如衣服’。衣服破，尚可缝；手足断，安可续？”妻子如衣服，是传统妇女观和宋代理学“女人非人”陈腐观念中极为腐朽的内容。作者借刘备之口说出，反映出作者对传统妇女观的认同。这种陈腐观念，在刘安杀妻一例中表现得更为突出。刘安杀其妻，割其臂上肉给刘备吃。刘备食后，只是唏嘘而已。事后告之曹操，曹操竟然嘉许之，令人以五十金赐之。尽管作者不一定赞同这种极端残酷、灭绝人性的行为，但从刘备、曹操的反应，不难看出作者在意识深处难以拂去的妻子如衣服、女性如草芥的陈腐观念。

二、女色与女祸的选择

与人与非人的矛盾相联系，作者还处于女色与女祸的选择中。小说描绘女性美，礼赞女性美，却又以生动的事例告诫人们：女人祸水！警惕女人，尤其是要警惕漂亮的女人！

女性美，是中国文学的永恒主题，常咏不衰，时写时新。《三国演义》中关涉女性的章回虽然不少，但广事铺张地描绘女性美的却不多见，常见的多是三言两语。这正是《三国演义》礼赞女性美的一个特点，三言两语，却能摹态传神，令人想见其风采。其写甄氏之美，寥寥数语：“丕掩此女近前，见披发垢面。以衫袖拭其面而观之，见甄氏玉肌花貌，有倾国之色。”甄氏如山中美玉，拂尘去垢，方显其晶莹光华。然而作者似嫌不足，又让曹操见后赞了一句：“真吾儿妇也！”曹操喜好美色，但也很挑剔，甄氏能得到曹操这样的称赞，则其美丽秀慧可想而知。作者赞美貂蝉更是别出心裁，正面描写仅“年方二八，色伎俱佳”一句，其余则借吕布、董卓的反应来写。吕布见貂蝉艳妆而出，惊问何人，之后又“频以目视貂蝉”；董卓见貂蝉美丽，赞道“真神仙中人也”。吕布凤仪亭私会貂蝉，见她分花拂柳而来，“果然如月中仙子”。不仅如此，作者还满腔热情地礼赞貂蝉深明大义、为国赴难的情操。作者咏赞女性美，不仅咏其貌，而且赞其心。如赞孙翊妻徐氏“美而慧”、吴懿妹“美而且贤”、孙权妹“美而贤”，皆如是。

然而，在礼赞女性美的同时，作者似乎没有摆脱“女人祸水”的腐朽观念的影响，表现在作品中，则是与女性美相联系的“红颜薄命”和“女色误人”。“红颜薄命”虽有宿命的意味，但还流露出对美丽女性的不幸命运的同情；而“女色误人”，则完全是对女性的歧视和侮辱，反映出男性世界对女色的恐怖和防范心理。曹操居宛城，见降将张绣叔张济妻美丽，使居别室，每日与其取乐，不思归期。他还令虎将典韦在帐外宿卫，不许人进入，内外不通。曹操迷恋女色，致使张绣降而复叛。爱将典韦、长子曹昂、侄子曹安民皆死于非命，曹操侥幸逃脱。吕布之死，作者虽没有完全归之于“女祸”，但对女性的指责却是显而易见的。吕布用陈宫之计，准备屯兵下邳城外，其妻严氏闻之劝阻。吕布踌躇不决，三日不出，终于还是改变了主意。后来陈宫又献断曹军粮道之计，吕布采纳了，入告严氏，又被严氏阻止；告之貂蝉，貂蝉饱受流离之苦，亦予劝阻。吕布听信妻妾之言，不纳良策，终于兵败下邳，命丧白门楼。女色误人这种观念，在苗泽出首黄奎一事中表现得最为明显。黄奎与马腾谋除曹操，其妾李春香以言挑之，黄奎乃告其计谋。而李春香与黄奎妻弟苗泽有私，李春香告知苗泽，苗泽为求与李春香做长久夫妻，向曹操告发了黄奎。事后，苗泽求曹操将李春香赐给他做妻子，曹操道："你为了一妇人，害了你姐夫一家。留此不义之人何用！"遂将二人并家小斩首于市。在作者的笔下，女性成了灾难之源。

貂蝉是作品热情礼赞的女性，但作者的心理仍然是矛盾的。且不说由于她和严氏的阻止，吕布丧失了战机，就是在她作为政治斗争的特殊工具周旋于董卓、吕布之间时，作者似乎仍没有摆脱女色误人的陈腐观念。董卓的覆灭很能说明这点。"董卓自纳貂蝉后，为色所迷，月余不出理事。卓偶染小疾，貂蝉衣不解带，曲意逢迎，卓心愈喜。"董卓沉溺女色，并因此与吕布发生了冲突。李儒劝他将貂蝉送与吕布，以得其心，董卓执意不肯。李儒直言谏道："太师不可为妇人所惑。"不意却遭到董卓的痛责："汝之妻肯与吕布否？貂蝉之事，再勿多言，言则必斩！"李儒仰天长叹道："吾等皆死于妇人之手矣！"在这里，作者显然把董卓败亡之因归结于他"不爱江山爱美人"。正是由于貂蝉的挑拨和狐媚，董卓才与吕布反目，失去了半壁屏障，中计被戮。

女色既可误人，当然亦可误国。这样一种联系，作品勾勒得很清楚。灵帝继位，灾异迭现。蔡邕上疏，以为这是"妇寺干政之所致"；汉末大乱，原因之一是两宫争权；蜀汉之亡重要的原因是刘禅宠信宦竖，溺于酒色。大臣刘琰妻胡氏非常漂亮，入宫朝见皇后，被留在宫中，一月方出。刘琰疑其与后主私通，命士卒挞其面，却被斩于市。此事虽平息，然满朝文武却因后主荒淫而怨声载道。吴主孙皓酷溺酒色，内外皆知。晋益州刺史王濬伐吴疏开篇便是"孙皓荒淫凶逆"，张华奏章亦称"吴主淫虐，民忧国敝"。不知为什么，女人祸水的观念在史学家和文学家的笔下表现得特别明显。其实，祸国殃民的责任不能完全由她们担负，荒淫、贪婪、经不起诱惑的帝王将相才是罪恶之源。《三国演义》的作者虽然也意识到了这一点，但在艺术表现中，女祸观念总是悄悄地占据了显要地位。关羽秉烛户外、曹操分香卖履，都反映出男性对女祸的恐惧与防范。

三、守贞与失节的矛盾

传统的妇女观主张女性守身如玉，从一而终。无论婚前婚后，女子都视贞节如生命，如果受到侵犯，只有一死才能明志。这种桎梏女性的腐朽观念，被宋代道学先生推至极端，“饿死事小，失节事大”的观念残酷地荼毒了许多善良的女性。作者生当理学炽盛之时，难免要受到这种腐朽观念的影响。然而，出于对史实的尊重和对女性不幸命运的同情，作者在张扬和褒许守节之妇的同时，却又对守节表示否定，这就造成了作者妇女观的第三组矛盾。

在《三国演义》中，作者对赵云无一微词。赵云处理与赵范嫂的关系一事，是作者塑造赵云这个顶天立地的男子汉形象的重要情节。桂阳太守赵范举城而降，仰慕赵云，与之结为昆仲，并欲将寡嫂樊氏嫁给赵云。赵云闻言怒曰：“吾既与汝结为兄弟，汝嫂既吾嫂，岂可作此乱人伦之事乎！”只因不愿乱人伦，结果逼得赵范降而复反。既取桂阳，孔明知此事，问赵云：“此亦美事，公何如此？”显然，孔明并不以为赵云娶樊氏是乱人伦。且看赵云如何回答：“赵范既与某结为兄弟，今若娶其嫂，惹人唾骂，一也；其妇改嫁，便失大节，二也；赵范初降，其心难测，三也；主公新定江汉，枕席未安，云安敢以一妇人而废主公之大事！”赵云虽然说出了个一二三，但细究其由，乃在“其妇改嫁，便失大节”一条。作者赋予赵云此言，显然是宋元人的口吻，反映出宋代理学对作者的影响。

作者写到马邈妻李氏殉节时，引诗赞道：“可怜巴蜀多名将，不及江油李氏贤。”对夏侯令女守节的描写，更能表现作者对节妇的钦敬之情：

> 曹爽从弟文叔之妻，乃夏侯令女也，早寡而无子。其父欲改嫁之，女截耳自誓。及爽被诛，其父复将嫁之，女又断去其鼻。其家惊惶，谓之曰：“人生世间，如轻尘栖弱草，何至自苦如此？且夫家又被司马氏诛戮已尽，守此欲为谁哉？”女泣曰：“吾闻‘仁者不以盛衰改节，义者不以存亡易

心'。曹氏盛时，尚欲保终，况今灭亡，何忍弃之？此禽兽之为，吾岂为乎？"

夏侯氏截耳断鼻，明志守节，不以盛衰改节，不以存亡易心，虽有忠于曹魏之嫌，但还是以贞节打动了行篡魏之实的司马懿的心，他“闻而贤之，听使乞子自养，为曹氏后”。作者对这种行为更是推崇备至，大加褒扬，后人有诗赞曰：“弱草微尘尽达观，夏侯有女义如山。丈夫不及裙钗节，自顾须眉亦汗颜。”

作品一方面褒扬女性守节，称颂节妇烈妇，另一方面却对妇女改嫁甚至寡妇改嫁颇多同情、钦敬、赞许之词。且看曹丕纳甄氏之事。曹操既破冀州，曹丕入袁氏宅，见袁熙妻甄氏貌美，欲纳之。曹操到袁氏宅，刘氏拜道：“非世子不能保全妾家，愿献甄氏为世子执箕帚。”曹操教唤出甄氏视之，曰：“真吾儿妇也！”遂令曹丕纳之为妻。曹操贵为丞相，甄氏是逃遁到乌桓的袁熙之妻，可曹操并不计较，一句“真吾儿妇也”，道出了曹操对曹丕与甄氏婚姻的欢喜。既言“真吾儿妇”，则不嫌甄氏是寡妇；既言“真吾儿妇”，则表明甄氏可配曹丕。对这桩婚姻，孔融颇有微词，以“武王伐封，以妲己赐周公”事讽刺曹操。《三国演义》的作者清楚地知道这段公案，但并没有流露出丝毫的鄙弃，表明他对这桩姻缘的默许和理解。在刘备娶寡妇吴氏为妃这件事上，作者更多的是从理论上为寡妇改嫁寻找根据。刘备晋位汉中王，法正奏道：“主上先夫人去世，孙夫人又南归，未必再来。人伦之道，不可废也。必纳王妃，以襄内政。”刘备从之。法正又奏：“吴懿有一妹，美而且贤。尝闻有相者，相此女后必大贵。先曾许刘焉之子刘瑁，瑁早夭，其女至今寡居。大王可纳之为妃。”听说是刘瑁之妇，刘备辞道：“刘瑁与吾同宗，于理不可。”同姓不通婚是传统的婚姻禁忌，刘备以此拒，而不以吴氏是寡妇拒，显然其对寡妇改嫁的看法与赵云“其妇改嫁，便失大节”的看法大不相同。刘备曾劝赵云娶赵范嫂，法正则依样画葫芦，劝刘备娶刘瑁妻。法正是明白人，对症下药，举晋文公与怀嬴的例子开导刘备。《三国演义》的作者对刘备娶刘瑁妻不仅无任何非议，而且还寻找根据为之辩护，作者对寡妇改嫁的态度已显而易见了。

对蔡琰这样一个三嫁妇，作者并无责其失贞之意。最早这样做的是《后汉书》的作者范晔。他把蔡琰这样一个文采斐然的女子列入了《列女传》。唐代史学家刘知几对此颇为愤然，他说："传标《列女》，徐淑不齿，而蔡琰见书。欲使彤管所载，将安准的？"① 但作者把为封建伦理所不齿的三嫁妇的故事作为一段佳话写进书中，本身就表明了作者对封建节烈观的反对。在理学的严格统治下，作者出于对历史的尊重和人道主义，对寡妇改嫁寄予深深的同情、理解，甚至给予赞美，反映出作者妇女观的进步面，是十分难能可贵的。

四、自主与从人的矛盾

封建礼教对女性的要求十分苛刻，其核心是要求女性顺从男子的意志。受这种观念的影响，《三国演义》中的一些女性完全失去了自我，成为男性的附庸和政治斗争的工具。袁术为达到借吕布之手除掉刘备的目的，主动提出与吕布联姻，娶吕布女为媳，被吕布拒绝。后来吕布被围，却要亲自送女出城嫁袁术之子；关羽降曹，曹操送美女以取悦之；袁绍妻刘氏为保全其家，献媳甄氏给曹丕；孙权为结孙刘之好，欲与关羽联姻……在这些事例中，女性成为男人们政治、军事、外交角逐中的工具和武器，个人的情感意志完全被消融在男性意志中。

女性被作为政治斗争工具的典型例证，是王允用貂蝉施连环计。这种美人计行为毁灭了女性的意志，侮辱了女性的人格，违背了她们的心愿，是丧失人性和灭绝人道的。孙权用其妹作钓饵，企图囚禁刘备以换荆州。孙权最初的打算是仅用其妹之名，没想到弄假成真，刘备、孙夫人恩恩爱爱，相当美满。然而，后来孙权却强行断绝二人夫妇之义，把孙夫人骗回东吴。刘备当上汉中王后，为报关羽之仇，兴师伐吴。在节节失利的情况下，孙权则试图送回其妹，割让荆州。尽管孙夫人是一个很有个性、有主见的女性，但最终还是为强大的

① 〔唐〕刘知几：《史通·人物》。

势力所左右，成为东吴对付刘备的一件特殊武器。

在一些女性被作为政治斗争工具的同时，另外一些有人身自由的女性却主动地让出了自己的权利，主张女性顺从男性的意志，回到闺阁之中。在董、何二宫争权时，何太后表述了这样的观点：“我等皆妇人也，参与朝政，非其所宜。昔吕后因握重权，宗族千口皆被戮。今我等宜深居九重，朝廷大事，托大臣元老自行商议，今国家之幸也。愿垂听焉。”何太后此番话是欲劝董太后不要干预朝政，结果二宫反目，酿成内乱。甘、糜二夫人与董、何二太后不同，何太后虽口头上说不干预朝政，而实际上却背弃了妇人不得干政的古训。甘、糜二夫人表里如一，恪守古训。关羽被困土山，欲纳张辽之议从曹，问二位嫂夫人。二人道：“叔叔自家裁处，凡事不必问俺女流。”关羽过卧牛山，周仓欲从，关羽又问二位嫂夫人。甘夫人道：“叔叔自离许都，于路独行至此，历过多少艰难，并未尝要军马相随。前廖化欲相投，叔既却之，今却独容周仓之众耶？我辈女流浅见，叔自斟酌。”很显然，作者是按儒家的伦理道德设计甘、糜二夫人的，她们动辄“凡事不必问俺女流”“我辈女流浅见”，表现得非常柔顺。甘、糜二夫人主动放弃了自己的社会参与权，正是这种文化心理的反映。

尽管作者笔下一些女性的个人意志被剥夺，放弃社会参与权，尽管作者对这种现象不无赞赏和提倡，但作品中另外一些女性的所作所为，还是透露出作者两难选择的信息。作者一方面用柔顺要求和规范女性，另一方面却又对女性的自主行为表示肯定，一再称赞那些敢于主宰自己命运的“女丈夫”。妫览、戴员谋杀了丹阳太守孙翊，又欲夺其妻徐氏。徐氏将计就计，杀死仇人，报了夫仇，保全了丹阳。对徐氏这种有勇有谋、敢于主宰自己命运的女性，作者十分赞赏，引诗赞道：“才节双全世所无，奸伪一旦受摧锄。庸臣从贼忠臣死，不及东吴女丈夫。”糜夫人长坂坡抱阿斗逃难，不幸被重创，为保全幼子，她把阿斗交给赵云后，毅然跳入枯井。危急关头，糜夫人舍己保子，很有主见。作者赋诗赞道：“战将全凭马力多，步行怎把幼君扶？拚将一死存刘嗣，勇决还需女丈夫。”《三国演义》中最堪称女丈夫的是孙夫人，作者写她，直以女丈夫来写。

洞房之夜，孙夫人初次亮相：灯光之下，但见枪刀簇满，侍婢皆佩剑悬刀，立于两旁。刘备见而大惊失色。孙夫人笑道："厮杀半生，尚惧兵器乎？"孙夫人虽是女流，但自幼好观武事，东吴大将程普说："公主自幼好观武事，严毅刚正，诸将皆惧。"以一女儿身能令东吴诸将皆惧，可以想见其英雄胆气。正因为这样，刘备回荆州遭阻时，孙夫人挺身而出："吾兄既不以我为亲骨肉，我有何面目重相见乎？今日之危，我当自解！"这后面八个字掷地有声，绝非柔顺女子所能道出。她叱徐盛、丁奉，骂陈武、潘璋，俨然指挥千军万马的大将，无半点女儿态。敢于这样做，或许倚恃的是她的公主身份，但其刚毅果决、身擅武事，却不是平常女子所能做得到的。所以，毛宗岗评道："孙夫人之配玄德，如齐姜之配重耳，皆丈夫女也。"①

《三国演义》的作者满怀钦敬和仰慕之情，描述和刻画了众多敢于主宰自己命运的女丈夫形象，表明了作者对女性自主精神和自主行为的肯定。尽管在这一问题上作者还不时陷入自相矛盾之中，但对女性的地位与价值的肯定，却是具有进步意义的。

（原载《吉林大学学报》1990 年第 2 期，与胡世厚合作）

---

① 〔清〕毛宗岗评本《三国演义》第五十五回。

略论《三国演义》的整体结构特色

结构之于作品，犹书法之间架，绘画之构图，须经精心筹划之后，方见其独运之匠心。《三国演义》作为我国古典长篇小说的开山之作，其艺术结构经过罗贯中的谋划运筹，明显地表现出自己的特色（毛宗岗加工改定的《三国演义》与罗贯中创作的《三国志通俗演义》，在整体艺术结构方面基本上保持一致。所以，本文引述均依毛本《三国演义》）。本文拟仅从其整体结构方面粗陈管窥之见。

一

西方汉学界一度流行过一种十分偏颇的看法，认为中国古典长篇小说的艺术结构明显地存在着分散、杂乱、缺乏整一性的弱点。他们认为，中国的古典长篇小说实际上只是“长篇幅的散文故事”，是许多小故事的组合，因此，有少数汉学家竟然认为不能用 Novel（即“长篇小说”）这个词来称呼中国的类似作品。[①] 事实上，中国古典长篇小说早在它的始创之作《三国演义》中就已具备西方一再称道的艺术结构整一性的特点。

所谓“整一”，是指结构的完整、一贯和不可分性。《三国演义》的结构形

① 参见中国社会科学院文学研究所编辑的《文学研究动态》第 58 期所载《美国出版三部研究我国古典文学的论文集》一文。

式虽是章回体，章回之间可以相对地独立，但也只能是相对而言，譬如“三顾茅庐”：徐庶走马荐诸葛，向刘备推荐了卧龙先生，刘备求贤若渴，便三赴卧龙岗相请，终于请出了有雄才大略的诸葛亮。这是一个比较完整的情节，独立出来可以成为一个很好的短篇。但是，作为《三国演义》艺术整体的一部分，它却没有独立的可能，它是《三国演义》艺术结构的重要环节，是诸葛亮这一重要人物大展雄才的前奏曲，也是刘备由弱到强的转折点。没有这个环节，整体结构就会呈现出某种程度的欠缺，因之而失去连贯与完整。上述的少数西方汉学家大概正是因为他们看到的仅仅是作为情节的故事本身，而忽略了它们在作品的整体结构中的链条作用。

类似“三顾茅庐”这样的情节，在《三国演义》中尚有许多，但它们都不能独立出来。它们是整体艺术结构的有机组成部分，都在主要线索的统御之下，犹如珠玉之于项链，一旦被分割，则项链将荡然无存。罗贯中这样构思《三国演义》，显然受到了当时说话艺术的影响和启发。说话人为了招徕听众，必须在一定的时间内讲述一个较为完整的故事。而在一场结束之时留下“扣子”，给人造成一种悬念，吸引他们继续听下去；下次开场、结束亦复如是。罗贯中以三国的代表人物曹操、刘备、孙权为主要人物线索，敷衍三国兴亡故事。这三条线索或单线独进，或并驾齐驱，或交叉错综，将汉末晋初近百年间的诸多历史人物和事件紧密地维系起来，构成一个严密的艺术整体。小说从东汉桓、灵二帝写起，先写十常侍擅权误国，何进谋诛宦官，董卓篡权乱国；序曲已毕，紧接着是曹操平定北方，孙权统一江左，刘备进取四川；继之是魏、蜀、吴三国相互征伐，谋成一统；最后以司马氏政权化三国为一统，建立晋王朝结束全书。小说围绕着三国的兴亡展开情节，而三国的兴亡则又紧紧地依附于曹操、刘备、孙权或他们的继承人。于是，全书的情节发展、事件安排、人物构成以及整体结构的布局谋篇，则直接受这三条人物线索的统御或制约。《三国演义》虽然用章回体写成，并可明显地分成四个大的段落，但这些章回和段落都是全书不可分割的组成部分。毛宗岗用逆推的方法分析《三国演义》的艺术结构，认为它

“有追本穷源之妙”“读之不见其断续之迹，而按之则自有章法之可知”①，已经涉及《三国演义》艺术结构的整一性特点。但他以“总起总结之中又有六起六结”为《三国演义》之“章法”，与事实则不无违忤。《三国演义》四个大的段落，如同四个彼此相扣的玉环，每一个玉环之中又有若干相互联系的小环，环环相扣，形成一个完整的链形结构。

此外，《三国演义》还需要有“一篇之主脑”作为其链形结构的统帅。主脑，即作者立言之本意。罗贯中著《三国演义》的本意为何，颇多分歧。我们认为《三国演义》一书的“主脑”乃是分合之势，它不仅统率着众多的人物、纷繁的事件，而且对其他三条主要线索的离合、发展、变异都起着决定或制约作用，是全书的总关目，也是三国故事每一个大的发展段落的关目。不过在罗贯中看来，分合之势不是人们所能把握的，“数之所在，理不得而夺之；命之所在，人不得而强之”②，治乱、分合一决于天命。汉祚将终，大势将分，先有诸多奇事出现为征兆，继而又通过诸侯之口说明东汉“气数已尽”，以此总领汉末之乱，安排序曲部分；魏、蜀、吴三国取代诸侯争胜局面，鼎峙而立，先有曹操梦“三日争辉”一事为关目。第六十一回这样写道：

> 操伏几而卧，忽闻潮声汹涌，如万马争奔之状。操急视之，见大江中推出一轮红日，光华射目；仰望天上，又有两轮太阳对照。忽见江心那轮红日直飞起来，坠入寨前山中，其声如雷。猛然惊觉，原来在帐中做了一梦。

以“三日争辉”兆天下三分，为三国鼎立先下了注脚。虽然天命掩盖了历史发展的必然性，但这样的“分势”对于第二大段落的统御作用却是十分明显的，它制约着其他三条线索，使它们在相当大的篇幅中都处于并驾齐驱的状态。它把三条线索维系在一起，避免了结构松散的弱点，增强了全书艺术结构的整一性。三国鼎立先有分势，司马氏政权禅魏灭蜀、吴却后有“合势”。第七十八回

① 引自毛宗岗评本《三国演义》卷首所载《读三国法》。

② 毛宗岗评本《三国演义》第三十七回。

曹操的“三马同槽”梦以及毛宗岗增补的七言诗“三马同槽事可疑，不知已植晋根基。曹瞒空有奸雄计，岂识朝中司马师”，都表明了这种“合势”。事实上，三国的发展结局也都应合了这样一种“合势”。卷终所引诗句“纷纷世事无穷尽，天数茫茫不可逃”，正是罗贯中对分合之势的概括。有分合之势为主脑，有不同的分势、合势为各大发展段落的关目，进而结构情节，安排事件，这就构成了《三国演义》艺术结构整一性的特点。

刘勰在《文心雕龙·附会》中说：“凡大体文章，类多枝派；整派者依源，理枝者循干。是以附辞会义，务总纲领，驱万涂于同归，贞百虑于一致。使众理虽繁，而无倒置之乖；群言虽多，而无棼丝之乱。扶阳而出条，顺阴而藏迹；首尾周密，表里一体，此附会之术也。”刘勰所谓的“附会”，亦即今人所说的章法结构。罗贯中著《三国演义》是十分讲究“附会之术”的。

二

深入地探讨一下《三国演义》的链形结构可以发现，这个完整、统一的链条上的各个环节，其联系方式和相互间的密度不是固定的、一成不变的，它们的变化循着一定的规律，十分自然和谐；它讲究章回与章回之间、段落与段落之间的均衡，但它更讲究环节的和谐、整体的和谐。《三国演义》作为第一部无可借鉴他著的长篇小说，能够达到这种境界，作者非得有侔合造化的艺术功力不可。但是，罗贯中这样做了，而且做得很成功，笔者以为其成功处主要有下述几点。

1. 张弛相间　寒热相济

《三国演义》主要是敷衍魏、蜀、吴三国相互征伐、争为一统的历史故事。罗贯中对整体结构张弛关系的处理可谓恰到好处，情节发展往往能在生死攸关、剑拔弩张之时，或路转峰回，或急转直下，或稍作缓冲以便向更高的阶段推进，紧张激烈之中时有轻松缓和，惊心动魄之际时有舒缓悠游。赤壁之战，是《三国演义》中规模壮阔、影响深远的一次战争，前后跨八个章回，是《三国演义》

中一个较大的环节，罗贯中叙来，一张一弛，其间隔有很强的分寸感。曹操率得胜之师穷追刘备，并驰书孙权，令其会猎于江夏，刘备面临倒悬之危。这时，忽有鲁肃来江夏吊丧，并偕诸葛亮至柴桑见孙权，情节为之一缓；诸葛亮智激孙权、周瑜抗曹，孙、刘联军，刘备之危已解，情节为之二缓；曹军兵逼赤壁，长江两岸都笼罩着浓郁的战争气氛，然而，罗贯中引而不发，按下三军黩武，转写孔明、周瑜、曹操三人斗智，出现了周瑜大宴宾客、西山庵庞统诵兵书、曹操横槊赋诗等欢娱舒缓的场面，并有《大雾垂江赋》一篇优美的文字穿插其间，情节为之三缓。有此三缓，赤壁一战有张有弛，在张弛的变化之中构成了情节结构的和谐性。大的环节如此，小的环节亦是如此。“博望坡军师初用兵”一章，夏侯惇率军至博望，遇赵云及所部老弱残兵，一战则胜，韩浩看出有诈，提醒夏侯惇“赵云诱敌，恐有埋伏”，情节一缓；夏侯惇拒谏，继续进军，遇刘备，战则又胜，便驱军至博望坡，于禁、李典见地势不利，亦谏夏侯惇止军，情节二缓。博望坡一战篇幅虽短，但因是紧张的战事，中间稍作缓冲，以调节张弛关系，使部分与整体协调起来，进而增强了整体结构的和谐性。

结构的张与弛同作品描述的事件性质有很大关系：格斗杀伐之事，紧张激烈；谈天论道之事，优雅淡泊；嫁娶宴乐，喜庆平和；生离死别，凄凄惨惨。因此，文学作品事件的安排应该做到寒热相济，喧闹热烈伴以宁静平和，格斗杀伐伴以优雅淡泊，二者相互补衬，就可以弥补各自的欠缺，甚而能交相生辉，造成“相映成趣”的艺术效果。仍以赤壁之战为例。赤壁一战尽管有张有弛，但仍然给人以氛围热烈的感受，不过，读完华容道一章，人们的感受就不一样了。曹操和破败之军落荒而逃，被赵云、张飞冲了两阵，兵马损失殆尽。至华容道，“人皆饥倒，马尽困乏。焦头烂额者扶策而行，中箭着枪者勉强而走。衣甲湿透，个个不全；军器旗幡，纷纷不整：大半皆是彝陵道上被赶得慌，只骑得秃马，鞍辔、衣服尽皆抛弃。正值隆冬严寒之时，其苦何可胜言”。天寒、马寒、人寒，读者至此亦觉心寒。类似的例子尚有许多，自不待详举。热后见寒，以寒补热，读者则“躁思顿清，烦襟尽除”，作品的整体结构也就不会因为事件的雷同一律而减弱或失去其和谐性。

2. 虚实相生　刚中见柔

历史小说要受历史事实的制约，这是一个方面。但是既为小说，作者完全有理由根据艺术的需要去描述历史上可能发生而没有发生的事情，可以根据艺术的需要打破事件发生的前后顺序，重新组合。罗贯中成功地运用了这种创作原则，不仅使《三国演义》熠熠生辉，而且对其整体艺术结构也有一定的协调作用。应该说，《三国演义》基本上是符合史实的，大的历史事件和基本的历史精神都能保持一致，但它在个别环节上却有创造和虚构。“三顾茅庐”在陈寿《三国志》中仅有“由是先主遂诣亮，凡三往，乃见”① 十余字，但是《三国演义》中经过罗贯中的再创造，十余字演绎成一篇曲折生动、妙趣横生的文字。罗氏这样写，除表现刘备的求贤若渴、礼贤下士及诸葛亮的雄才大略、满腹经纶外，主要是从艺术结构需要的角度来考虑的。诸葛亮的形象在《三国演义》中占有举足轻重的地位，是作品的整体结构的顶梁柱，因此，他的出场不能像刘、关、张那样随便介绍一下了事，更不能像赵云、魏延那样呼之即来，挥之即去。对于这个身系刘蜀兴亡的人物，罗贯中采用烘云托月的手法，为诸葛亮的出场营造了一种千呼万唤始出来的气氛。应该指出，诸葛亮的出场恰在刘备屡败之后，赤壁大战之前。从整体结构中去考察，“三顾茅庐”的结构价值就更清晰、更明了了。如果说“三顾茅庐”还有那么一点历史依据的话，则“连环计”就纯属虚构，但是，相比之下“连环计”的结构作用似乎更明显一些。罗贯中推出貂蝉这个人物，不是为了衬托他人，而仅仅是为了完成情节由董卓向曹操的过渡，为了使情节发展更曲折多变一些。当然，没有貂蝉，由董卓而至曹操的过渡也是要有的，但不可能如此自然和谐，不可能有“连环计”“凤仪亭”两段深受后人赞誉的文字。这是《三国演义》以实为本、以虚补实、虚实相生的艺术成就。

---

① 〔晋〕陈寿《三国志·蜀书·诸葛亮传》。

《三国演义》作为一部悲剧性的民族史诗，其艺术结构由于它所选取的题材、所塑造的人物以及所表现的主题的限制，明显地呈现出阳刚之势。这“刚”是悲壮之刚，是从全书的悲剧色彩、悲壮气氛中体现出来的。阳刚之势，是《三国演义》艺术结构的主体，但是，人们在悲壮的旋律中时而也可以听到舒缓悠扬的协奏。十八镇诸侯讨伐董卓失利之后反以兵戈相见，国贼未除，内衅又起，读者的欣赏情趣受到了压抑。然而就在这时作者安排了“王允巧使连环计”，让貂蝉出场了，所谓龙争虎斗之间忽闻燕语莺声。尽管接下去又是金鼓齐鸣、万马奔腾，但有此轻松舒缓的插曲，其整体结构也就避免了“偾强拂戾”之失，表现为刚中有柔了。

《三国演义》的整体结构不像西方古典主义小说那样以“高潮”为轴心，大起大落，而是像起伏有致的波浪，渐起渐落，呈现出一种十分自然和谐的状态。

三

链形结构及其各构成环节自然和谐的组合状态，是《三国演义》在整体结构上的独特之处。但是，只要我们对其整体结构各构成部分略作一下比较，将会发现，在整一与和谐之中却明显地存在着非对等现象。《三国演义》所取用的事件，各个大的段落乃至环节与环节、章回与章回之间，魏、蜀、吴三国以至于三国的主要人物之间，虽未标明主次，但主次、轻重之分却是十分显然的。

由于《三国演义》表现内容的限制，其非对等现象首先表现在不同性质事件的构成比例上。《三国演义》所述之事大都是战事和围绕着战事展开的斗智斗勇，而谈天论道、歌舞宴乐、嫁娶婚丧、友事往来等事件的取舍则取决于它与战事是否有关，有则取，无则去。稍稍留意一下就可发现，《三国演义》描述的战事和围绕着战事展开的斗智斗勇在全部事件中占绝对优势，而其他事件只是作为陪衬和某种艺术需要而出现。这种情况在我国古典长篇小说中是不多见的，其他小说不能比，《东周列国志》那样专门记述战国纷争的历史小说亦不能比。

《三国演义》整体结构的非对等性主要表现在三国人物、事件的比例安排上。《三国演义》主要是排比陈寿《三国志》，但它却一反陈志以魏为主，吴、蜀次之的方针，变而以刘蜀为主，使刘蜀的人物、事件都占主导地位。《三国演义》开篇伊始便是“宴桃园豪杰三结义”，把未来的刘蜀政权的三个主要人物先介绍出来，以此为始在序曲部分安排了刘、关、张斩黄巾、鞭督邮、战吕布、救孔融、领徐州、守小沛以及许田打围、青梅煮酒诸事，并集中笔墨在第二十四至二十八回和第三十四至四十一回写了刘备及麾下的几个主要人物，让诸葛亮、赵云先出场表演一番。自赤壁之战而下至五丈原，《三国演义》的主要情节和大部分事件都是以刘蜀的几个主要人物为主导，围绕着刘蜀政权的兴衰来安排。相比之下，魏、吴两条线索以及围绕着它们的情节和事件就退而为次，所占的比例也远不及刘蜀。三条线索贯穿的事件明显地不均衡，这就造成了其艺术结构的非对等性。就比例的大小而论，《三国志》中的三国顺序是魏、吴、蜀，而在《三国演义》中却是蜀、魏、吴。这与《三国志平话》是一致的。《三国演义》成书远在《三国志平话》之后，其史料依据《三国志》及裴松之注，但其艺术结构框架却采用《三国志平话》。

《三国演义》艺术结构的非对等性，或许与自南宋以后广为流行的“尊刘抑曹”倾向有关。但是应该看到这部以《三国志》为蓝本，“间亦仍采平话”和民间传说的鸿篇巨制，在取材和结构事件、安排情节上，既与陈志大相径庭，又与平话不甚一致，如果说《三国演义》的作者有“尊刘抑曹”倾向，他就应该在结构全书时基本上依照平话，或在平话的基础上更进一步。但是，《三国演义》有关刘蜀的部分，基本上依据平话，很少增删，而有关曹魏、孙吴的部分却大大增加，二者在全书中所占的比例合起来几与刘蜀部分接近，因此，这不单单是一个“尊刘抑曹”的问题。它从一个方面表明了作者的艺术情趣和追求。我国一些古典长篇小说的整一性和和谐性往往是通过艺术的均衡表现出来的，《三国演义》不是这样，它既具有鲜明的整一性、和谐性的特点，又具有其他作品往往不可能具备的非对等性，而且能在非对等之中表现出和谐来。这是《三国演义》艺术结构的独特之处。

不少人读《三国演义》都有后不如前的感觉，“诸葛亮秋风五丈原”之前写得有声有色，生动感人；之后虽不乏动人的章节，但总的趋势是每况愈下。这种现象与《三国演义》整体结构的非对等性有一定的联系。《三国演义》叙事以蜀汉为主，但蜀汉的兴衰存亡不系于刘备，而系于诸葛亮一身。诸葛亮是刘蜀的决策人物，也是作者理想化了的人物，他不仅占篇幅多，而且有他出场，故事就写得生动、细致、逼真，有吸引人的力量。从诸葛亮出山到五丈原，前后时间仅二十七年，其篇幅却占了全书的二分之一强；五丈原之后凡三十年，仅用了十六个回目，占全书的六分之一。五丈原之前好写好看；五丈原之后，作者理想中的人物死去了，这无疑是抽掉了整体结构的栋梁，后面的部分历时虽长，但作者也只好勉为其难，把它作为全部三国故事的尾声来处理了。但是，这种前后不均衡，并没有损害整体结构的和谐性。

如果把主题比作作品的灵魂，艺术形象比作作品的血肉，那么艺术结构就理所当然地成了作品的骨架了。它的作用绝不仅仅是为了支撑起一个有灵魂的血肉之躯，它还负担着把这个血肉之躯协调、匀称、完整地组织起来的任务。当然，它必须遵循一定的结构原则，符合艺术的、美学的要求。《三国演义》的艺术结构显示了我国古典长篇小说艺术结构的民族性及其自身的特点，为后人提供了许多可资学习借鉴的成功的艺术经验。有些论者讨论《三国演义》艺术结构的特点时，总是不能从具体的结构手段中摆脱出来。事实上，表现于小说中的那些具体的结构手段，大多是作者从史传文学和志怪小说中继承而来，不能视作《三国演义》的结构特点。讨论《三国演义》的艺术结构特点，应该把它视作一个艺术整体去考察，从而探究它的独特之处。这样，或许可以得到一些更接近于事实的结论。

（原载《中州学刊》1984年第4期，署名夏炜，后收入山东人民出版社出版的《名家解读〈三国演义〉》一书）

《三国演义》结构体系解读

一、以正统观念为主纲，统御纷繁复杂的人物事件

分久必合，合久必分，是自夏商以来的中国历史的一种大趋势。国家的分分合合，疆域的频繁变更，帝王走马灯似的更换，促使一些文人开始思考孰为正统这一问题。战国时期的孟子力倡中原为国家正统说："吾闻用夏变夷者，未闻变于夷者也。"[①] 意思是说，中国可以改变落后偏僻的国家，而落后偏僻的国家却不能改变中国。不过，孟子的正统说是一个地域概念，他蔑视陈相、许行等南方人，称陈相为"楚产"，说许行是"南蛮鴃舌"之人，就是把中原作为正统所在。其后，正统说成了文人争执不下的话题。尤其是当国家处于分裂、社会处于动乱时期，正统就是一个常说常新的话题。到了西汉时期，以汉朝为正统不仅为大多数文人所认同，而且成了国人的共识。贾谊、董仲舒等文人力主华夷之分，以汉朝所处的中原和关中为正统，以汉朝四邻为夷狄，认为汉朝乃天下正统之所在。自此以后，在汉朝为正统的基础上逐渐演绎成以汉民族为正统的观念。但是，由于中国长期处于分分合合的状态中，朝代和帝王经常出现非正常变更的情况，所谓"正统"的观念也就常常是因历史情况的不同而不同，

① 〔南宋〕朱熹：《四书章句集注·孟子集注》卷三《滕文公章句上》。

有时地域说占主导地位，有时则是民族说占主导地位，有时则是成王败寇。

不论哪一种正统说占主导地位，只要是正统的，士阶层都愿意接受，否则，他们是不会轻易臣服和膜拜的。正统观念的深入人心，使得不少文士在对待国家、朝代和帝王方面，自觉地用一种正统的眼光来看待，于是就有了正统、闰运、僭国等的分别。《三国演义》的作者既是用小说的形式敷衍三国时期的历史，当然也不可能摆脱正统观念的影响，而且在形象塑造、叙述语言和艺术结构等方面都鲜明地流露了出来。

毛宗岗在《三国志读法》中开宗明义地指出了《三国演义》的这一特点："读《三国志》者，当知有正统、闰运、僭国之别。正统者何？蜀汉是也；僭国者何？吴魏是也；闰运者何？晋是也。魏之不得为正统者何也？论地则以中原为主，论理则以刘氏为主，论地不若论理，故以正统予魏者，司马光《通鉴》之误也；以正统予蜀者，紫阳《纲目》之所以为正也。《纲目》于献帝建安之末，大书'后汉昭烈皇帝章武元年'，而以吴魏分注其后。盖以蜀为帝室之胄，在所当予；魏为篡国之贼，在所当夺。是以前则书刘备起兵徐州讨曹操，后则书汉丞相诸葛亮出师伐魏，而大义昭然若揭于千古矣。"①

司马光《资治通鉴》叙述三国史实，据曹魏纪年；朱熹《通鉴纲目》则改为蜀汉纪年。朱熹之所以要改蜀汉为正统，目的则是为了宣扬正统观念，维护偏安江南的南宋统治。在正统说占主导地位的封建社会，这种观念显然更容易为人所接受。事实上，《三国演义》的结构体系，也受到了这种观念的影响。

自汉末大乱至三国鼎立之前，中原基本上处于诸侯割据的局面。曹操用荀彧之计，"首倡义兵，奉天子以从众望"，移汉献帝于许县，开始挟天子以令诸侯。曹操既挟天子之重，本来应顺理成章地成为正统的继承者。可是，《三国演义》的作者却始终不曾视曹操为正统，叙及曹魏之事，多有微词贬义。其称曹操，或称汉贼，或称奸雄，或径称曹阿瞒，并经常借他人之口痛骂曹操。陈琳

① 〔清〕毛宗岗评点《三国演义》之《三国志读法》。

为袁绍写的讨伐曹操的檄文，把曹操祖孙三代骂了个狗血喷头；祢衡击鼓骂曹操，不仅把曹操臭骂了一通，而且把曹操的文臣武将都说得一无是处，称之为“衣架饭囊，酒桶肉袋”；耿纪、韦晃等人谋诛曹操，让人高喊“杀尽曹贼，以昭汉室”，显然也是不把曹操作正统来看待。至第八十回“曹丕废帝篡炎刘，汉王正位续大统”一章，汉献帝被废，曹丕面南登基，正统本当由曹丕继承，可是，《三国演义》的作者却不这么看。在正统观念的作用下，作者把曹丕称帝视为篡位夺权，所以才在回目上加一个“篡”字。在作者看来，汉室虽亡，汉祚未尽，汉朝之正统依然存在，这就是刘备代表的蜀汉政权，所以才特别标出“汉王正位续大统”，把刘备为代表的蜀汉政权看作是正统之所在。

毛宗岗看出了作者的用意之所在，在回评中特意拈出刘备称帝一事大发议论：“玄德之称汉中王也，在曹操称魏王之后。夫曹氏可王，而刘氏独不可王乎？非刘氏而王者，高祖有禁。即以献帝临之，曹可夺而刘可予也。玄德之即帝位也，在曹丕篡帝位之后。夫丕以可篡，而帝室之胄反不可以继汉乎？丕篡之，而玄德继之，是献帝废而未废也。”毛宗岗以为，朱熹不以魏为正统，“盖不以天数与之，还以天心之合乎人心者夺之耳”。《三国演义》的作者在曹丕与刘备称帝这一点上，称曹丕为“篡”，称刘备为“续大统”，将正统给予刘备而不给予曹丕，是因为有正统与僭国的区别。正是因此，在听说曹丕篡汉之后，诸葛亮等蜀中大臣立即上表劝进：“主上乃汉室苗裔，理合继统，以延汉祀。”诸葛亮的这番话，实际上正是作者的肺腑之言。作者在回目中标出“汉王正位续大统”，就是这种正统观念的流露。

三国鼎立之后，作者始终围绕蜀汉正统这一主线结构小说的后半部分。小说承接赤壁之战和荆州争夺战的余绪，以刘备取西川开始，就把刘备为代表的蜀汉政权作为主线，而曹魏和孙吴则处于次要地位。刘备称帝蜀中之后，虽然论地域不及孙吴广阔，更遑论曹魏，但作者以蜀汉为正统之所在，以曹魏、孙吴为僭国，叙述的重点始终放在蜀汉一方。七擒孟获、六出祁山、九伐中原的故事，占用了三国鼎立之后四分之三的篇幅。《三国演义》的作者不仅把大量篇幅给予正统的一方——蜀汉，而且在叙述语言上也处处表现出蜀汉正统的倾向。七擒孟获，作者以孟获为“南寇”，以蜀汉军队为“天兵”；诸葛亮六出祁山，或称之为“伐中原”，或称之为“讨魏国”，而魏兵征讨蜀汉，则称之为“寇西蜀”；所占篇幅的大小和用语褒贬的区别，突出了蜀汉正统在小说结构中的作用，使蜀汉正统的结构体系更为清晰，也更为容易把握。

二、以重大事件为纽带，串演百余年之历史

自汉灵帝建宁元年（168 年）至西晋太康元年（280 年）三分归一统，时间跨度长达 110 多年，发生了许多重大的历史事件。大而言之，有黄巾起义、董卓之乱、诸侯割据、三国鼎立、西晋统一等，若再划分稍细一些，事件就更多了。宋人袁枢《通鉴纪事本末》则把这一时期的历史事件划分为宦官亡汉、黄巾之乱、韩马之叛、袁绍讨公孙瓒、曹操篡汉、孙氏割据江东、刘备据蜀、吴蜀通好、诸葛亮出师（平南中附）、吴侵淮南、魏平辽东、明帝奢靡、司马懿诛曹爽、吴易太子、诸葛恪寇淮南（孙琳逆节附）、魏灭蜀、淮南三叛（文钦、毌丘俭、诸葛诞）、司马氏篡魏、晋灭吴等 19 个部分。百余年之历史，如此多的历史事件，怎样才能用小说的形式有机地组成一个整体，确是一个颇费思量的问题。

罗贯中显然是成竹在胸。既是敷衍历史，自然就要以历史事件为纽带，串演百余年之历史。小说不是历史，不可不加斟酌区分而随意地堆砌历史事件，也不可能像史书那样平铺直叙，一一道来。历史小说之所以有别于历史著作，就在于它对于历史事件、历史人物的处理必须经过提炼升华，必须经过艺术处理。罗贯中在创作《三国演义》时，尽管可以借鉴一下唐人传奇和宋元话本，可以借鉴一下元人杂剧，但是，要创作《三国演义》这样一部皇皇巨著，还必须另辟蹊径，自闯路子。

令人称奇的是，罗贯中抓住了历史小说演义历史事件这一要点，将汉末至晋初的历史分为董卓之乱、诸侯割据、曹操统一北方、孙权占据江东、刘备入

主西蜀、荆州之争、诸葛亮七擒孟获、六出祁山、司马氏统一中国等大的历史事件，至于其他历史事件，则在这些大的历史事件中叙述或一笔带过。这些历史事件不仅表现为时间的连续性，而且还存在着某种因果关系，自然而然地扭结在一起。董卓之乱的结果是诸侯割据，诸侯割据的局面则直接促成了曹操统一北方、孙权占据江东和刘备入主西蜀，形成了三国鼎立；三国鼎立之后，荆州作为战略要地，则成了三国必争之地，于是有了荆州之争。之后，作者以蜀汉为正统，叙述的重点转向了蜀汉，于是，诸葛亮七擒孟获、六出祁山成了主要的历史事件。这一时期发生的其他重大历史事件则穿插其间。在叙述这些重大历史事件时，作者也不是事无巨细，据史道来，而是抓住那些最吸引人的事件、最出彩的故事，浓墨重彩，铺张扬厉，着力渲染。如董卓之乱，作者着力描述的是十八路诸侯讨伐董卓和王允巧施连环计，写出了诸侯之间的钩心斗角，为后面的诸侯割据埋下了伏笔；而王允巧施连环计，则是在十八路诸侯讨伐董卓未果的情况下展开的。这样就在对比之中突出了谋略的作用，表现出巾帼不让须眉的情怀。三国鼎立之前，作者最肯花费笔墨的是赤壁之战。赤壁之战是三国鼎立的关键之战，也是《三国演义》最出彩的章节，舌战群儒、群英会、草船借箭、苦肉计、连环计、横槊赋诗、祭东风、华容道等，皆出自这些章节。作者不吝笔墨，用了八回的篇幅来写赤壁之战，既突出了赤壁之战在三国鼎立中的重要作用，将参与这一重大历史事件的主要人物活灵活现地表现出来，又为此后小说情节的推进做了充分准备。

三国时期重大的历史事件都有某种内在的联系，大多都有一种很直接的因果关系。《三国演义》的作者以这些具有某种内在联系或因果关系的重大历史事件为纽带，将其他许许多多有联系或没有联系的历史事件扭结在一起，形成了一个以重大历史事件为主干、以其他历史事件为枝叶的结构整体。在这个结构整体中，作者的正统观念则起着主导作用。在重大历史事件的选择上，作者遵循的是正统为主的原则。属于正统的一方，有关的重大历史事件尽可能地选用；非正统的或僭越的，其历史事件虽然属于重大事件，也常常是按一般事件处理，因而常常是附缀于其他重大历史事件之下。这样做的结果必然是所谓正统的一方无论是在结构关系上还是在篇幅上，都占据了主导地位。这也正是蜀汉享国最短而所占篇幅最大的原因所在。

三、以人物为链条，附缀三国风云人物

如果正统观念是《三国演义》整体结构的灵魂，重大事件是《三国演义》整体结构的主干，那么人物则是将《三国演义》结构为一个艺术整体的链条。作者按照自己的整体观念决定历史事件的取舍，对三国历史作了新的布局和勾勒。但是，如何把这些历史事件结构成一个艺术整体，必须发挥历史人物——艺术形象的作用。因为，只有通过他们，才能把那些有联系或无联系的历史事件整合在一起，进而构成一个艺术整体。所以，在《三国演义》结构体系中，三国时期的风云人物都成了这个艺术整体的链条和有机组成部分。

古典小说尤其是历史小说，人物在艺术结构中占有重要地位。在《水浒传》《隋唐演义》《说唐全传》等英雄传奇类小说中，英雄人物在艺术结构中始终占据着主导地位。这些小说通常是集中在某几个章节叙述某一英雄人物的故事，而在其故事大体告一段落时，则有另一英雄人物粉墨登场，成为接下来章节中的主要人物。《三国演义》则不同，它是以重大历史事件为结构主线，人物的出场或隐没必须服从于历史事件，随着历史事件的演进而出场或退场。所以，人们很难在一两个章节中对三国时期某一风云人物有全面的了解。比如关羽，就很难根据某一章节对其作出完整而全面的评价。温酒斩华雄见其勇，过五关斩六将见其忠，华容道释曹见其义，单刀赴会见其智，水淹七军见其谋，败走麦城见其骄。从桃园三结义开始，这些方方面面一直到其魂归玉泉山，才算有一个完整的结局。考察关羽的出场可以发现，他的每一次出场，几乎都和重大历史事件有关。桃园三结义和汉末大乱相联系，三英战吕布与十八路诸侯讨伐董卓有关系，温酒斩华雄的背景是诸侯割据，华容道释曹是赤壁之战的尾声，水淹七军和败走麦城相联系的则是孙、刘、曹三方的荆州之争。尽管在这些章节

中关羽的形象颇为英勇威武，但因其是随着重大历史事件而出场的，所以必须服从历史事件的演进。而过五关斩六将和单刀赴会就不同了，它既是从不同的侧面塑造关羽的形象，又是出于艺术结构的需要。关云长千里走单骑、过五关斩六将发生在刘、关、张古城聚义之前，是刘备自树大旗的前奏曲。就其性质而言，最多只能算是《三国演义》诸多重大历史事件中一朵小小的浪花。但它在结构体系中的作用则不容小觑。在刘、关、张失散后，作者设计这样一个情节，不仅使三人再次聚义，而且把许多相关的历史事件联系起来，链条作用十分明显。关云长单刀赴会在小说结构体系中的作用，亦有异曲同工之妙。

最能表现人物在小说结构体系中的链条作用的，要算是诸葛亮了。自刘备三顾茅庐请诸葛亮出山开始，诸葛亮在《三国演义》结构体系中的作用就显现出来了。诸葛亮出山是刘备命运的转折点，也是刘备抗衡曹操的开始，于是有了火烧新野、携民渡江，有了刘琮献襄阳、刘备居夏口，有了孙刘联合、赤壁之战。这一系列的事件和众多的人物，都是通过诸葛亮联系在一起的。刘备三顾茅庐之前，徐庶走马荐诸葛，司马徽再荐名士，将当时荆州遗贤司马徽、崔州平、孟公威、石广元、诸葛均、黄承彦等悉数道出，并让他们一个个粉墨登场，就连在刘备取西川中建立了大功的庞统，也是未见其人，先闻其名。除庞统之外，这些人物在《三国演义》中算不上多么重要，且大多属于过客一类人物。他们的出现主要是为了烘云托月，给诸葛亮的出场制造一种不同凡响的气氛和环境。如果把这些人物去掉，对《三国演义》的结构体系没有多大的影响。但是，这些人物在三国历史上都曾或多或少留下了一些痕迹，而且又是诸葛亮的好朋友，显然应该写进《三国演义》。作者在写这些人物的时候，不是单独介绍他们，而是服从和服务于人物形象塑造和全书的结构体系，安排他们在刘备三顾茅庐时出现，给诸葛亮的出场制造一种气氛。这样一来，通过诸葛亮的出场，就把那些不便在其他章节中出现的人物带了出来。蜀汉政权建立后，诸葛亮在全书结构体系中的作用更为明显。三国鼎立之后，作者叙述的重点在蜀汉，主线也在蜀汉，而诸葛亮则是将蜀汉兴亡系于一身的人物，也是连接后半部

《三国演义》的关键人物。诸葛亮平南蛮，引出了孟获，演出了七擒孟获的活剧；出祁山北伐中原，不仅带出了姜维，而且还引出了一些在魏晋之交发挥过重要历史作用的人物。诸葛亮成了《三国演义》后半部分结构体系中的主要人物。随着他病逝五丈原，《三国演义》一书很快就匆匆结束了。

在《三国演义》的整体结构体系中，能够发挥作用的不仅仅是三国历史舞台上那些曾经叱咤一时的风云人物，一些虚构或传说中的人物同样具有这样的作用。貂蝉曾经“是一个影子似的人物，她若隐若现，似有似无，既无法抹去这个影子，又说不出她的具体形象”。（李春祥《浅论貂蝉》，见中州古籍出版社《三国演义论文集》）貂蝉这一人物故事成型，是在元刊《三国志平话》和元无名氏的杂剧《连环计》中完成的。但是，在平话和杂剧中，貂蝉和吕布原是夫妻，因战乱而失散。罗贯中根据有关貂蝉的一些传说，重新塑造了一个深明大义、不让须眉的女中豪杰形象，并在第八、第九两回中为她提供了较为充分的空间，让她施展王允的连环计，离间吕布和董卓的关系。貂蝉的出现，与其说是为了塑造一个巾帼英雄的形象，不如说是出于全书结构体系的需要。罗贯中推出貂蝉这个人物，不像崔州平、孟公威等人那样是为了烘云托月，而是为了完成情节结构由董卓向曹操的过渡，为了使情节发展更加复杂曲折，更加引人入胜。当然，没有貂蝉的出场，情节结构由董卓向曹操的过渡也是要有的，但不可能如此自然和谐，也不可能留下“连环计”和“凤仪亭”两段深受后人赞誉的美文。

四、《三国演义》结构体系对历史小说创作的深远影响

从上述分析可以看出，《三国演义》的结构体系是以正统观念主导全书的布局谋篇，以重大历史事件为全书的结构框架，以主要人物为链条将全书的情节联系在一起，使之成为一个完整的艺术体。在这样一个结构体系中，正统观念始终占据着主导地位，对历史事件的取舍、小说主线的安排、人物形象的塑造、历史事件和历史人物的评价等方面，都起着决定性作用；在正统观念影响下，

作者对三国时期的重大历史事件重新进行安排，以能够表现作者的正统观念的重大历史事件作为小说的主要框架，而对那些虽属重大之列但和正统一方有一定距离的事件，则等而下之，作为附属或附带事件来处理；三国时期的风云人物则成了小说结构体系中的链条，作者不仅通过他们充分表现了自己的正统观念，而且通过他们把大大小小的历史事件有机地联系在一起，使整部小说的结构体系既完整严谨，又独具匠心，表现出很高的艺术性。

如果将《三国演义》和《水浒传》作一比较，就可以更加清楚地看出《三国演义》结构体系的特色。《水浒传》是一部英雄传奇，它是以人物为主，故在结构体系中除代表着除暴安良、替天行道的宋江和吴用之外，其他人物基本上都可以独立成章，结构上自为单元，而围绕着他们发生的一系列事件，都是为了表现他们的忠勇侠义之气，表现他们独特的个性，塑造丰满的艺术形象。这是《水浒传》和《三国演义》在结构体系方面最大的不同所在。它们实际上代表了中国古典小说的两大结构体系，并且成为古典小说模仿的榜样。

《三国演义》的结构体系成为历史小说的一种模式。其后，历史小说作者都有意无意地模仿这种模式。从冯梦龙的《东周列国志》，到《西汉演义》《东汉演义》《东西晋演义》《隋唐演义》《两宋志传》，再到蔡东藩的系列历史演义小说，在艺术结构上都基本上遵循着《三国演义》结构体系的模式。但是，由于这些历史演义“既拙于措辞，又惮于叙事”（鲁迅语），在虚实的处理、形象的塑造、叙事的技巧、语言的运用等方面，都远不及《三国演义》，所以鲁迅先生说它们“没有一种跟得住《三国演义》”（《中国小说史略》）。事实上，《三国演义》之后的许多历史小说，不仅没有形成自己的艺术结构体系，而且其艺术结构也有欠缺。即便是那些具备了自己结构体系的作品，由于是出于模仿，缺少创新，因而其艺术性也无法和《三国演义》相提并论。尽管如此，历史小说的作者们还是十分愿意并主动地从《三国演义》中汲取艺术素养，有意无意地加以模仿。

《说岳全传》就是较为典型的例子。从其对《三国演义》结构体系的模仿中，可以看出《三国演义》对后世小说家的深刻影响。《说岳全传》第二十三回写粘罕兵败青龙山：

粘罕出得夹山道，不觉仰天大笑。铜先文郎道："如此吃亏，怎么狼主反笑起来，却是为何？"粘罕道："不笑别的，我笑那岳南蛮虽会用兵，到底平常。若在此处埋伏一支人马，某家插翅也难飞了！"语言未毕，只听得一声炮响……

对比一下《三国演义》第五十回曹操兵败华容道，就可以明显地看出上述描写模仿的痕迹：

又行不到数里，操在马上扬鞭大笑。众将问："丞相何又大笑？"操曰："人皆言周瑜、诸葛亮足智多谋，以吾观之，到底是无能之辈。若使此处伏一旅之师，吾等皆束手受缚矣。"言未毕，一声炮响……

至于《说岳全传》第三十六回"何元庆两番被获"，不仅在写法上，而且在情节结构上都与《三国演义》诸葛亮收服孟获有诸多相似之处。

中外文学史的经验证明，一部成功的作品，必然会招致后人的模仿和效法，其影响也是持久的多方面的。《三国演义》是我国第一部由文人创作的且又获得巨大成功的长篇历史小说，自其流行之后，尤其是经清初毛宗岗修订评点之后，对历史小说的影响越发明显。其结构体系成了中国古典小说创作的一种基本模式，其艺术手法更是频繁地为小说家所借鉴。剖析《三国演义》的结构体系，不仅是为了进一步认识其艺术价值和文化价值，而且是为了总结其艺术上的成功经验，梳理其对中国古典小说的深远影响，为小说创作提供某种有益的借鉴。这既是本文的出发点，也是本文的目的所在。

（原载《〈三国演义〉与罗贯中》，中州古籍出版社 2000 年出版，与杨海中合作）

《三国演义》草船借箭故事的形成及影响

读过《三国演义》的人，都会对草船借箭故事留下深刻印象。然而，梳理三国史实和相关故事传说可以发现，直至《三国演义》出现之前，这一故事都和诸葛亮没有任何关系。《三国演义》的作者之所以采取移花接木之术，把草船借箭移植到诸葛亮身上，并加以改造和虚构，不仅与丰富诸葛亮艺术形象、完善赤壁之战情节结构等有内在联系，而且与由来已久的“尊刘抑曹”情感取向有很大关系。

一、三国时期无草船借箭的故事

草船借箭故事是《三国演义》中的精彩章节。但检索魏晋时期有关赤壁之战的文献，却找不到任何有关草船借箭故事的记载。建安七子之一的王粲曾经以当事人身份对赤壁之战作了简要记载，其中并无有关草船借箭的片言只语：

> 曹操进军至江上，欲从赤壁渡江。无船，作竹椑，使部曲乘之。从汉水来，下大江，住浦口，未即渡。周瑜又夜密使轻舸百艘烧椑。操乃夜走。[①]

① 俞绍初辑：《建安七子集》附录二王粲《英雄记·曹操》，中华书局 1989 年，第 213 页。

周瑜镇江夏，曹操欲从赤壁渡江南，无船，乘篺从汉水下，住浦口，未即渡。瑜夜密使轻船走舸百数艘，艘有五十人移棹，人持炬火。火然，则回船走去，去复还烧者，须臾烧数千篺。火大起，光上照天，操夜走。①

以上所引仅是王粲《英雄记》的残本，《英雄记》全本是否有记载不得而知。不过，如果参考《三国志》有关赤壁之战的记载来看，这一问题便清楚了。《三国志·魏书·武帝纪》记赤壁之战事甚略，仅“公至赤壁，与备战不利。于是大疫，吏士多死者，乃引军还”② 数语。这里说曹操与刘备战于赤壁，因瘟疫流行，士卒死者甚众，不得已而撤兵。这显然是有意为曹操赤壁之战的失败作掩饰。《三国志·吴书·孙权传》记载赤壁之战，同样也是寥寥数语：“瑜、普为左右督，各领万人，与备俱进，遇于赤壁，大破曹公军。公烧其余船引退，士卒疾疫死者大半。备、瑜等复追至南郡，曹公遂北还。”③《三国志·蜀书·先主传》在写到刘备联合孙权进行赤壁之战时，也没有涉及草船借箭故事：“与曹公战于赤壁，大破之，焚其舟船。先主与吴军水陆并进，追到南郡，时又疾疫，北军多死，曹公引归。”④ 上述记载都较为简略，而记述赤壁之战较为详细的是《周瑜传》：

权遂遣瑜及程普等，与备并力逆曹公，遇于赤壁。时曹公军众已有疾病，初一交战，公军败退，引次江北。瑜等在南岸。瑜部将黄盖曰：“今寇众我寡，难与持久。然观操军，方连船舰，首尾相接，可烧而走也。”乃取艨艟斗舰数十艘，实以薪草，膏油灌其中，裹以帷幕，上建牙旗。先书报曹公，欺以欲降。又豫备走舸，各系大船后，因引次俱前。曹公军吏士皆延颈观望，指言盖降。盖放诸船同时发火，时风盛猛，悉延烧岸上营落。顷之，烟炎涨天，人马烧溺死者甚众，军遂败退。还保南郡。⑤

---

① 俞绍初辑：《建安七子集》附录二王粲《英雄记·周瑜》，中华书局 1989 年，第 250 页。
② 《三国志·魏书》卷一《武帝纪》。
③ 《三国志·吴书》卷二《孙权传》。
④ 《三国志·蜀书》卷二《先主传》。
⑤ 《三国志·吴书》卷九《周瑜传》。

从上述记载可见赤壁之战的一些重要事件（如黄盖诈降等），但同样没有言及草船借箭故事。这一时期的文献中，多少有一些“借箭”影子的，是三国魏郎中鱼豢《魏略》所记建安十八年（213 年）曹操与孙权合肥之战的一个插曲：

权乘大船来观军。公使弓弩乱发，箭著其船。船偏重，将覆。权因回船，复以一面受箭。箭均，船平，乃还。[①]

一些论者以为这就是最早的“草船借箭”，其实不然。其一，孙权的目的不是“借箭”，而是“观军”，即察看敌情；其二，孙权所乘大船不是事先用草扎裹好的大船，即非“草船”；其三，孙权“观军”时，船身一面受箭太多，难以保持平衡，才不得已掉转船头，让船的另一面受箭，以保持船身平衡。总的来说，孙权此行是“无心插柳”，不是“有意栽花”。鱼豢这一记载虽然事实上成为后世评话和小说中“草船借箭”故事的雏形，但毕竟孙权之船非“草船”，孙权之行的目的亦非“借箭”，不具备草船借箭的基本元素。尽管如此，《魏略》所记还是非常值得引起注意，因为它至少表明在魏晋时期，所谓的“草船借箭”已经有了那么一丁点儿影子，为后人的再创造提供了必要的借鉴。

二、草船借箭故事在《三分事略》基本成型

魏晋以降，长达八九百年间，草船借箭故事再无下文。迄于元世祖至元三十一年间（1294 年）《至元新刊全相三分事略》问世，草船借箭故事才在鱼豢《魏略》的基础上有所发展，并初步具备了草船借箭故事的原型。《三分事略》卷中有“周瑜借箭”一节，隐然现出草船借箭的影子：

却说曹相知得周瑜为元帅，无五七日，曹公问言：“江南岸上，千只战船。上有麾盖，必是周瑜。”被曹相引十双战船，引蒯越、蔡瑁江心打话。南有周瑜，北有曹相，两家打话毕，周瑜船回。蒯越、蔡瑁后赶，周瑜却回。周瑜一只大船、十只小船出，每只船一千军，射住曹军。蒯越、蔡瑁

① 《三国志·吴书》卷二《孙权传》裴松之注引。

令人数千，放箭相射。却说周瑜用帐幕船只，曹公一发箭，周瑜船射了左面，令扮棹人回船，却射右边。移时，箭满于船。周瑜回，约得数百万只箭。周瑜喜道："丞相，谢箭!"曹公听的大怒，传令明日再战，依周瑜船只，却索将箭来。①

迟于《三分事略》20多年出现的《至治新刊全相平话三国志》，内容与《三分事略》稍有差异，可视为《三分事略》的另一版本。其卷中也有周瑜借箭的情节，内容与《三分事略》完全相同，只是个别字词稍有不同而已，如《三分事略》称曹操为"曹相"或"曹公"，《三国志平话》则径称为"曹操"。很显然，《三分事略》的叙事语气沿袭的是陈寿《三国志》，而《三国志平话》更多地反映了民间的情感取向。

从鱼豢《魏略》到《三分事略》和《三国志平话》，草船借箭故事终于从最初的影影绰绰，发展到基本成型。比较一下两个故事的异同可以发现，整个故事正朝着有利于《三国演义》草船借箭故事的出现演化。其一，故事的主人公由《魏略》中的孙权演变为周瑜；其二，故事发生的地点由合肥演变为赤壁；其三，故事发生的时间发生了变化，由《魏略》所载的建安十八年（213年）前移5年至建安十三年（208年）赤壁之战发生那年；其四，故事情节由最初的孙权"观军"演变为曹操与周瑜江心对话；其五，由曹军一方单独射箭演变为曹军与吴军在江面开战；其六，也是最为关键的一环，是周瑜"用帐幕船只"，使整个故事具备了"借箭"的性质。尤其是故事结束时周瑜的"丞相，谢箭"一句话，更进一步强化了周瑜以江战"借箭"的目的；而曹操的大怒，以及"传令明日再战，依周瑜船只，却索将箭来"，既是对上当受骗的掩饰，也是自找下台之阶。

以上几大变化，最为关键的有三点。首先是主人公由孙权演变为周瑜，使故事更为可信。周瑜是孙权倚重的东吴第一谋臣，孙策临终曾经嘱咐孙权"外

① 古本小说集成编辑委员会编：《古本小说集成》第1辑001册《三分事略·三国志平话》，上海古籍出版社1990年版。

事不决问周瑜”。孙权把赤壁之战的指挥权交给周瑜，不仅是对周瑜的充分信任，而且更突显了周瑜在东吴的重要地位。所以，周瑜与曹操对战，用计“借箭”，更具看点，也更易令人信服。其次是故事发生的地点由合肥至赤壁的变化，为草船借箭纳入赤壁之战序列提供了可能。最后是周瑜与曹操开战之前，“用帐幕船只”，已经做好了“借箭”的准备，以江心为界，南北对话，话不投机，掉船就走。这是诱敌深入，蒯越、蔡瑁不知是计，驱船追击，却被周瑜回船射住。蒯越、蔡瑁遂令数千士卒不停地射箭，企图压制对方。但周瑜只是受箭，不再射箭，一个时辰的工夫，已得箭约百万支，达到了“借箭”的目的。可以说，到了《三分事略》，“借箭”的故事已经基本成型。

三、《三国演义》对草船借箭故事的改造

《三国演义》出现之前，不论是鱼豢的《魏略》还是元代出现的评话《三分事略》和《三国志平话》，所谓“借箭”故事，都是发生在曹操与孙权或周瑜之间，与诸葛亮没有任何关系。但到了《三国演义》，“借箭”故事不仅演变为“草船借箭”，而且取消了孙权或周瑜“借箭”的主人公地位，而诸葛亮则成为草船借箭的主角，并由此演绎出一幕诸葛亮草船借箭的精彩故事。这一故事曾以“草船借箭”之名被收入小学五年级语文课本。鉴于诸葛亮草船借箭故事已经广为人知，这里就不再对草船借箭故事作过多描述，仅就《三国演义》作者对草船借箭故事的改造略作分析。

对比《三分事略》周瑜“借箭”的故事，《三国演义》对草船借箭故事的改造是全方位和多角度的，其最主要者表现在以下七个方面：

其一，草船借箭主人公演变为诸葛亮，这是最为关键的变化。简单地看，只是主人公从孙权或周瑜变为诸葛亮，实际上却引入了第三方，改变了草船借箭的性质。赤壁之战是因曹操传檄孙权，令其会剿刘备而起，不料却促成了孙刘联盟。作为孙刘联盟的一方，刘备一方在赤壁之战的重大事件中不能缺位。而诸葛亮则是刘备派往东吴的代表，诸葛亮的参与也就代表着刘备一方的参与。

把草船借箭故事移植到诸葛亮身上，等于增加了刘备一方在赤壁之战中的筹码，突出了刘备一方在赤壁之战中的作用。

其二，草船借箭故事强化了“瑜亮情结”。“瑜亮情结”是魏晋以来民间流行的一种情感取向，是对《三国演义》中周瑜“既生瑜，何生亮”之叹的呼应。周瑜与诸葛亮既惺惺相惜，又各为其主，既相互携手，又暗中较量。在赤壁之战的准备过程中，周瑜已经看出诸葛亮将是东吴未来的劲敌，准备用计除之。草船借箭的起因，实际上就是周瑜欲借假造箭之名除掉诸葛亮。诸葛亮是何等人物，周瑜的计谋被他一眼看穿，却故意不道破，并利用鲁肃的忠厚和大自然的帮助，巧妙化解了危机，以草船借箭的方式完成了三日内造十万支箭的承诺，令周瑜无计可施。

其三，草船借箭故事第一次名副其实。《三国演义》之前的所谓“草船借箭”都是有其名而无其实。而在《三国演义》中则真正出现了以诸葛亮为主角的“草船借箭”。第四十六回“用奇谋孔明借箭”这样写道：

> 肃领命来见孔明。孔明曰：“吾曾告子敬，休对公瑾说，他必要害我。不想子敬不肯为我隐讳，今日果然又弄出事来。三日内如何造得十万箭？子敬只得救我！”肃曰：“公自取其祸，我如何救得你？”孔明曰：“望子敬借我二十只船，每船要军士三十人，船上皆用青布为幔，各束草千余个，分布两边。吾别有妙用。第三日保管有十万支箭。只不可又教公瑾得知，若彼知之，吾计败矣。”肃允诺，却不解其意，回报周瑜，果然不提起借船之事，只言：“孔明并不用箭竹、翎毛、胶漆等物，自有道理。”瑜大疑曰：“且看他三日后如何回复我！”却说鲁肃私自拨轻快船二十只，各船三十余人，并布幔束草等物，尽皆齐备，候孔明调用。

从孔明向鲁肃借船，要求各船军士 30 人，每条船都用青布为幔，各扎草捆千余个，分布在船的两边开始，流传已久的草船借箭故事才真正有了“草船”。所以说，草船借箭故事到了《三国演义》中才算名副其实。

其四，草船借箭的时间由白天改为夜里。不论是《三分事略》还是《三国志平话》，“借箭”的故事都发生在白天，曹军和东吴人马相互看得真真切切。应该说，在双方相互一目了然的情况下，要想玩“借箭”的把戏更加困难。《三国演义》把孔明“借箭”的时间改在夜里四更以后，在重雾迷江的情况下，面对东吴突如其来的进攻，曹操摸不清东吴军队的真实意图，不敢轻举妄动，但又不能不加防守，所以只好下令军士用弩箭乱射，防止东吴军队攻上岸来。于是，一方鼓噪进攻，一方弩箭乱射，这种状况一直持续到日高雾散，船上束草排满箭支，孔明下令开始回撤，让军士高喊“谢丞相箭”。曹操这才明白受骗，但为时已晚矣！这样的改变，不仅使草船借箭故事更加合理，更为可信，而且令人更加佩服孔明的智慧：在订立军令状时能够预测到三日之内必有大雾锁江，非精通天文地理之人不能为之。

其五，草船借箭的地点改为距曹军水寨较近处。在《三分事略》和《三国志平话》中，“借箭”的具体地点在长江江心。《三国演义》作为我国古代第一部长篇历史小说，对这些细节性问题都有很详细的描述：“当夜五更时候，船已近曹操水寨。孔明教把船只头西尾东，一带摆开，就船上擂鼓呐喊。鲁肃惊曰：‘倘曹兵齐出，如之奈何？’孔明笑曰：‘吾料曹操于重雾中必不敢出。吾等只顾酌酒取乐，待雾散便回。’……少顷，旱寨内弓弩手亦到，约一万余人，尽皆向江中放箭，箭如雨发。孔明教把船吊回，头东尾西，逼近水寨受箭，一面擂鼓呐喊。待至日高雾散，孔明令收船急回。二十只船两边束草上，排满箭支。”这样的变化也使草船借箭故事更为合理，更为可信。

其六，草船借箭“借”到的箭支大幅减少。在《三分事略》和《三国志平话》中，周瑜“借”得的箭支“约得数百万支”。这是一个很庞大的数目。不要说“数百万支”，就是一百万支，那一只大船、10只小船如何承受得起？况且，曹军千人射箭，每人要射千支以上，怎么可能？很显然，《三分事略》是为了夸大“借箭”的结果，而忽略了基本的细节真实。《三国演义》注意到了这一问题，改造为20只船，“借”得十万支箭。经此一改造，虽然仍不免令人生疑，但显然要合理了一些。

其七，增加了草船借箭之后孔明与周瑜的智斗。草船借箭故事以孔明与周瑜智斗开始，同样是以孔明与周瑜智斗结束。草船借箭故事结局看似平平常常，但实际上却是尔虞我诈，暗流涌动。如：

> 船到岸时，周瑜已差五百军在江边等候搬箭。孔明教于船上取之，可得十余万支，都搬入中军帐交纳。鲁肃入见周瑜，备说孔明取箭之事。瑜大惊，慨然叹曰："孔明神机妙算，吾不如也！"后人有诗赞曰："一天浓雾满长江，远近难分水渺茫。骤雨飞蝗来战舰，孔明今日伏周郎。"少顷，孔明入寨见周瑜。瑜下帐迎之，称羡曰："先生神算，使人敬服！"孔明曰："诡谲小计，何足为奇。"

周瑜早就对诸葛亮怀有杀心。他听了鲁肃讲述孔明草船借箭之事，感叹道："孔明神机妙算，吾不如也！"见了孔明之后，又称赞孔明："先生神算，使人敬服！"周瑜说的是真心话，他确实看到了孔明智慧远胜于己。但也正是因此，才更加坚定了他除掉孔明的决心。周瑜称赞孔明，只不过是暂时隐忍，等待新的机会。孔明也知道周瑜此时还需要他的帮助，所以也不故意刺激周瑜，而是谦虚地说："诡谲小计，何足为奇。"把草船借箭的事一句话带了过去。

《三国演义》的作者在《三分事略》和《三国志平话》"借箭"故事原型的基础上，结合创作主旨、人物塑造和情节结构的需要，对原有的故事进行了充分改造，把一个原本平淡无奇的故事改造成为情节跌宕起伏而又充满神秘色彩的故事，不仅极大地丰富了故事内容，突出了诸葛亮在赤壁之战中的重要作用，而且使之成为赤壁之战的有机组成部分，成为一篇传世佳作。

四、《三国演义》改造草船借箭故事的主要原因

《三国演义》是我国第一部长篇历史小说，通过曲折多变、丰富多彩的故事情节把三国历史通俗化，进而结构故事情节，塑造艺术形象，表达作者的情感倾向，给世人以某种启迪，是作者创作的主要目的。《三国演义》不惜改变一些基本史实对草船借箭故事进行改造，主要原因有以下三点：

其一，增加刘备一方在赤壁之战中的砝码。关于三国历史，除陈寿以曹魏为正统外，自东晋习凿齿以来，史家大多以蜀汉为正统，明显表现出“尊刘抑曹”的倾向。《三国演义》的作者接受了这种传统观念，秉持“尊刘抑曹”的立场。赤壁之战是因曹操要剿灭刘备集团而起。建安十三年（208年），曹操取得荆州之后，意欲一鼓作气，先消灭刘备，再乘势逼孙权投降，进而一举平定江南。刘备兵微将寡，不足以与曹操抗衡。无奈之下，派诸葛亮赴东吴，与孙权建立孙刘联盟，共同抗击曹操。孙刘联军与曹军在赤壁摆下战场，联军的最高指挥官是孙权一方的周瑜，主要兵力也是孙权拨出的三万水军。但作者的创作倾向是“尊刘”，在这种情况下，如何为刘备一方争取主动权呢？历史文献提供的有关刘备集团赤壁之战的材料非常有限。要“尊刘”，但缺乏史料，怎么办？只有增加“虚”的成分，依靠情节或细节的虚构，增加刘备一方在赤壁之战中的砝码，为刘备集团争取一些主动权。于是作者虚构了诸葛亮舌战群儒、草船借箭、祭东风等情节。通过这些情节，作者意图说明孙刘联盟是诸葛亮舌战群儒争取来的，东吴水战使用的箭支是孔明草船借箭借来的，周瑜火烧北军战船的东风是孔明七星坛祭风祭来的。这三件事都是赤壁之战的关键点，缺少任何一点，赤壁之战都不可能成功。《三国演义》的作者改造已有的“借箭”故事，演绎出一篇跌宕起伏、扣人心弦的故事，主要目的之一就是要增加刘备一方在赤壁之战中的筹码，为刘备一方争取赤壁之战的主动权。应该说，由于作者的成功虚构，这一目的基本达到了。

其二，进一步丰富诸葛亮的艺术形象。诸葛亮是《三国演义》浓墨重彩刻画的艺术形象。在诸葛亮身上，作者倾注了太多的感情，花费了大量的笔墨，意图把诸葛亮塑造成智慧的化身。从刘玄德三顾茅庐开始，作者就着意营造这样一种氛围：诸葛亮仙风道骨，通天地之造化，夺鬼神之玄机，乃绝代奇才。他未出茅庐，已知天下三分。出山之后，小试身手，已令曹军闻风丧胆。曹军大兵压境，刘备不听诸葛亮劝阻，执意携民渡江，贻误了战机，丧失了夺取荆州作为安身立命的好时机，以至于惶惶若丧家之犬，只好暂居江夏太守刘琦那里。曹操夺取荆州之后，传檄孙权，会猎刘备。此时，又是诸葛亮建议与孙权结盟，并只身赶赴东吴，说服孙权联合刘备，共同抗击曹操，以成鼎足之势。从此，赤壁之战拉开了序幕。赤壁之战是周瑜的主场，但作者却设计了诸葛亮舌战群儒、草船借箭、祭东风和智取华容道等四个独立的章节，从不同方面来完善和丰富诸葛亮的艺术形象。舌战群儒展现的是诸葛亮的辩才，让读者见识了诸葛亮随机应变的能力；祭东风表现的是诸葛亮夺天地之造化的神奇能力；智取华容表现的是诸葛亮对战役结局的透彻分析和准确把握。至于草船借箭，展示的则是诸葛亮丰富的天文地理知识和令人叹为观止的预测能力。首先，他预感到周瑜一计不成，必定再生他计谋害他；其次，他已经预测到三日之内必有大雾，故而慨然接下了三日之内造十万支箭的任务；再次，他利用了鲁肃的忠厚，算定鲁肃一定会帮助他；最后，他料定草船借箭的时候，生性多疑的曹操肯定不会出兵，而只会令人发射乱箭，阻止孙刘联军登岸。所以，草船借箭实际上反映的是诸葛亮对天气的准确预测，以及对参战各方指挥者个人性格的准确把握。在诸葛亮的谋划中，草船借箭是一个缜密的逻辑链条，每一环节的结果都是唯一的，不允许出现例外或意外。而这些实际上都是小说作者的艺术设计，目的是通过这些情节把诸葛亮智慧化身的形象丰富起来。

其三，呼应民间广为流行的“瑜亮情结”。《三国演义》之前，在元杂剧和《三分事略》《三国志平话》等戏曲小说中，“瑜亮情结”已被广为渲染。如《三国志平话》“赤壁鏖兵”一节，写到周瑜用黄盖行诈降计之后，聚集众将，准备用火攻破曹，而唯独诸葛亮写了一个“风”字：

> 惟军师手内偏写“风”字。诸葛曰：“此元帅好计。至日发火，咱寨在东南，曹操寨在西北，至时倘若风势不顺，如何得操军败？”周瑜曰：“军师今写‘风’字，如何？”军师再言：“众官使‘火’字，吾助其‘风’。”周瑜曰：“风雨者，天之阴阳造化。尔能起风？”军师又说：“有天地，三人而会祭风。第一个轩辕黄帝，拜风后为师，使风降了蚩尤。又闻舜帝拜皋陶为师，使风困三苗。亮引收图文，至日助东南风一阵。”众官皆不喜。周

瑜自思："吾施妙计，使曹兵片甲不回，诸葛抢了我功。"……周瑜本帐内邀诸葛瑾侍坐，言曰："您知诸葛不仁。众官举火，他言祭风。"诸葛瑾对曰："我家卧龙有不测之机。"周瑜笑〔曰〕："退了曹操，救了刘备，吾囚诸葛麾下。"言尽而去。①

这里已经透露出"瑜亮情结"的一些信息。东吴诸将虽然知道打败曹操的唯一方法就是火攻，但当时正值隆冬季节，哪里会有东南风？而诸葛亮偏偏说到时候要助周瑜东南风一阵，于是就惹得周瑜不高兴，以为诸葛亮抢了他的功劳，以至于后来公然对诸葛瑾说要囚禁诸葛亮。民间流传的"瑜亮情结"在这里已经有所表现，但还不是特别明显、特别突出。到了《三国演义》，"瑜亮情结"已经成为赤壁之战的一条重要线索。孙刘结为联盟之后，周瑜派诸葛瑾劝说孔明归顺东吴不成，意识到孔明是最为强劲的对手，于是便起意要除掉孔明，先是令孔明率兵截取曹操聚铁山粮道，接着又令孔明三日内造十万支箭，后来干脆在七星台周围布下伏兵，等孔明祭东风之后就杀了他。可以说，周瑜一直在处心积虑地要置诸葛亮于死地。所以，在草船借箭故事中，一开始便是周瑜设置圈套，逼孔明往里跳：

次日，聚众将于帐下，教请孔明议事。孔明欣然而至。坐定，瑜问孔明曰："即日将与曹军交战，水路交兵，当以何兵器为先？"孔明曰："大江之上，以弓箭为先。"瑜曰："先生之言，甚合愚意。但今军中正缺箭用，敢烦先生监造十万支箭，以为应敌之具。此系公事，先生幸勿推却。"孔明曰："都督见委，自当效劳。敢问十万支箭，何时要用？"瑜曰："十日之内，可完办否？"孔明曰："曹军即日将至，若候十日，必误大事。"瑜曰："先生料几日可完办？"孔明曰："只消三日，便可拜纳十万支箭。"瑜曰："军中无戏言。"孔明曰："怎敢戏都督！愿纳军令状：三日不办，甘当重罚。"周瑜大喜，唤军政司当面取了文书，置酒相待曰："待军事毕后，自

---

① 《元至治新刊全相评话三国志》卷中"赤壁鏖兵"。

有酬劳。”孔明曰：“今日已不及，来日造起。至第三日，可差五百小军到江边搬箭。”饮了数杯，辞去。鲁肃曰：“此人莫非诈乎?”瑜曰：“他自送死，非我逼他。今明白对众要了文书，他便两肋生翅，也飞不去。我只吩咐军匠人等，叫他故意迟延，凡应用物件，都不与齐备。如此，必然误了日期。那时定罪，有何理说？公今可去探他虚实，却来回报。”

从周瑜“吩咐军匠人等，叫他故意迟延”之语可知，所谓“正缺箭用”，只是周瑜的一个幌子，真实目的是要借此除掉孔明。孔明明知周瑜是在挖坑，不仅故意要跳，还自己勒紧了绳索，要三日之内完成任务，并立下军令状。以至于忠厚的鲁肃以为孔明在使诈。其实，只有孔明自己清楚周瑜想干什么，以及自己如何跳出陷阱。草船借箭结束后，人们才明白孔明当时为何有那样的底气，只是周瑜对孔明更加怀恨在心。草船借箭故事既呼应了民间的“瑜亮情结”，展示了周瑜与孔明的暗中斗智，又丰富了诸葛亮艺术形象，增加了赤壁之战的曲折性，使赤壁之战这一以少胜多的著名战例更加精彩绝伦。

五、草船借箭故事对清代戏曲的影响

由于《三国演义》的巨大成功及影响，后世小说家面对三国题材无不袖手，草船借箭故事在小说中再无踪影。迄于清代，出现了以草船借箭故事为素材的戏曲，较有代表性者，一是清乾隆朝内府钞本《鼎峙春秋》中的《河北自输十万矢》(嘉庆年间的升平署本《鼎峙春秋》则把《三国演义》的草船借箭故事析为二出，一作《谋亮造矢》，一作《伏瑜借箭》)，二是清车王府本钞本《草船借箭》。这两部作品既不囿于《三国演义》“尊刘抑曹”创作倾向，也不再肩负丰富诸葛亮艺术形象的使命，而主要是围绕“瑜亮情结”展开戏剧冲突。

“瑜亮情结”是清代戏曲演绎草船借箭故事最为主要的线索。如《河北自输十万矢》一出，紧接周瑜用离间计借曹操之手杀了蔡瑁、张允剧情，周瑜与鲁肃的一段对话杀气腾腾：

(周瑜白) 子敬，孔明此事知不知？(鲁肃白) 下官一到那里，孔明迎头便问，吾要到都督帐下贺喜。我言何喜可贺？就言公瑾使足下来探我知不知，这桩事可贺。又说，这桩事只瞒得蒋干，曹操必然醒悟，只是不肯认错。听得用于禁、毛玠掌管水军，此二人断送八十三万人性命必矣。东吴无患，此乃是非常之喜，如何不可贺？（周瑜怒科）（白）嗄，原来如此！孔明真吾心腹之大患也，如何留得此人？吾必杀之！中军，请孔明到来议事。（鲁肃白）都督若杀孔明，被曹操取笑了。（周瑜白）吾有公道，教他死而无怨。（鲁肃白）以何公道？（周瑜白）子敬不必多言，即刻便见。

剧中的周瑜不像《三国演义》中的周瑜多少还有一些含蓄，而是恼羞成怒，凶相毕露，其所谓“吾有公道，教他死而无怨”，就是他设的另一计——让孔明监工造箭。孔明虽知其真实用意，却是不推不辞，慨然应诺。其情节与《三国演义》大体相同，却增加了孔明当周瑜之面请求鲁肃帮助造箭的细节：

（孔明白）若依山人，只消三日交纳。但此事必得子敬相助才好。（鲁肃白）哟，十万支箭，就依都督，十日也造不完，三日如何得能交纳？下官不敢奉命。（孔明白）不是嗄。山人呢，非东吴官衔，呼应不灵，必得子敬相助。如箭成之功者，我与子敬平分。如箭不成之罪，山人承当。（周瑜白）哦，三日交纳，先生莫非是戏言耳？（孔明白）怎敢戏言？我数如不足，定按军法。

这虽然只是细节的完善，却让草船借箭更为合情合理。周瑜是都督，调动船只需要周瑜的命令。《三国演义》把鲁肃的帮助处理成孔明与鲁肃的私下交易，容易让人生疑：鲁肃不通过周瑜，有调动20艘船只的权力吗？虽然《三国演义》是小说，但从合理性角度考虑，读者是可以有这样的疑问的。《鼎峙春秋》作这样的处理，把鲁肃暗中帮助，改为孔明公开求助，既合情合理，也可为观众释疑。类似的改造，还有把20只船改为30只，看似只是小的改动，实则使剧情更加合理。20只船，十万支箭，平均每船受箭5000支，是多大的重量？大船能够承受得起吗？改为30艘，每船受箭3000千余支，就较为可信了。由此可见，《鼎峙春秋》对草船借箭细节的改造，是力图使之更为合理，更加可信。

在整出戏中，周瑜与孔明暗中较劲，也是随处可见，如周瑜自白“吾料孔明三日内造十万支箭，就有子敬相帮，也难造成。违限斩之，除了心腹大患，岂非吾心之乐也”，孔明自白“可笑周瑜使计害我，我即就他计伏他”，都是通过周瑜与孔明暗中较劲，呼应着民间流行的“瑜亮情结”。

清车王府钞本《草船借箭》故事情节与《三国演义》相比没有大的改变，但出于舞台演出的需要，该剧不仅呼应着民间流行的“瑜亮情结”，而且更加注重戏剧冲突和观赏性。如鲁肃对孔明的一段对话，用插科打诨的方式处理严肃的问题，具有很强的戏剧性：

> （末白）吓！大夫，说什么替我担忧？（生白）先生，你昨日在帐中立下军令状，限三日内交箭，只有明日一天，箭支全无，为何不揪採？（末白）哎！今朝，明日？呀！倒是山人忘怀了。大夫，要你救我一救。（生白）要我救你，却也不难。投江死了，落得个全尸。（末白）哎！蝼蚁尚且贪生，为人岂不惜命？使不的。（生白）哦！倒不如驾一叶小舟，逃回江夏去罢。（末白）越发使不的。我就逃回，怎么回复我主？（生白）哎！你死又不死，走又不走，叫我也管你不得。

这种插科打诨式的对话，是典型的戏剧化处理方式。在《三国演义》中，鲁肃是忠厚之人，与孔明的关系也非同一般，他对孔明断然说不出这样的话。但戏曲就不同了，它需要制造戏剧冲突，需要把人物对话动作化，需要靠演员的表演吸引观众。同时，花部是民间戏曲，观众大多是寻常百姓，既要口语化和通俗化，也要适合观众的欣赏口味。只是经过如此改造，却把鲁肃这样一个忠厚之人变成一个油腔滑调的人，失去了《三国演义》中鲁肃的本色。

草船借箭故事在《三国演义》中定型后，后世小说作家几乎不再染指，但戏曲作品却根据观众的欣赏口味不断加以改编。在戏曲作品中，其主要人物和基本情节没有大的变化，“尊刘抑曹”的情感取向也没有大的变化，但小说中的一些不周延、不合理、存疑问的地方，在宫廷大戏《鼎峙春秋》中部分得到弥补，民间流传的“瑜亮情结”也得到进一步突出和张扬；伴随着花部的兴起，戏曲在民间受到了更热烈的欢迎。为了迎合观众的欣赏习惯和审美情趣，对经典性的故事进行必要的改造或改编亦是势所必然。在这一趋势中，草船借箭故事也被改造，花部《草船借箭》把忠厚的鲁肃改造成为油腔滑调的市井之人，就是典型的例子。这样的改造虽无关宏旨，却对忠厚诚实的鲁肃大为不公。

（原载《罗学》第 5 辑，中州古籍出版社 2016 年）

从《鼎峙春秋》看三国故事的流变

——以三国故事“连环计”为例

三国是继战国之后中国历史上又一个分裂时期。其时间虽然不足百年，但大大小小的战争不下数百次，而其政治斗争的波谲云诡、奸巧机诈、凶险莫测，较之战国时期更是有过之而无不及。乱世出英雄。三国时代是英雄辈出的时代，是能征惯战之将大显身手的时代，也是谋士和说客巧舌如簧言动诸侯的时代，更是三国之间、群雄之间、君臣之间斗智斗勇的时代。所以，三国故事无论是其人物的多样性、情节的复杂性、结局的偶然性，还是其来源的多元性、传播的广泛性、影响的深刻性，皆非战国故事所能比。同时，由于三国故事深受民众的喜爱，三国故事在流传的过程中不断被丰富和加工，从而不断衍生出新的故事和内容。这就促成了三国故事在其流传过程中经常保持常新性和不确定性，这也是三国故事能够长期吸引观众注意力、引起观众浓厚兴趣的关键因素之所在。限于篇幅，本文仅以三国故事“连环计”为例，结合清代宫廷大戏《鼎峙春秋》对三国故事的流变进行梳理和探讨。

一、三国故事“连环计”的来源

“连环计”是败战计中的一种，是后人对古代战争的经验总结。《三十六计》第三十五计“连环计”称：“将多兵众，不可以敌，使其自累，以杀其势。在师中吉，承天宠也。”意思是说，敌强我弱，不能强力取之，就设计让敌人自我消耗，削弱其气势，然后再下手，以求胜敌。在三国故事中，王允诛灭董卓就用了这种计谋。

王允诛灭董卓一事，《三国志·魏书·武帝纪》记载甚为简略，仅“夏四月，司徒王允与吕布共杀卓”一语。《董卓传》也仅数语：“三年四月，司徒王允、尚书仆射士孙瑞、卓将吕布共谋诛卓。是时，天子有疾新愈，大会未央殿。布使同郡骑都尉李肃等，将亲兵十余人，伪著卫士服守掖门。布怀诏书。卓至，肃等格卓。卓惊呼布所在，布曰：‘有诏。’遂杀卓，夷三族。主簿田景前趋卓尸，布又杀之，凡所杀三人，余莫敢动。”① 《三国志·魏书·吕布传》述王允与吕布共谋董卓事，稍为详细：

> （董卓）常以布自卫。然卓性刚而偏，忿不思难。尝小失意，拔手戟掷布。布拳捷避之，为卓顾谢，卓意亦解。由是阴怨卓。卓常使布守中阁，布与卓侍婢私通，恐事发觉，心不自安。先是，司徒王允以布州里壮健，厚接纳之。后布诣允，陈卓几见杀状。时允与仆射士孙瑞密谋诛卓，是以告布，使为内应。布曰：“奈如父子何？”允曰：“君自姓吕，本非骨肉。今忧死不暇，何谓父子？”布遂许之，手刃刺卓。语在《卓传》。②

由此可以看出，《吕布传》已经初步具备了连环计的基本因子。一是吕布与王允是同乡，因武艺高强而得王允赏识；二是吕布为董卓近身卫士，与董卓侍婢私通，因担心被发觉而心不自安；三是王允乘隙策反，与吕布联手诛杀董卓。这里最为关键的因素是吕布与董卓侍婢私通和董卓掷戟刺吕布。

至范晔《后汉书》，王允诛杀董卓之事，情节已有所丰富。《王允传》云：“允与士孙瑞、杨瓒登台请霁，复结前谋。瑞曰：‘自岁末以来，太阳不照，霖雨积时，月犯执法，彗孛仍见，昼阴夜阳，雾气交侵。此期应促尽，内发者胜，机不可后，公其图之。’允然其言，乃潜结卓将吕布，使为内应。会卓入贺，吕

---

① 〔晋〕陈寿：《三国志·魏书》卷六《董卓传》。
② 〔晋〕陈寿：《三国志·魏书》卷七《吕布传》。

布因刺杀之。语在《卓传》。”[①] 比较而言，《董卓传》载之稍详：

> 三年四月，帝疾新愈，大会未央殿。卓朝服升车，既而马惊堕泥，还入更衣。其少妻止之，卓不从，遂行。乃陈兵夹道，自垒及宫，左步右骑，屯卫周布。令吕布等扞卫前后。王允乃与士孙瑞密表其事，使瑞自书诏以授布，令骑都尉李肃与布同心勇士十余人，伪著卫士服，于北掖门内以待卓。卓将至，马惊不行，怪惧欲还。吕布劝令进，遂入门。肃以戟刺之，裹甲不入。伤臂堕车，顾大呼曰："吕布何在？"布曰："有诏讨贼臣。"卓大骂曰："庸狗，敢如是邪！"布应声持矛刺卓，趣兵斩之。[②]

《后汉书》虽然没有涉及连环计，但其中两点为后人设计连环计情节提供了思路。一是董卓赴会前，马惊堕泥，其“少妻止之”；二是董卓将至未央殿的时候，“马惊不行，怪惧欲还，吕布劝令进”。尤其是其“少妻止之”一语，留下了将少妻与侍婢合二为一的想象空间。因此可以说，王允巧施连环计，并非后人的凭空杜撰，而是有《三国志》《后汉书》的相关记载作为基本依据。

作为备受后人推崇的信史，《三国志》《后汉书》与《史记》《汉书》一同并列“前四史”。它们之所以受人推崇，除剪裁得当、文笔优美、语言省净、评价中肯，以及在史书体例上的创制和示范外，它们尊重历史真实，忠实地记录历史人物和历史事件，不虚美，不隐恶。尤其是《三国志》，当时就有佳评。[③]《三国志》有多处涉及王允与吕布谋诛董卓事，叙事平实，言辞严谨，互为参照，且无推测勾连之语。《后汉书》亦然，它叙王允谋诛董卓事虽然取材于《三国志》，且多有承袭，但它同时还汲取了前人有关的笔记野史。如董卓所乘马受惊，驻足不前，董卓欲回堳坞，吕布劝其继续前行，就采纳了王粲《英雄记》中有关董卓的记载：“卓当入会，陈列步骑，自营至宫，朝服导引行其中，马踬

---

① 〔东汉〕范晔：《后汉书》卷六十六《陈王列传》。
② 〔东汉〕范晔：《后汉书》卷七十二《董卓列传》。
③ 〔唐〕房玄龄等：《晋书》卷八十二《陈寿传》引范頵《上晋武帝表》云："陈寿作《三国志》，辞多劝诫，朋乎得失，有益风化，虽文艳不若相如，而质直过之，愿垂采录。"

不前。卓心怪，欲止。布劝使行。乃裹甲而入。”① 虽然如此，《三国志》和《后汉书》有关王允谋诛董卓的记载，仍属信史。它们仅仅是为三国故事中的王允巧施连环计提供了故事素材。换句话说，就是它们只是王允巧施连环计的故事来源而已。

二、三国故事“连环计”的演变

正史中的人物故事要在民众之间广为流传，必然要经过一个由高雅到通俗的演变过程，因为唯有通俗才能落地生根，才能枝繁叶茂，才能为广大民众认可和接受。三国故事“连环计”也是这样，只不过这一过程到宋元时期才完成，其标志性的作品，就是元刊《三国志平话》和元代无名氏杂剧《锦云堂暗定连环计》（以下简称《连环计》）。

宋元时期，评话甚为流行，“说三分”成为当时说书艺人的拿手戏，可惜作品多已失传，保存下来的只有《元至治新刊全相三国志平话》。在《三国志平话》中，王允巧施连环计分为两节，一是王允献貂蝉，二是吕布刺董卓。原文不长，录之于后：

王允归宅下马，信步到后花园内小庭闷坐，独言：“献帝懦弱，董卓弄权，天下危矣。”忽见一妇人烧香，自言：“不得归乡，故家长不能见面。”烧香再拜。王允自言：“吾忧国事，此妇人因甚祷祝？”王允不免出庭问曰：“你为甚烧香？对我实说。”唬得貂蝉连忙跪下，不敢抵讳，实诉其由：“贱妾本姓任，小字貂蝉，家长是吕布。自临洮府相失，至今不曾见面，因此烧香。”丞相大喜：“安汉天下，此妇人也！”丞相归堂，叫貂蝉：“吾看你如亲女一般看待。”即将金珠缎疋与貂蝉，谢而去之。

后数日，丞相请太师董卓筵会。至天晚，太师带酒，见灯烛荧煌。王允令数十个美色妇人，内簇貂蝉，髻插碧玉短金钗，身穿镂金绛绡衣，那

① 《三国志·魏书》卷六《董二袁刘传》裴松之注引《英雄记》。

堪倾国倾城！董卓大惊，觑移时，自言：“吾室亦无此妇人！”王允教讴唱，太师大喜。王允曰：“关西临洮人也，姓任，小字貂蝉。”太师深顾恋，丞相许之。宴罢，太师亦起。

至来日天晚，宰相白思：“我食君禄为相，今定计再安汉室，如我不成，我死者，图名出。”即便请吕布赴会。筵宴至晚，丞相又使貂蝉上筵讴曲。吕布视之，自思：“昔日丁建阳临洮作乱，吾妻貂蝉不知所在，今日在此！”王允把盏言曰：“温侯面带忧容，不知何意？”吕布欠伸具说。丞相大喜：“汉家天下有主也！”丞相再言：“不知是温侯之妻，天下喜事，不如夫妻团圆。”又言：“老汉亦亲女看待，选吉日良时，送貂蝉于太师府去，与温侯完聚。”吕布大喜，天晚告归。

都无五七日，使丫鬟侍女，驷马重重，送貂蝉于太师宅内。中平七年春三月三日，太师正默坐间，人报曰：“宰相王允，驷马重重，不知送甚人来？”太师急出，遂邀王允于正堂，自言：“莫非貂蝉么？”允曰：“然。”太师令人置酒。王允言曰：“今有小疾，不敢久停。”辞太师去。

当夜天晚，董卓与貂蝉饮酒。董卓是一酒色之徒，前后二日，吕布因自曲江回来，到宅前下马，有八健将皆散。当夜天晚，温侯听宅中有乐音辽亮，遂问左右人为何。众人具说：“丞相一妇人，乃貂蝉也！”吕布大惊，行至廊下，无由得见。猛然见貂蝉推衣而出，吕布大怒：“逆贼在于何处？”貂蝉曰：“已醉矣。”吕布提剑入堂，见董卓鼻气如雷，卧如肉山，骂：“老贼无道。”一剑断其颈，鲜血涌流，刺董卓身死。①

从上述描写可以看出，“连环计”的内容已经有了很大丰富和改变。首先是出现了“连环计”的关键人物貂蝉。貂蝉姓任，临洮人，吕布之妻。因丁建阳之乱而与吕布失散，成为王允家中的歌姬。这是宋元话本的贡献。其次是王允巧妙地利用貂蝉这颗“棋子”，赢下了一盘原本没有任何希望的棋局。平话的巧

① 《元至治新刊全相三国志平话》卷上。

妙之处在于，王允是偶然间发现了貂蝉这颗可以利用的“棋子”，先把貂蝉许给董卓，再答应送还吕布，然后居间巧妙运作，借吕布之手除掉了董卓。《三国志平话》只是说书人依据的底本，没有更多的细节描述和人物心理分析，甚至对貂蝉如何挑拨董卓和吕布的关系都没有交代，但仅此已足以看出“连环计”故事的演变，以及那呼之欲出的“连环计”的雏形。

元杂剧《连环计》在《三国志平话》的基础上，对王允巧施连环计又有丰富和发展。可以说，《连环计》的问世，标志着“连环计”故事演变的第一阶段基本完成。其一，杂剧以“银台门诈传授禅文”为题目，以“锦云堂暗定连环计”为正名，在“连环计”故事的演变中首次以《连环计》作为剧目名称，赋予自《三国志》和《后汉书》以来王允谋诛董卓的故事一个富有想象力的名字。其二，“连环计”乃蔡邕在王允苦于无法除掉董卓的时候献给王允的计谋，这样就为“连环计”的出现找到了归属。其三，王允在后花园中撞见貂蝉烧香祭拜，得知貂蝉乃吕布失散的妻子，想起蔡邕献的连环计，便以大义劝说貂蝉，把貂蝉作为一颗棋子，行使连环计。其四，貂蝉至董卓府，私下与吕布相会，被董卓撞见，吕布打倒董卓而逃，貂蝉乘机挑拨董卓与吕布的关系，使二人从义父义子到不共戴天。其五，李肃奉董卓之命赴王允府捉拿吕布，反被王允策反。于是，王允与杨彪、蔡邕等人合谋，假称请董卓到银台门受禅，由吕布与李肃联手诛杀了董卓。杂剧搬演“连环计”故事一波三折，跌宕起伏，极富戏剧性。其基本人物和基本情节虽然与正史没有太大出入，但细节却大大丰富，许多在正史中看似没有联系的事件也都被勾连了起来，形成了完整的情节链。

与《三国志平话》比较起来，元杂剧《连环计》不仅在上述五个方面对“连环计”故事都有丰富和发展，而且使“连环计”故事在人物关系、基本情节、重要关目等方面基本定型。正是由于《三国志平话》和元杂剧《连环计》在民间的广泛流行，人们对这些经过艺术虚构和加工的人物关系和故事情节津津乐道，以至于“连环计”故事逐渐取代了《三国志》和《后汉书》中王允谋诛董卓的记载，让许多人信以为真。尤其是经过《三国演义》的再度改造之后，王允巧施连环计的故事流传更为广泛，令人耳熟能详。

《三国演义》对“连环计”故事的改造是全方位的。其一是对貂蝉身份的改造。在《三国志平话》和元杂剧《连环计》中，貂蝉原是吕布的妻子，因战乱而失散，流落王允府中为婢女。在《三国演义》中，貂蝉则是自幼进入王允府，教以歌舞，年方二八，色艺俱佳，王允以亲女待之。这一身份转变，突出了貂蝉位卑未敢忘忧国的品格。其二是对貂蝉态度的改造。在《三国演义》中，貂蝉变被动为主动，主动向王允请缨，表示“倘有用妾之处，万死不辞”！王允把“连环计”告诉貂蝉之后，貂蝉再次表示：“妾许大人万死不辞，望即献妾与彼。妾自有道理。”在王允明言“事若泄漏，我灭门矣”的时候，貂蝉大义凛然地说：“大人勿忧。妾若不报大义，死于万刃之下！”从“万死不辞”到“妾自有道理”，再到“大人勿忧”，貂蝉舍生取义的性格不仅愈加鲜明，而且表现出完成任务的满满自信。其三是对王允献貂蝉的改造。王允在府中设宴，运用欲擒故纵之法，先后令貂蝉把盏献歌，把吕布和董卓的胃口吊得高高的，先是献貂蝉与吕布，后又献貂蝉与董卓，完成了“连环计”最关键的环节。其四是对貂蝉居间运作的改造。貂蝉进入董卓府之后，施展美人手段，令董卓与吕布反目成仇，在吕布与董卓两个男人的眼皮底下演出了凤仪亭那段惟妙惟肖的人生活剧，把两个男人玩于股掌之上，而董卓掷戟刺吕布，就是貂蝉成功的标志；最后是貂蝉临门一脚的精彩表演。董卓听从李儒的建议，欲把貂蝉赐予吕布，以结吕布之心。貂蝉又是巧施手段，以“掣壁间剑欲自刎”的惊险之举，迫使董卓打消此念，彻底断绝了董卓与吕布再续前好的可能性，也把董卓推进了万劫不复的深渊。正所谓“司徒妙算托红裙，不用干戈不用兵。三战虎牢徒费力，凯歌却奏凤仪亭”。[①]

《三国演义》是我国第一部长篇历史小说，在国内外有广泛影响。它在《三国志平话》和元杂剧《连环计》的基础上对“连环计”故事的改造，使“连环

---

① 〔明〕罗贯中：《三国演义》第九回“除凶暴吕布助司徒，犯长安李傕听贾诩”引诗。

计”故事第二阶段的演变画上了一个圆满的句号。由于《三国演义》的影响远超《三国志平话》和元杂剧《连环计》，所以，《三国演义》问世之后，其中有关“连环计”的描写迅速为广大读者所接受，并取代了此前“连环计”故事的地位。这首先得益于《三国演义》这部伟大历史小说的叙事艺术，以至于许多人在《三国演义》与三国历史之间产生了很强的错觉，有“直把杭州作汴州”之感。同时，也由于《三国演义》中的“连环计”故事叙述层层深入，描写细致入微，更合乎人情事理，更具有感人的力量。试想一下，一个如花似玉的二八少女在国家面临生死存亡的危急时刻甘愿舍生取义，挺身而出，该具有多么震撼人心的力量，该是怎样地让人肃然起敬，热血沸腾！从这个意义上说，《三国演义》对“连环计”故事的改造获得了巨大成功，其影响深远自然也在情理之中。

三、《鼎峙春秋》对“连环计”故事的改造

由于《三国演义》在民间的广泛流行，三国故事“连环计”经过两个阶段的演变已经基本定型。在此情况下，任何对其故事的改变，都会冒极大信誉风险。但是，清代宫廷大戏《鼎峙春秋》有感于《三国演义》“原本所传，颇多失实之处”的现实，欲申惩恶劝善之意，遂“借场中傀儡，为振聋启聩之方；传古往音容，树激扬浊清之准。广罗纪载，弗使以讹传讹；曲证源流，讵肯将错就错？善其善，恶其恶，存三代直道之公；是则是，非则非，定百世不刊之案”①。出于这样一种目的，《鼎峙春秋》对三国故事“连环计”进行了新的改造。

《鼎峙春秋》对三国故事“连环计”的改造，主要表现为如下几个方面：其一是对紫金冠关目的改造。《三国演义》中，王允打造一顶紫金冠送给吕布，吕布到府致谢。《鼎峙春秋》则改造为貂蝉制作了紫金冠，王允差人送给吕布，吕

① 《鼎峙春秋》第一本第二出《三分鼎演义提纲》。

布登门致谢，貂蝉则因紫金冠之事，出来为吕布敬酒。这样的改造，就使得貂蝉与吕布的相见比较自然。其二是对貂蝉身份的改造。《三国演义》中的貂蝉是王允府中的歌姬，因王允施用“连环计”而被收为养女。《鼎峙春秋》中，貂蝉一出场就与王允父女相称，而丫鬟们则称貂蝉为小姐，貂蝉俨然是王府小姐的身份。其三是对貂蝉与吕布定情的改造。在《三国志平话》和元杂剧《连环计》中，貂蝉原是吕布失散的妻子，而在《三国演义》中，则是王允做主把义女貂蝉许配给吕布。《鼎峙春秋》则把这一情节改造成吕布与貂蝉在王允府独处，二人你情我意，遂私订终身。通过这一改造，进一步彰显了貂蝉在“连环计”中的自觉性和主动性：

（貂蝉白）温侯请一杯，待奴家再歌一曲。（唱）洞天深处同欢笑，直饮到月明时候。（吕布白）妙嗄，唱得好！此乃词出佳人口。请问小姐，方才令尊说金冠是小姐制造的么？（貂蝉白）正是，只是不佳。（吕布白）妙得紧，可爱！小姐可识字么？（貂蝉白）识得不深。（吕布白）女儿家不深倒好。（貂蝉笑科）（吕布白）小姐青春多少了？（貂蝉白）一十八岁。（吕布白）曾适人否？（貂蝉白）还未。（吕布白）小姐青春十八，为何错过佳期？（貂蝉白）温侯，《易经》有云“迟归终吉”。（吕布白）小姐但晓得“迟归终吉”，哪晓得《诗经》云“窈窕淑女，君子好逑”！（貂蝉白）温侯言及至此，使奴家肺腑洞然。温侯若未曾娶妻，奴家愿侍巾栉。（吕布白）小将实未曾娶妻。（貂蝉白）既然如此，何不央人与我爹爹说合？（吕布白）多蒙小姐厚意，小将先把凤头簪为记便了。（貂蝉白）妾闻“投之以木桃，报之以琼瑶”。既蒙温侯先把凤头簪为记，奴家岂无回答？就将玉连环为赠。（吕布白）多谢小姐。小将有一拜。

这段对白很像才子佳人小说，一个步步试探，一个有意逢迎，一个表示未曾娶妻，一个表示愿侍巾栉，最后二人互赠定情之物，海誓山盟。在这段对白中，貂蝉的主动虽然已有王允嘱咐在先，但她能够把一段假戏做得如此逼真，休说是吕布这样的好色之徒，即便是真英雄恐怕也难过这样的美人关。其四是对吕布与貂蝉定亲情节的改造。二人海誓山盟之时，被王允撞破，迫使吕布认错，并答应娶貂蝉为妻。这看似闲笔，其实闲笔不闲，它让吕布相信王允嫁女与他是真，为后文吕布与董卓反目埋下伏笔。最后是对凤仪亭貂蝉会吕布的改造。《三国演义》中的凤仪亭是一段十分优美的文字，《鼎峙春秋》则让貂蝉在凤仪亭主动出击，一句“温侯，你好负心也”，让貂蝉反客为主，站在了道德的高地上，迫使吕布与董卓决裂。正是貂蝉在凤仪亭上的精彩表演，使吕布与董卓父子反目，掷戟绝情。

梳理三国故事“连环计”的发展演变线索可以发现，王允谋诛董卓这一历史事件走出正史之后，就在不断演变中发展着，在不断发展中演变着。从《三国志平话》到元杂剧《连环计》，王允谋诛董卓开始为“连环计”所代替，原来许多互不关联的事情，经过创作者必要的想象和虚构，形成了一个相对完整的故事情节链条。而貂蝉这一人物的出现，则是三国故事“连环计”的标志性事件，它不仅使原本属于男人之间的争斗变得复杂起来，而且让女性在血雨腥风的政治斗争中撩起了她们的石榴裙，略施手段，就令英雄豪杰拜倒在她们的裙下。推崇者认为这一变化提高了女性在历史发展中的地位，贬损者以为这一变化是对女性的亵渎。但不论怎样评价，貂蝉这一人物的出现不仅丰富了中国古典小说的女性形象群体，而且使“连环计”故事更为曲折生动，更为吸引眼球。这是三国故事“连环计”的一大成就。

在三国故事“连环计”的发展演变过程中，贯穿始终的是变与不变的原则。所谓“变”，是人物、故事、情节、关目之变，是细节、场景、语言、表现手法之变。比如，吕布与董卓侍婢有私情之侍婢，在正史中是侍婢，在《三国志平话》和元杂剧《连环计》中是吕布失散的妻子貂蝉，在《三国演义》中貂蝉是王允的歌姬，在《鼎峙春秋》中貂蝉则成了王允的女儿。再比如紫金冠、凤仪亭之关目，吕布与貂蝉定情之细节，貂蝉挑拨吕布与董卓父子关系之语言，等等，都一直在变化中。这样的变化，使得情节更丰富，人物形象更丰满，事情发展更符合事理逻辑。从三国故事的发展角度来看，这样的变化非常必要。所谓“不变”，是王允、吕布、董卓这三个历史人物和董卓最终的结局没有变。三国故事“连环计”虽然经过了一千多年的发展演变，其间虽然出现了《三国志平话》、杂剧《连环计》、小说《三国演义》和宫廷大戏《鼎峙春秋》等代表性作品，艺术形式各不相同，表现手法也各有千秋，但王允、吕布、董卓这三个历史人物和董卓最终的结局始终没有变。如果说前面的“变”是对历史人物和历史事件的必要虚构的话，那么这种不变就是对历史真实的恪守和尊重。而变与不变的相互结合，则使得三国故事“连环计”更加好看，更加具有动人心魄的艺术力量。

《鼎峙春秋》作为一部敷衍全本三国故事的宫廷大戏，有话本、杂剧、小说可以借鉴，理应更加精彩。但是，由于这部宫廷大戏着眼于劝善惩恶、是是非非，教化意味比较浓厚。《鼎峙春秋》在吸收借鉴此前“连环计”故事的合理成分和有益成果的基础上，进行了必要的改造。如把貂蝉的身份改造成王允的女儿，这就使王允许嫁貂蝉具有了伦理基础与合理性。把王允许配貂蝉与吕布，改造成貂蝉与吕布私下定情之后的父母之命，消除了吕布不必要的猜疑，显然更为合乎情理。但是，仔细分析一下不难发现，这样的改造恰巧正是创作者出于劝善惩恶和是是非非的目的而做出的适合封建伦理道德观念的改变，因为，如果不做这样的改造，“连环计”故事的核心内容就丧失了伦理基础。比如像《三国志平话》和元杂剧《连环计》描写的那样，貂蝉和吕布是失散夫妻，相认之后的团聚合情合理，无须王允做什么，也无须征得王允的同意。而王允假意把貂蝉送还吕布，实际上却做了顺水人情，送给了董卓，不仅有违人伦，而且背弃天理。在一个讲究人伦纲常的社会，这样的事情无论有多么冠冕堂皇的理由，都是不能容忍的。《三国演义》显然看到了这种缺陷，把貂蝉变成了王允的义女，以此来弥补平话和杂剧的人伦天理之失，但那是权宜之计，不具备感情基础和伦理基础。如果不是貂蝉深明大义，“连环计”成功与否还在两可之间。相比之下，《鼎峙春秋》的改造就显得比较合理了。貂蝉是王允的女儿，于情于理，她都必须遵从父命，同时，不论是为了国家还是为了小家，她都必须尽其所能去完成父亲交付的使命。有这样的思想伦理和情感基础，貂蝉在凤仪亭上的表现就比较合乎情理了。如果像《三国演义》所描写的那样，貂蝉只是一个自幼进入王府的二八少女，如何谙解风情？如何能够在两个男人之间施展擒拿手段？从这个意义上说，《鼎峙春秋》的改造是合乎情理的，因而也是成功的。

（原载《古今通俗文学演变论集》，人民文学出版社 2014 年）

在演义与教化之间

——论《鼎峙春秋》对三国故事的演绎与改造

通过改编小说和历史故事，借用戏曲的形式来宣扬礼义廉耻、忠孝节烈等传统道德规范，是清代宫廷大戏的基本套路。以对《三国演义》的再演绎为主要内容的《鼎峙春秋》，走的同样是这样一条路子。从形式上看，《鼎峙春秋》是以《三国演义》为蓝本，对三国故事进行再演绎。但实际上，《鼎峙春秋》却是通过对《三国演义》的重新演绎，来宣扬传统的思想伦理道德观念，借以达到教化之目的，与《三国演义》借演绎三国历史来传达作者的历史观、价值观和英雄观有很大不同。

一、《鼎峙春秋》的版本与作者

现今所见《鼎峙春秋》多为钞本。以作者所见，其版本主要有：首都图书馆藏清内府钞本、故宫博物院藏清代升平署钞本和昆弋腔工尺谱本、绥中吴氏藏钞本和日本东京大学东洋文化研究所藏双红堂文库零残本等。其中绥中吴氏藏钞本仅有第十段、第十一段和第十三段，而非全本。另，台北故宫博物院亦收藏有《鼎峙春秋》钞本，惜未见其书，不知属于内府钞本还是升平署钞本。

首都图书馆藏《鼎峙春秋》为乾隆朝内府钞本，长达 240 出。该本是现存《鼎峙春秋》最早的本子，也是升平署钞本的祖本。该剧分为 10 本，每本又分为上下。除第三本 23 出、第八本 25 出外，其余各本皆为 24 出。每出题目、曲谱、唱词、宾白、科诨俱全。各出题目与《三国演义》等古代章回体小说相似，大多为7字句，且从第一本第一出开始，奇偶出目皆讲究对仗。例外者仅有第八本（上）第三、第四两出，题目皆为4字句；第十本第十四出为6字句，作“遭谴堕阴冰山”。中华书局1964年出版的《古本戏曲丛刊》第九集收录的《鼎峙春秋》，就是据此本影印的。

故宫博物院藏《鼎峙春秋》有三种版本。一是清嘉庆本，总224出，每出题目为四字句，如第一出“宣扬德化”，第二出“开道家门”，第三出“备议投军”，第四出“黄巾作乱”，等等。与乾隆朝内府钞本相比，该本少了诸葛亮南征收服孟获等内容。《故宫周刊》于1930年第101期开始，把故宫博物院藏嘉庆本作为孤本进行连载，至1934年第426期连载完毕。二是清代升平署演出本提纲。该本分本分段，每本24出，每出题目皆为4字，与嘉庆本约略相同。但该本仅有出场人物和简略的道具说明，没有曲谱、唱词、宾白、科诨等，且各本不全，仅有头本、二本、五本、六本、七本、九本和十本，三本、四本和八本缺，无法得窥《鼎峙春秋》原貌。此外，还有正角提纲、闲人和演职员提纲等，如二段十一出“鞭打督邮”，刘备由祁进禄扮演，关羽由李三德扮演，张飞由张明德扮演，魏明由贾德禄扮演，库吏由王成业扮演。角色提纲从头段至28段，中间偶有残缺。提纲第十本后有“二十年九月初二日准排”和“二十七年四月初四日准底”两行说明。乾隆之后，在位27年以上的清帝有道光和光绪二人。由此可知，此故宫博物院藏本应为道光年间演出本。三是昆弋本《鼎峙春秋》曲谱。该本每出有曲谱和唱词，间或有宾白、科诨说明。该曲谱为工尺谱，对研究传统昆弋腔很有帮助。这两种版本都收录在《故宫珍本丛刊》之中，海南出版社2001年出版。

绥中吴氏藏钞本《鼎峙春秋》，仅见十段、十一段和十三段，主要演绎关羽故事，起于关羽屯土山约三事，至计取樊城为止。其内容大致相当于首都图书馆藏《鼎峙春秋》的第四本卷下和第五本的卷上与卷下。该本题目与故宫博物院钞本相同，亦作4字。十段共6出，分别是一出“计说权允”，二出“秉烛待旦”，三出“张飞落草”，四出“小宴却物”，五出“投绍借兵”，六出“铜雀大宴”；十一段共4出，分别是一出“赤兔归闲”，二出“怒斩颜良”，三出“祛贪得城”，四出“刘张相会”；十三段共8出，分别是一出“议兵会战”，二出“失陷汝南”，三出“子龙大战”，四出“荆州见表”，五出“马跳檀溪”，六出“新野遇庶”，七出“曹仁起兵”，八出“计取樊城”。该本为昆弋腔演出本，其现存部分唱词与故宫博物院藏昆弋本《鼎峙春秋》曲谱唱词完全相同，因此可以判定该本与故宫博物院演出本出自同一系统。

此外，日本东京大学东洋文化研究所收藏的《鼎峙春秋》零残本，系内府钞本，祖本应是首都图书馆藏《鼎峙春秋》。广西大学出版社2013年出版的日本东京大学东洋文化研究所双红堂文库藏《稀见中国钞本曲本汇刊》第一册收录有该版本。

《鼎峙春秋》属于宫廷大戏，最初是在宫廷演出，主要是演给皇帝、大臣和后宫嫔妃侍从们看的。首都图书馆藏《鼎峙春秋》内府钞本既是文学剧本，又是演出本，唱念做打、曲词宾白、科诨且末、场面布景等一应俱全，内容比较丰富，但案头化倾向比较明显。升平署演出本为演出提纲，各出人物、角色、演员以及唱词、曲谱等，都是通过提纲来表现，而唱念做打、曲词宾白、科诨且末和场面布景等，提纲中则很少显示。因此可以推断，升平署演出本主要是给戏班演员和乐师看的演出本。虽然缺少唱念做打、曲词宾白、科诨且末、场面布景等，但演员和乐师一看就明白。清代宫廷大戏都是由固定的戏班演出，演员和乐师对演出内容和套路都很熟悉，有个提纲提示一下，对他们来说已经够了。不过，从研究的角度看，首都图书馆藏本更有价值。所以，通过《鼎峙春秋》探讨三国故事如何从演义到教化，主要依据则是《古本戏曲丛刊》第九集所收首都图书馆藏《鼎峙春秋》。这一点也是需要首先说明的。

《鼎峙春秋》的作者，学界一直有不同说法。首都图书馆藏清内府本钞本不著撰人。庄一拂《古典戏曲存目汇考》“周祥钰”条载：“周祥钰，字号、里居未详，与邹金生皆参与编纂《九宫大成南北词宫谱》。”该条下有《鼎峙春秋》

之目，其文云："《鼎峙春秋》，《曲录》著录，升平署钞本。与邹金生等同编。言蜀汉《三国志》故事，抄袭《草庐记》《锦绣图》等传奇而成。凡十本五卷。"[①] 但事实上，故宫博物院藏升平署钞本《鼎峙春秋》，不论演出本还是昆弋腔本，皆不著撰人，唯绥中吴氏藏《鼎峙春秋》钞本作"周祥钰、邹金生撰"。此本属故宫博物院演出本系统，曾经流传于民间，故王国维以为升平署本《鼎峙春秋》作者为周祥钰和邹金生。目前学界不少人都持这种观点，把《鼎峙春秋》的著作权归于周祥钰和邹金生。

但是，据清昭梿《啸亭续录》记载，此剧当是庄恪亲王允禄所撰：

> 乾隆初，纯皇帝以海内升平，命张文敏制诸院本进呈，以备乐部演习……又演目犍连尊者救母事，析为十本，谓之《劝善金科》，于岁暮奏之，以其鬼魅杂出，以代古人傩祓之意。演唐玄奘西域取经事，谓之《升平宝筏》，于上元前后奏之。其曲文皆文敏亲制，辞藻奇丽，引用内典经卷，大为超妙。其后又命庄恪亲王谱蜀汉《三国志》典故，谓之《鼎峙春秋》。又谱宋政和间梁山诸盗及宋金交兵，徽钦北狩诸事，谓之《忠义璇图》。其词皆出日华游客之手，惟能敷衍成章，又抄袭元明《水浒义侠》《西川图》诸院本曲文，远不逮文敏多矣。嘉庆癸酉，上以教匪事，特命罢演诸连台。上元日惟以《月令承应》代之。其放除声色至矣。[②]

《劝善金科》《升平宝筏》《鼎峙春秋》和《忠义璇图》是清乾隆朝的宫廷大戏，《劝善金科》和《升平宝筏》是张照奉敕所撰，而《鼎峙春秋》和《忠义璇图》则是庄恪亲王允禄奉敕所撰。庄恪亲王允禄是康熙第十六子，其初行次为第二十六，康熙三十四年（1695 年）生。雍正元年（1723 年）三月，出继为庄靖王博果铎后，袭封庄亲王。雍正十三年（1735 年）九月，受乾隆命总理事务，掌工部事兼议政大臣。乾隆七年（1742 年）六月，受命总理乐部事。乾隆三十二年（1767 年）卒，时年 73 岁，谥恪。《鼎峙春秋》当作于庄恪亲王允

① 庄一拂：《古典戏曲存目汇考》卷十一，上海古籍出版社 1982 年，第 1305 页。
② 昭梿：《啸亭续录》卷一"大戏节戏"。

禄总理乐部事之后，也就是乾隆七年之后。其作者可能是庄恪亲王允禄，也可能是乐部其他官员。在昭梿看来，庄恪亲王允禄奉敕所撰《鼎峙春秋》和《忠义璇图》的曲文，显然不及张照奉敕所撰《劝善金科》和《升平宝筏》。昭梿的评价虽然未必公允，但这段记载中透露的信息却值得注意，即乾隆朝的四部宫廷大戏，分别是由张照和庄恪亲王奉敕编纂的。而《鼎峙春秋》等连台本的演出，到了嘉庆癸酉年（1813 年），嘉庆皇帝因白莲教起义才在宫中罢演连台本戏，而以《月令承应》代之。

近代曲学大家吴梅在《庄亲王总纂〈九宫大成南北词谱〉叙》中，曾言及周祥钰参与编纂《九宫大成南北词谱》事："清乾隆七年，和硕庄亲王奉敕编《律吕正义》后编，既卒业，更命周祥钰、徐兴华辈分纂《九宫大成南北词谱》八十一卷，至十一年刊行之。其间宫调分合，不局守旧律；搜采剧曲，不专主旧词。弦索箫管，朔南交利。自此书出而词山曲海，汇成大观。以视明代诸家，不啻爝火之与日月矣。"[①] 按：乾隆七年，庄恪亲王允禄总理乐部事，故吴梅所言和硕庄亲王系误，当是庄恪亲王允禄。命周祥钰、徐兴华分纂《九宫大成南北词谱》者亦当是庄恪亲王允禄。据此可知，庄恪亲王允禄总理乐部之时，周祥钰应在乐部供职，故而有可能参与编纂《鼎峙春秋》。但道光年间升平署演出本把《鼎峙春秋》的著作权归于周祥钰和邹金生，尚缺少可靠的资料加以证实。

二、以教化为宗旨重新演绎《三国演义》

清代宫廷大戏主要是为了满足帝王与大臣们的声色之欲，并借助戏曲的形式宣扬封建伦理道德观念，以达教化之目的。《鼎峙春秋》对《三国演义》进行再演绎，与其他清代宫廷大戏一样，是以宣扬教化为目的。这一目的，在第一本第二出"三分鼎演义提纲"中，借开场人的开场白说得很明白：

（内白）借问台上的，今日搬演谁家故事？（八开场人白）搬演的是

① 王卫民编：《吴梅戏曲论文集》，中国戏剧出版社 1983 年版，第 474 页。

《三国演义·鼎峙春秋》。（内白）这《三国演义》久经行世，怎么又唤《鼎峙春秋》？（八开场人白）这本传奇原编的是汉末故事，当初献帝懦弱，权势下移，宦官有蔽日之威，黄巾有燎原之势。欲平内乱，因召外藩。孙不满袁，申约忽然背约；卓还继操，拒奸适以迎奸。天子不保其后妃，朝士尽遭其荼毒。犹幸中山有后，与关张共誓死生。并无尺土可依，向孙曹互争雄长。虽身经百战，艰窘备尝，而名播四方，勋庸懋建。况赵云、马超诸将，勇略无双；且伏龙、凤雏二贤，神机不测。是以操有许褚、张辽之辅，莫挫英锋；权有周瑜、鲁肃之谋，卒无成议。一军合德，四海归心。则吴也、魏也，何难一鼓而平！乃天也、数也，仅画三分之局。智如诸葛，不得转其几；圣若关公，未能一其统。然而仁义中正，实足彪炳于一时；文武圣神，自垂鸿号于千古。欲传其事，必究其详。

该剧虽然是以《三国演义》为蓝本，但毕竟是对《三国演义》进行再演绎，所以剧目称《鼎峙春秋》而不称《三国演义》。从全剧来看，主要人物是曹操、刘备、关羽和诸葛亮，整个剧情就是围绕这几个中心人物展开，其他如荀彧、荀攸、郭嘉、孙权、周瑜、鲁肃、张昭等，则是因需要而随时出场的陪衬而已。这一特点，在绥中吴氏藏钞本《鼎峙春秋》中表现得更明显。该本的主角是关羽，从屯土山约三事开始写起，一直写到关羽计取樊城。关羽成了绥中吴氏藏钞本《鼎峙春秋》唯一的主角。至于三国故事，《鼎峙春秋》则主要围绕蜀和魏展开，孙吴之事很少涉及。诸葛亮七擒孟获，在整个剧本中占了很大的比重，从第九本第六出“千军拥一相征蛮”开始，其后除穿插进去的天庭和地狱等宣扬因果报应、惩恶扬善的内容外，全是围绕诸葛亮七擒孟获展开。孟获归顺蜀汉之后，剧情则戛然而止，而《三国演义》演绎得有声有色的六出祁山和九伐中原，则由于可能“犯忌”等原因而不见踪影。所谓的“鼎峙”，只不过是徒有其名而已。

以教化为目的，宣扬封建伦理道德，歌颂大清王朝，是作者创作此剧的主要目的。这一目的在开场白中就开宗明义地说了出来：

当今圣主，轸念愚蒙，欲申惩劝。借场中傀儡，为振聋启聩之方；传古往音容，树激扬浊清之准。广罗纪载，弗使以讹传讹；曲证源流，讵肯将错就错？善其善，恶其恶，存三代直道之公；是则是，非则非，定百世不刊之案。音流箫管，传口角以如生；身上氍毹，绘形神而酷肖。今逢大宾，共乐升平。广募征歌谱千秋之轶事，钧天奏乐洽万国之欢心。要使普天下愚夫愚妇看了这本传奇，莫不革薄从忠，尊君亲上。台下的莫当作妙舞清歌，轻轻观听过了。

从这段开场白不难看出，作者创作此剧的目的主要有三点。其一是“无如原本所传，颇多失实之处”，要借《鼎峙春秋》纠正《三国演义》的失实之处，以正视听，所谓“广罗纪载，弗使以讹传讹；曲证源流，讵肯将错就错”；其二是借人们熟知的三国故事“欲申惩劝”，所谓“借场中傀儡，为振聋启聩之方；传古往音容，树激扬浊清之准”；其三则是“是是非非”，传达和宣扬作者认为的正确观念，所谓“善其善，恶其恶，存三代直道之公；是则是，非则非，定百世不刊之案”。正是出于上述目的，作者借开场人之口，用一段【汉宫春】宣扬了本剧的宗旨：“海宇承平，取汉家遗事，鼓吹休明。献帝皇纲不振，宦寺持衡，萑苻啸聚，裹黄巾舞弄刀兵。欲戡乱，贼还继贼，始终贻患宫廷。赖有中山英嗣，在桃园结义，金石联盟。各抱满腔忠义，南北纵横。草庐算定，魏、蜀、吴，鼎足支撑。把贤奸面目，一齐都付新声。”作者通过戏曲的形式重新演绎三国故事，其真正目的则是为了歌颂大清帝国和乾隆皇帝，借用剧中佛祖的话说，是“自汉以后，代有令主，然德亦小成，国亦小康，未能永延福祚。当今明德维馨，群黎于变，诚一代开天之主，万世无疆之业也”。诚如众菩萨、罗汉所唱颂的那样：“皇图天广，同天更把天开，还说甚耆蒲稽颡天街。殊俗尽遵正朔，异族都来计偕。四海朝宗，敬将王会画图裁；人无遐迩，问底事心和意谐。这是圣明在上，老幼安怀，恩施普披，怎教不近悦远来？”

《鼎峙春秋》是一部以三国故事为蓝本的历史剧，更是一部宣扬封建教化的教化剧。为达宣扬教化、歌颂大清王朝的目的，剧本充分利用戏曲舞台演出的特点，借助三国人物和故事，通过天庭、地域与人间的场景转换，惩恶扬善，贬奸褒忠，表现作者的善恶观念和是非标准，宣扬忠君事亲的思想观念。就此而论，作者的创作目的基本实现。但不可否认的是，过于直露地宣扬封建教化，一定程度上削弱了戏曲的艺术性，也减弱了戏曲艺术的感染力。

三、借用佛道二教宣扬封建教化

《鼎峙春秋》宣扬封建伦理道德观念，主要是通过佛教和道教实现的。全剧借用世俗化的佛教和道教宣扬封建教化的总计有20出，除第一本第一、第二出开宗明义表明这样的目的外，还有第八本第十五、第十六、第二十一、第二十二、第二十三、第二十四出，第九本第三、第五、第二十四出，第十本第一、第二、第三、第七、第十四、第二十一、第二十二、第二十三、第二十四出。四者合计达20出之多，占了全剧的十二分之一。如果仅就第八、第九、第十本而论，借用天庭、地狱等场景和菩萨、阎王、小鬼等世俗化佛教与道教宣扬封建教化者，占了四分之一。如此大的比例，在历史题材的传统剧目中是很少见的。

《鼎峙春秋》借用佛教和道教宣扬封建伦理道德，主要有三种形式：其一是点化，其二是褒扬，其三是惩戒。

所谓“点化”，就是“一句话惊醒梦中人”。在《鼎峙春秋》中，最典型者是普净点化关羽。关羽败走麦城，被吴将马忠所杀，魂灵飘飘然来到了玉泉山，与参禅悟道的普净禅师梦中相遇。普净点化道：“一切有为法，如梦幻泡影，如露亦如电，作应如是观。”他告诉关羽：“君侯前身，乃是佛门红护也。降生尘世，不昧初心。然昔非今是，一切休论，后果前因，彼此不爽。”接着，他又指点关羽：“看人生浑如朝暮，滴溜溜是荷叶上一颗珠，只待动微风，吹处有还无。若能够解得泡影灯光是此躯，那时节人我虽殊纵一途。”得普净禅师指点，关羽觉性顿开，但是仍然丢不下“忠义”二字，所谓“汉室凌夷，奸臣觊觎，某欲申大义于天下，奠乂邦家。不料中道被戕，此心未免耿耿”。普净又点化道："事由天定，必非人力能回。君侯无烦悲惋，且善恶报应，将来自见分明，更不必以目前曹辈愤矣。君侯精忠炳日，大义烛天，既不满意于红尘，却已策名于紫府。这便是善有善报了。"经普净反复点化，关羽终于幡然醒悟，放下了人间纷争，转而顺应天命，安心做他的三界伏魔大帝去了。

其二是褒扬，就是借助佛教和道教的形式对忠臣烈士进行表彰。在《鼎峙春秋》中，受到褒扬的是那些为刘汉或蜀汉尽忠效力的忠臣烈士，他们中间既有关羽这样盖世无双的英雄，也有祢衡这样恃才不羁的文士。不过，对忠臣烈士的褒奖不是在现实中完成的，而是通过道教和佛教才得以实现的。如关羽，其前身是佛教红护法，因降生尘世，忠义无双，上帝敕封他为三界伏魔大帝。金星所宣玉旨，借天界表明了对关羽的褒扬："彰善厍恶，上帝之权衡；往古来今，明神之赫濯。既彰不世之勋，宜锡非常之典。资尔关某，河东毓秀，涿郡呈材，秉素志于春秋，焕彝伦于海岳，合天地人以立极，兼智仁勇而用中。旗常既彰其勋伐，云汉应耀其精灵。兹封尔为三界伏魔大帝。呜呼！鼎足三分，空抱余忠于运数；馨香万秋，常昭未有于生民。裕汝乃心，钦于时命。"至于汉末其他死事诸臣，"俱志在灭曹，心存翊汉，但期有利于国，不敢自爱其身"，忠义昭昭，也受到了上天的褒奖，正所谓"两间正气，聿钟特出之英；一代伟人，茂著非常之绩。在秀灵所毓，自古为然；而忠义所垂，于今为烈。所奏愍献之世死诸臣，金石盟心，冰霜励志。国家板荡，犹以事尚可为；天步艰难，敢云臣力已竭。或清君侧，或举义旗，或合谋以扶宗社之危，或并力以讨奸雄之罪。是其拗铜撅铁，投炎火而不煬，至于腰玉悬金，视浮云之无有。虽则委身抒难，无补朝廷，然而大义精忠，式昭云日。准加宠锡，用阐幽光"。在这些被褒奖的人群中，董承、丁原、卢植、王允、种辑、何进、华佗、祢衡、杨奉、吉平等，因"抱忠竭志、为国捐躯、大义昭然，堪为世法"，死后一个个超升天府，荣登仙班。

其三是惩戒。惩戒是宣扬教化的一种主要形式。剧本借助对曹操等奸佞的惩戒，宣扬封建伦理道德，以达教化世俗之目的。不少出目借助佛教和冥界的威力，惩罚曹操等奸佞，宣扬了报应不爽的因果轮回观念，具有激浊扬清之功效。如第八本第二十一出“岳帝奏申彰癉权”，东岳大帝以为曹操恶贯满盈，当受冥诛，遂上灵霄宝殿，奏知上帝，以伸天宪。他向上帝奏道：“今阳间曹操，并逆党华歆、郗虑等，穷凶极恶，罪不容诛，合该拿赴阴司，大加惩治。”上帝准其奏，颁诏曰：“稂莠不去，则害良苗；邪慝不惩，必回经德。所奏曹操等，性秉豺狼，迹同鬼蜮。肆爪牙之毒，辄敢奴隶其君；因羽翼之成，甚至荼毒其后。置鸩而皇嗣毕命，张网而贞士罹刑。命尔阴曹，褫其奸魄，备予非常之罚，以昭无上之诛。”《鼎峙春秋》把曹操形象作为巨奸来处理，所以，不论东岳大帝的奏章，还是上帝的御旨，都直斥曹操一党篡逆残暴，穷凶极恶，罪不容诛。剧本通过这样的形式，反复强调曹操一党倒行逆施，篡逆残暴，既是为惩戒曹操一党作铺垫，同时也是为了告诫人们，忠君爱国是传统伦理道德必须遵守的红线，一旦违背它是要付出惨痛代价的。

该剧利用佛教和冥界，对那些欺君罔上、助纣为虐、不忠不义、背弃人伦之人给予了最严厉的惩罚。如第十本第七出“七殿严刑诛国贼”中，董卓、李傕、郭汜、贾诩等不顾名义，谋夺神器，既受显诛，又伏冥刑：董卓包藏祸心，窥窃神器，问铁床之罪；李傕、郭汜挟制君父，杀戮官民，受锯解之罪。这时候，舞台上出现铁床、钢锯等道具，鬼卒将董卓抬上铁床，对李傕、郭汜施用锯刑，血里糊拉，十分恐怖。剧本就是通过这样一种具有震慑性的恐怖场面，追求惩恶的效果，以收警醒世人之功。在第十本第十四出“遭谴堕阴冰山”中，曹操、华歆、郗虑、贾诩等人，因其生时威势煊赫，炙手可热，死后则被打入寒冰地狱，遭受寒冰地狱的惩罚。不过，董卓、曹操等人遭受的惩罚并没有就此结束，他们最终被打入十殿轮回，在下一个轮回中托生为各种扁毛畜生虫豸：董卓、曹操大逆大恶，董卓变龟，曹操变鳖，着伊孽性无伦，仍遭殛凶恶犯之劫；李傕变鼠，郭汜变羊，李儒变狼，贾诩变狼，张济变猪，樊稠变熊，郭嘉变猿，程昱变狼，许褚变猿，张辽变蚯蚓，荀彧变豹，荀攸变虎，华歆变兔，郗虑变兔。这时，舞台转轮下转出各种扁毛畜生虫豸，罪人戴各色兽畜形皮，从中地井入，轮转出，至中场，一个个都作哭泣状。这眼泪既是经受地域惩罚的痛苦之泪，也是他们忏悔生时作孽的悔恨之泪。在道教和佛教的话语体系中，背弃伦理道德、作恶多端的人终究要遭受报应，而在因果轮回中托生为畜生虫豸，就是对大逆不道、作恶多端之人最为严厉的惩罚。《鼎峙春秋》通过惩罚曹操等人，目的在于震慑世人，警醒世人，让世人绷紧心中的伦理道德之弦。

不论点化、褒扬还是惩戒，其目的都是为了宣扬封建伦理道德，教化世人遵守封建伦理道德规范，不要做大逆不道、不忠不孝之事，以维护清朝统治。对于皈依佛教和迷信道教的人来说，《鼎峙春秋》这样处理或许能够收到一定的效果，但对于不相信因果业报和世道轮回的人来说，在剧中如此多地穿插具有浓厚说教意味的佛教和道教内容，不仅不能收到应有效果，反而让人味同嚼蜡，产生完全相反的效果。清代自乾隆朝开始，宫廷大戏就一直在上演，但宫廷大戏自乾隆朝以后反而开始走下坡路，则从另一方面证明清代宫廷大戏或许收到了娱人耳目的效果，而对社会发展及百姓伦理道德水平的提升则没有发挥多大作用。

四、根据教化需要对三国故事再改造

《鼎峙春秋》是一部典型的教化剧，它明言“借场中傀儡，为振聋启聩之方；传古往音容，树激扬浊清之准。广罗纪载，弗使以讹传讹；曲证源流，讵肯将错就错？善其善，恶其恶，存三代直道之公；是则是，非则非，定百世不刊之案”，让天下百姓“革薄从忠，尊君亲上”，以达惩劝之目的。为此，作者不仅对《三国演义》进行改造，而且对三国故事和三国历史进行再改造，以宣扬封建伦理道德观念，使之更加符合封建教化之需要。

首先是对《三国演义》整体结构进行再改造。三国始于汉末大乱，诸侯纷争。在豪强四起之时，曹操挟天子以令诸侯，占据天时，统一北方；孙权据父兄基业，占据地利，割据江东；刘备出身布衣，却以正统相号召，独得人和，最后在巴蜀建立了蜀汉政权，与曹魏、东吴成鼎足而三之势。最后，三国归晋，司马炎建立了西晋政权。《三国演义》演绎这一阶段历史，从刘备与关羽、张飞桃园结义开始，先写宦官弄权、黄巾之乱、汉帝播迁、诸侯纷争，再写三国鼎立，相互攻伐，赤壁之战、彝陵之战以及充分展示诸葛亮才智的七擒孟获、六出祁山、九伐中原等，都写得有声有色。最后是三分成一统，天下归晋。总之，不论历史进程还是《三国演义》，都是按照天下大势合久必分、分久必合的演进逻辑进行的。再看《鼎峙春秋》，三国鼎立之前的情节发展，虽然与三国历史及《三国演义》有很大不同，但主要事件和情节大抵相同。而三国鼎立之后，则完全不同。剧本在对诸葛亮七擒孟获浓墨重彩加以表现之后，剧情便戛然而止，此后的三国历史，如诸葛亮六出祁山、九伐中原，高平陵之变，钟会、邓艾平蜀后被杀，司马诞、毌丘俭等起兵造反，举凡对曹魏或司马氏不利的事件，则全部舍弃。这种仅取其有利者以宣扬“革薄从忠，尊君亲上”的观念，而罔顾历史真实的现象，不仅是对历史事实的不忠，而且是对历史进程的割裂。

其次是对故事情节进行再改造。虽然剧本开宗明义指出《三国演义》“原本所传，颇多失实之处”，想要“广罗纪载，弗使以讹传讹；曲证源流，讵肯将错就错”，但《鼎峙春秋》为宣扬封建伦理道德，在情节设计上不惜借重连孔夫子就不愿意说的“怪力乱神”，不时地穿插天庭旌封和地狱审判，浓墨重彩地表现天庭、地狱等对已入鬼录之人的褒奖或惩罚。如第八本和第十本，分别用了6出和9出的篇幅，通过“怪力乱神”等超现实的力量，来宣扬因果报应和封建伦理道德，以达惩恶扬善、劝诫教化之目的。第四、第五、第六出正在敷衍诸葛亮征伐孟获到了紧要关口之时，忽然在第七出穿插进“七殿阎君诛国贼”，由七殿阎君对董卓、曹操等进行地狱审判。第十四出也属于这类情况，在诸葛亮平南蛮面临功败垂成之时，又来了一出地狱审判，让八殿阎君审判曹操等人，使之经受堕入百尺冰山之苦。这样的情节改造，不仅冲淡了剧情，对戏剧情节结构造成了很大的损害，而且给人剧情凌乱不堪、情节前后不搭之感，不能不说是败笔。

最后是对故事细节进行再改造。为宣扬封建教化，剧作者对三国故事的许多细节进行了再改造。如《鼎峙春秋》对三国故事“连环计”的改造，就很有代表性。其一是对紫金冠关目的改造。《三国演义》中，王允打造一顶紫金冠送给吕布，吕布到府致谢。《鼎峙春秋》则改造为貂蝉制作了紫金冠，王允差人送给吕布，吕布登门致谢，貂蝉则因紫金冠之事，出来为吕布敬酒。这样的改造，就使得貂蝉与吕布的相见比较自然。其二是对貂蝉身份的再改造。《三国演义》中的貂蝉是王允府中的歌姬，因王允施用“连环计”而被收为养女。《鼎峙春秋》中，貂蝉一出场就与王允父女相称，而丫鬟们则称貂蝉为小姐，貂蝉俨然是王府小姐的身份。其三是对貂蝉与吕布定情的改造。在《三国志平话》和元杂剧《连环计》中，貂蝉原是吕布失散的妻子，而在《三国演义》中，则是王允做主把义女貂蝉许配给吕布。《鼎峙春秋》则把这一情节改造成吕布与貂蝉在王允府独处，二人你情我意，遂私订终身。通过这一改造，进一步彰显了貂蝉在“连环计”中的自觉性和主动性。这样的改造既弥补了连环计故事细节的不足，又增加了连环计故事的可信度。

《鼎峙春秋》对三国故事的改造，有其合理的成分，也有成功之处。但总体而言，许多改造不仅不成功，而且还是非常失败。如对整体结构的改造，仅仅是让人们看到了汉末之乱和魏、蜀、吴三国的形成，而三国建立之后是如何鼎足而立相互攻伐，却没有得到表现，所谓“鼎峙春秋”，则是名不副实。至于对情节结构的改造，尤其是天庭和地狱的出现，更是荒唐至极，破坏了故事情节的完整性和统一性。而对故事细节的改造，虽然也是出于惩恶扬善、宣扬教化的目的，但毕竟使三国故事中一些不太合乎情理的事情，更接近了生活逻辑和事理逻辑，如对貂蝉身份的改造，就使得连环计的故事有了更大的可信性。试想一下，一个新收为养女的歌姬，怎么可能谙熟官场那一套，而把老奸巨猾的董卓玩弄于股掌之上？从《三国志平话》到《三国演义》，貂蝉的身份问题都没有处理好。《鼎峙春秋》把貂蝉的身份定位为王允的女儿，就较好地解决了这一问题。出身司徒之家的女子，自幼耳濡目染官场那一套，才有可能在需要的时候挺身而出，娴熟地运用各种手腕，替父排忧解难，为国铲除奸佞。从这个意义上说，《鼎峙春秋》对三国故事的改造也有其值得称道的地方。

（原载《罗学》第 4 辑，中州古籍出版社 2015 年）

论王粲《英雄记》中的曹操形象

最早在作品中塑造曹操形象的是建安七子之一的王粲。王粲，字仲宣，山阳高平（今山东邹县西南）人。建安十三年（208 年）九月，寄居荆州 16 年之久的王粲，与蒯越等人劝说刘表之子刘琮归降曹操。刘琮投降曹操后，王粲以劝刘琮归降有功，被曹操辟为丞相掾，赐爵关内侯。自此以后，王粲鞍前马后追随曹操，贡献良多。建安二十二年（217 年）春，王粲在一场流行性瘟疫中病死，时年仅 41 岁。王粲虽然英年早逝，但他不仅留下了许多文学作品，还留下了一部最早记录汉末历史的著作《英雄记》。

《英雄记》又名《汉末英雄记》，南朝梁时尚存 10 卷，隋时存 8 卷，后散佚。明人王世贞杂钞《三国志》裴松之注及其他诸书，集为 44 人，清人黄奭辑本《英雄记》收录 55 人。今人俞绍初《建安七子集》附录二《建安七子杂著汇编》，收录有黄奭辑本《英雄记》，并有补遗 9 则。现存《英雄记》中有关曹操的文献共有 8 则，另有 9 则涉及曹操。从这些记载中，可以窥见曹操的雄才谋略和鲜明个性，看到一个与《三国志》及《三国演义》中的曹操形象不太一样的曹操。由于王粲在曹操去世之前 3 年就已经辞世，因此可以说，王粲《英雄记》记载的曹操形象，就是今天所能见到的最早的曹操形象。

一、咋舌流血：自悔失言的曹操

曹操奉汉献帝都许之后，曾经有短暂的时间与刘备同在许昌。建安元年(196年)，刘备被吕布打败，投奔曹操，汉献帝任命刘备为豫州牧。谋士程昱知刘备乃当世雄杰，劝曹操杀掉刘备，以绝后患。曹操征询郭嘉的意见。郭嘉的看法与程昱截然不同："公提剑起义兵，为百姓除暴，推诚仗信，以招俊杰，犹惧其未也。今备有英雄名，以穷归己而害之，是以害贤为名，则智士将自疑，回心择主，公谁与定天下？夫除一人之患，以沮四海之望，安危之机，不可不察。"[①] 曹操采纳了郭嘉的建议，留刘备在许昌。建安三年（198年）十二月，曹操因刘备征讨吕布有功，"表先主为左将军，礼之愈重，出则同舆，坐则同席"[②]。从建安元年末至建安四年初，曹操与刘备的关系，曾经有过两年多时间的"蜜月期"。建安四年（199年）四月，刘备与车骑将军董承等谋诛曹操，未及举事，奉曹操之命出征袁术。刘备遂借机率部离开许昌，背叛曹操，屯据小沛，从此开始了与曹操的对抗历程。

刘备以豫州牧身份居于许昌的两年多时间里，与曹操颇多互动。《三国演义》所写刘备随曹操许田围猎、青梅煮酒论英雄等，都发生在这一时期。王粲《英雄记》对曹操与刘备在这一时期的互动有一条记载，其文云："曹操与刘备密言，备泄之于袁绍，绍知操有图己之意。操自咋其舌流血，以失言戒后世。"[③] 从这条记载中，读者看到了一个因偶尔失言而懊悔不已的曹操形象。曹操以礼对待刘备，且"礼之愈重"，甚至"出则同舆，坐则同席"，与刘备到了无话不谈的地步，故有"密言"之事。可是，刘备却把曹操的"密言"泄露给袁绍，令曹操后悔莫及，以至于"自咋其舌流血"，其后悔之情在"咋舌流血"这一细节描写中表露无遗。不仅如此，曹操还以此作为鉴戒，告诫世人。在《英雄记》

---

① 〔晋〕陈寿：《三国志·魏书》卷十四《郭嘉传》裴松之注引《魏书》。
② 〔晋〕陈寿：《三国志·蜀书》卷二《先主传》。
③ 〔唐〕欧阳询等：《艺文类聚》卷十七。

中，王粲通过“咋舌流血”这样一个细节，生动地表现了曹操性格中隐忍与懊悔的一面，让人们看到了一个真实的曹操形象。

然而，在《三国志》和《三国演义》中，《英雄记》中这样一个极具性格张力的细节却被有意识地忽略了。《三国志》述刘备与曹操互动事，则云：“是时，曹公从容谓先主曰：‘今天下英雄，惟使君与操耳。本初之徒，不足数也。’先主方食，失匕箸。”① 这段关于曹操与刘备论天下英雄的记载，着力点在刘备被曹操道破心中所想之后“失匕箸”的异常表现。裴松之注所引《华阳国志》，则为刘备这种异常表现进行掩饰：“于时，正当雷震。备因谓操曰：‘圣人云，迅雷风烈必变，良有以也。一震之威，乃可至于此也。’”② 《三国演义》根据《三国志》和《华阳国志》的有关记载，演绎了一出曹操与刘备“青梅煮酒论英雄”的活剧，十分精彩，却因曲意回护刘备而使曹操的形象黯然失色。在曹操与刘备的“密言”之事上，《英雄记》所记虽然甚为简略，却可见曹操异于常人的性格。而《三国志》和《三国演义》对曹操与刘备论天下英雄之事的记载，显然是从《英雄记》曹操与刘备“密言”脱胎而来，但是却改变了“密言”的性质，且又着力美化刘备，而曹操的隐忍与追悔却荡然无存。从这种意义上说，王粲《英雄记》有关此事的记载，则为人们正确认识曹操打开了一扇窗户。

二、自称万岁：得意忘形的曹操

在曹操统一北方的战争中，袁绍曾经是曹操最强劲的对手。自建安四年（199 年）八月曹操进军黎阳准备迎战袁绍开始，至建安十年（205 年）斩袁谭于南皮，平定冀州，曹操才彻底消灭了袁绍的势力，基本上定了北方。王粲《英雄记》对曹操斩袁谭之事有简略记载，其文云：“建安中，曹操于南皮攻袁谭，斩之。操作鼓吹，自称万岁，于马上舞。”③ 曹操是一个很自负的人，也是

---

① 〔晋〕陈寿：《三国志・蜀书》卷二《先主传》。
② 〔晋〕陈寿：《三国志・蜀书》卷二《先主传》裴松之注引《华阳国志》。
③ 〔宋〕李昉等：《太平御览》卷五百七十四。

一个性情中人。每到得意之时，他也像平常人一样，难以抑制自己的激动之情，禁不住手舞足蹈，甚至得意忘形。建安九年（204 年），曹操攻克邺城，取得了统一北方的重大胜利。但曹操很清楚，攻克邺城并不意味着彻底平定冀州，因为袁绍之子袁谭、袁尚的势力还在，所以，曹操并没有表现出特别的高兴。斩袁谭于南皮，标志着袁绍势力被彻底消灭，北方大体安定。大后方安定了，曹操方可放心南下，把重兵投入到统一南方的战争中。对曹操来说，平定冀州，不仅意味着北方大体安定，而且意味着统一大业的开始。曹操情不自禁，激动不已，是情理之中的事情。

王粲表现曹操得意之时的心情，用了三个连续性的动作。一是曹操“作鼓吹”。“鼓吹”即鼓吹曲，传说是黄帝时岐伯所做的军乐。宋郭茂倩《乐府诗集》云：“鼓吹曲，一曰短箫铙歌，刘瓛《定军礼》云：‘鼓吹，未知其始也。汉班壹雄朔野而有之矣，鸣笳以和箫声，非八音也。骚人曰鸣篪吹竽是也。’蔡邕《礼乐志》曰：‘汉乐四品，其四曰短箫铙歌，军乐也。黄帝岐伯所作，以建威扬德、风敌劝士也。’”① 曹操亲自“作鼓吹”，其目的不仅是要“建威扬德、风敌劝士”，更主要的是要宣泄战胜强敌之后的那种志得意满之情。二是“自称万岁”。“万岁”是封建社会臣子尊称帝王的专用称呼。寻常人物如果“自称万岁”，就会被视为有谋反之心，招致杀头之罪。曹操则无所畏惧，他是乱世之枭雄，大权在握，总揽朝政，虽然有一个汉献帝高高在上，但只不过是一个任他摆布的傀儡而已。既然无所顾忌，又遇有特大喜事，就很容易得意忘形，所以，“自称万岁”实际上正是曹操情之所至的自然表现与真情流露。王粲把这件事记载下来，正是为了表现曹操性格中任性纵情的一面。三是“于马上舞”。高兴至极的时候，人们总是禁不住手之舞之、足之蹈之。曹操是性情中人，高兴起来同样如此，但因为是在军旅之中，鞍马之上，所以他只好身披甲胄，于马上起舞。王粲以为：“曹公破袁谭，马上舞三巴，此乐府歌舞之始也。”②

① 〔宋〕郭茂倩：《乐府诗集》卷十六《鼓吹曲词》。

② 〔明〕曹学佺：《蜀中广记》卷一百一。

《英雄记》还记载了曹操平定乌桓作“马抃舞”之事：“（建安）十二年，攻乌桓蹋顿，一战斩蹋顿首，系马鞍，作马抃舞。”抃舞就是一种拍击双手的舞蹈，有学者以为，抃舞就是最早的舞蹈：“两手相击曰抃。《吕氏春秋》曰：‘古者，帝喾乃令人抃，或鼓鼙击钟，吹篪展管，因令凤鸟天翟舞之。帝喾大喜，乃以康帝德。’是为抃舞，后世舞蹈实出于此。”[①] 曹操一生身经百战，取胜无数，却很少有如此异乎常态的举动。但是，在平定乌桓之后，曹操却激动异常，把蹋顿首级系在马鞍之上，在马上跳起了“抃舞”。尽管王粲的描述惜墨如金，甚为简略，但从这简略的描述中，人们却看到了一个得意忘形、任性纵情的曹操形象。不过，对曹操如此失常的举动，有人颇有微词，以为曹操“勇则勇矣，非人主之道也”[②]。

《三国志》记述曹操斩袁谭、定乌桓之事，没有采用王粲《英雄记》的说法。《三国演义》第三十三回“曹丕乘乱纳甄氏，郭嘉遗计定辽东”，写到曹操南皮斩袁谭、乌桓灭蹋顿两大战役，同样没有采用《英雄记》的记载。而对曹操“自称万岁”一事，则行移花接木之术，移至第二十回“曹阿瞒许田打围，董国舅内阁受诏”：

> 当日献帝驰马到许田，刘玄德起居道傍。帝曰：“朕今欲看皇叔射猎。”玄德领命上马，忽草中赶起一兔。玄德射之，一箭正中那兔。帝喝采。转过土坡，忽见荆棘中赶出一只大鹿。帝连射三箭不中，顾谓操曰：“卿射之。”操就讨天子宝雕弓、金铍箭，扣满一射，正中鹿背，倒于草中。群臣将校见了金铍箭，只道天子射中，都踊跃向帝呼“万岁”！曹操纵马直出，遮于天子之前以迎受之。众皆失色。

经《三国演义》这么移花接木式的处理，《英雄记》中那个得意忘形、任性纵情的曹操不见了，读者看到的则是一个处心积虑谋取汉献帝而代之的曹操形象了。

---

① 〔清〕惠士奇：《礼说》卷八。
② 〔宋〕陈旸：《乐书》卷一百八十二。

三、不得不尔：换位思考的曹操

曹操是一个非常善于换位思考的人。他能够根据对方当时的身份及所处环境来考虑问题，设身处地换位思考，故而常常能够原谅那些在常人看来无法原谅之人。最为典型的是建安五年（200 年）冬十月，曹操大败袁绍于官渡，“收绍书中，得许下及军中人书，皆焚之”①。当时有人主张根据这些书信，看一看都是有哪些人暗中与袁绍联系，把他们抓起来治罪。曹操却能换位思考，说：“当绍之强，孤犹不能自保，而况众人乎？”② 依附强者是人之常情，更是弱小者自觉不自觉的选择。值袁绍强大之时，曹操尚难与之分庭抗礼，朝廷乃至曹操军中都有一些人暗中与袁绍来往，以便为自己多留一条后路。曹操若是要追究，可能把许多人都牵扯进去，这实际上等于是把他们推向袁绍一边。曹操非常理解那些暗中与袁绍联系的人当初的心态，并以自己为例，来为众人解脱，非常睿智地化解了一场可能发生的信任危机。

平定冀州之后，曾经为袁绍起草檄文、把曹家祖孙三代骂得狗血喷头的陈琳，成了曹操的俘虏。许多人都以为陈琳必死无疑，可是曹操似乎很宽容，仅是质问陈琳：“卿昔为本初移书，但可罪状孤而已。恶恶止其身，何乃上及父祖邪？”③ 陈琳回答得很巧妙，说：“矢在弦上，不可不发。”④ 曹操挟天子以令诸侯，袁绍欲讨之，令陈琳草檄，其势如箭在弦上，不得不发。陈琳奉命草檄，历数曹操祖孙三代罪恶，同样是箭在弦上，不得不发。曹操能够理解陈琳草檄时的心情，故而爱其才而不罪之。而《长短经》所引陈琳为自己辩解的一番话，则充分显示出陈琳的辩才：“楚汉未分，蒯通进策于韩信；乾时之战，管仲肆力于子纠。唯欲效计其主，助福一时。故跖之客可以刺由，桀之狗可以吠尧也。

---

① 〔晋〕陈寿：《三国志·魏书》卷一《武帝纪》。
② 〔晋〕陈寿：《三国志·魏书》卷一《武帝纪》裴松之注引《魏氏春秋》。
③ 〔晋〕陈寿：《三国志·魏书》卷二十一《陈琳传》。
④ 〔南宋〕萧亮：《续后汉书》卷四十。

今明公必能进贤于忿后，弃愚于爱前，四方革面，英豪宅心矣。唯明公裁之。”①也许正是这番话打动了曹操，让曹操动了恻隐之心。曹操赦免陈琳的目的，正是要借陈琳来博取爱才惜才之名，使“四方革面，英豪宅心”。但不可否认的是，曹操能够换位思考，设身处地从陈琳当时起草檄文的实际情况出发，感受其当时“矢在弦上，不可不发”的窘况，所以才不加罪于陈琳。

善于换位思考是曹操的一大特点。《英雄记》所载曹操处理审配之事，又一次让读者清楚地看到了曹操的这一特点：“袁尚使审配守邺，曹操攻之。操出行围，配伏弩射之，几中。及城陷，生获配。操谓曰：‘吾近行围，弩何多也?’配曰：‘犹恨其少！’操曰：‘即忠于袁氏，不得不尔。’志欲活之。配意气壮烈，终无挠辞，遂斩之。”② 曹操围攻邺城时，曾外出打猎，不料却中了审配的埋伏，差点被伏弩射中。攻克邺城之后，曹操对审配说起遭遇伏弩袭击之事，审配虽然被俘，却无追悔之意，直言“犹恨其少”。对这样的回答，曹操不仅不怪罪，反而表示理解，一句“忠于袁氏，不得不尔”，既是对审配品行的赞许，也是对审配设伏弩一事的理解，表明曹操事实上已经原谅了审配，所以才有所谓的“志欲活之”。只是由于审配不肯投降，曹操这才不得已杀了他。

建安九年（204 年）二月，袁尚率部攻袁谭至平原，留审配等坚守邺城大本营。审配原是袁绍手下的重要谋士，袁绍死后，又尽力辅佐袁尚，可谓忠心耿耿。邺城虽被曹操围困，审配却能坚守数月，屡挫曹军，最后竟因其兄子夜开城门迎曹军入城而被俘。《英雄记》对审配坚守邺城有较为详细的记载：

> 袁尚使审配守邺。曹操进军攻邺，审配将冯礼为内应，开突门内操兵三百余人。配觉之，从城上以大石击门，门闭，入者皆死。操乃凿堑，周回四十里，初令浅，示若可越。配望见，笑而不出。操令一夜浚之，广深二丈，决漳水灌之。自五月，城中饿死者过半。尚闻邺急，将兵万余人还救，操逆击破之。尚走，依曲漳为营，操复围之。尚惧，遣阴夔、陈球请

---

① 〔唐〕赵蕤：《长短经》卷八。

② 〔宋〕李昉等：《太平御览》卷四百三十八。

降。不听。尚还走滥口，操复进击，围之。尚将马延等临阵降，众大溃。尚奔中山。尽收其辎重，得尚印绶、节钺及衣物，以示城中。城中崩沮。审配命士卒曰："坚守死战！操军疲矣，幽州方至，何忧无主?"以其兄子荣为东门校尉。荣夜开门，内操兵。配犹拒战。城陷，生获配，操意活之。配意气壮烈，终无挠辞，见者莫不叹息。遂斩之。①

从王粲的描写可见，审配确实是一个很有谋略的人。当部将冯礼暗中勾结曹操，打开突门（正式城门以外的秘密出口）迎接曹军入城的时候，他临危不乱，用大石击打突门，使之关闭，把进入突门的曹军全部消灭。这样一个差点儿要了曹操的命且又多次重创曹操的人，曹操却看到了他的过人之处，不计前嫌，有意为他留一条生路。假如审配能像陈琳那样略略为自己进行辩解，曹操不仅不会杀他，反而很可能把他收归麾下。

四、养鹰缚虎：明察利害的曹操

曹操是著名政治家、军事家，具有常人莫及的大局观，善于在纷纭复杂的局面下，权衡轻重，明察利害。哪些事该做，哪些事不该做，哪些事必须立刻做，哪些事可以缓做，他都拿捏得恰到好处。奉汉献帝都许之后，曹操十分清楚，最为急迫的事情就是安定北方，稳定局势。他东征西讨，南征北战，就是为了这样一个目的。至于称公称王，只不过是一种名号而已，并不是那么着急。在一些具体的事情上，曹操同样明察秋毫，洞悉利害，总是能在适当的时候做适当的事情。《英雄记》所载曹操对待吕布的两件事情，也让读者看到了一个明察利害、善于做出正确抉择的曹操形象。

建安初，吕布是曹操的一大劲敌。曹操奉汉献帝初都许，吕布据守徐州。此时曹操势力尚弱，对吕布则是软硬兼施，故而致信吕布，好言抚慰，令其缉捕公孙瓒、袁术等。《英雄记》载其事云："布大喜，复遣使上书于天子，曰：

---

① 〔宋〕李昉等：《太平御览》卷三百十七。

‘臣本当迎大驾，知曹操忠孝，奉迎都许。臣前与操交兵，今操保傅陛下，臣为外将，欲以兵自随，恐有嫌疑，是以待罪徐州，进退未敢自宁。’答太祖曰：‘布获罪之人，分为诛首，手命慰劳，厚见褒奖，重见购捕袁术等诏书，布当以命为效。’太祖更遣奉车都尉王则为使者，赍诏书，又封平东将军印绶来拜布。太祖又手书与布曰：‘山阳屯送将军所失大封，国家无好金，孤自取家好金，更相为作印。国家无紫绶，自取所带紫绶以籍心。将军所使不良。袁术称天子，将军止之，而使不通章。朝廷信将军，使复重上，以相明忠诚。’布乃遣登奉章谢恩，并以一好绶答太祖。”① 汉献帝初都许，群雄环伺。曹操明察利害，充分利用挟天子以令诸侯之便，用一枚将军印和一条紫绶带，暂时稳住了吕布，缓解了与吕布的矛盾，安定了许都周围的局势。

曹操对吕布反复多变的性格有清醒的认识，可利用时也利用，该出手时也就毫不手软。《英雄记》对曹操这种明察利害的睿智有精彩表现，这就是所谓的“养鹰”和“缚虎”之说。

> 吕布使陈登往诣曹操，求徐州牧，不得。登还，布怒拔戟斫几，曰：“凡吾所求无获，但为卿父子所卖耳！”登不为动容，徐对曰：“登见曹公，言养将军譬如养虎，当饱其肉，不饱则将噬人。公曰：‘不如卿言，譬如养鹰，饥则为用，饱则扬去。’其言如此。”布意乃止。②
>
> 曹公擒吕布。布顾谓先主曰：“玄德，卿为座上客，我为降虏，绳缚何急！独不可一言耶？”操曰：“缚虎不得不急。”乃命缓布缚。刘曰：“不可。公不见布事丁建阳、董太师乎？”操颔之。布目先主曰：“大耳儿最叵信！”③

吕布虽然勇冠三军，但有勇无谋，朝三暮四，贪财好贿，沉溺女色，只是匹夫之勇。曹操在实力不够强大的时候，对他恩威并施，好言抚慰。吕布贪得

---

① 〔晋〕陈寿：《三国志·魏书》卷七《张邈传》裴松之注引。

② 〔宋〕李昉等：《太平御览》卷三百五十二。

③ 〔宋〕李昉等：《太平御览》卷三百六十六。

无厌，求为徐州牧。陈登以“养虎”为喻，劝说曹操，要用肉把老虎喂饱，不然的话老虎会吃人。曹操则以“养鹰”作答，认为吕布不过是一只鹰，只有饥饿的时候才会去替主人抓捕猎物，如果吃饱了就飞得远远的。在诸侯环伺之时，吕布需要曹操，所以才对曹操有所依赖。如果强大得足以雄视诸侯，他哪里还会把曹操放在眼里？曹操的“养鹰”之说，不仅明白无误地说出了吕布的心思，而且使吕布明白，他只有成为曹操的爪牙和鹰犬，才可能得到他想要的东西。吕布听了陈登的话“意乃止”，不是心甘情愿，而是明白自己处境之后不得已的选择。

建安三年（198 年）十月，曹操进至下邳，开始围剿吕布。经过三个月的激战，生擒吕布。被绳捆索绑的吕布经过刘备面前时，自以为曾经有恩于刘备，希望刘备为他说句好话，让人给他松一松绳索。曹操深知纵虎容易缚虎难，说：“缚虎不得不急。”此前曹操称吕布为鹰，是因为吕布还能为他捕获猎物。此时曹操称之为虎，则是突出了虎能伤人的本性。曹操对吕布的态度前后大相径庭，实则利害所系。

《英雄记》所载曹操“养鹰”“缚虎”之说，陈寿《三国志·吕布传》全取之，《三国演义》则仅取其“养鹰”之说：

> （陈登）回徐州见吕布，布问之，登言：“父赠禄，某为太守。”布大怒曰：“汝不为吾求徐州牧，而乃自求爵禄！汝父教我协同曹公，绝婚公路，今吾所求，终无一获；而汝父子俱各显贵，吾为汝父子所卖耳！”遂拔剑欲斩之。登大笑曰：“将军何其不明之甚也！”布曰：“吾何不明？”登曰：“吾见曹公，言养将军譬如养虎，当饱其肉，不饱则将噬人。曹公笑曰：‘不如卿言。吾待温侯，如养鹰耳：狐兔未息，不敢先饱，饥则为用，饱则飏去。’某问谁为狐兔，曹公曰：‘淮南袁术、江东孙策、冀州袁绍、荆州刘表、益州刘璋、汉中张鲁，皆狐兔也。’”布掷剑笑曰：“曹公知

我也！”[1]

《三国演义》全取《英雄记》之文，又加演绎，使陈登的能言善辩、曹操的明察利害和吕布的贪婪无知，皆跃然纸上。

王粲《英雄记》记载的皆是汉末大乱中叱咤风云的人物，都是所谓的“英雄”。虽然今人看到的仅是《英雄记》的残篇，但从《三国志》和《三国演义》大量采用《英雄记》有关曹操的记载来看，《英雄记》对《三国志》和《三国演义》的影响是非常明显的。明代学者王世贞尝言：“昔者，王仲宣为《英雄记》，意欲以其时重于古襄阳之传《耆旧》，汝南之传《先贤》，则欲以其地重于天下。”[2] 王粲创作《英雄记》是否如王世贞所说“欲以其地重于天下”，未便遽下结论，但他对曹操一生所历重大事件的描述，不仅让后人看到了最早的曹操形象是什么样子，对曹操的雄才大略和独特性格有了初步的认识，而且看到了《英雄记》对《三国志》和《三国演义》中曹操形象的塑造所产生的深远影响。

（原载《寻根》2015 年第 5 期）

① 〔明〕罗贯中：《三国演义》第十六回“吕奉先射戟辕门，曹孟德败师淯水”。
② 〔明〕王世贞：《弇州四部稿》卷六十八《檇李往哲列传序》。

文化的积淀与再生

——诸葛亮文化现象简论

20世纪50年代，郭沫若先生《替曹操翻案》的文章，使史学界和文学界很是热闹了一阵子。郭沫若不是为历史上的曹操翻案（因为历史上的曹操是一个很有作为的英雄人物），而是为非正史系统即戏曲、小说和民间文化中的曹操翻案，因为在非正史系统中，曹操是一个千夫所指的“白脸奸臣”，与正史中的曹操相去甚远。在这篇文章中，郭沫若先生将曹操和诸葛亮作一比较，指出：“诸葛亮是应该肯定的人物，但他所凭借的西蜀，在当时没有遭到多大的破坏，而他成就的规模比起曹操来要小得多，然而，诸葛亮却被后人神化，而曹操却被后人魔化了。这是不公平的。”诸葛亮的被神化，早在诸葛亮走出正史的规范而进入非正史系统之时就已经开始了。后经历史文化的长期积淀，形成了一种蕴含着丰富文化内容的诸葛亮文化现象。这种文化现象不仅凝结着中国人的人生态度、人格精神和道德理想，而且对人们认识和评价诸葛亮具有一种顽强的潜在制约力。多少年来，人们对诸葛亮顶礼膜拜、称赞备至，不仅因为他已经由人而神，而且更重要的还在于一个为儒、道、法各家所安全接受的完美无缺的诸葛亮形象，早已深入到人们的文化意识中，人们对诸葛亮已经有了偏爱。这种偏爱相沿而下，以至于谁如果试图对诸葛亮形象稍加微词，就要冒触犯众怒的危险，而这种现象同样属于诸葛亮文化范畴。

诸葛亮文化现象是一个大题目，因为它涵盖和涉及的问题太过复杂。诸葛亮作为智慧的化身、治世良臣、非凡的军事家，每一方面都可大书特书。然而事实上，对传统文化产生深刻而巨大影响的却是非正史系统中的诸葛亮，是那个凝聚着中国人的人生态度、人格精神、道德理想的诸葛亮，确切说，是以《三国演义》为代表的三国故事传说中的诸葛亮。许多人认识和了解的诸葛亮就是这样一个诸葛亮，而对历史上的诸葛亮则所知寥寥。这是一个历史的误会，也是一个误会的历史。本文所要探讨的诸葛亮文化现象，实际上也就是被误会了的历史。

一、诸葛亮与诸葛亮文化现象

在评价诸葛亮的时候，毫无疑问的应当把作为历史人物的诸葛亮和作为文化载体的诸葛亮区别开来。这从理论上讲是行得通的，而且实际上也能做到。但我们不能无视这样一个事实，即已经对传统文化产生巨大影响并将继续对中国文化产生巨大影响的，是非正史系统即以《三国演义》为代表的诸葛亮。无视这个事实，即使我们对诸葛亮的评价非常中肯而切近事实，那也只能是在史学界得到承认，而不可能为更多的人所认同，因为正史系统中的诸葛亮和非正史系统中的诸葛亮有很大差距，其中不少是根本无法拉近或弥合的。无视这个事实，当然也就无法对诸葛亮文化现象作出公允的评价。

诸葛亮文化现象是在非正史系统的诸葛亮形象大体完备之时出现的。在诸葛亮形象的完备过程中，非正史系统对正史系统的依赖是显而易见的。以八阵图为例，它大抵经历了坐实与演义两个阶段。在诸葛亮本传中，有关八阵图的记载，仅“推演兵法，作八阵图”8 个字。到了南朝盛弘之《荆州记》和北朝郦道元《水经注》，八阵图不仅有了确切的地理位置，而且阵势俨然。《荆州记》这样记载：

古鱼复县盐井以西，石碛平旷，骋望四远。诸葛孔明积细石为垒，方可数百步。垒西郭，又聚石为八行，相去二丈许，谓之八阵图，曰：“八阵既成，自今行师，庶不复败。”自后深识见者并莫能了。桓宣武伐蜀，经之，以为常山蛇势。①

既言桓温见过八阵图，则至迟在东晋时期鱼复县已经有了传为诸葛亮所布的八阵图。这种说法为许多人所接受，唐代大诗人杜甫的《八阵图》诗，就采用了盛弘之的说法，诗中说诸葛亮“功盖三分国，名成八阵图”，显然不是根据《三国志》。到了宋元时期，八阵图的传说进入演义阶段。这个时期出现了元杂剧《诸葛亮石伐陆逊》和《三国志平话》，前者演义的是八阵图传说，后者也有相关的记载。到了罗贯中的《三国演义》，八阵图的传说演义得更富声色，其中“陆逊营烧七百里，孔明巧布八阵图”一回，写陆逊追击刘备至鱼复浦，见江边有乱石八九十堆，隐隐有杀气，于是亲自驱马前去探视，不料被困在阵中，大呼“吾中诸葛亮之计也”！幸得黄承彦把他从阵中引出来。黄承彦告诉陆逊：“昔小婿入川之时，于此布下石阵，名八阵图，反复八门，按遁甲休、生、伤、杜、景、死、惊、开，每日每时，变化无端，可比十万精兵。”在这里，八阵图与传说中的三大秘术之一的奇门遁甲联系了起来，诸葛亮也露出一副半人半仙的面孔。在诸葛亮本传中，八阵图为何，语焉不详。研究者一般以为，八阵图是一种阵法，主要用来训练士卒，布兵列阵。它既不是依遁甲所布的八门阵，也不是依八卦方位列成的八卦阵。八阵图所说的八阵，当是指《太白阴经》中所说的天阵、地阵、风阵、云阵、飞龙阵、虎翼阵、鸟翔阵、蛇盘阵。前四阵为四正门，后四阵为四奇门。古代战争很注重排兵布阵，两军相对也常常斗阵法赌输赢。《三国演义》中“武侯斗阵辱仲达”一回，说的就是诸葛亮和司马懿斗阵的故事。在非正史系统中，诸葛亮八阵图是以石为兵，这就更增加了八阵图的神秘色彩。至于说诸葛亮所布八阵图是按遁甲八门，则是以讹传讹，是对八阵图的误解。

借东风的传说与八阵图的传说有相似之处，也经历了一个由坐实到演义的

① 〔宋〕李昉等：《太平御览》卷三百一引盛弘之《荆州记》。

发展过程。不同的是，《三国志》关于赤壁之战的记载中，但说“风盛猛”和“东南风急”，并没有人为的因素，也没有和任何人联系起来。一直到唐代，借东风的传说尚未与诸葛亮发生联系。杜牧《赤壁诗》可以为证：“折戟沉沙铁未销，自将磨洗认前朝。东风不与周郎便，铜雀春深锁二乔。”到了宋代，苏轼著名的《念奴娇·赤壁怀古》词，也只是肯定了周瑜火烧赤壁的功劳，并未涉及借东风之事。宋元之际，借东风的传说与诸葛亮拉上了关系，出现了《七星坛诸葛祭风》杂剧，元至治年间刊行的《三国志平话》，也把借东风归于诸葛亮，说诸葛亮北靠江岸，筑土为台，望见西北火起，“披头跣足，左手提剑，叩牙作法，其风大发”。到了《三国演义》，借东风被演绎得有声有色，诸葛亮更加神化了，所以，鲁迅先生说《三国演义》“状诸葛多智而近妖”。

然而，就是这个半人半仙之体的诸葛亮已经深深植根于人们的文化意识中，活跃在人们的文化生活中。他时而是彬彬有礼的文人雅士，时而是似神若仙的有道高人，时而是足智多谋的智慧君子，时而是运筹帷幄的风云人物。不论以何种面目出现，他都会受到人们的礼敬和推崇。非正史系统中的诸葛亮已经在人们的社会生活和文化生活中牢牢占据了一席之地，对人们的处世态度、人格精神、道德理想时时发生着潜移默化的作用，极大地影响着人们的文化心理。很显然，无论是历史上的诸葛亮还是文学形象的诸葛亮，都不能与活跃在人们的文化意识中的诸葛亮相提并论，因为深入到人们的文化意识中的诸葛亮已不再是一个历史人物或文学形象，而是一种蕴含着丰富文化内容的文化现象。

二、儒道合一的人生态度

历史上的诸葛亮信奉的是儒家的“达则兼济天下，穷则独善其身”的处世哲学。他虽躬耕南阳，但对当时的社会政治形势十分关心，天下大事了然于胸。他隐居虽为避乱，实则是为日后出山做准备。但在非正史系统中，诸葛亮就不是一个纯粹的儒者了，而是一个儒道合一式的人物。

在非正史系统中，诸葛亮答应走出茅庐辅佐刘备，是感刘备三顾茅庐之恩。

这种报恩思想实际上正是儒家宣扬的“滴水之恩当以涌泉相报”的义的表现。应该注意的是，诸葛亮出山之前对其弟诸葛均说的一句话：“待吾功成之日，即当归隐。”他答应出山，表明他接受了儒家思想的影响；而他未出茅庐已想到功成身退，则是道家出世思想在起作用。当然，诸葛亮此时此景流露出来的功成身退的念头，不仅来源于他所接受的文化教育，而且还来自他的人生感受、社会阅历以及他对历史的看法。“飞鸟尽，良弓藏；狡兔死，走狗烹。”中国历史上许多谋臣良将，不都是在为其主子建立了殊勋之后被贬黜、被杀头、被灭族的吗？此类教训太多太深刻了！诸葛亮消极地接受了这些历史教训，未图进取，先图全身，已经偏离了儒家的人生轨道，进入了道家设计的人生旅程。在诸葛亮身上，道教人生观念的影响也比较明显。道教的人生目标在于长生与登仙。为达到这一目的，练气养生、设醮修禳是必不可少的。非正史系统中的诸葛亮虽不是神仙，但也是半人半仙之体，只要看一看七星坛祭风、七擒孟获、泸水班师和关于他的种种能掐会算神奇传说就够了。诸葛亮受道教思想的影响，还表现在他设醮修禳以求延寿长生这方面。五丈原禳星的故事就很典型。诸葛亮六出祁山，身染沉疴，自知不久人世。大将姜维劝他用修禳之术延寿长生。诸葛亮就在中军帐设醮修禳，摆设香案供品，置七盏大灯以象征北斗七星，外布四十九盏小灯，内设一盏本命灯，对天拜祝，“伏望天慈，俯垂鉴听，曲延臣算，使得上报君恩，下救民命，克复旧物，永延汉祀。非敢妄祈，实由情切”。尽管诸葛亮的祈禳最终并没能延长他的寿命，尽管他的祈禳只是为了祈求延寿而非为了登仙，但从他披发仗剑、踏罡步斗祈求上苍的举动中，可以看到道教的人生态度对非正史系统中的诸葛亮产生的消极影响。

诸葛亮儒道合一的处世态度，大体上概括了中国古代文人的人生态度，即儒家的积极用世和道家的洁身自好。古代文人虽然时时高歌“人生得意须尽欢，莫使金樽空对月”，但若生逢盛世、得遇明主，他们是不会沉迷诗酒声色的，因为许多人是以报效国家、大济苍生为己任，即使是“性本爱丘山”的陶渊明，也曾“猛志逸四海，骞翮思远翥”，曾经有过大济苍生之志。这大概是中国文人的一种传统。人们慷慨地把这种传统赋予诸葛亮，且又从他身上得到回应和观照。积极用世是中国文人的人生态度的主导方面，这就是说他们在遭受挫折和打击面前虽然可能消沉一时，但只要是积极用世者，就会很快振作起来，继续为人生而奋斗。诸葛亮的一生鲜明地表现出这一点。其次是洁身自好、修身养性。儒家也讲洁身自好，但儒家的洁身自好是追求道德的自我完善，与道家的截然不同。道家所讲的洁身自好，是为了修身养性，进而实现人与自然的沟通与融合。诸葛亮的处世态度也从一个方面表现了中国文人这样的一种人生态度。诸葛亮躬耕南阳虽然是为了避乱，但也是道家远离社会、回归自然的人生哲学感召的结果。人的一生难免要经受各种各样的挫折，不论是政治、经济、社会等人为的挫折，还是非人为的挫折。当它要来临的时候，也许只有退守自保可以暂解一时之危。古代文人常见的明哲保身的方式就是隐逸，或隐于山林，或隐于朝市。诸葛亮遭逢乱世，为躲避兵燹战乱，隐居在当时相对安定一些的南阳郡。正史记载此事极为简略，非正史系统描述诸葛亮隐居隆中就不同了，它着力渲染的是诸葛亮隐居躬耕的情趣和隐逸生活的古朴优雅，具有明显的欣赏意味。这里显然积淀着中国传统文化对文人隐逸的推崇和欣赏。可以说，这时的诸葛亮不仅是一个隐居者，而且还代表着一种文化现象，即文人隐逸。它反映出来的是避世求安、去危图存的人生态度，与前者积极入世形成鲜明的对比。

儒道合一是诸葛亮人生态度的主要方面，概括了中国古代文人最为基本的人生态度。而体现在诸葛亮身上的道教人生观的影响，实际上则反映出以道教为代表的各种土生土长的宗教对人的人生态度的深刻影响，其中最主要的是对生的向往与留恋。儒家主张舍生取义、杀身成仁，是以重仁义而轻生命；道家虽然看重生命，但它更重视所谓的“道”。以道教为代表的各种土生土长的宗教则是以生为唯一的也是终极的目的。这样一种人生观念不仅对平民阶层，而且对帝王贵胄都有很大影响。非正史系统中的诸葛亮是传统文化的产物，他设醮修禳以求延长寿命，实际上正是这样一种人生观念的反映。尽管他祈求延寿是为了黎民百姓、国家社稷，但就对生的向往与留恋来看，已经超出了儒家和道家的人生哲学的范畴。

三、典范的人格精神

诸葛亮文化现象的核心，是凝结在诸葛亮形象之上的、为传统文化所推崇的人格精神，这就是襟怀坦白、中正平和、清正无私、鞠躬尽瘁。不论是待人接物，还是对待国家大事，诸葛亮形象体现出来的这种人格精神，都是传统文化所提倡和赞美的典范人格精神。

襟怀坦白是做人的一条原则，体现在诸葛亮身上就是忠诚坦荡。诸葛亮在西蜀，位居一人之下万人之上，尤其是刘备死后，他作为托孤重臣，挟相父之尊，更是权倾朝野，况且刘备临死之前曾经留下“若嗣子可辅则辅之。如其不才，君可自取为成都之主”。诸葛亮若取代昏庸无能的刘禅，不仅轻而易举，而且名正言顺。但诸葛亮既不居功自傲，亦无非分之想，而是恪守忠诚坦荡的做人准则，尽心竭力辅佐刘禅。对诸葛亮这样一种人格精神，《三国演义》在刘备白帝城托孤一章大肆渲染，说诸葛亮听到刘备“若嗣子可辅则辅之。如其不才，君可自取为成都之主”的嘱咐时，“汗流遍体，手足无措，泣拜于地，曰：‘臣安敢不竭股肱之力，效忠贞之节，继之以死乎！’言讫叩头流血”。诸葛亮与刘备是君臣而兼师友。作为人臣，他要恪尽为臣之道，忠心事主；作为朋友，他要信守朋友之义，竭尽全力辅佐刘禅。由于襟怀坦白，尽管蜀汉事无巨细悉决于他，人们亦无任何微词。如果和曹操作一比较，就可更加清楚地看到诸葛亮襟怀坦白的人格精神所具有的典范意义。

中正平和是诸葛亮为人处事的一条准则。理智的人做事都注意不为已甚，兵法上称作“穷寇勿追”，这就是说凡事都需要有一个度。在深受儒家中庸思想影响的人来说，这个度就是不偏不倚、中道而行。诸葛亮也是这样一个深受儒家思想影响的人物，故其处事中正平和，不为已甚。孟获是蛮疆领袖，诸葛亮多次擒获他而不处死，虽是出于怀柔的目的，但同样也表明他不愿意激化矛盾。蛮疆在蜀汉南方，诸葛亮要实现北伐中原的战略意图，必须首先安定南方，而要安定南方，就不能采取过激的方式，否则物极必反。由于诸葛亮采取平和而又不示弱的方式妥善地安定南方，历次北伐才免去了腹背受敌之虞。当然，凝聚在诸葛亮身上的这样一种处事原则，实际上反映出中国传统文化对人格的设计。如果每一个人都能做到中正平和，那么人与人之间就一定会温文尔雅、彬彬有礼，人与人的关系也就比较容易相处了。这无疑是儒家文化的一种理想。

襟怀坦白、中正平和主要是对人，清正无私则是对己。历史上的诸葛亮清正廉洁，了无私心，正如他在《上后主表》中所说："臣在外任，无别调度，随身衣食，悉仰于官，不别治生，以长尺寸。若臣死之日，不使内有余帛，外有赢财，以负陛下。"① 他死之后，妻儿依靠属于他们的土地桑田生活。在非正史系统中，诸葛亮这种清正无私的人格精神又得到了弘扬，最为典型的是挥泪斩马谡。诸葛亮十分器重马谡，私交甚厚。兵出祁山，他"违众拔谡"，用为先锋。不料马谡有负重托，失了街亭要冲，令诸葛亮大军无功而返，丧失了一次北伐的良机。诸葛亮不因二人情同父子而徇私情，果断执行军法，挥泪斩了马谡。在情与理、情与法的冲突中，诸葛亮不徇私情的人格精神得到了充分展示，非正史系统赋予诸葛亮这样一种人格精神，既是为了尊重历史，也是要寄托人们对封建官吏的一种希望和幻想。

诸葛亮的人格精神广受称道的是他为国为民鞠躬尽瘁死而后已。受封建正统观念的影响，《三国演义》把刘备绍继汉统、匡扶汉室看作是顺时应势、应天顺民。这样一来，诸葛亮为蜀汉大业鞠躬尽瘁死而后已，就成了一种值得称道的人格精神了。诸葛亮的一生，可分为隐居隆中、辅佐刘备建立蜀汉政权、竭尽全力巩固和发展蜀汉政权三个阶段。在后一个阶段，他为了安定后方，亲自率师南征蛮疆；为了巩固和发展蜀汉政权，他不惜劳师动众，六出祁山，最后病死军中。诸葛亮这种人格精神之所以受到称赞，不仅因为他辅佐的刘备和蜀汉代表着封建正统，而且还因为它契合"士为知己者死"这样一种文化观念。

① 〔晋〕陈寿：《三国志·蜀书》卷五《诸葛亮传》。

诸葛亮视刘备为明主，更视为知己。他念念不忘刘备的知遇之恩，因为正是有了刘备的知遇，才使他这个“躬耕于南阳，苟全性命于乱世，不求闻达于诸侯”的隐士得以施展管乐之才。他一再表示愿效犬马之劳以报知遇之恩。“士为知己者死”是一种广受推崇的人格精神，因为它反映出来的是朋友间的守信重义的原则。而这种原则同样是占统治地位的儒家文化所倡导和推崇的。

四、反经合道的道德理想

道德理想是诸葛亮文化现象的主要内容。中国传统文化属于伦理型文化，它注重人际关系的和谐融洽，强调人与人之间的伦理纲常。在这种伦理型文化中，君臣、父子、夫妇、兄弟、朋友之间，都有各自的关系准则，人们必须自觉地遵守这些关系准则，否则就很难为社会舆论和封建律条所容。封建社会，政治的、法律的力量常常不及道德的力量，一些人在强权和法律面前可以无所畏惧，但在道德力量面前却束手就擒，低头服输。传统的伦理道德在整合、协调人际关系方面的重要作用，使任何人都不敢对其小视。也许正是因此，人们才格外看重伦理道德，创造了各类道德典范，以正风教、洁民俗。以《三国演义》为代表的非正史系统中的诸葛亮，虽然不是道德典范，却也寄托着人们的道德理想。

其一是理想的君臣关系。诸葛亮和刘备是君臣，亦是朋友。作为人臣，他忠心耿耿，尽心事主，体现了“忠”这样一种道德；作为朋友，他守信重义。诸葛亮第一次赴江东，劝孙权联合刘备抗击曹操，其兄诸葛瑾奉周瑜之命劝他归顺孙权，是以情动之：“夷齐虽至饿死首阳山下，兄弟二人亦在一处。我今与你同胞共乳，乃各事其主，不能旦暮相聚，视夷齐之为人，能无愧乎？”诸葛亮的回答则以君臣大义为重：“兄所言者，情也；弟所守者，义也。弟与兄皆汉人，今刘皇叔乃汉室之胄，兄若能去东吴而与弟同事刘皇叔，则上不愧为汉臣，而骨肉又得相聚。此情义两全之策也。”君臣关系是双向的，臣对君忠诚守义，君对臣则应信任支持，给臣子发挥才干的主动权。刘备正是这样充分信任诸葛亮，对他言听计从，并放心地把军事指挥权交给他，很少指手画脚。既得刘备信任，诸葛亮就心甘情愿地竭股肱之力、效忠贞之节。《三国演义》把他们的关系比作鱼水关系，正是对这种理想的君臣关系的赞扬，同时也表明了人们对封建社会那种“君要臣死，臣不得不死”式的君臣关系的批判和否定态度。

其二是兄弟之义与手足之情。刘、关、张桃园三结义，不求同年同月同日生，但求同年同月同日死，人们记忆犹新。而对诸葛亮三兄弟间的兄弟之义、手足之情，人们却知之甚少。其实，诸葛亮三兄弟间也融入了传统的伦理道德观念。出山之前，诸葛亮与弟弟诸葛均隐居隆中，躬耕田亩，闲暇之时，诸葛亮“或驾小舟游于江湖之中，或访僧道于山岭之上，或寻朋友于村落之间，或乐琴棋于洞府之内”，诸葛均则留守茅庐；诸葛亮出山时，加意嘱咐诸葛均“汝可躬耕于此，勿得荒芜田亩”。可见，诸葛亮与弟弟诸葛均情义甚深。长兄诸葛瑾早年与两个弟弟分别，仕于江东。他虽仕于江东，但和两个弟弟的情义却不曾稍减。孙权用张昭计，囚禁诸葛瑾家小，让他去索要荆州，试图用同胞之情逼诸葛亮让步。诸葛亮虽以国家大局为重，但还是很看重兄弟情义，与诸葛瑾同到刘备面前苦苦哀求，让诸葛瑾感受到了亲切而浓厚的手足之情。他们三兄弟间不强调弟弟无条件服从兄长，但是却很注重手足情义。这与儒家的“悌”道并非完全一致。

其三是知己与诤友式的朋友关系。诸葛亮隐居隆中，与崔州平、孟公威、石广元、徐元直四人为挚友。四人皆是世外高人，志向非小，可诸葛亮却是很不客气地说他们仕进可至刺史、郡守。别人听到这样的话可能认为是夸赞，可对崔州平等人来说，就毫无夸赞之意了，但他们听后却是不愠不怒。与诸葛亮齐名的庞统也是诸葛亮的好朋友，二人东吴一见就推心置腹，各诉心曲。庞统后来投奔刘备，为副军师中郎将，虽位在诸葛亮之下，但二人并无分高低上下之意。诸葛亮与周瑜可以说是神契之友。古语云：“同学为朋，同志为友。”诸葛亮与周瑜的关系是建立在共同抗曹的基础之上的。在共同的目标下，二人虽有矛盾，但对诸葛亮来说，并不妨碍他与周瑜的朋友关系。周瑜死后，诸葛亮明知东吴诸将对他恨之入骨，但为尽朋友之义，他仍坚持前往柴桑吊唁。在那情真意切的祭文中，他把周瑜引为知己："呜呼公瑾，生死永别。朴守其贞，冥冥灭灭。魂如有灵，以鉴我心。从此天下，更无知音。"祭毕，伏地痛哭。东吴诸将见了，无不感动。诸葛亮与崔州平等人是志趣相投的朋友，与庞统是志同道合的朋友，与周瑜则是政治上引为知己的朋友。所有这些，都反映出他对朋友关系的基本认识和理解，表明了友情友谊在他心目中的地位，富有理想化色彩。

其四是情投意合式的夫妇之义。传统的夫妇之义是夫唱妇随、夫为妻纲。可是，诸葛亮与其妻黄氏并非如此。首先，在婚姻上，他们是才子配才女，不符合郎才女貌的传统婚姻观念，因为黄氏是当时出了名的丑女。传说，襄阳名士黄承彦听说诸葛亮要择妇，就把他的"黄头黑色"的丑女推荐给诸葛亮。诸葛亮听说黄氏有才，就欣然同意了这门亲事。当时有许多人对此很不理解，把诸葛亮娶黄氏作为笑谈，说什么"莫作孔明择妇，正得阿承丑女"。其次，在夫妻关系上，诸葛亮与黄氏并非夫唱妇随，而是互相帮助。黄氏上通天文，下察地理，韬略遁甲无所不晓，对诸葛亮有很大帮助，故有"武侯之学，夫人多所赞助"之说。对诸葛亮与黄氏的婚姻，非正史系统虽然隐隐流露出某种遗憾，但总的倾向是赞扬他们这种带有某种遗憾的婚姻。以此可以窥见"丑妇良家之宝"的文化心理的影响和"女子无才便是德"的腐朽文化观念的消退迹象。

诸葛亮文化现象表现出来的道德理想，与儒家炫耀的伦理道德有这样那样的区别，正是这些区别显示出诸葛亮文化现象表现出来的道德倾向的民主成分和进步倾向。如其对朋友式的君臣关系的设计，显然与封建等级社会要求的君臣关系有很大不同；其所表现的兄弟之义，也不仅仅是弟弟对兄长的无条件服从；其对朋友关系的设计，着眼点不是信和义，而是志同道合、推心置腹、互为知己；其对夫妇之义的看法，与传统伦理道德所要求的也不尽相同。但是，诸葛亮文化现象表现出来的道德理想不可能脱离当时那样一种大的文化氛围，如其所设计的朋友式的君臣关系，就离不开臣对君的忠诚和朋友之间的信义；

弟弟不服从兄长，也只能在大的伦理之下才能成立，因为小人伦要服从大人伦。由此可见，这种具有民主性成分和进步倾向的道德理想，是一种反经合道式的道德理想。

（原载《三国演义与荆州》，中州古籍出版社 1993 年出版，与胡世厚合作）

诸葛亮躬耕地考辨

诸葛亮的躬耕地，《出师表》一文记载得很明确："臣本布衣，躬耕于南阳，苟全性命于乱世，不求闻达于诸侯。先帝不以臣卑鄙，猥自枉屈，三顾臣于草庐之中，咨臣以当世之事。由是感激，遂许先帝以驰驱。"[①] 既然诸葛亮已经在文章中说明自己曾经"躬耕于南阳"，这个问题本来已无讨论的必要。但是，自东晋习凿齿《汉晋春秋》提出"诸葛亮家于南阳之邓县，在襄阳西二十里，号曰隆中"之后[②]，"襄阳"说日见流行。尤其是古典历史小说《三国演义》问世之后，受其中"定三分隆中决策"等有关描写的影响，一些人以小说为正史，"襄阳"说不仅越来越有市场，而且更有独定一尊的趋势，以至于近年来有些教科书不负责任地把诸葛亮的《草庐对》改名为《隆中对》。千百年来聚讼纷纭、莫衷一是的诸葛亮躬耕地之争，再次成为人们关注的焦点话题。

诸葛亮躬耕地究竟是南阳还是襄阳，本来是一个老话题，可是，老话题一旦夹杂进某种利益驱动的因素，就有可能变成一个庸俗无聊的话题。但学术界无论如何不应受此影响，而将学术问题变成一个庸俗无聊的话题。本文本着"百花齐放，百家争鸣"的原则，从诸葛亮与南阳士人李严、陈震的交往，陈寿《三国志》记述人物籍贯居里的习惯，唐人对诸葛亮躬耕地的认同等三个方面入

① 〔三国〕诸葛亮：《诸葛亮集》卷一，北京，中华书局1960年。

② 〔晋〕陈寿：《三国志·蜀书》卷五《诸葛亮传》裴松之注引。

手，对诸葛亮的躬耕地加以考察，为诸葛亮“躬耕于南阳”说提供一种新的思考问题的角度，对“襄阳”说之谬略作辨析，并以此就教于方家。

一、“躬耕于南阳”说新证

诸葛亮躬耕于南阳，虽然是《出师表》中诸葛亮自己所说，但也不是仅此一例可以为证。《诸葛亮集》、陈寿《三国志》和魏晋时期的其他历史文献，则可以从另外一些方面证明诸葛亮《出师表》所言“躬耕于南阳”是完全可信的。只是有些记载不像《出师表》那样说得明白，而被有意无意地忽略了。这里从诸葛亮与蜀汉两个重要人物李严、陈震的关系和交往入手，为诸葛亮“躬耕于南阳”说提供几条新的证据。

李严与陈震都是南阳人。按照《三国志》记载人物籍贯居里的惯例，二人若是南阳某县人，陈寿应该在“南阳”二字之后连署县名，如宗预，《三国志·蜀志》记载为“南阳安众人”。既然“南阳”二字后没有连署县名，则二人的籍贯居里可以理解为南阳郡治所在地宛县，即今南阳市。清楚了这一点之后，我们再接着讨论诸葛亮与李严、陈震的关系及交往。

李严字正方，南阳人。年轻时为郡职吏，才干为时人所称道，刘表因此而“使历诸郡县”[①]，着意加以栽培。曹操平定荆州，时任秭归令的李严入川，投靠了刘璋，深得信任，被任命为成都令。刘备入川，李严奉命率军拒刘备于绵竹，结果却是举众而降，并因此成为刘备的心腹，后拜尚书令，并与诸葛亮同受托孤之重。刘备死后，李严颇得诸葛亮倚重，屡屡被委以重任。不少人对诸葛亮如此对待李严颇为不解，这就是《李严传》所说的“平至之日，都委诸事，群臣上下皆怪臣待平之厚也”[②]。

诸葛亮冒着“群臣上下皆怪”之的风险重用李严，不仅因为李严确实有不

---

① 〔晋〕陈寿：《三国志·蜀书》卷十《李严传》。下引李严的相关内容，俱出《李严传》。

② 〔晋〕陈寿：《三国志·蜀书》卷十《李严传》。李严于蜀汉后主建兴八年（230 年）改名为李平，故文中称之为平。

同凡俗的才能，更因为自恃对他十分了解，相知甚深。李严对诸葛亮也几乎是无话不说，他曾在刘备去世后劝诸葛亮受九锡，晋爵称王。诸葛亮《答李严书》这样表述他们之间的关系："吾与足下相知久矣，可不复相解。"二人相知已久，以至于许多事情到了用不着多加解释的地步，则二人关系之深，于此可见。

诸葛亮所说的"相知已久"，究竟可以上溯到什么时候呢？从诸葛亮《弹李严表》一文可知，二人相知应该是在诸葛亮躬耕南阳之时。《弹李严表》云："严少为郡职吏，用情克深，苟利其身。乡里为谚曰：'难可狎，李鳞甲。'"① 这里所说的"郡"，无疑是指南阳。李严年轻时在郡中任小吏，乡里人关于李严的一句谚语，诸葛亮竟然能够如此熟悉，不是已经很能说明问题了吗？在当时那种交通、信息传播都很不发达的情况下，诸葛亮如果不是躬耕于南阳，居止与李严相近，乡人对李严的一句谚语，他何以得知？诸葛亮未出草庐已知天下大势，是因为他每自比于管仲、乐毅，有大济苍生之志，留意天下大事，故可以将天下形势了然于胸。而寻常小事，如果不是发生在身边或乡里，恐怕不会入其耳中，也不会留意。所以，从《弹李严表》引南阳乡谚可知，诸葛亮当时躬耕于南阳，应是无可置疑的。

乡人关于李严的谚语，是说李严这个人很有心计，做事情多为自己着想。蜀汉后主建兴九年（231 年）夏秋之际，诸葛亮兵出祁山，当时李严已改名为李平，负责督运粮草，因值大雨连绵不止，粮草供应不上。李严为了逃避责任，一面派人劝说诸葛亮退兵，一面向后主上表，谎称"军伪退，欲以诱贼与战"。诸葛亮撤军后，"具出其前后手笔书疏本末"，揭穿了李严的两面派面目。李严"辞穷情竭，首谢罪负"。诸葛亮以其贻误战机，又要两面派手腕，上表弹劾李严，将其贬为庶民，徙梓潼郡。

诸葛亮因李严"横造无端，危耻不辨"，而将其贬为庶民，但心实不忍，仍然希望他能够痛改前非，以图再举。在给李严之子李丰的信中，诸葛亮这样写

① 《太平御览》卷四百九十六引《江表传》。

道："昔楚卿屡黜，亦乃克复。思道则福，应自然之数也。愿宽慰都护，勤追前阙。今虽解任，形业失故，奴婢宾客数百十人。君以中郎参军居府，方之气类，犹为上家。若都护思负一意，君与公琰推心从事者，否可复通，逝可复还也。详思斯戒，明吾用心。临书长叹，涕泣而已。"[①] 诸葛亮对李严如此深情眷顾，希望他能够跌倒了再爬起来，正是基于二人"相知已久"这样一种感情基础。

诸葛亮躬耕于南阳，从《三国志·蜀书·陈震传》亦可以找到佐证。

陈震字孝起，与李严是同乡，入蜀之前，二人已然相知。刘备为荆州牧时，辟陈震为从事。入川后，陈震于蜀汉后主建兴三年（225 年）迁尚书令。建兴七年（229 年），陈震奉命入吴，祝贺孙权称帝，并与孙权歃血为盟，共分曹魏之地，以徐、豫、幽、青属吴，以并、凉、冀、兖属蜀，司州之土，则以函谷关为界。陈震入吴时，诸葛亮曾让他带书信给兄长诸葛瑾，其书云："孝起忠纯之性，老而益笃。及其赞述东西，欢乐和合，有可贵者。"[②] 信中所言孙刘结盟之事，姑置不论。但其中"孝起忠纯之性，老而益笃"一句，尤为值得引起注意。既言陈震"老而益笃"，无疑应知其年轻之时忠厚笃纯之品格，不然的话，何以言"老而益笃"？陈震是南阳人，他年轻的时候即与诸葛亮相识，故而诸葛亮了解他忠厚笃纯的品格。如此，则诸葛亮出山辅佐刘备之前，躬耕于南阳，与陈震居止相近，则是情理之中的事。

陈震对李严其人也比较了解，赴吴之前，他曾与诸葛亮说起李严这个人，并提醒诸葛亮对李严多加留心。诸葛亮与长史蒋琬、侍中董允的书信曾言及此事。其文云："孝起临至吴，与吾说正方腹中有鳞甲，乡党以为不可近。吾以为鳞甲者，但不当犯之耳，不图复有张苏之事出于不意。可使孝起知之。"从陈震评价李严的"乡党以为不可近"之语可知，陈、李二人亦应是居止相近的同乡，彼此应是比较了解的。

诸葛亮躬耕南阳时，不仅对李严其人有所了解，而且熟知"难可狎，李鳞

---

① 〔晋〕陈寿：《三国志·蜀书》卷十《李严传》裴松之注引诸葛亮《与平子丰教》。
② 〔晋〕陈寿：《三国志·蜀书》卷九《陈震传》。

甲”这样的乡谚。但他认为“鳞甲者，但不当犯之耳”，认为只要不去招惹李严，李严再有鳞甲也不会有什么事，所以，他对李严一直是放手使用。没有想到，关键时刻，李严却学起苏秦、张仪来，试图用三寸不烂之舌搬弄是非，掩饰自己的罪行。诸葛亮与蒋琬、董允的书信，流露出没有听从陈震之言的隐隐悔意。

此外，再从陈寿《三国志》记述人物籍贯居里的习惯和唐代之前一些有关诸葛亮躬耕地的主要记载来看，诸葛亮“躬耕于南阳”，亦是不争的事实。

陈寿《三国志》记载人物籍贯居里时，遵循史学家的惯例，即若某人是某郡（国）某县人，就将郡国和县名连署，如秦宓“广汉绵竹人”、周群“巴西阆中人”、诸葛亮“琅琊阳都人”，等等，皆属此例。若某人籍贯居里是某郡国治所所在地，则直言郡国名，而不会有县名出现。《三国志·蜀书》记载了59人的籍贯居里，其中郡县连署者41人，仅记郡国者18人。南阳籍者有7人，黄忠、陈震、吕乂、李严、王连、许慈6人为“南阳人”，宗预则是“南阳安众人”。如果诸葛亮的隐居地是南阳郡某县，与《出师表》中所言“躬耕于南阳”不同，陈寿理当言明具体寓居于某县。陈寿仅言“躬耕于野”，无疑应是南阳郡所在地宛县之野。这一点也是无须多加辨别的。

就现有文献而言，有关诸葛亮躬耕地最早、最权威的记载，应是陈寿《三国志·诸葛亮传》。诸葛亮早孤，随叔父诸葛玄往依荆州刘表。东汉时期，荆州辖南阳、南郡、江夏、零陵、桂阳、武陵、长沙7郡。《诸葛亮传》只是说其叔父死后，诸葛亮“躬耕陇亩”，而没有说明“躬耕陇亩”的确切地点。这并不是陈寿的疏忽，而是因为他在《诸葛亮传》中要全文引述诸葛亮的《出师表》。关于诸葛亮的躬耕之地，《出师表》说得很明白“躬耕于南阳”，言之凿凿，不可能把南阳误为“襄阳”。同样，如果诸葛亮是躬耕于襄阳，也不会把襄阳误为“南阳”。既然诸葛亮本人的自述，诸葛亮与南阳李严、陈震等人的交往，以及陈寿《三国志》的记载均明白无误，诸葛亮“躬耕于南阳”，即当时的南阳郡治宛县，如今的南阳市，当是无可辩驳的事实。

襄阳早在西晋太康年间就已经设郡。按道理说，如果诸葛亮如习凿齿所说居于襄阳隆中，此后人们言及诸葛亮躬耕一事时，应该说“诸葛亮躬耕于襄阳”，而不应再说“躬耕于南阳”。但是，包括习凿齿在内的一些人，只是说“孔明旧宅”在襄阳隆中，而很少有人说诸葛亮躬耕于隆中。相反，在襄阳单独设郡之后，人们言及诸葛亮躬耕地，依然说诸葛亮躬耕于南阳，而很少有人说躬耕于襄阳。譬如在唐代，人们言及诸葛亮躬耕地，则称躬耕南阳。如唐朝名相裴度《蜀丞相诸葛武侯祠堂碑铭·序》云：“公是时也，躬耕南阳，自比管、乐。我未从虎，时称卧龙。”孙樵《刻武侯碑阴》则云诸葛亮“曩蟠南阳，时人不与仲毅伍”。吕温《诸葛武侯庙记》亦云：“武侯命世，实念皇极。魏奸吴轻，未或心膂。南阳坚卧，待时而起。”① 可见，习凿齿《汉晋春秋》等笔记野史所谓的“襄阳”说，在唐代并没有得到人们承认和接受。

二、习凿齿“襄阳”说的五大失误

有人以历史上的南阳郡所辖区域的变化为由，根据习凿齿《汉晋春秋》的记载，否认诸葛亮自己所说的“躬耕于南阳”这一事实，以为诸葛亮的躬耕地在今湖北襄阳隆中。这实际上是由于对习凿齿《汉晋春秋》错误记载的失察而形成的一个假命题。

习凿齿字彦威，东晋襄阳人，著有《汉晋春秋》《襄阳耆旧传》等。南朝宋裴松之为《三国志》作注，多次征引《汉晋春秋》。习凿齿记述诸葛亮居里的一段话，见载于《三国志·蜀书·诸葛亮传》裴松之注引，其文云：“亮家于南阳之邓县，在襄阳西二十里，号曰隆中。”这 19 个字是诸葛亮“躬耕于襄阳”说最为主要的证据。但是，如果仔细对照一下《后汉书·郡国志》和《晋书·地理志》就会发现，习凿齿这段记载有五大失误。

其一，据《后汉书·郡国志》，东汉时期，南阳郡下辖 37 县，宛县、邓县、

① 本以上引文俱见北宋姚铉编《唐文萃》卷五十五上。

新野等皆属南阳郡；南郡下辖 17 县，襄阳则属南郡。盛弘之《荆州记》云："襄阳，旧楚之北津。从襄阳渡江，经南阳，出方关，是周郑、晋、卫之道；其东津经江夏出平泽关，是通陈、蔡、齐、宋之道。"[①] 据此可知，襄阳是古楚地北部的渡口，是经南阳进入中原的必经之地。荆州往北的通道，是从襄阳渡江，经过南阳，才能进入郑、晋、卫之地。南郡与南阳郡相邻，以汉水为界，汉水之南属南郡，汉水之北属南阳。习凿齿《汉晋春秋》称诸葛亮"家于南阳之邓县"，若是按东汉行政区划而言，则襄阳属南郡，在汉水之南，诸葛亮既然"家于南阳之邓县"，其家怎么可能是在"襄阳西二十里"？若是在"襄阳西二十里"，就没有"家于南阳之邓县"之可能。前言后语相互矛盾，不能自圆其说。

其二，据《晋书·地理志》记载，三国魏时，在南阳郡与南郡之间设置襄阳郡，下辖 8 县。其中邓城、鄾（原属邓城）原属南阳郡，而宜城、中庐、临沮、邔、襄阳、山都诸地，原属南郡。西晋太康中，又将南阳郡一分为三，设南阳、顺阳、义阳三郡。义阳郡下辖穰、邓、新野等 10 县。所以，在《晋书·地理志》中，可以看到邓城和邓县两个名字相近的县名。习凿齿是东晋人，按道理说，他所说的行政区划应是西晋太康年间重新划定的，而不是东汉时期的。可是，若按西晋行政区划，他所说的"南阳之邓县"，则又是驴唇不对马嘴。因为西晋时期，邓县属义阳郡，邓城属襄阳郡。既然是说"南阳之邓县"，则习凿齿显然依旧是按东汉时期的行政区划来说的，若如此，"南阳之邓县"同样与襄阳无涉。

其三，陈寿《三国志》记载人物籍贯居里，按道理是应该按三国时期的行政区划而定，但由于三国时期战乱频仍，国、郡、县的界域很难搞清楚，所以，他所说的国、郡、县，基本上是按西晋时期的行政区划来确定的，如蜀汉名将魏延为"义阳人"，邓芝、来敏则记为"义阳新野人"。按此推理，陈寿记载诸葛亮"躬耕于野"之事，没有说明郡县，只有两种可能：一是他认同诸葛亮《出师表》所言，以为不必再重复；二是他自己也搞不清楚，只好用"躬耕于

① 〔晋〕范晔：《后汉书·郡国志四》唐章怀太子李贤注"南郡襄阳"条引。

野”或“躬耕陇亩”这种模糊的说法来表述。假如是前者，就不必多说，没有什么争议；假如是后者，就有些说不通了。蜀汉时期，陈寿为观阁令史，入晋后为著作郎，所著《三国志》，时人称其“善叙事，有良史之才”①。这样一个精通史籍的人物，不至于连南阳、襄阳所属县份也搞不清楚吧！所以，陈寿使用“躬耕于野”“躬耕陇亩”这样的词汇，实际上只有一种可能，那就是他认同诸葛亮《出师表》“躬耕于南阳”的说法。习凿齿作《汉晋春秋》，自以为陈寿《三国志》没有把诸葛亮躬耕地说清楚，有机可乘，就画蛇添足加了那么几句话，想把诸葛亮拉到襄阳去，实际上则是他没有看懂“善叙事”的陈寿在叙述诸葛亮躬耕地时的省笔叙事技巧。

其四，关于邓城与邓县的问题。《辞海·历史地理》分册把作为古国名的“邓”和作为古县名的“邓”，皆定位在“今湖北襄樊市北”，而没有“邓城”这一词条，这是有问题的。首先，“今湖北襄樊市北”的范围有多大，能否把《晋书·地理志》中的义阳之邓县包括进去？从《晋书·地理志》襄阳邓城和义阳邓县的划分来看，襄阳邓城的地理方位更接近古邓国，而义阳邓县则应与今河南邓县的地理方位更接近。《辞海·历史地理》分册省却了“邓城”，而把古邓国与古邓县定位在一起，显然是把问题简单化了。人们若是把《后汉书·郡国志》《晋书·地理志》和《辞海·历史地理》分册结合起来看，就会更加糊涂。根据《晋书·地理志》，邓城应该是从邓县分出去的一部分，是古邓国最南边的地方。习凿齿是襄阳人，应该熟悉西晋时期襄阳郡的行政区划，按道理不应该把襄阳邓城与义阳邓县相混淆。如果仍然沿用东汉行政区划，他在叙述诸葛亮寓居地的时候，就不应该凭空拉出来一个与南阳和邓县皆无任何干系的“襄阳”。对此，合理的解释是，“南阳之邓县”沿用的仍是东汉时期的行政区划，而“襄阳”云云，则是以西晋的行政区划为标准。由此可见，习凿齿叙述诸葛亮寓居地的这段文字，至少有两个问题：一是使用行政区划前后不统一，

① 〔唐〕房玄龄等：《晋书·陈寿传》。

二是把东汉时期的“南阳之邓县”与西晋时期的“襄阳之邓城”相混淆。地名错用混用，以至于给后人造成许多误导，引起了不必要的争议。

其五，从上面的分析不难看出，习凿齿《汉晋春秋》中“亮家于南阳之邓县，在襄阳西二十里，号曰隆中”的记载，是完全不可信的。习凿齿也是一个史学家，熟悉史实、文献、掌故等。他之所以这么做，合理的解释有二。一是自东晋开始，东晋君臣偏安一隅之情势与蜀汉相类似，故诸葛亮的道德、人品、才能、谋略等越来越受到人们的推崇。习凿齿在其所著《汉晋春秋》和《襄阳耆旧传》中，更是首倡帝蜀寇魏论，以蜀汉为正统，以曹魏为僭越。正如清代学者所说，陈寿著《三国志》以曹魏为正统，“至习凿齿《汉晋春秋》，始立异议”，“盖凿齿时晋已南渡，其事有类乎蜀。为偏安者争正统，此孚于当代之论者也”。[①] 二是习凿齿不仅为蜀汉争正统，而且为襄阳争名人。习凿齿是襄阳人，为襄阳争名人，原亦无可厚非。但这有个前提条件，即不能违背基本的历史事实，更不能为了争名人而捏造事实，混淆视听。

裴松之为《三国志》作注所引用的魏晋时期的一些文献资料，是“上搜旧闻，旁摭遗逸”，大多属于笔记野史和故事传说的范畴，可信度大可怀疑。正如他在《上三国志注表》中所说：“三国虽历年不远，而事关汉晋，首尾所涉，出入百载。注记分错，每多舛互。其寿所不载，事宜存录者，则罔不毕取，以补其阙。或同说一事，而辞有乖杂；或出事本异，疑不能判。并皆钞内，以备异闻。若乃纰缪显然，言不附理，则随违矫正，以惩其妄。其时事当否，及寿有小失，颇以愚意，有所论辩。”[②] 尽管裴松之在注释后对有些材料的真伪与可信度已经作了辨证，但还是有许多材料是出于拾遗补阙、以备异闻的目的而被征引的。习凿齿《汉晋春秋》中的这段话，即属此类。今人在征引裴松之注时，如果把裴松之当时就以为“纰缪显然、言不附理”的一些野史传说作为信史来用，岂不是要被裴松之目为无知吗？我们不应怀疑裴松之注《三国志》全部材料的真实性，但也

① 〔清〕纪昀等：《四库全书总目·史部·三国志提要》。

② 文渊阁四库全书本《三国志》前载裴松之《上三国志注表》。

不能把那些明显记载有误的材料视为信史，更不能作为理论的依据。任何基于那些“纰缪显然、言不附理”的野史传说的命题，只能是假命题。

三、“襄阳”说的悖谬

既然习凿齿《汉晋春秋》关于诸葛亮居里的说法是靠不住的，那么，魏晋南北朝时期流行的、以习凿齿《汉晋春秋》为主要依据的“襄阳”说，其真实性与可靠性显然就值得怀疑了。《汉晋春秋》之后，持“襄阳”说者主要有盛弘之、鲍坚和郦道元。但是，如果把各种说法加以对比，就不难发现所谓的“襄阳”说自相矛盾，漏洞百出。让我们先看一下以下几种有代表性的说法：

襄阳西北十里许，名为隆中，有孔明宅。（盛弘之《荆州记》）

邓城旧县西南一里，隔沔有诸葛亮宅，是汉昭烈三顾处。（鲍坚《荆州图副》）

邓城西七里有作乐山，诸葛亮昔曾登此山为《梁甫吟》也。（同上）

沔水东迳乐山北。昔诸葛亮好为《梁甫吟》，每所登游，故俗以乐山为名。沔水又东，迳隆中，历孔明旧宅北。（郦道元《水经注·沔水》）

上述四则记载，在隆中的地理方位、孔明旧宅、诸葛亮为《梁甫吟》之地等问题上，各说各话，相互矛盾。不要说相互印证了，有的甚至难以自圆其说。

关于“襄阳”说的地理方位，若以襄阳为参照，隆中所在地有两种说法，即习凿齿的“在襄阳西二十里”和盛弘之的“襄阳西北十里许”。这两种说法不仅有十里的误差，而且方位也不同，一在襄阳西，一在襄阳西北。襄阳北临汉水，与东汉末年才见记载的樊城隔江相望。襄阳北往西一段汉水呈西北东南走向，隆中若在襄阳西北十里许，则应在汉水之滨。习凿齿是襄阳人，盛弘之长期在荆州生活，二人的生活年代相去不足50年，对隆中的记述竟有如此之大的差别，让人们该相信哪一个呢？

关于诸葛亮旧宅所在地，“襄阳”说颇多分歧。一是在襄阳西二十里隆中（《汉晋春秋》），二是在邓城旧县西南一里、沔水之南（《荆州图副》），三是

《水经注》的记载："沔水又东，迳隆中，历孔明旧宅北。"这句话的意思翻译过来就是：沔水又往东流，经过隆中，从孔明旧宅北边流过。根据这段记载，诸葛亮旧宅应在隆中之东，沔水之南。如果诸葛亮旧宅在隆中，郦道元就不必再用一个"历"字，直接说"沔水又东，迳隆中孔明旧宅北"就可以了。既然用了一个"历"字，则"隆中"与"孔明旧宅"就有了先后之分，也就是说，沔水先流经隆中，然后又从"孔明旧宅"北边流过。[①] 同是持"襄阳"说，竟有如此之多的分歧，让人们该如何理解这一现象，该如何认定"孔明旧宅"所在地呢？

关于诸葛亮为《梁甫吟》所登之山，《荆州图副》以为名作乐山，在邓城西七里，并无"隔沔"二字。而《荆州图副》在介绍诸葛亮旧宅的时候，使用的是"邓城旧县"，距离是"西南一里"，在沔水对岸，即所谓"隔沔"；而叙述作乐山时，却说在"邓城西"，既没有使用"旧县"，也没有使用"隔沔"二字。这究竟是作者的疏忽，还是另有原因呢？

如前所述，邓城县是西晋太康年间所置，所辖区域是从邓县南部划出去的一部分，归属襄阳郡。如果说"邓城旧县"指的是西晋太康年间首次划分出去的邓城县县治，其地理位置不在襄阳西，而是在襄阳东北。臧励龢《中国古今地名大辞典》引《春秋地理考实》指出："襄阳府襄阳县东北二十里之邓城，当时虽仍属邓县，别是一地，为邓国之南鄙。"清顾栋高《春秋大事表》亦称："府治襄阳县东北二十里有邓城镇，为春秋时邓国，庄十六年为楚文王所灭。"[②] 西晋太康年间，析古邓县为邓县和邓城，则邓城县治无疑应在原邓县之邓城镇。这样一个位于襄阳县东北二十里的邓城，距离沔水有相当一段距离，怎么能够和所谓的位于沔水之滨的"孔明旧宅"发生联系呢？又怎么能够作为叙述所谓的"孔明旧宅"的参照地呢？所以，《荆州图副》以"邓城旧县"为参照，为

---

① 郦道元《水经注》叙述水流方向，常用的句式是"迳……历"，或"历……迳"。如《江水》注中《巫峡》："江水历峡，东迳新崩滩，期间首尾百六十里，谓之巫峡，盖因山为名也。"其中，"江水历峡，东迳新崩滩"二句，不仅有先后顺序，而且叙巫峡起止首尾。

② 〔清〕顾栋高：《春秋大事表》卷六下。

所谓的“孔明旧宅”定位，而以邓城为诸葛亮为《梁甫吟》之地定位，显然是为自相矛盾作掩饰，也是很荒唐的。

郦道元《水经注》叙述沔水流经地的人文景物时，显然受到了《汉晋春秋》和《荆州图副》等书的影响。从他把“孔明旧宅”定位在沔水之滨，把诸葛亮为《梁甫吟》所登之山定位在沔水之南、隆中之西，可以清楚地看出这种影响。

四、几点看法

诸葛亮“躬耕于南阳”，既是诸葛亮自己所述，又有与诸葛亮同时代的南阳士人如李严、陈震的交往为证，同时又可以从陈寿记述人物籍贯居里的习惯得到佐证。因此可以说，诸葛亮“躬耕于南阳”是无可争议的事实。基于以上的分析论证，在下面几个问题上大抵可以作出结论：

（一）“躬耕于南阳”既是诸葛亮自己的记述，又可以从《三国志》中找到其他内证，因而是可信的，不能轻易否定。

（二）襄阳早在西晋太康年间就已经划为郡，习凿齿是东晋人，应该十分清楚这一事实。其叙述诸葛亮居里时，既认为“家于南阳之邓县”，又缀之以“在襄阳西二十里，号曰隆中”，行政区划前后错用，地理概念又相混淆，颇多自相矛盾之处，根本不足为信。

（三）持“襄阳”说者多以为“孔明旧宅”在襄阳隆中，而襄阳隆中的确切地理方位，在魏晋南北朝的相关记载中相互矛盾，有各种说法。这不能不令人对相关记载的真实性、可靠性表示怀疑。

（四）即使是持“襄阳”说者，也多以为“孔明旧宅”在襄阳，而很少有人以为诸葛亮的躬耕地是襄阳隆中。这一现象说明，至少在魏晋南北朝时期，持“襄阳”说者并没有证据因而也没有勇气否定诸葛亮自己所说的“躬耕于南阳”。后人据习凿齿《汉晋春秋》等书的记载，生发出诸葛亮躬耕于襄阳说，是对南北朝时期相关文献记载的真实性、可信性失察失考造成的。

（原载《诸葛亮与南阳学术研究文集》，三秦出版社 2004 年）

论孙权“割据江东以观成败”战略的得失

南宋著名爱国词人辛弃疾一生非常推崇孙权，留下了脍炙人口的词《南乡子·登京口北固亭有怀》：“何处望神州？满眼风光北固楼。千古兴亡多少事？悠悠，不尽长江滚滚流。　年少万兜鍪，坐断东南战未休。天下英雄谁敌手？曹、刘。生子当如孙仲谋。”辛弃疾生当南宋之时，南宋君臣偏安江南，神州南北分治，其情形与三国时期颇为相似。他用这首词赞美孙权，寄寓着收复中原、实现统一的强烈愿望。然而，孙权作为与曹操、刘备三分天下的一代雄主，他的成功则始于割据江东战略的实施。而东吴的失败，很大程度上也是他固守割据江东战略造成的。

一、“割据江东以观成败”战略的形成

孙权“割据江东以观成败”的战略，是从其父孙坚开始的。孙坚原是一介乡勇，汉末之乱中因功授长沙太守，封乌程侯。董卓之乱时，孙坚以破虏将军领豫州刺史，参与讨伐董卓之役。汉献帝初平三年（192年），往征荆州刘表，被刘表部属黄祖手下射杀，时年37岁。这一年，孙权仅11岁。其兄孙策在汉末大乱中坐大，史称其“自领会稽太守，复以吴景为丹阳太守，以孙贲为豫章太

守，分豫章为庐陵郡，以贲弟辅为庐陵太守，丹阳朱治为吴郡太守”。① 建安二年（197 年），孙策为讨逆将军，封吴侯。建安五年（200 年），孙策被刺客许贡刺成重伤，不治而死。临终之时，他把印绶交给孙权，说：“举江东之众决机于两阵之间，与天下争衡，卿不如我；举贤任能，各尽其心，以保江东，我不如卿。”孙策又嘱咐谋臣张昭等人：“中国方乱，夫以吴越之众，三江之固，足以观成败。公等善相吾弟。”②

孙策的临终遗言很有战略眼光。首先，他对江东的局势了如指掌，对天下的形势把握准确。孙策已经控制了吴越之地，又有三江之险，足以形成坐山观虎斗之势。其次，他对孙权的性格和能力比较了解，认为孙权善于举贤任能，让属下尽心竭力，如此则足以坐保江东。应该说，孙策的临终遗言，已经为孙权未来割据江东以观成败的战略作了擘画。建安五年，汉末局势尚不明朗，孙策就已经做出了固守江东以观成败的策略，应该说是很有战略家眼光的。

就汉末天下大势而论，已经形成了合久必分之势。但天下如何分，却是各有各的看法，当时的豪强们也是各有各的打算。到了建安九年（204 年），曹操先后剪灭袁术、吕布、袁绍等，北方大抵安定，天下大势已逐渐明朗。此时的孙权则借北方多事之际，招贤纳士，壮大东吴势力。他非常喜欢帐下谋士鲁肃，一次晚宴后留鲁肃长谈，谈至兴浓，二人抵足而眠，鲁肃则借机向孙权献上了著名的“榻上策”：

> 肃窃料之，汉室不可复兴，曹操不可卒除。为将军计，惟有鼎足江东，以观天下之衅。规模如此，亦自无嫌。何者？北方诚多务也，因其多务，剿除黄祖，进伐刘表，竟长江所极，据而有之，然后建号帝王，以图天下，此高帝之业也。③

鲁肃“榻上策”的主要内容与孙策的临终遗言大体相同，都是立足于据有

---

① 〔晋〕陈寿：《三国志 · 吴书》卷一《孙破虏讨逆传》。
② 〔晋〕陈寿：《三国志 · 吴书》卷一《孙破虏讨逆传》。
③ 〔晋〕陈寿：《三国志 · 吴书》卷九《鲁肃传》。

江东以观天下之变，但鲁肃的“榻上策”显得更为积极主动。首先，他建议先统一江南，所谓“剿除黄祖，进伐刘表，竟长江所极，据而有之”；其次是谋建大业，所谓“建号帝王，以图天下”。可见，鲁肃的“榻上策”是三部曲，即先站稳脚跟，然后求发展，最后是建号称帝，争取一统天下。孙权此时仅 23 岁，他虽然很欣赏鲁肃，但对于这样的战略决策，还是感觉底气不足，故对鲁肃说：“今尽力一方，冀以辅汉耳，此言非所及也。”由于张昭等孙策老臣的诋毁，鲁肃的“榻上策”并没有得到很好的执行。孙权巩固了江东之后，鲁肃策划的第二步“剿除黄祖，进伐刘表”，仅是实现了剿除黄祖，而进伐刘表，则因刘备与刘表之子刘琦联手，而曹操又乘势南下进击刘表等原因未能实现。第二步没有完成，第三步也就无从谈起了。

对东吴这种“国险而民附”的局势，诸葛亮未出草庐之时就已经看得很清楚。建安十二年（207 年），刘备三顾茅庐请诸葛亮出山辅佐，诸葛亮在著名的《草庐对》中，为刘备详细分析了当时的天下大势，指出东吴“可以为援而不可图也”：

> 自董卓已来，豪杰并起，跨州连郡者不可胜数。曹操比于袁绍，则名微而众寡，然操遂能克绍，以弱为强者，非惟天时，抑亦人谋也。今操已拥百万之众，挟天子而令诸侯，此诚不可与争锋。孙权据有江东，已历三世，国险而民附，贤能为之用，此可以为援而不可图也。荆州北据汉沔，利尽南海，东连吴会，西通巴蜀，此用武之国，而其主不能守，此殆天所以资将军，将军岂有意乎？益州险塞，沃野千里，天府之土，高祖因之以成帝业。刘璋暗弱，张鲁在北，民殷国富而不知存恤，智能之士思得明君。将军既帝室之胄，信义著于四海，总揽英雄，思贤如渴，若跨有荆益，保其岩阻，西和诸戎，南抚夷越，外结孙权，内修政理；天下有变，则命一上将将荆州之军以向宛洛，将军身率益州之众出于秦川，百姓孰敢不箪食

壶浆以迎将军者乎？诚如是，则霸业可成，汉室可兴矣。[①]

诸葛亮的意思很明确，曹操挟天子以令诸侯，占有天时；孙权据有江东，国险而民附，占有地利；刘备若想有所作为，必须“跨有荆益，保其岩阻”，静待天下之变，然后进取中原。诸葛亮对江东局势的分析，与孙策、鲁肃之见不谋而合。江东自孙坚以来，孙氏已经营多年，百姓归附，贤士为用，且有三江之险，足以固守。不要说刘备，就是曹操也无力攻取。可取者，唯有刘表占据的荆州和刘璋占据的益州。倘能取此作为立足之本，才有机会成就霸业。显而易见，诸葛亮以为江东孙权足可以自立，刘备只能以之为援，而不可与之争锋。

从诸葛亮的分析可以看出，在汉末大乱、三国鼎立之前，孙权坚持“割据江东以观成败”的战略，与诸葛亮的分析不谋而合。在当时的条件下，三江之险是难以逾越的。孙权有险可守，有贤士可用，有百姓依附，自然可以在汉末大乱中偏安一隅，自得其乐。自建安五年孙策去世到建安十三年（208 年）曹操传檄孙权会猎刘备的 8 年间，孙权“割据江东以观成败”的战略基本上是成功的。因为其间除与黄祖的相互攻伐外，江东基本上平安无事。

二、“割据江东以观成败”战略的实施

建安十三年之前，曹操挟天子以令诸侯，逐步平定北方豪强，稳定了大后方。待北方既定，曹操方有暇南顾，谋划统一南方之事。他的第一步就是首先占领荆州，然后沿江而下，顺势夺取江东。曹操占据荆州之后，传檄孙权，邀其一同会猎暂驻夏口的刘备。其书略云：“近者奉辞伐罪，旌麾南指，刘琮束手。今治水军八十万众，方与将军会猎于吴。”[②] 而刘备则派遣诸葛亮赴江东，共商联合抗击曹操之事。这个时候，孙权虽然已经坐拥江东，但曹操和刘备都找上了门，孙权想作壁上观已经不可能了。“割据江东以观成败”的战略受到了严峻挑战。摆在孙权面前的，只有两条路：要么与曹操联手消灭刘备，要么与

① 〔晋〕陈寿：《三国志 · 蜀书》卷五《诸葛亮传》。
② 〔晋〕陈寿：《三国志 · 吴书》卷二《吴主传》裴松之注引《江表传》。

刘备联手共同抗击曹操。但不论作何选择，都要参与其中，都无法实现“割据江东以观成败”的既定战略了。

更让孙权担心的，是他手下那一帮谋臣。闻听曹操八十万大军压境，一个个大惊失色，似乎感到了末日来临。《三国演义》对谋士张昭等人的反应有生动描写。张昭曰：“曹操拥百万之众，借天子之名，以征四方，拒之不顺。且主公大势可以拒操者，长江也。今操既得荆州，长江之险，已与我共之矣，势不可敌。以愚之计，不如纳降，为万安之策。”众谋士皆曰：“子布之言，正合天意。”张昭是孙策旧臣，当初曾受孙策嘱托，辅佐孙权。孙权继任后，也很倚重张昭。张昭既然主降，众人遂相附和，以为归降曹操乃是“天意”。倘若如张昭所说投降曹操，则孙策当初制定的“割据江东以观成败”的战略将荡然无存，江东将从此易主。孙权不甘心，却又一筹莫展，找不到坚持既定方针的充足理由。只有鲁肃认为众人皆可降曹，唯有孙权不能降曹，他对孙权开说大计：“如肃等降操，当以肃还乡党，累官故不失州郡也；将军降操，欲安所归乎？位不过封侯，车不过一乘，骑不过一匹，从不过数人，岂得南面称孤哉？众人之意，各自为己，不可听也。将军宜早定大计。”鲁肃的劝说，着眼于孙权割据江东、自为江东之主，立足点仍是“割据江东以观成败”的战略。

关键时刻，诸葛亮促成了孙权联刘抗曹。诸葛亮见孙权在柴桑口坐观成败，主动请缨，往见孙权。他先用激将之法，激起孙权求胜的欲望：“今操芟夷大难，略已平矣，遂破荆州，威震四海，英雄无所用武，故豫州遁逃至此。将军量力而处之：若能以吴越之众与中国抗衡，不如早与之绝；若不能当，何不案兵束甲，北面而事之？今将军外托服从之名，而内怀犹豫之计，事急而不断，祸至无日矣。”首先分析孙权面临的危险局面，然后为孙权分析形势，坚定孙权必胜的信心：“曹操之众，远来疲弊，闻追豫州，轻骑一日一夜行三百余里，此所谓‘强弩之末，势不能穿鲁缟’者也。故兵法忌之，曰：‘必蹶上将军。’且北方之人不习水战，又荆州之民附操者，偪兵势耳，非心服也。今将军诚能命猛将统兵数万，与豫州协规同力，破操军必矣。操军破，必北还，如此，则荆吴之势强，鼎足之形成矣。成败之机，在于今日。”① 诸葛亮说服孙权联刘抗曹，也是以孙权割据江东为前提的。孙氏自孙坚起，在江东已经营多年，偌大的基业，孙权肯定不愿放弃。诸葛亮敏锐地抓住了这一点，不仅契合孙权的既定战略，而且还可以借此形成鼎足之势，说到了孙权的心坎里。

孙权最终决定联刘抗曹，主要还是因为他最信任的周瑜的一番话。周瑜劝说孙权，也是从割据江东说起：“操虽托名汉相，其实汉贼也。将军以神武雄才，兼仗父兄之烈，割据江东，地方数千里，兵精足用，英雄乐业，尚当横行天下，为汉家除残去秽。况操自送死，而可迎之邪？”② 周瑜劝说孙权，特意拈出“仗父兄之烈，割据江东”八个字，直指要害，说到了孙权的痛处。如果投降曹操，父兄基业将荡然无存，割据江东就成为空话；如果联刘抗曹，则胜券在握。接着，周瑜又分析了曹操的四大用兵之患：“今使北土已安，操无内忧，能旷日持久，来争疆场，又能与我校胜负于船楫，可乎？今北土既未平安，加马超、韩遂尚在关西，为操后患；且舍鞍马，仗舟楫，与吴越争衡，本非中国所长；又今盛寒，马无藁草，驱中国士众远涉江湖之间，不习水土，必生疾病。此数四者，用兵之患也，而操皆冒行之。将军禽操，宜在今日！”③ 周瑜既以孙权的既定战略为说辞，又详细分析了曹操用兵的弊端，最后的八个字，更让孙权怦然心动。不要说擒获曹操，就是能够打败曹操，孙氏江东的基业岂不是稳如泰山？割据江东就可以梦想成真了！所以，孙权听了周瑜的一番话，彻底打消了疑虑，慨然表示：“老贼欲废汉自立久矣，徒忌二袁、吕布、刘表与孤耳。今数雄已灭，惟孤尚存，孤与老贼势不两立。君言当击，甚与孤合。此天以君授孤也！”于是，孙权给周瑜三万精兵，联合刘备，共破曹操。

赤壁之战前夜，孙权“割据江东以观成败”的战略经受了最严重的考验。一边是曹操大兵压境，一边是父兄基业如何保全；一边是投降之声不绝于耳，

---

① 〔晋〕陈寿：《三国志·蜀书》卷五《诸葛亮传》。
② 〔晋〕陈寿：《三国志·吴书》卷九《周瑜传》。
③ 〔晋〕陈寿：《三国志·吴书》卷九《周瑜传》。

一边是联刘抗曹之议甚少。在此情况下，如何坚守既定战略，对孙权也是一个考验。好在他倚重的谋士鲁肃是“割据江东以观成败”战略的坚定支持者，他倚重的将领周瑜是“割据江东以观成败”战略的坚定执行者。有二人的支持，又有诸葛亮为之开说大计，孙权最终还是坚定不移地执行既定战略，联合刘备，在赤壁大战中一举打败曹操，奠定了三分天下的局面。

在建安五年至建安十三年间，孙权在周瑜、鲁肃等人的支持下，坚持既定战略，不仅稳定了江东，而且使江东得到较快发展。这一战略虽然在赤壁之战中面临严峻考验，但孙权最终做出了正确的选择，采取联刘抗曹，确保江东无虞，既定战略得以继续执行。所以，在赤壁之战中，孙权联刘抗曹，与其说是周瑜、鲁肃、诸葛亮等人劝说的结果，不如说是周瑜、鲁肃、诸葛亮的劝说暗合了孙权的既定战略。正是孙权坚持了既定战略，才有了赤壁之战的联刘抗曹，才有了赤壁之战的胜利，并由此奠定了江东此后数十年安定的局面。说起赤壁之战，人们都把功劳记在周瑜、诸葛亮的功劳簿上，其实，赤壁之战最大的功臣是孙权。没有孙权坚持既定战略，就没有联刘抗曹，就不会有赤壁之战的胜利。就此而论，孙权坚持既定战略是成功的。

三、“割据江东以观成败”战略的得失

从孙策的“以吴越之众，三江之固，足以观成败”，到鲁肃为孙权制定的“鼎足江东，以观天下之衅”，都是守成的战略。孙权是善于守成之人，所以“割据江东以观成败”的战略不仅很容易为孙权所接受，而且成为孙权长期坚持的战略。凭借三江之固、国险民附、将士用命，孙权执行既定战略取得了很大成效，使之雄立江东，无人敢于小视。就连曹操也曾感慨“生子当如孙仲谋”①。

孙权是守成之人。这从他对待鲁肃的战略构想就可以看出来。按照鲁肃的战略构想，割据江东以观成败，只是第一步。这是先求站稳脚跟，再求发展。

① 〔晋〕陈寿：《三国志·吴书》卷二《吴主传》。

关键点在发展，这就是鲁肃构想的第二步和第三步，即“竟长江所极，据而有之”，这样就可以由偏安江东一隅变成占据半壁江山。只有实现了第二步，才可以进行第三步，即“建号帝王，以图天下”。这是一个积极进取的战略。可惜，孙权是一个守成之人，当别人没有威胁到他的时候，他是不愿意主动出击的。所以，他认为鲁肃这个战略不切实际，非他的能力所能及。事实上，孙权是一直按照鲁肃战略构想的第一步去做的。这样做的结果有得有失。其得，是通过赤壁之战使江东得到较长时期的安定，把兵燹战乱阻止在江东之外；其失，是赤壁之战后，赤壁之战的成果几乎全部被刘备攫取，孙权控制的地方并没有增加多少。当然，这还不是最重要的，最重要的失误在于孙权以守成之君的形象出现，缺少了积极进取的锐气，使得东吴在三国鼎立之后，长期处于被动挨打的地位。其主动出击的情况并不多，可得而数者，有建安十九年（214 年）攻皖城，乘曹操入汉中威胁刘备之机，与刘备践约，分荆州、长沙、江夏、桂阳以东属东吴，南郡、零陵、武陵以西属刘备。① 建安二十四年（219 年），孙权部将吕蒙乘关羽樊城战曹仁之机，袭取荆州。这大概是孙权所得最多的一次了。但孙权与刘备也自此结下仇怨。

由于孙权不能积极进取，而是热衷守成，结果就造成了东吴长期被动挨打的局面。曹操挟天子以令诸侯，多次进攻东吴；曹丕称帝后，也时常派遣能征惯战之将进攻东吴。就连弱小的刘备也不把孙权放在眼里，因关羽、张飞之死而发兵进攻东吴。以当时的情势而论，孙权和刘备任何一方都不是曹魏的对手，唯有孙刘联合，互为屏障，方可与曹魏抗衡。可惜刘备、孙权皆不知此理，诸葛亮虽明此理，但刘备在时，他也不能擅专。他留给关羽的“北拒曹操、东和孙权”的锦囊妙计，也不被关羽当回事儿。吕子明白衣渡江，袭取荆州，斩杀关羽，孙刘失和结怨。从此东吴和西蜀屏障皆失，后来遂被各个击破。

孙权和诸葛亮选择的是完全相反的路子。诸葛亮自知蜀汉在三国中最为弱

---

① 〔晋〕陈寿：《三国志・吴书》卷二《吴主传》。

小，如果被动防守，只有被动挨打的份儿，蜀汉更难以长久，所以，诸葛亮就选择了以攻为守，依靠连年不断的进伐中原，来保持蜀汉的士气。其实，诸葛亮是知其不可为而为之，是勉为其难。孙权就不同了。他自恃有三江之固，满足于割据一方，就采取被动防守的策略。从战术上讲，这叫以逸待劳；从战略上讲，这叫自取败道。如果不是诸葛亮长年不断地征伐中原，曹魏把主要力量用于对付诸葛亮，东吴哪里会有安稳的日子？

要实现"割据江东以观成败"的战略，是需要外部环境的。那就是像汉末大乱那样，各路豪强你争我斗，顾不上江东这块地方。可是，在整个外部环境发生了根本性变化时，如果仍然固守"割据江东以观成败"的战略，那就不仅难以实现"割据江东以观成败"的战略目标，而且还会束缚自己的手脚，难以与强敌争锋。赤壁之战以后，事实上已经形成了三足鼎立的局面。在这种情况下，想"割据江东以观成败"是完全不可能的。在三足鼎立的局面中，三足中不能缺少任何一足，否则就难以形成三足鼎立。换句话说，孙权想置身事外是不可能的。当此之时，唯有弱小者相互扶持，才可能与强敌抗衡。诸葛亮深明此理，所以，当闻听孙权准备与曹魏结盟时，他立即派遣邓芝赴东吴，申述孙刘联盟的道理："吴蜀二国，四州之地。大王命世之英，诸葛亮亦一时之杰也。蜀有重险之固，吴有三江之阻，合此二长，共为唇齿，进可并兼天下，退可鼎足而立。此理之自然也。大王今若委质于魏，魏必上望大王之入朝，下求太子之内侍。若不从命，则奉辞伐叛，蜀必顺流见可而进。如此，江南之地非复大王之有也。"① 邓芝的一番话如醍醐灌顶，让孙权忽然明白过来：只有孙刘联盟，才可以与曹魏抗衡，蜀汉和东吴才可能割据一方。蜀汉和东吴互为屏障，和则并立，分则双亡。订立盟约，联手抗击曹魏，才是上上之策。

但是，在联刘抗曹的问题上，孙权总是心有余悸，顾忌多多。在强敌环伺的情况下，他始终放不下割据江东的幻想，一味地防守和固守。这不仅导致东

① 〔晋〕陈寿：《三国志·蜀书》卷十五《邓芝传》。

吴在三国鼎立期间势力没有增强，地盘没有扩大，反而形成了君臣将士故步自封、不思进取的心态。此心态一旦形成，后果严重，后患无穷。所以，陆逊在《陈时事疏》中告诫孙权“天下未一，当图进取”。可是，当孙权准备有所进取，向南取夷州和珠崖、向北跨海攻公孙渊时，陆逊却又极力劝阻。[①] 在进取与守成的问题上，陆逊表现得非常矛盾。他自知守成未必能够实现“割据江东以观成败”的战略，但主动出击，对东吴来说可能风险更大。陆逊是继周瑜、鲁肃、吕蒙之后，孙权最为倚重的将领。陆逊尚且如此，其他将领的心态也就可想而知了。

孙权自建安五年继孙策之后统领江东，长期执行“割据江东以观成败”的战略，试图在东南形成独立王国。孙权采取守成的策略，稳定了江东，安抚了百姓，且凭借三江之固、国险民附，过上了一段安定的日子。这是该战略之得。但总体来说，“割据江东以观成败”的战略并没有避免战争，自建安五年一直到东吴被司马炎消灭，东吴战事不断，故辛弃疾说孙权“坐断江南战未休”。在豪强林立、诸侯争霸的时代，孙权想躲进江东成一统，是不大可能的。战争总会找上门来，被动挨打不可避免。即使是在三国时期，如果不是诸葛亮长期北伐中原，羁绊住曹魏的主力，东吴恐怕早在蜀汉之前就灭亡了。曹操感慨“生子当如孙仲谋”，辛弃疾也赞扬孙权“天下英雄谁敌手，曹、刘，生子当如孙仲谋”。孙权作为守成之主，确有过人之处。但也正是因为他偏重守成，过于执着于“割据江东以观成败”的战略，不仅使东吴失去了很多战略机遇，而且也使东吴最终失去了“割据江东以观成败”的资本。孙权之后，东吴每况愈下，迅速败落，固然与时局变化有关，但孙权的守成策略及由此形成的东吴君臣闭关自守的心态，也是其重要原因所在。

（原载《中华孙姓源流暨孙姓文化研究》，大象出版社 2016 年）

---

① 〔晋〕陈寿：《三国志·吴书》卷十三《陆逊传》。

赤壁之战的“桃子”该由谁摘

——论两个话语体系中的周瑜形象

《三国演义》成书之前，其主要人物一直活跃在两大话语体系之中。所谓“两大话语体系”，是指文人话语体系和民间话语体系。由于两大话语体系在体认人物、感悟人生、叙述事件、表达感情时存在着天然的区别，这些区别使得两大话语体系在表现同一人物或事件时，常常是相互矛盾，相互抵牾，以至于人们在面对两大话语体系的不同表述时，不得不做出取舍。这样，人们阅读和研究某一人物时，不仅面临着不同的材料来源，而且要选择不同的参照。如果对两大话语体系不加区分，用此话语体系代替彼话语体系，不仅会出现许许多多无法调和的矛盾，而且可能导致无法对话。本文以赤壁之战中的周瑜为例，看一看不同话语体系对周瑜的不同表现，讨论一下赤壁之战的“桃子”究竟该由谁摘。

一、文人话语体系中的周瑜

文人话语体系既包括正史和野史，又包括其他文人的记载与评价。关于赤壁之战中的周瑜，最早的记载是王粲的《英雄记》。王粲是建安七子之一，汉末大乱时依附荆州刘表，建安十三年（208 年），曹操南下荆州，他因劝说刘琮投降曹操有功，被曹操辟为丞相掾，赐爵关内侯。建安二十二年（217 年）病卒。

其所撰《英雄记》这样记述周瑜和赤壁之战：

> 周瑜镇江夏。曹操欲从赤壁渡江南，无船，乘簰，从汉水下，住浦口。未即渡，瑜夜密使轻船走舸百数艘，艘有五十人移棹，人持炬火。火然则回，船走去，去复还烧者，须臾烧数千簰。火大起，光上照天。操夜走。①

这是现今所能见到的最早的有关赤壁之战的记载。这段记载有四点值得注意：一是赤壁之战前周瑜镇守江夏；二是曹操驻扎在浦口，渡江的船簰皆集中在浦口；三是周瑜派轻船走舸百数艘，夜袭曹营；四是曹操连夜逃遁。参照《英雄记》"曹操"条下的有关内容，则有"曹操进军至江上，欲从赤壁渡江"的记载。② 由此可知，曹军当时驻扎在浦口，准备从赤壁渡江。从"住浦口，未即渡"的记载来看，周瑜火烧曹军竹排应是在浦口，而刘备和诸葛亮等皆未参与其中。

《三国志》和裴松之注引《江表传》虽然皆出自文人之手，但其所记赤壁之战，已经与王粲《英雄记》有很大不同。从陈志和裴注中可以看出如下三点：其一，建安十三年，曹操夺取荆州之后，乘船顺江而下，准备消灭刘备势力，进而占领江东。张昭等人慑于曹操的威势，劝说孙权投降曹操。只有周瑜和鲁肃力主抗曹。周瑜提出四点理由劝说孙权，终于使孙权下定决心，表示"孤与老贼势不两立。君言当击，甚与孤合。此天以君授孤也"！③ 其二，周瑜与程普率水军三万拒曹操于赤壁；其三，周瑜部将黄盖建议火攻之策："今寇众我寡，难与持久。然观操军船舰首尾相接，可烧而走也。"④ 周瑜采纳黄盖的计谋，火烧赤壁，大败曹军。至于诸葛亮在赤壁之战中的作用，仅本传所载劝说孙权联刘抗曹一事："权大悦，即遣周瑜、程普、鲁肃等水军三万，随亮诣先主，并力拒曹公。"⑤

---

① 俞绍初：《建安七子集》，中华书局 1989 年，第 250 页。
② 俞绍初：《建安七子集》，中华书局 1989 年，第 213 页。
③ 〔晋〕陈寿：《三国志·吴书》卷九《周瑜传》。
④ 〔晋〕陈寿：《三国志·吴书》卷九《周瑜传》。
⑤ 〔晋〕陈寿：《三国志·蜀书》卷五《诸葛亮传》。

王粲所记是其亲身经历之事，当无可疑，尤其是其所记曹军顺江而下是乘䉡而不是乘船，应引起足够的重视。其记东吴事，仅言及周瑜，其他不知情者则无片言言及，是一种谨慎的做法。陈寿则是在事情过去了几十年之后才追记的，此时三方在赤壁之战中的主要情况已经明了，其所记赤壁之战，除在曹军乘船顺江而下这一点上和《英雄记》不同外，其他记载和王粲所记没有多少抵牾之处。因此可以说，在陈寿写《三国志》的时候，赤壁之战的"桃子"应由周瑜来摘，是毋庸置疑的。

东晋袁宏对周瑜的评价，则反映出两晋时期文人话语体系对周瑜在赤壁之战中主要作用的认识和评价，肯定了赤壁之战的"桃子"应由周瑜来摘。在《东征赋》中，袁宏这样写道："壮公瑾之明达，吐不世之奇策；握百胜于崇朝，靡云旗于赤壁；三光一举而参分，四海指麾而中隔。"① 他在《三国名臣序赞》述及周瑜时，主要也是称赞他在赤壁大战中的辉煌业绩：

公瑾英达，朗心独见。披草求君，定交一面。桓桓魏武，外讬霸迹。志掩衡霍，恃战忘敌。卓卓若人，曜奇赤壁。三光参分，宇宙暂隔。

公瑾卓尔，逸志不群。总角断主，则索契于伯符；晚节曜奇，则三分于赤壁。惜其龄促，志未可量。

袁宏是东晋著名文学家、史学家，其记赤壁之战，虽在陈寿之后，但他对周瑜在赤壁之战中作用的认识，比陈寿更为明了。他以为，正是周瑜"吐不世之奇策"，在赤壁之战中一举击败曹操，才奠定了天下三分的局面。《三国名臣序赞》对诸葛亮给予了热情赞扬，但所言多是诸葛亮如何"临终托孤，受遗作相"，而对其在赤壁之战中的作用，却无片言只语。这不是袁宏的疏忽，而是赤壁之战的胜利是周瑜建立的不世之勋。诸葛亮虽参与赤壁之战，但确实是乏善可陈。一直到司马光《资治通鉴》和袁枢《通鉴纪事本末》，赤壁之战的功劳都始终记在周瑜的功劳簿上，诸葛亮却不得掠其美。

---

① 〔唐〕欧阳询等：《艺文类聚》卷二十七引袁宏《东征赋》。

二、民间话语体系中的周瑜

民间话语体系中的周瑜形象，是从宋元戏曲小说开始树立起来的。在《三国志平话》和元杂剧的三国戏中，周瑜形象已经显示出摆脱文人话语体系束缚的趋势。最具典型意义的是《三国志平话》中的周瑜草船借箭和元无名氏杂剧《黄鹤楼》。草船借箭最初的故事原型，见于《三国志》裴松之注引《魏略》："权乘大船来观军。公使弓弩乱发，箭着其船，船偏重将覆，权因回船，复以一面受箭，箭均船平，乃还。"[①] 此事发生在建安十八年（213 年）曹操进攻濡须之时，在赤壁之战后五年；草船借箭的人是孙权，不是周瑜，也不是诸葛亮。《三国志平话》则行移花接木之术，把这件事移至建安十三年（208 年），主人公换成了周瑜，孙权被动地"受箭"，也变成了周瑜用计"借箭"：

> 却说曹操知得周瑜为元帅，无五七日，曹公问言："江南岸上千只战船，上有麾盖，必是周瑜。"被曹操引十双战船，引蒯越、蔡瑁，江心打话。南有周瑜，北有曹操，两家打话毕，周瑜船回，蒯越、蔡瑁后赶。周瑜却回。周瑜一只大船、十只小船出，每只船一千军，射住曹军。蒯越、蔡瑁令人数千放箭相射。
>
> 却说周瑜用帐幕船只，曹操一发箭，周瑜船射了左面，令扮棹人回船，却射右边。移时，箭满于船。周瑜回，约得数百万只箭。周瑜喜道："丞相，谢箭！"曹公听的大怒，传令："明日再战。依周瑜船只，却索将箭来！"

周瑜草船借箭虽有故事原型，但主要的则是属于民间话语体系的创造，对赤壁之战中的周瑜形象是一种丰富和发展。赤壁之战是天下三分的一场重大战役。在这一战役中起决定性作用的是周瑜。文人话语体系虽然明载其功，但毕竟如实道来，不够丰富，也缺少声色。民间话语体系挣脱文人话语体系的束缚，

① 〔晋〕陈寿：《三国志·吴书》卷二《吴主传》。

大胆地创造，使赤壁之战中的周瑜形象越发显得光彩照人，气势不凡。

但是，这只是问题的一个方面。另一方面，民间话语体系为了丰富诸葛亮形象，使诸葛亮形象完成由人而神的转变，把周瑜摆在了陪衬的位置上，有意识地削弱了周瑜在赤壁之战中的决定性作用，周瑜形象也发生了质的变化。元杂剧《黄鹤楼》所演故事虽然只是赤壁之战的尾声，但其对周瑜形象的塑造，却显示了周瑜形象在民间话语体系中变化的痕迹。

《黄鹤楼》敷衍的故事，可以视为赤壁之战的余绪。赤壁之战后，周瑜准备杀掉刘备，就邀请他过江赴碧莲会。此时，诸葛亮与关羽、张飞都不在身边，刘备与赵云商议，赵云主张不去赴邀，刘封主张去。于是刘备过江赴会。诸葛亮夜观天象，已知此事，就派关平、姜维过江，按计行事，使得刘备平安返回。从此剧中诸葛亮与周瑜等人的宾白不难看出，周瑜的形象已经在两个方面发生了重要变化。其一是赤壁之战的功劳，已经由周瑜独占鳌头变成周瑜和诸葛亮平分秋色，甚至是诸葛亮独具其功。第一折诸葛亮上场时的开场白，已将赤壁之战的功劳先分了一半："主公命某过江，向东吴借水兵三万，周瑜为帅，黄盖为先锋。俺两家合兵一处，拒敌曹操。贫道祭风，周瑜举火，黄盖诈降，烧曹兵八十万片甲不回。"周瑜的开场白也鲜明地反映出民间话语体系在赤壁之战一事上的倾向性：

> 因刘、关、张着孔明军师过江，问俺江东，借俺赤壁连城，暂且屯军。俺主公拜某为帅，黄盖为先锋，领水军数万，战于赤壁之间。某与孔明并力而攻，将曹兵八十三万一火焚之，皆某之功，又折了俺手（下）将黄盖。

周瑜一面说"皆俺之功"，一面却说"某与孔明并力而攻"，这就强化了人们的一种认识，即赤壁之战是周瑜和孔明二人的功劳。其二是刘备一方主动把赤壁之战的功劳记在诸葛亮头上。剧中关平的一段话完全把功劳记在诸葛亮账上："叵耐曹操无礼，追赶俺至三江夏口。孔明师傅求救于孙权，孙权助俺水军三万，俺师傅将曹操百万雄兵，在赤壁之间，一火焚之。"

 显而易见，在赤壁之战的"桃子"该由谁摘这一问题上，民间话语体系和文人话语体系已经出现了明显的分歧。我们不能用正史、野史等去框范民间话语体系，以为它们与正史记载不合而否定之，也不能用民间话语体系来代替文人话语体系。这两种话语体系对同一历史人物或历史事件有各自的表述，表现出各自的倾向性，是很正常的。文人话语体系属于精英文化或上层文化，它反映的是文人或官方所认同的历史或史实；而民间话语体系则有民众的倾向性，它虽然有时可以融入文人话语体系，但更多情况下它反映的是民众的意识、民众的意愿，表达的是民众的情感和倾向。它既受文人话语体系的影响，也受时代主流文化、文化思潮及社会正义和民族情绪的影响。元代民间话语体系中的周瑜，作为诸葛亮形象的陪衬，只有在赤壁之战中尚可与诸葛亮并驾齐驱，而在其他方面则已退居次席，甚至只是叨陪末座。这不仅是艺术创作方面的问题，而且也反映出当时民众的文化意识和情感倾向。

三、《三国演义》中的周瑜形象

《三国演义》中的周瑜形象，既不属于文人话语体系，也不属于民间话语体系，而是作者罗贯中综合两种话语体系的再创造。

人们已经习惯了这样一种思维，即见于史书的记载就是真实的，各种民间传说则是虚构的，并因此而陷入究竟有几分真实、几分虚构的无休止的争论之中。其实，关于这个问题，我们完全可以换一个思路，从一个全新的角度去观察。历史著作只是作者对其所认识的历史的再现，而非完全意义上的真实。同样，民间话语体系对历史人物和历史事件的表述，也是民众对他们所理解或期望的历史的再现和体认。对民众来说，它是真实的、可信的。

话语体系的差异，决定了不同受众群体对同一事件或人物的不同认知和表现。一些人不了解这种差异，必然会对《三国演义》中的许多人物和事件产生这样那样的疑问。一些研究者质疑民间话语体系所述事件的真实性，实际上则是固守文人话语体系的表现。罗贯中却不然，他把两个话语体系中的周瑜都拿了过来，在它们的基础上进行再创造，塑造出一个既不同于文人话语体系，也不同于民间话语体系的周瑜形象。

关于周瑜和诸葛亮在赤壁之战中的作用，作者原则上采用了民间话语体系的基本框架，即二人在赤壁之战中都发挥了重要作用。二人虽然矛盾重重，有时甚至暗藏杀机，但赤壁之战的胜利，二人则是缺一不可。为了对付曹操，周瑜连施妙计，离间计、苦肉计、连环计、诈降计，一计接一计，环环相扣，给曹操设计了一个大得能够吞噬八十三万大军的陷阱，专等曹操来跳。这时的周瑜真可以说是“吐不世之奇策”。然而，如果没有孔明，周瑜所有的努力都只能是徒劳。

作者挥毫泼墨，描绘孔明在赤壁之战中不可替代的作用。其作用主要表现在以下几个方面：一是劝说孙权联刘抗曹。作者在文人话语体系上大做文章，敷衍出舌战群儒、智激周瑜等鲜活场景。二是借用民间话语体系中的周瑜“借箭”，嫁接到孔明身上，敷衍出一篇有声有色的“孔明借箭”。三是祭东风。作者叙述这些事情，大事铺张，极力渲染，给读者“万事俱备，只欠东风”之感，强化了借东风的作用，似乎没有孔明仗剑作法借来的这场东风，周瑜的所有计谋都将付诸东流。

原本是赤壁之战主角的周瑜，在《三国演义》中彻底退位到配角和陪衬人的角色。作者设计的诸葛亮和周瑜斗智的细节，无一不是突出诸葛亮智高一筹，谋得先机。孔明去东吴，原是向孙权借兵，向周瑜求救。可是，由于他善用激将之法，反而能够反客为主，变成周瑜、孙权向他求救；周瑜令孔明去铁围山截断曹军粮道，想借曹操之手杀掉孔明，谁料孔明只用两句民谣“伏路把关饶子敬，临江水战有周郎”，就把周瑜气得摇首顿足，说：“此人见识胜我十倍，今不除之，后必为我国之祸！”他又令孔明三日之内造出十万支箭，否则军法从事。结果孔明料定三日之内必有大雾，草船借箭，轻松顺利地完成了任务。火烧赤壁之前，周瑜先派人把七星坛包围起来，但见东南风起，就冲上去把孔明抓起来杀了，却被孔明事先料到，东南风起之前，早已乘一叶小舟离开了。在周瑜与孔明的智斗中，孔明始终占有先机，棋高一着，而周瑜只有跟在后面对诸葛亮的智谋表示赞叹的份儿。恰如叶昼所言："孔明、周瑜，是对手棋子，只是孔明饶得公瑾一个先耳。"① 毛宗岗在评价周瑜令孔明断曹军粮道和孔明草船借箭时说："周瑜欲断北军之粮，明知其断不成，智也；孔明欲造江东之箭，明知造不成，亦智也。乃周瑜不断粮，不能使北军无粮；而孔明不造箭，却能使江东有箭，则孔明之智为奇矣；周瑜欲借曹操之刀以杀孔明，早被孔明识破；而孔明借曹操之箭以与周瑜，却使周瑜不知，则孔明之智尤为奇矣。"②

把周瑜作为配角和陪衬人，不是罗贯中的创造，而是民间话语体系早就表现出来的倾向。在元杂剧《黄鹤楼》中，周瑜不仅是外扮，非生非旦，而且其所设计的三个计谋，让明眼人一看就知道不是出自真正的智者之手。周瑜的头一计是"酒至半酣，席间问其强弱，应答不合某心，用剑斩之"。这哪里是计谋，完全是一言不合就拔刀相见的莽汉行为。第二计"着大将于樊把住楼门，一切人等不放上下，若无某令箭，不许下楼"，就更不像是计谋了，倒像是看家护院者所为。第三计"酒酣之际，要刘备顺情归吾。意有不从，击金钟为号，伏兵尽举，擒住刘备，困于江东，不放回赤壁连城"，属于霸王硬上弓，是典型的东施效颦。在文人话语体系中曾经"曜奇赤壁"的周瑜，出的竟然都是这些馊主意！然而，这正是民间话语体系所追求的喜剧效果。他们需要一个既是配角又是陪衬人的形象，来映衬和烘托诸葛亮，在对比中突出诸葛亮的智慧，把诸葛亮塑造成一个半人半仙式的艺术形象。

罗贯中在处理赤壁之战中的周瑜和诸葛亮形象时，接受和认同了民间话语体系的情感倾向和角色安排，在《三国演义》中既注重表现文人话语体系中的周瑜，通过一个又一个计谋，突出周瑜"吐不世之奇策"，显示其在赤壁之战中不可或缺的作用；同时又借鉴了民间话语体系的表达，突出诸葛亮智谋及其作为主角的形象，让其在与周瑜的智斗中处处占得先机，从而把周瑜变成了一个彻头彻尾的陪衬人形象。

---

① 《李卓吾先生批评三国志》第四十九回回末总评。

② 毛宗岗评本《三国演义》第四十六回回首总评。

四、赤壁之战的“桃子”该由谁摘

赤壁之战的功劳，在民间话语体系和《三国演义》中有不同的表述。但是，无论民间话语体系中的周瑜与诸葛亮共享其胜利成果，还是像《三国演义》那样，表面上肯定周瑜的重要作用，而实际上又在周瑜与诸葛亮的对比描写中，突出诸葛亮不可替代的关键作用，让周瑜作为一个陪衬人，事实上都和文人话语体系产生了很大的矛盾。在文人话语体系中，如果说诸葛亮在赤壁之战中还有一份功劳的话，充其量是在孙刘联盟的建立上起到了一点作用。而赤壁鏖兵，则是作为联军统帅的周瑜指挥的。文人话语体系把赤壁之战的功劳归功于周瑜，有其历史基础，当是可信的。

但是，应该看到，中国的民众对三国历史的认知和了解，主要不是通过《三国志》《资治通鉴》等史书，也不是通过当时或其后的文人记载，而是通过戏曲小说和各种民间故事传说得到的。中国的老百姓有关三国的知识，以及他们认识和了解的三国历史，主要是从戏曲小说和各种民间故事传说中得来的。对于他们来说，戏曲小说和各种故事传说中的三国故事就是历史，其中的人物就是三国人物。罗贯中创作《三国演义》不能不正视这样一种事实。他可以对戏曲小说中的三国故事加以改造，但他必须遵循民间话语体系的基本精神。所以，他创作《三国演义》时就尽量地吸收《三国志平话》和宋元戏曲中的三国戏，把诸葛亮作为全书的灵魂，作为中心人物形象。其他人物和故事情节，都是围绕诸葛亮展开和进行。而周瑜只不过是诸葛亮的配角和陪衬人之一而已。

明代有一个叫朱楚生的女演员，她的唱腔、宾白、做功等都冠绝一时。她之所以能够达到这样一种境界，除自身的条件之外，戏班里的其他演员都努力烘托她、抬举她，是主要的原因。正如张岱所说：“班中角色，足以鼓吹楚生者方留之，故班次愈妙。”① 把主角捧红了，戏班也会因主角走红而立起来。罗贯

① 〔明〕张岱：《陶庵梦忆》卷五《朱楚生》。

中创作《三国演义》时，是不是以书中的角色足以鼓吹诸葛亮者方留之，不好妄下断语，但他有意识地用其他相对而言次要一些的人物来突出诸葛亮的智慧和忠诚，却是不争的事实。

罗贯中不仅接受了民间话语体系对周瑜和诸葛亮二人在赤壁之战中平分秋色的表述，而且又进一步强化了诸葛亮的作用，在周瑜与诸葛亮二人组成的天平上，朝诸葛亮一端又增加了若干砝码。这样一来，赤壁之战的天平就自然而然地朝诸葛亮倾斜了。赤壁之战的“桃子”该由谁摘，于是有了第三种表述——罗贯中式的表述。

自从《三国演义》问世以后，不论是文人话语体系对赤壁之战中周瑜作用的记载，还是民间话语体系对周瑜在赤壁之战中的作用的表述，都因《三国演义》的流行而日渐逊色，影响也日渐衰微，而《三国演义》中的周瑜形象则逐渐为人们所接受，这就是一个有勇有谋、赤胆忠心的周瑜，一个刚愎自用、气量狭小的周瑜，一个为一时失败而仰天长叹“既生瑜，何生亮”的周瑜。尤其是经明清两代小说批评家评点的《三国演义》在民间的流传，人们接受了罗贯中对周瑜的描述和评价，许多人已经首先在情感上倾向于诸葛亮，倾向于那个羽扇纶巾、舌战群儒、草船借箭、巧借东风的诸葛亮。人们在承认周瑜为赤壁之战建立了不朽功勋的同时，把更多的赞美毫无保留地献给了诸葛亮，包括余象斗、叶昼、毛宗岗等甚有鉴识力的批评家在内，都情不自禁地盛赞诸葛亮，贬抑周瑜。聊举二例说明之：

> 孔明欲以东吴之兵破曹操之兵，而此回则是孔明之后以舌为兵也。其战群儒以舌，其激孙权亦以舌。舌如悬河，则以舌为水；言阳属火，则又以舌为火。盖虽赤壁之兵未交，而卧龙先生先有一番水战，又先有一番火战矣。①
>
> 前卷孙权谓孔明曰：“非豫州莫当与曹操者。”是孔明之激怒孙权，而

① 毛宗岗评点《三国演义》第四十三回回首总评。

孙权求助于玄德也。此卷周瑜谓孔明曰："望孔明助一臂之力，同破曹贼。"是孔明之激怒周瑜，而周瑜求助于孔明也。本是玄德求助于孙权，却能使孙权反求助于玄德；本使孔明求助于周瑜，却使周瑜反求助于孔明。孔明之智，真妙绝千古。①

毛宗岗等人赞扬孔明，贬抑周瑜，显然不太符合传统的文人话语体系。他们这样做，实际上反映出民间话语体系对文人的渗透和影响，反映出民间话语体系的强大同化力和感染力。如果说罗贯中接受民间话语体系对周瑜的表述和定型，是创作《三国演义》这样一部近似民间话语体系的小说的必然选择，那么毛宗岗等小说批评家扬孔明而贬周瑜，则显然是出于对民间话语体系的接受和认同。

小说家和小说批评家对民间话语体系的接受和认同，形成一种强大的合力，把赤壁之战中的周瑜摆到了与诸葛亮平起平坐的位置上，赤壁之战的功劳在集体无意识的情况下分给诸葛亮一半。如果仅仅如此，周瑜还不算太冤枉。可是，更值得注意的是，罗贯中在对比描写中突出了诸葛亮的主角地位，有意识地把赤壁之战中的周瑜放在了配角的位置上，《三国演义》的读者不仅习以为常，而且盛赞其精妙。如此一来，赤壁之战的"桃子"就从周瑜之手转到了诸葛亮手上。

周瑜在赤壁之战中的功劳，从文人话语体系到民间话语体系，再到《三国演义》，显然是循着一条逐渐削弱的线条发展的。相反，诸葛亮的作用则是沿着逐渐加强的线条发展的。当两条线索最终汇聚到罗贯中笔下时，周瑜在赤壁之战中的作用，周瑜的形象，就通过小说这种形式固定下来。但是，这只是一种形式，这种形式虽然很有影响力，但它并不能代替其他形式。在追寻周瑜的足迹时，在评价周瑜形象及其在赤壁之战中的地位和作用时，应该注意到不同话语体系的区别，看到罗贯中对不同话语体系的吸收和借鉴。

① 毛宗岗评本《三国演义》第四十四回回首总评。

由此，笔者想到了另一个问题，即对《三国演义》文本的研究，不应仅仅局限于几多真实、几多虚幻的争论中，而应首先了解其材料来源，明了罗贯中为何对他所掌握的各种材料进行这样或那样的取舍，理解他进行这样或那样取舍的意图所在。假如把这个问题搞清楚了，《三国演义》文本研究的许多问题也许就比较容易深入一层，而不是停留在表面上了。

（原载《富春江畔话三国》，陕西旅游出版社 2003 年）

从诸葛亮三篇祭文看周瑜形象的演变

一、周瑜：一个早有争议的人物

周瑜是三国时期东吴著名将领。赤壁之战中，他巧用计谋，指挥若定，以弱胜强，一战成名。所以，对于周瑜其人，史学家早有定评。《三国志》的作者陈寿称周瑜“性度恢廓，大率为得人”①。东晋袁宏的《三国名臣序赞》给周瑜很高评价，称“公瑾卓尔，逸志不群。总角断主，则索契于伯符；晚节曜奇，则三分于赤壁。惜其龄促，志未可量”②。从他们的评价中，人们可以感受到史家对周瑜的充分肯定和赞扬。

然而，对于周瑜这个人物，当时的评价已经出现了很大的分歧。《三国志》裴松之注引《江表传》所载孙权、刘备和曹操对周瑜的评价，已经可以看出对周瑜评价的差异：

> 刘备之自京还也，权乘飞云大船，与张昭、秦松、鲁肃等十余人共追送之，大宴会叙别。昭、肃等先出，权独与备留语，因言次，叹瑜曰：“公瑾文武筹略，万人之英。顾其器量广大，恐不久为人臣耳。”瑜之破魏军也，曹公曰：“孤不羞走。”后书与权曰：“赤壁之役，值有疾病，孤烧船自

---

① 〔晋〕陈寿：《三国志·吴书》卷九《周瑜传》。

② 〔唐〕房玄龄等：《晋书·文苑传》卷九十二《袁宏传》。

退，横使周瑜虚获此名。”瑜威声远著，故曹公、刘备咸欲疑谮之。及卒，权流涕曰：“公瑾有王佐之资。今忽短命，孤何赖哉?”后权称尊号，谓公卿曰：“孤非周公瑾，不帝矣!”①

孙权、刘备、曹操的立场不同，看问题的角度不同，对周瑜的情感倾向不同，造成了对周瑜评价的差异。

赤壁之战后，刘备与孙权作别，在无他人在场的时候，刘备对周瑜作了一番评价。这评价是说给孙权听的，其语虽是赞扬周瑜，却不免有离间之嫌疑。所谓“恐不久为人臣耳”，言外之意是说周瑜将来可能会势大欺主，提醒孙权早作防备。刚刚依靠周瑜打了胜仗，解了困局，就背后对周瑜的主子说周瑜的坏话，显然有点不地道。至于曹操，否定周瑜在赤壁之战中的功勋，显然是为了自我解嘲，所谓“孤烧船自退”，傻子也不相信。好在孙权对周瑜是用人不疑，不论别人怎么评价周瑜，他都坚定不移地相信周瑜，支持周瑜，充分肯定周瑜的历史贡献。这是孙权高明的地方。

总体来看，史学家对周瑜的评价是很正面的。尽管对周瑜的评价在当时已经有不同看法，但都未可轻信。不过，进入文学作品之后，周瑜的形象却发生了很大变化。文学家对历史人物的认知虽然会受到史学家评价的影响，但出于创作的需要，他们不会以史学家的尺度为标准，而是以突出创作意图和人物形象塑造为目的。所以，文学家对周瑜形象理解和认知千差万别，文学作品中的周瑜形象与史学家笔下的周瑜有很大不同。如《三国演义》里的诸葛亮祭周瑜文，与清代花部《柴桑记》《柴桑口》中的诸葛亮祭周瑜文，对周瑜的评价就各有偏重，各有高低，情感倾向也各有差异，反映出人们对周瑜形象的不同评价，也反映出周瑜形象的演变历程。

二、《三国演义》诸葛亮祭文中的周瑜形象

《三国演义》中的周瑜形象，在第五十七回《柴桑口卧龙吊丧　耒阳县凤雏

① 〔晋〕陈寿：《三国志·吴书》卷九《周瑜传》裴松之注引。

理事》前已经塑造完成了。周瑜病逝后，诸葛亮赴柴桑，至周瑜灵前，亲自奠酒，跪于地上宣读祭文。这篇《祭公瑾文》既是对周瑜形象的再塑造，也是借诸葛亮之口对周瑜形象进行的再评价：

> 呜呼公瑾，不幸夭亡！修短故天，人岂不伤？我心实痛，酹酒一觞；君其有灵，享我烝尝！吊君幼学，以交伯符；仗义疏财，让舍以民。吊君弱冠，万里鹏抟；定建霸业，割据江南。吊君壮力，远镇巴丘；景升怀虑，讨逆无忧。吊君丰度，佳配小乔；汉臣之婿，不愧当朝。吊君气概，谏阻纳质；始不垂翅，终能奋翼。吊君鄱阳，蒋干来说；挥洒自如，雅量高志。吊君弘才，文武筹略；火攻破敌，挽强为弱。想君当年，雄姿英发；哭君早逝，俯地流血。忠义之心，英灵之气；命终三纪，名垂百世。哀君情切，愁肠千结；惟我肝胆，悲无断绝。昊天昏暗，三军怆然；主为哀泣，友为泪涟。亮也不才，丐计求谋；助吴拒曹，辅汉安刘。掎角之援，首尾相俦；若存若亡，何虑何忧？呜呼公瑾，生死永别！朴守其贞，冥冥灭灭。魂如有灵，以鉴我心。从此天下，更无知音！呜呼痛哉！伏惟尚飨。

诸葛亮的祭文分五个层次，表彰了周瑜的丰功伟绩，表达了对周瑜英年早逝的悲痛、惋惜之情。第一个层次通过“吊君幼学”“吊君弱冠”“吊君壮力”之“三吊”，对周瑜的一生作了简要概括，突出了周瑜仗义疏财的品格和建立东吴霸业的功绩；第二个层次通过“吊君丰度”“吊君气概”“吊君鄱阳”“吊君弘才”之“四吊”，对周瑜的风度、气质、雅量、才干给予了很高评价。而“吊君弘才，文武筹略；火攻破敌，挽强为弱”，寥寥数语，已使赤壁之战中周瑜的英雄形象跃然纸上，充分肯定了周瑜对赤壁之战胜利的贡献。在对周瑜的生平事迹进行一番表彰之后，祭文转入第三个层次，作者用“想君”“哭君”“哀君”，表达了诸葛亮对周瑜英年早逝的痛惜、悲悼之情。第四个层次则是叙写诸葛亮与周瑜在赤壁之战中的相互合作，突出了诸葛亮与周瑜之间的友情。最后是祭文的常例，表达生者与死者的生死永诀之情。但常例并不寻常，作者在这里通过“从此天下，更无知音”，表达了诸葛亮与周瑜的惺惺相惜之情。以至于忠厚诚实的鲁肃“见孔明如此悲切，亦为感伤，自思曰：‘孔明自是多情，乃公瑾量窄，自取死耳。’”作者还引后人诗以佐证之：“卧龙南阳卧未醒，又添列曜下舒城。苍天既已生公瑾，尘世何须出孔明？”很巧妙地用诗歌的形式呼应了民间流传已久的“既生瑜，何生亮”之说。

总体而言，诸葛亮的祭文对周瑜是极尽赞美之词，极尽悲痛之情，极尽惋惜之意。从这篇祭文中，读者看到的周瑜是一个风度翩翩、高才雅量的周瑜，是一个雄姿英发、雄才大略的周瑜，是一个仗义疏财、忠心耿耿的周瑜，是一个在赤壁之战中指挥若定、叱咤风云的周瑜。从祭文中看不出所谓的周瑜“气狭量窄”，也看不出所谓的“瑜亮之争”。鲁肃的“孔明自是多情，乃公瑾量窄，自取死耳”之语，虽然代表了一些人的看法，但从诸葛亮祭文中却无任何蛛丝马迹可寻。所以，《三国演义》诸葛亮祭文中的周瑜不仅非常正面，而且高大英武、光彩照人。

歌颂死者功德业绩，是传统祭文的常例。从汉代开始，祭文就非常注重表现死者的德行和功绩。至于死者生前的缺点或过失，则不会在祭文中出现。所以东晋文学批评家挚虞说“嘉美终而诔集”①。既是“嘉美终”，一般都不会涉及死者负面的东西。诸葛亮的祭文亦是如此，祭文极力赞美周瑜，赞美周瑜的品格、气度、才干和功业，同时对周瑜的去世表示痛惜和惋惜。所以，《三国演义》中的诸葛亮《祭公瑾文》，既是对周瑜的祭文，又是诸葛亮对周瑜的“嘉美终”之文。

三、花部《柴桑记》诸葛亮祭文中的周瑜形象

《三国演义》流行之后，周瑜形象在民间基本定型。迄于清代，花部勃兴，一些曲目如《苦肉计》《连环计》《柴桑记》《柴桑口》及楚曲《英雄志》《祭风台》等，都沿袭了《三国演义》中的周瑜形象，并从不同角度和侧面对周瑜

① 〔唐〕欧阳询等：《艺文类聚》卷五十六引挚虞《文章流别论》。

形象有所丰富。其中戏曲《柴桑记》《柴桑口》与《三国演义》诸葛亮柴桑口吊丧的情节大抵相似。但由于艺术形式不同，诸葛亮祭文也不尽相同，其所表现的周瑜形象也各有不同。

《柴桑记》为清代花部，今存有清车王府曲本，著者不详。该剧情节与《三国演义》相似，写周瑜被诸葛亮三气而死，停柩柴桑。诸葛亮闻讯后，带赵云赴柴桑口吊丧。由于是舞台演出，《三国演义》中长达350字的祭文，不可能全部用念白的方式表现出来。所以，剧本采取了变通的方法，由赵云宣读祭文的开篇和结尾，其余则通过诸葛亮的唱词来表现：

> （赵云读祭介）（白）呜呼公瑾，不幸夭亡！休短在天，人岂不伤？我心实痛，酹酒一觞。君其有灵，享我烝尝。从此天下，更无知音！呜呼痛哉！伏维尚飨！（孔白）吓！哎吓！都督吓！（白）诸葛站灵前，死君听我言。不幸身亡故，使我泪不干。（唱）
>
> 【悲调】汉军师诸葛亮站立孝堂，哭一声周公瑾细听哀肠。自幼儿学习了文武才广，可算得擎天柱架海金梁。三国中论英雄公赛圹壮，孙吴盖破收治定国安邦。可叹你有鸿才貔貅执掌，可叹你连霸业割据南方，可叹你似孟尝高才雅量，可叹你披肝胆报效国王，可叹你烧赤壁曹贼胆丧，可叹你用机谋以弱为强，可叹你似皓月英雄气爽。可叹你命大夫二下荆襄，可叹你要取川人马浩荡，可叹你美人计诓我刘王，可叹你调南郡太守执掌，可叹你使巧计孔明难防，可叹你祭东风妙计为上，可叹你苦肉计毒狠心肠，可叹你在三国也算上将，可叹你讨荆州为国身亡。在九泉休怀恨我诸葛亮，这也是各为主图报国王。恨苍天不死我诸葛亮（哭介）吓！都督吓！（众哭介）（孔唱）愿只愿我命休你再还阳。（吹打）化纸拈香奉酒一觞，君其有灵望受享。（化纸介，白）哎吓！都督吓！只望你我设计破曹。哎吓！痛煞我也！（唱）诸葛亮不愿你把命来丧，愿只愿你在世共扶家邦。周公瑾你一死去了左膀，汉江山有他在他是开国儿郎。

赵云宣读的祭文仅是《三国演义》诸葛亮祭文的开篇和结尾，而祭文的主要内容则通过诸葛亮的唱词来表现。其主要内容，大抵可以分为四个层次。一是对周瑜的总体评价：“自幼儿学习了文武才广，可算得擎天柱架海金梁。三国中论英雄公赛圹壮，孙吴盖破收治定国安邦。”二是利用七个“可叹”，对周瑜的才干、气度、志向、谋略、功业给予了高度赞扬，展示了周瑜高才雅量、飒爽英姿、雄才大略的英雄形象，基调与《三国演义》诸葛亮祭公瑾文相一致。然而，接下一转，连续九个“可叹”，对周瑜进行谴责，其中暗含周瑜三次用计谋害诸葛亮，以及诸葛亮三气周瑜故事。最后是表达对周瑜英年早逝的痛惜之情。

戏曲是演给观众看的。通过诸葛亮的唱词，对赤壁之战及之后的荆州之争进行回顾，让观众了解诸葛亮前来柴桑口吊丧的缘由，是很有必要的。但是，在祭祀亡者的场所说人是非，尤其是对死者进行谴责，则是传统礼仪非常忌讳的。尽管如此，戏曲作者还是这样做了，其目的则是呼应民间流传已久的“既生瑜，何生亮”情结。由于《三国演义》的流行，周瑜气狭量窄，在赤壁之战中几次谋害诸葛亮，民间已经成为定论。戏曲作者也要顺应这种民情民意，不敢违拗，否则观众通不过，就会失去观众。所以，戏曲通过诸葛亮祭文对周瑜讨荆襄进行谴责，这样做虽然有悖常理，却是不得不为。当然，这样做的结果，则是使祭文中的周瑜形象发生了变化，使《三国演义》诸葛亮祭文塑造的周瑜形象变为“有缺陷”的英雄。从情理上说，这样的周瑜形象可能更为可亲、可敬、可信，更为接地气，但这样的改变毕竟使周瑜形象成为有瑕疵的“美玉”，让人爱之、赞之、惜之、叹之。也许是为了弥补诸葛亮祭文对周瑜的谴责，戏曲让诸葛亮对周瑜英年早逝表达了痛惜之情。由于是唱词，作者表达这种感情如水银泻地，似江河决口，汪洋恣肆，甚为感人。以至于感动得鲁肃忘记了周瑜是怎么死的，反而劝诸葛亮不要太悲伤：“我这里劝先生休把泪放，也是那周都督寿终无常。”诸葛亮对周瑜的悲恸之情能够令东吴将士为之感动，着实不易。

四、《柴桑口》诸葛亮祭文中的周瑜形象

《柴桑口》为清代乱弹，今存有升平署本，撰者不详。该剧分为《告祭》《吊奠》《释怨》和《惊会》四场，剧情紧紧围绕诸葛亮柴桑吊丧展开，紧张曲折，跌宕起伏。该剧采取唱念结合的形式，赵云念祭文，诸葛亮唱，赵云再念祭文，诸葛亮再唱，形式与《柴桑记》略有区别。赵云宣读祭文，既是诸葛亮大段唱词的必要衔接，也是剧本着意渲染悲情的必要舒缓。由于赵云宣读的祭文仅有前后两小段，所以，诸葛亮的唱词，可以视为祭文的重要组成部分。仔细分析诸葛亮的唱词可以发现，《柴桑口》祭文中的周瑜形象，与《三国演义》《柴桑记》中的又有不同。

在该剧《释怨》一场中，诸葛亮一上场就打悲情牌，用悲情感动东吴将士："见灵寝不由人泪如春江，想仪容不由人寸断肝肠。公瑾先生吓！可惜你钟山秀青年正望，可惜你美英才一旦夭亡，可惜你空碌碌一生劳攘，可惜你兢业业半世奔忙。实指望剪操将你我安享，又谁知大数定你竟作了黄粱。"对周瑜英年早逝表达了深深的惋惜之意，而"泪如春江""寸断肝肠"则流露出诸葛亮对周瑜之死的无比悲恸之情。接下，作者借诸葛亮之口对周瑜给予了评价：

> 想你英雄盖世，一代风流。贯精忠于日月，秉赤胆于东方。不幸今日一旦身故。咦！只是未遂你的胸中之志，好不贻恨人也！（唱）恁是个霸业的忠贞宿将，恁是个镇东的豪杰贤良。谁知你天生成高志雅量，谁知你文武略气节轩昂，谁知你年幼冠兵权督掌，谁知你定霸业扶弱抑强！奸曹贼拥兵权如风泼浪，直唬得江南士缩首安降。若非你怀大志陈兵相抗，运机谋烧得他弃甲抛枪。

"英雄盖世，一代风流"是对周瑜的总体评价。这个评价不可谓不高，但对周瑜来说却是很恰贴的，周瑜是当得起这样的评价的。周瑜是怎样的"英雄盖世，一代风流"呢？忠贞宿将，豪杰贤良，呼应的是"英雄盖世"；高志雅量，气节轩昂，幼掌兵权，扶弱抑强，呼应的是"一代风流"。而对赤壁之战周瑜作

用的回顾，则突出了周瑜的胆识和谋略，强化了周瑜在赤壁之战中的决定性作用，进一步突出了周瑜“英雄盖世，一代风流”的形象。

正是因为周瑜“英雄盖世，一代风流”，诸葛亮才对周瑜的逝世表现出深深的惺惺相惜之意：“到今日稍得遂太平清朗，话不了天不佑大厦断梁，闪得我故人儿将谁依傍，闪得个安国的谁作商量？”周瑜是东吴的架海金梁，是东吴安全的保障。周瑜一旦逝世，诸葛亮要想继续他既定的联吴抗曹之策，该与何人作个商量呢？人们常常把一生的对手称为“一时瑜亮”。周瑜既已不在，诸葛亮也就感到了莫名的孤独。诸葛亮视周瑜为知音：“今日里吾与恁好比那钟伯情况。”视周瑜为知己：“今日个吾与恁又何殊鸡黍范张？”作者借助伯牙抚琴、范张鸡黍两个典故，来形容诸葛亮与周瑜的关系，既为诸葛亮和周瑜的关系定了位，又进一步反衬了周瑜“英雄盖世，一代风流”的艺术形象，使周瑜“英雄盖世，一代风流”的英雄形象更加深入人心。

需要指出的是，《柴桑口》与《柴桑记》是同一时代的作品。《柴桑口》没有沿袭《柴桑记》的套路，让诸葛亮在祭文中对周瑜横加指责，而是突出表现诸葛亮对周瑜辞世的惋惜，表现二人的惺惺相惜与灵犀相通。诸葛亮把他们的关系比作俞伯牙和钟子期、范式和张劭，无疑是以知音相嘉许。至于赤壁之战和夺荆州中二人的矛盾，则完全回避了。这样的处理与《柴桑记》不同，却更接近《三国演义》，只不过是在《三国演义》的基础上，把诸葛亮和周瑜知音相许的感情向前更加推进了一步。

五、从诸葛亮三篇祭文看周瑜形象的演变

周瑜形象从正史到野史，再到小说《三国演义》，一直在发展变化之中。《三国演义》的流行，使周瑜形象基本定位，那就是风流倜傥，雄才大略，对东吴忠心耿耿。而对于周瑜与诸葛亮的关系，则既突出了二人的惺惺相惜，又表现了周瑜因诸葛亮不能为东吴所用而生的嫉恨之情，呼应了民间流传的“既生瑜，何生亮”的情结。但是，进入戏曲之后，尤其是进入清代花部之后，周瑜

的形象又发生了重要变化。一方面，沿袭了自《三国志》至《三国演义》以来的传统，着力表现周瑜在辅佐孙策、孙权割据江东发挥的重要作用，突出周瑜在赤壁之战中无可替代的核心地位；一方面顺应民间长期流传的周瑜与诸葛亮之争，暗合传统的“既生瑜，何生亮”之说。

周瑜“英雄盖世，一代风流”的艺术形象，在《三国演义》和《柴桑记》《柴桑口》中是一致的，虽然在艺术表现上各有侧重，但周瑜忠贞不渝、高才雅致、机智多谋等品格，却得到了一致赞许。与此同时，周瑜对诸葛亮的嫉恨，也得到了进一步宣扬。在《三国演义》中，周瑜曾经三次用计欲杀诸葛亮，一是让诸葛亮烧曹操粮仓，借刀杀人；二是让诸葛亮三日内造出十万支箭，欲以违背军令治其死罪；三是欲在诸葛亮七星坛祭风后将其置于死地。可是，三次计谋都被诸葛亮轻易破解。此后二人再没有直接接触，按情理应该就此掀过这一页。但是，诸葛亮为报三次被周瑜暗算之仇，却三次用计戏弄周瑜，直至周瑜被气得箭疮迸裂而死。人们读《三国演义》，皆为周瑜三次谋杀诸葛亮而痛恨周瑜，为诸葛亮三气周瑜而大呼痛快！其实，周瑜三次谋杀诸葛亮，与诸葛亮三气周瑜，性质是一样的。如果说周瑜谋杀诸葛亮是气狭量窄，那么诸葛亮千方百计要把周瑜置于死地，能说是宽宏大量吗？二人的情况非常相似。如果说是各为其主，千方百计要除掉对方是忠贞的表现，那么为了个人恩怨要除掉对方就是小肚鸡肠了。就后者而言，诸葛亮比周瑜更甚之。

有意思的是，《三国演义》出于对刘备的尊崇和对诸葛亮的神化，没有把这层窗户纸捅透。戏曲就不同了，直接把这层意思说白了：

> 天生有周公瑾吴邦称俊，偏生有诸葛亮扶汉称英。三江口协力时同将曹拼，彼爱我我爱彼各怀各心。他起意三杀我未遂其兴，我怀意三气他足把命陨。我二人恰似那二虎斗狠，各为主各为国非妒贤嫉能。凭心讲可惜他壮年殂命，从此后再有谁是亮知音？（《柴桑口·告祭》）

这是诸葛亮赴柴桑口吊丧前的一段唱词。开始两句反“既生瑜，何生亮”之意而用之，说明上天既生周瑜辅佐东吴，就要生诸葛亮来辅佐蜀汉。“三江口”以下两句，表明诸葛亮与周瑜为共同破曹而合作，既相互敬慕，又各怀其志。但接下两句唱词不仅流露出诸葛亮欲报周瑜三杀未遂之恨的意思，而且流露出诸葛亮为三气周瑜把周瑜气死而暗自得意。虽然诸葛亮认为“我二人恰似那二虎斗狠，各为主各为国非妒贤嫉能”，但这样一种气度和格局既远远低于历史上的诸葛亮，也比不上《三国演义》中的诸葛亮。《柴桑口》这样一种艺术处理，粗粗看来是抬高诸葛亮，实际上则是把周瑜与诸葛亮放在同一道德水平线上。你周瑜设计害我，我诸葛亮也要还以颜色！这样的赌气斗胜，置孙刘联合抗曹大计于不顾，置东吴与荆州安危于脑后，哪里有三军将帅的气度？与村夫莽汉何异？

但这就是戏曲。自元杂剧开始，戏曲的生活土壤就在民间，戏曲演员冲州撞府，搬演故事，离不开民众这块土壤。戏曲不仅要以民众的好恶为好恶，而且为了取悦观众，迎合观众的欣赏习惯和趣味，往往把戏曲人物分为正邪、好坏截然对立的两类，且以类型化的脸谱区分之。曹操被刻画成“白脸奸臣”，清代花部的“功劳”不可小觑。《柴桑记》《柴桑口》等以诸葛亮为主角的戏曲，把柴桑口作为诸葛亮表演的舞台，通过诸葛亮吊祭周瑜，来表现诸葛亮的智慧和胆略。而出现在祭文中的周瑜，既是《三国演义》中周瑜形象的再现，又因民间流传的“瑜亮之争”而掺杂了更多的情感因素，尤其是受蜀汉正统观念的影响，与刘备、诸葛亮对立的人，即使不是涂画成白脸的反面人物，但实际上已经成为正反的另一面，因此或明或暗地会受到贬抑。所以，诸葛亮的祭文在给予周瑜高度赞扬的同时，总是时时提醒观众，周瑜在“瑜亮之争”中是诸葛亮的对立面，也是“瑜亮之争”的输家。他曾经处心积虑谋害诸葛亮，所以他的死是咎由自取，不值得同情。这样一种处理方式，对周瑜形象来说，实际上是明褒暗贬，矮化了周瑜形象，损害了周瑜形象。在这样一种氛围和语境中，诸葛亮替周瑜所做的辩解“你非是妒贤辈怨怀于亮，都则为主不得不防”①，也

① 升平署本《柴桑口》，北京故宫博物院《故宫珍本丛刊》。

就显得苍白无力了。这是清代花部处理“瑜亮之争”的惯例，即不论诸葛亮在祭文中怎样赞美周瑜，观众总是能看到一个因嫉恨诸葛亮而不能善终的周瑜形象。这种情况在近代以来有关诸葛亮柴桑口吊丧的戏曲中依然能够看到。它反映出蜀汉正统观念的深远影响，也折射出“瑜亮之争”情结在民间的固化。

（原载《周瑜故里论三国》，安徽人民出版社 2016 年）

孔融：传递正统观念的“过客”

——论《三国演义》中的孔融形象

在许多人的印象中，孔融与曹操是死对头，二人的关系从来就是水火不容。《三国演义》也正是按照这一思路，来表现孔融与曹操的关系。虽然孔融在《三国演义》中只是一个“过客”式的人物，但他毕竟是汉末最为著名的文士，显赫的家世也为他增加了不少光环。小说作者在表现汉末这段历史的时候，自然无法回避孔融这样一个人物。从《三国演义》的有关描写来看，作者显然是要借孔融这样一个“过客”式的人物，强化正统观念，突出忠奸之争，宣扬自东晋而来的蜀汉正统观念。

一、孔融与曹操的关系曾经甚为融洽

在探讨《三国演义》中孔融与曹操的关系之前，有必要首先对作为历史人物的孔融与曹操的关系进行简要梳理。

孔融字文举，鲁国（治今山东曲阜）人，孔子 20 世孙，汉末名士。他和曹操生活在同一时代，许多因缘际遇把二人牵扯到一起，使二人在建安之前就有了交往。司马光《资治通鉴》述汉献帝建安元年（196 年）事，对孔融有如下记载：

北海太守孔融，负其高气，志在靖难，而才疏意广，讫无成功。……

黄巾来寇，融战败，走保都昌。时袁、公孙首尾相连，融兵弱粮寡，孤立一隅，不与相通。左承祖劝融宜自托强国，融不听而杀之，刘义逊弃去。青州刺史袁谭攻融，自春至夏，战士所余裁数百人，流矢交集，而融犹隐几读书，谈笑自若。城夜陷，及奔东山，妻子为谭所虏。曹操与融有旧，征为将作大匠。①

建安元年之前，孔融与曹操曾同朝为官。自中平元年（184 年）起，孔融先后任大将军何进掾属、侍御史、司空掾，中平三年（186 年）拜北中军侯，迁虎贲中郎将；中平元年，曹操亦在朝为官，先后拜骑都尉、议郎，中平三年征为都尉。汉献帝初平元年（190 年），孔融为北海相，屡受黄巾军侵扰。初平三年（192 年），曹操自任兖州刺史，追黄巾军至济北，“受降卒三十万，男女百余万口，收其精锐者，号为青州兵”②。孔融和曹操既同朝为官，外任时又毗邻为官，自然应该有不少相识和相会的机会。

汉献帝初都许，孔融与曹操保持着良好的互动。建安元年八月，曹操奉汉献帝都许，紧接着把正处于落魄之中的孔融请到许都，任命为将作大匠。这个时候的曹操，兴义兵而奉天子，以安天下为己任，深得孔融的信任与爱戴。孔融曾写诗颂扬曹操，并多次向曹操进言献策。曹操对孔融也是信任有加，建安二年（197 年）命孔融持节至邺城，拜袁绍为大将军，同年又升孔融为少府。曹操还从孔融之议，把已被罢官的太尉杨彪释放出狱，又根据孔融的建议，对有辱使命的已故太傅马日磾既不追究，亦不加礼。

最能证明建安初曹操与孔融关系比较融洽的一件事，发生在建安三年（198 年）。这一年，大将军袁绍致信曹操，要曹操杀掉太尉杨彪和少府孔融等人：

袁绍宿与故太尉杨彪、大长秋梁绍、少府孔融有隙，欲使公以他过诛之。公曰：“当今天下土崩瓦解，雄豪并起，辅相君长，人怀怏怏，各有自为之心。此上下相疑之秋也。虽以无嫌待之，犹惧未信。如有所除，则谁

① 〔宋〕司马光：《资治通鉴》卷第六十二，上海古籍出版社 2003 年，影印文渊阁四库全书本。

② 〔晋〕陈寿：《三国志·魏书·武帝纪》，中华书局 1959 年。

不自危？且夫起布衣，在尘垢之间，为庸人之所陵陷，可胜怨乎？高祖赦雍齿之仇而群情以安，如何忘之？”绍以公外托公义，内实离异，深怀怨望。[1]

为了保护孔融等大臣，曹操不惜与袁绍结怨，很能说明此时的曹操对孔融友好的态度。由于二人关系比较融洽，孔融对朝政则是知无不言，常常向朝廷建言献策。建安四年（199 年），大司农郑玄、大鸿胪陈纪等人，鉴于天下大乱、刑罚不足以惩恶的现实，建议恢复肉刑。尚书令荀彧博访百官，亦欲旧话重提。孔融则作《肉刑议》，建议不要恢复肉刑，以为“明德之君，远度深惟，弃短就长，不苟革其政者也”。结果是“朝廷善之，卒不改焉”。[2] 此时曹操为丞相，大权独揽，所谓“朝廷善之”，等于是说曹操赞成孔融的建议。

建安五年至九年（200—204 年），曹操与孔融的关系尚无恶化的迹象。孔融在建安九年所写的《与曹公论盛孝章书》可以为证，文章开篇“岁月不居，时节如流。五十之年，忽焉已至。公为始满，融又过二”数语，叙二人年齿，言辞亲切，表明二人之间的关系并非泛泛。

建安九年之后，孔融与曹操的关系急转直下，公开对立成为常态。孔融与曹操关系恶化的主要原因，是攻下邺城之后，北方基本稳定，曹操的心态发生了重大变化。王粲《英雄记》所记曹操在南皮之事，清楚地反映出这种变化：“建安中，曹操于南皮攻袁谭，斩之。操作鼓吹，自称万岁，于马上舞。”[3] 这种反常举动正是曹操内心深处积蓄既久的真实情感的流露，“自称万岁”也正是曹操真实思想情感的自然表现。

曹操心态的变化，促使孔融与曹操的矛盾公开化。建安九年八月，曹操攻下邺城，为其子曹丕纳袁熙妻甄氏。孔融作书给曹操，称“武王伐纣，以妲己赐周公”，隐晦地羞辱曹操父子；曹操占领邺城之后，准备把邺城建为大本营。

---

① 〔晋〕陈寿：《三国志·魏书·武帝纪》裴松之注引《魏书》，中华书局 1959 年。
② 〔南朝·宋〕范晔：《后汉书》卷一百《孔融传》。
③ 〔宋〕李昉等：《太平御览》卷五七四引，中华书局 1960 年，据上海涵芬楼影印宋本复制重印。

孔融闻讯，上书请求依古制，京畿之内不封建诸侯，以防止曹操有僭越之举。曹操“疑其所论建渐广，益惮之。然以融名重天下，外相容忍，而潜忌正议，虑鲠大业”[1]。建安十二年（207 年），曹操北征乌桓，平定北方。孔融作书与曹操，以为“大将军远征，萧条海外。昔肃慎不贡楛矢，丁零盗苏武牛羊，可并案也”，讥讽之意甚为明显；曹操因年成饥馑，颁布禁酒令。孔融再次发难，作《难曹公禁酒书》和《再难曹公禁酒书》，上书争之，且语多侮谩。

曹操对孔融的公然作对忍无可忍。御史大夫郗虑明白曹操的心思，上表奏免孔融，所谓“山阳郗虑承望风旨，以微法奏免融官”[2]。建安十三年（208 年），曹操又令丞相军谋祭酒路粹枉状奏孔融，借机杀害了孔融。事后，曹操又颁布《宣示孔融罪状令》，说孔融“违天反道，败伦乱理，虽肆市朝，犹恨其晚”[3]。

从以上简要梳理可以看出，孔融与曹操的关系大体经历了融洽、疏离和交恶三个阶段。自中平初年至建安四年的十几年间，孔融和曹操的关系一直比较融洽；而孔融公开和曹操作对，则是在建安九年之后，前后仅有 4 年。但是，《三国演义》为了宣扬蜀汉正统观念，无视这样一个基本事实，有意把孔融摆在曹操的对立面，在孔融与曹操的对立中传递作者“尊刘抑曹”的思想倾向。

二、《三国演义》刻意把孔融置于曹操的对立面

孔融在《三国演义》中属于“过客”式的人物，从第十一回第一次出现，到第四十回被曹操杀害，前后跨度二十九回，孔融总计才出现了 5 次。对于这样一个“过客”，小说作者对有关情节进行了虚构和重组，以服务于整体创作的需要。最为明显的是，孔融每一次出现都直接或间接与曹操有关系。尽管每次出现作者着墨有轻重之分，但在孔融与曹操的关系处理上，却是明显地在宣扬

---

① 〔晋〕陈寿《三国志·魏书·武帝纪》裴松之注引《魏书》。
② 〔南朝·宋〕范晔：《后汉书》卷一百《孔融传》。
③ 〔南朝·宋〕范晔：《后汉书》卷一百《孔融传》。

自东晋习凿齿而来的“尊刘抑曹”的正统观念。

孔融第一次出场，出现在为徐州牧陶谦解围的战场上。曹操为报杀父之仇，起兵讨伐陶谦。陶谦自知不是曹操的对手，派糜竺去向北海太守孔融求救。作者借孔融第一次出场的机会，表现了孔融对曹操和刘备的不同态度，为孔融与曹操的对立埋下了伏笔。

孔融在回答糜竺发兵救援的请求时说：“吾与陶恭祖交厚，子仲又亲到此，如何不去？只是曹孟德与我无仇，当先遣人送书解和。如其不从，然后发兵。”孔融说到曹操时，仅一句“与我无仇”，至于二人之前是否相识、有无交往，则没有提及。从作者的叙述中，读者看不出孔融与曹操“有旧”这样一个事实。同样是在第十一回，孔融因被黄巾军围困而固守城池以待救兵的时候，对太史慈说：“吾闻刘玄德乃当世英雄，若请他来相救，此围自解。”此时，刘备为平原相，除桃园结义的关羽、张飞之外，手下缺兵少将，在汉末大乱中还没有什么惊人的表现。说此时的刘备是当世英雄，恐怕没有多少人会相信。作者翻过孔融与曹操是老相识不提，而对未曾谋面的刘备，孔融似乎十分了解，竟把解除危难的希望寄托在刘备身上。孔融发兵来解徐州之围，依山下寨，远远地与曹操对垒，完成了二人的第一次战场相见。作者对孔融的出场采取这样一种处理方式，一开始就把孔融摆在曹操的对立面，目的是要突出孔融对曹操和刘备的不同态度。

孔融的第二次出场在第二十回。曹操因太尉杨彪与袁术有亲戚关系，惧怕杨彪与袁术里应外合，“乃密使人诬告彪交通袁术，遂收彪下狱，命满宠按治之”。孔融闻讯，出面为杨彪求情。小说这样写道：“时北海太守孔融在许都，因谏操曰：‘杨公四世清德，岂可因袁氏而罪之乎？’操曰：‘此朝廷意也。’融曰：‘使成王杀召公，周公可得言不知耶？’操不得已，乃免彪官，放归田里。”杨彪官居太尉，位高权重。曹操要杀之，朝廷之中竟无一人出面为其说情，岂不奇怪？其实，这正是小说家要追求的效果。正是无人敢言，孔融出面为杨彪求情，才更加彰显出孔融与曹操的对立。毛宗岗于此评道：“彪则幸免，而操之忌融，自此始矣。”① 此言谬矣！太尉杨彪位高权重，四世清德，曹操要把他杀掉，何必顾忌孔融？作者如此安排，是有意把孔融摆在曹操的对立面，强化孔融与曹操的对立。也许小说作者过于执着于这一点了，竟把孔融此时的官衔给搞错了。曹操欲杀太尉杨彪一事，发生在建安二年，此时孔融已经在许都，且已升任少府，早就不是北海太守了。

既然是对立面，那么，孔融为数不多的几次出场一定要和曹操对着干才行。为此，作者煞费苦心。譬如第二十二回孔融第三次出场，曹操患头风卧病在床。左右将袁绍讨伐檄文传进，曹操读檄文后，“毛骨悚然，出了一身冷汗，不觉头风顿愈，从床上一跃而起”，聚众谋士商议迎敌。小说写道：

> 孔融闻之，来见操曰：“袁绍势大，不可与战，只可与和。”荀彧曰：“袁绍无用之人，何必议和？”融曰：“袁绍士广民强，其部下如许攸、郭图、审配、逢纪皆智谋之士；田丰、沮授皆忠臣也；颜良、文丑勇冠三军；其余高览、张郃、淳于琼等俱世之名将。何谓绍为无用之人乎？”彧笑曰：“绍兵多而不整，田丰刚而犯上，许攸贪而不智，审配专而无谋，逢纪果而无用：此数人者，势不相容，必生内变。颜良、文丑，匹夫之勇，一战可擒。其余碌碌等辈，纵有百万，何足道哉？”孔融默然。操大笑曰：“皆不出荀文若之料。”

这里似乎是写孔融与荀彧之争，但曹操“皆不出荀文若之料”一句话，表明荀彧实际上是曹操的代言人，孔融与曹操之争，通过与荀彧的争论表现了出来。这是孔融与曹操之争中唯一的一次“默然”。孔融的“默然”，固然可以作多种解读，可以是理屈，可以是服输，也可以是不屑。沉默是金，沉默是最大的轻蔑。孔融的“默然”是否具有轻蔑和不屑之意，读者自己可以品味。

孔融自建安二年升任少府之后，长期居少府之任，负责掌管宫中服御、膳食、珍宝诸物，是皇宫大总管。至于军国大事，则非其职分所在。但是，《三国

---

① 〔清〕毛宗岗评本《三国演义》第二十回。

演义》中的孔融对军事却很感兴趣，他不仅建议曹操与袁绍议和，而且在曹操准备征讨刘备时，出面劝阻。第二十三回这样写道：“却说曹操欲斩刘岱、王忠。孔融谏曰：‘二人本非刘备敌手，若斩之，恐失将士之心。’操乃免其死，黜罢爵禄，欲自起兵伐玄德。孔融曰：‘方今隆冬盛寒，未可动兵，待来春未为晚也。可先使人招安张绣、刘表，然后再图徐州。’操然其言，先遣刘晔往说张绣。”表面看来，曹操不仅没有与孔融发生冲突，而且还采纳了孔融的建议，仔细分析，却可以看出孔融是在有意回护刘备。先说刘岱、王忠本非刘备敌手，意在长刘备志气；再说招降张绣、刘表，转移曹操的注意力。毛宗岗于此评论说：“孔融心向玄德，来春之说，乃缓辞耳！”可谓洞悉孔融之心。

曹操招降张绣之后，即命张绣作书招安刘表。荀攸举荐孔融去招安刘表，孔融却推荐祢衡。他对荀攸说：“吾友祢衡，字正平，其才十倍于我。此人宜在帝左右，不但可备行人而已。我当荐之天子。”招安张绣、刘表之事，原是孔融向曹操建议的。可在曹操采纳其建议准备实施的时候，孔融却上表汉献帝，推荐祢衡，把曹操晾在了一边。毛宗岗认为，作者在这里“不曰荐之丞相，而曰荐之天子，我知正平固不为操用者也”。作者更深层的意思是，孔融只知有天子，而不知有曹操，无意间流露出孔融对曹操的态度。当祢衡不为曹操所用，当众击鼓骂曹的时候，孔融唯恐曹操杀害祢衡，出面打圆场说：“祢衡罪同胥靡，不足发明王之梦。”孔融举荐祢衡，原是要祢衡借机立功扬名，孰料却因此而把祢衡送上了不归路，致使祢衡命丧黄祖之手。

孔融最后一次出场，在《三国演义》第四十回。建安十三年秋，曹操亲自统率大军，准备南征刘备。孔融闻讯，出面劝阻。小说写道：

> 太中大夫孔融谏曰：“刘备、刘表皆汉室宗亲，不可轻伐；孙权虎踞六郡，且有大江之险，亦不易取。今丞相兴此无义之师，恐失天下之望。”操怒曰：“刘备、刘表、孙权皆逆命之臣，岂容不讨！”遂叱退孔融，下令：“如有再谏者，必斩！”孔融出府，仰天叹曰：“以至不仁伐至仁，安得不败乎！”时御史大夫郗虑家客闻此言，报知郗虑。虑常被孔融侮慢，心正恨

之，乃以此言入告曹操，且曰："融平日每每狎侮丞相，又与祢衡相善，衡赞融曰'仲尼不死'，融赞衡曰'颜回复生'。向者祢衡之辱丞相，乃融使之也。"操大怒，遂命廷尉捕捉孔融。融有二子，年尚少，时方在家，对坐弈棋。左右急报曰："尊君被廷尉执去，将斩矣！二公子何不急避？"二子曰："破巢之下，安有完卵乎？"言未已，廷尉又至，尽收融家小并二子，皆斩之，号令融尸于市。

如果说前述有关情节写孔融对曹操和刘备的不同态度，仅仅是侧面描写的话，这里则直接表明了孔融对曹操和刘备的看法。孔融"以至不仁伐至仁"之语，鲜明地反映出"尊刘抑曹"的思想倾向。仁者无敌。曹操不明此理，竟然要以至不仁伐至仁，自然是难逃失败的下场。巧的是，孔融这番感慨被御史大夫郗虑的家客听到了，并由此招来了灭门之祸。从小说所写来看，如果不是小人拨弄是非，孔融似乎可免一死。但是，其中"融平日每每狎侮丞相"一语，无意间却流露出孔融之死的真正原因，那就是孔融一向处处与曹操作对。如此一来，孔融与曹操的关系不言自明，孔融的最终结局也就可想而知了。

《三国演义》中的孔融虽然是以历史人物孔融为原型，但在孔融与曹操的关系处理上，小说作者受自东晋以来的"尊刘抑曹"观念的影响，把孔融与曹操作为对头来写，通过孔融与曹操的对立，来写孔融的忠贞、曹操的奸诈和刘备的仁爱。其结果不仅掩盖了作为历史人物的孔融与曹操关系的真相，而且把孔融当作了蜀汉正统观念的传声筒，传递出"尊刘抑曹"的思想倾向。

三、从有关素材的选取看孔融与曹操的关系

小说作者借助孔融这个"过客"式人物来宣扬蜀汉正统观念，传递"尊刘抑曹"的思想倾向，主要是通过孔融与曹操、孔融与刘备这样两对人物关系，以及孔融对曹操和刘备的不同态度来表现的。为了表现孔融与曹操对立、对刘备的友善，小说作者设计了一条孔融与曹操关系的主线，并围绕这一线索进行史料的取舍。

作为历史人物的孔融，与曹操的关系经历了融洽、疏离、交恶三个阶段。在建安初的融洽阶段，孔融对曹操有赞美也有敬仰，曹操对孔融有关照也有提携；在疏离阶段，二人的关系开始冷淡，但尚未公开决裂；建安九年之后，孔融与曹操的关系开始恶化，孔融与曹操的对立才趋于公开化。可是，在《三国演义》中，孔融的5次出场，除第四十回出场时间应为建安十三年外，其余4次出场，皆在建安四年之前，这也就是说孔融前4次出场都是在与曹操的关系尚算融洽的时期。可见，小说作者为了借孔融这一人物形象传递“尊刘抑曹”的传统观念，不仅在选取素材方面煞费苦心，而且不顾历史事实，围绕孔融与曹操关系的主线，对一些情节进行了虚构。

最为典型的是孔融第一次出场，按照小说所写，孔融是为了替陶谦解徐州之围，而率兵至徐州。正是在这次解徐州之围中，孔融第一次与曹操在战场上对垒。其实，这完全是虚构的情节。据《三国志·魏书·崔琰传》裴松之注引司马彪《九州春秋》，初平三年，北海相孔融因常遭兵祸，不能保全四境，遂弃郡而徙徐州。可是，《三国演义》却把孔融赴徐州写成为陶谦解徐州之围，并把这件事作为孔融的“出场秀”，让孔融与曹操在徐州之战中成为对立的双方，既为孔融与曹操的关系定下了基调，也为孔融与刘备的关系定下了基调，这就是反对曹操，拥戴刘备。此后孔融与曹操的关系，正是按照这一基调发展的。

由于孔融在《三国演义》中基本上属于“过客”式的人物，一般读者也许不会太留意有关孔融的情节和具体描写，也不会注意到作者通过孔融形象传递的正统观念。但是，如果留心一下，再加上毛宗岗画龙点睛式的评点，应该说，小说作者基本上达到了借孔融这样一个人物来宣扬和传递“尊刘抑曹”正统观念的目的。可惜的是，小说过于执着于表现作者的正统观念，以至于有关孔融的描写不仅掩盖了作为历史人物的孔融的真相，而且掩盖了孔融与曹操关系的真相。

（原载《明清小说研究》2009年第3期）

三国谋士的谋道与谋事

中国民间有“少不读《水浒》，老不看《三国》”的谚语，意思是说，少年气盛，血气方刚，读了《水浒》，容易受其鼓动，保不准会“该出手时就出手，风风火火闯九州”，惹出事来；到了老年，对世态炎凉、人间冷暖，早已是云淡风轻，全然不放心里。倘若这时看《三国演义》，面对那么多的奸诈权谋，难免会激起片片涟漪，再起机心。谚语着眼于《三国演义》的谋略，虽然不免偏颇，但有其观察问题的独特视角，有其合理的地方。《三国演义》的确是一部谋略大书，谋士周旋于汉末诸强之间，或效力于藩镇，或效力于诸侯，各为其主，竭尽股肱。但是，由于这些谋士格局有狭阔，抱负有大小，志向有高低，他们谋划的对象和标的却是迥然有别。有人为身家谋，有人为稻粱谋，有人为利禄谋，有人为天下谋。所谋不同，付出就不同，所得亦不同，后人的评价也有云泥霄壤之别。

一、谋道者说

“道”是中国哲学的最高命题，属于形而上的范畴。所以，道家只讲道，而不讲谋道。因为在道家那里，“道”是事物发展的内在规律，而规律只能遵循顺应，不是人力所能改变，所谓“人法地，地法天，天法道，道法自然”①，已经排除了人力改变的可能性。在道家这里，“自然”是应然之然，是事物的本原状态。“道”则是事物发展运行变化的规律，而“自然”则是其运行态势和运行方向。对于“道”，道家的态度是“无为”，听凭事物按其自身运行规律去发展；儒家也讲道，但更重视“谋道”，即通过个人或团体的努力去实现“道”。孔子所说的“君子谋道不谋食”②，就蕴含着这样的意思。服膺儒家思想的文人，则多以“谋道”相标榜，高扬“谋道不谋食”的旗帜，即使是进入官场，入人幕府，亦往往以此为说辞，自高身份。既然“道”可以谋，所谓的“道”就不免因人而异了。而真正谋道者，并不以“谋道”相标榜，而是心系天下，情系苍生。不过，通观《三国演义》一书，真正谋道者，寥寥无几。其可得而说者，仅诸葛亮、郭嘉、荀彧、鲁肃数人而已。

诸葛亮是“谋道”的典范。从他的《草庐对》可以看出，他所谋之道是国家和苍生，而不是个人功利。刘备得徐庶的推荐，三顾茅庐，终于见到诸葛亮。二人见面之后，诸葛亮一句“愿闻将军之志”，先试探刘备是何等人物。待刘备说出“汉室倾颓，奸臣窃命，备不量力，欲伸大义于天下，而智术浅短，迄无所就。惟先生开其愚而拯其厄，实为万幸”一番话之后，他明白刘备是有志于天下之人，这才开始为其谋划。他详细分析天下大势，认为“今操已拥百万之众，挟天子以令诸侯，此诚不可与争锋。孙权据有江东，已历三世，国险而民附，此可用为援而不可图也”。曹操占据天时，孙权占有地利。刘备若想有所作为，只有先取荆州为立足之地，然后进取西川，“待天下有变，则命一上将将荆州之兵以向宛洛，将军身率益州之众以出秦川，百姓有不箪食壶浆以迎将军者乎？诚如是，则大业可成，汉室可兴矣”。这都是《草庐对》中的话。《三国演义》作了一番归纳之后，则“亮所以为将军谋者”就一目了然了：

将军欲成霸业，北让曹操占天时，南让孙权占地利，将军可占人和。

① 《道德经》第25章。
② 《论语·卫灵公》。

先取荆州为家，后即取西川建基业，以成鼎足之势，然后可图中原也。①

不论是《草庐对》还是《三国演义》，诸葛亮都是在为刘备谋划，为天下苍生谋划，丝毫没有个人因素的影子。这样的谋划，是谋天下，也是谋道。

像诸葛亮这样谋道的人，《三国演义》中还有郭嘉、荀彧和鲁肃。郭嘉和荀彧都是曹操的谋士，在曹操的谋士队伍中算得上出乎其类，拔乎其萃。除了荀攸外，很少有人能够和他们一较高下。郭嘉是曹操特别青睐的谋士，尤其是其遗计定辽东，曾经令曹操大为唏嘘。荀彧则在曹操是否移师许县举棋不定的关键时候，劝曹操做出了正确的决定。他的一番话，是为曹操谋，也是为天下谋："昔晋文公纳周襄王，而诸侯服从；汉高祖为义帝发丧，而天下归心。今天子蒙尘，将军诚因此时首倡义兵，奉天子以从众望，不世之略也。若不早图，人将先我而为之矣。"② 诸葛亮说曹操占有天时，殊不知这"天时"却是荀彧最先看到，并劝说曹操争来的。如果不是荀彧"奉天子以从众望"之谋，曹操就可能与天赐良机失之交臂，所谓的"天时"可能就让他人占去了。至于鲁肃，虽然算不上孙权帐下第一谋士，但他很有战略眼光，他的"榻上策"，也是典型的"谋道"：

昔汉高祖欲尊事义帝而不获者，以项羽为害也。今之曹操可比项羽，将军何由得为桓、文乎？肃窃料汉室不可复兴，曹操不可卒除。为将军计，惟有鼎足江东以观天下之衅。今乘北方多务，剿除黄祖，进伐刘表，竟长江所极而据守之；然后建号帝王，以图天下：此高祖之业也。③

鲁肃以史为镜，从历史说到当今，劝说孙权鼎足江东，自成帝业。他的理由很充分，那就是"汉室不可复兴，曹操不可卒除"。这是鲁肃谋道的结论，也是鲁肃为孙权谋天下的结果。

不谋全局者不足谋一域，不谋万世者不足谋一时。真正谋道者，不着眼于

① 〔明〕罗贯中：《三国演义》第67回。
② 〔明〕罗贯中：《三国演义》第14回。
③ 〔明〕罗贯中：《三国演义》第29回。

一时一地，不拘泥于细枝末节，而是高屋建瓴，高端设计，既要谋全局，更要谋万世。诸葛亮的《草庐对》，是典型的谋全局。他洞悉天下大势，对各路诸侯的优劣短长了然于胸，在此基础上为刘备进行战略设计。如果刘备能够按他说的去做，先取荆州，再取西川，则天下三分之势可成。鲁肃为孙权作的顶层设计，是分江而治，割据江南，与诸葛亮的三分天下大异其趣。至于荀彧，则是着眼于天时，从史鉴中看到了机会，认为曹操占有天时，便可顺势而取天下。他们谋全局，谋大势，谋长远，显示出卓越的智谋。从其谋划的结果来看，荀彧是要成一尊，鲁肃是要成两立，诸葛亮则是成三分。历史发展演进的结果证明，诸葛亮更胜荀彧和鲁肃一筹。可以说，正是由于诸葛亮善于谋全局，谋大势，谋长远，刘备才能在强敌环伺的恶劣环境中，以弱小之力逐渐坐大，并最终成就三分天下基业。

也许曹操、刘备、孙权应该感谢荀彧、诸葛亮和鲁肃。如果不是荀彧、诸葛亮和鲁肃的战略谋划，他们很难在汉末风云际会中大放异彩，更不可能成就大业。但是，如果换一个角度，诸葛亮和鲁肃倘能尊汉拥曹，汉末天下或许是另一种结局。诸葛亮等人未必没有意识到这一点，但是，他们能做的选择，就是《三国演义》所描写的那样。中国古代有“士为知己者死”之说，谋士亦是如此。诸葛亮本是南阳一布衣，刘备三顾茅庐相请，令诸葛亮点滴在心，感激万分，故《出师表》有“先帝不以臣卑鄙，猥自枉屈，三顾臣于草庐之中，咨臣以当世之事，由是感激，遂许先帝以驱驰”之语，《后出师表》有“鞠躬尽瘁，死而后已”之誓。中国古代是一个伦理型的人情社会，每当情感与理性发生冲突的时候，通常是情胜于理，感情因素要占上风。即使是像诸葛亮这样的超级谋略家，也难以逾越情感因素的雷池，只好跟着感情走。如此一来，汉末之世的结局也就是必然的了。接受也好，愤然也罢，都无力改变。

二、谋事者说

《三国演义》中的许多谋士，都是在“谋事”，为自己“谋事”，为他人

"谋事"，为他们所处的那个时代"谋事"。他们虽不能与诸葛亮等战略谋划家相提并论，但他们也是汉末社会发展变化不可或缺的力量。从某种意义上说，他们才是汉末和三国诸多重大事件的谋划者或策划人。如果没有他们，汉末社会呈现给人们的或许是另一番景象。

董卓篡政之时，淫乱后宫，杀戮大臣，一手遮天，为所欲为，无人敢撄其锋。当此之时，若不是王允巧施连环计，把董卓的义子吕布争取过来，借吕布之手除掉董卓，还不知事情会发展到何种地步。王允当时位居司徒，有辅佐汉室之责任。他设计除掉董卓，是职责所在，也是迫于无奈。他煞费苦心除掉了董卓这个汉贼，可以称得上谋大事的人。但王允只是一个善于谋事的人，他的连环计指向只有一人，即祸国殃民的董卓。除掉董卓以后该怎么办，尤其是董卓手下的部将兵马如何对付，董卓之后的空缺谁来补上，如何安抚大臣，如何整肃朝纲、安定天下，等等，王允在用计之时皆没有考虑到。他是就事谋事，不谋全局，也不谋长远，所以一旦连环计得逞，后面的事情该怎么应付，他就无所措手足了。尤其是他对不得已而屈从董卓淫威的蔡邕痛下杀手，更让人们看到了他的狭小气量。王允如此谋事，虽一时得计，却埋下了诸多隐患。后来，董卓部将李傕、郭汜率兵杀回长安，吕布欲保护王允出逃，王允曾慷慨激昂："若蒙社稷之灵，得安国家，吾之愿也；若不获已，则允奉身以死。临难苟免，吾不为也。为我谢关东诸公，努力以国家为念！"然而，由于谋事不周，王允最后竟死于李傕、郭汜剑下。王允之死，既是乱世使然，也是他谋一事而不谋全局的必然结果。

许攸也是善谋事者。他原是袁绍手下谋士，官渡之战中，他敏锐地发现了一招制胜的关键，向袁绍献计："曹操屯军官渡，与我相持已久，许昌必空虚；若分一军星夜掩袭许昌，则许昌可拔，而操可擒也。今操粮草已尽，正可乘此机会，两路击之。"可是，袁绍不仅不纳其计，反而斥责他贪财纳贿，欲为曹操做奸细。无奈之际，许攸择良木而栖，投奔了故友曹操，献火烧乌巢之计，一把火烧掉袁绍乌巢粮仓，助曹操以少胜多，取得官渡之战的胜利。在曹操攻打冀州城时，许攸又献决漳河水破冀州城之计，助曹操取得了对袁绍的决定性胜利。可以说，在曹操消灭北方第一劲敌袁绍的战争中，许攸两次在关键时候发挥了关键作用，可谓居功至伟。但客观地说，许攸算不上一流谋士。其一，格局不大。在发挥作用的两件大事中，他皆是针对某一事件进行谋划，虽有制胜之策，却难以从大局考量。其二，胸襟不宽。作为谋士，为主人出谋划策是本分之事，至于采纳与否，则是主人的事情。如果因为不被采纳就耿耿于怀，甚至另攀高枝，则是轻易去就。倘有此讥，则难以真正受到信任。其三，境界不高。许攸用计攻破冀州，志得意满，非常狂傲。操统领众将入冀州城门，许攸纵马近前，以鞭指城门，喊着曹操的小名说："阿瞒，汝不得我，安得入此门?"令众将俱怀不平。后来在许褚面前又口出狂言，竟惹来杀身之祸。如此谋士，可悲可叹！

贾诩是三国时期著名的谋士。他先依李傕，后附张绣，最后归顺曹操，一直在寻找托身之主。李傕是董卓部将，贾诩入其幕府，为其出谋划策。王允除掉董卓之后，李傕、郭汜等人上表请朝廷大赦。王允以为他们是董卓的爪牙，非常痛恨，不肯赦免。贾诩在他们无路可走之际，献计说："诸君若弃军单行，则一亭长能缚君矣。不若诱集陕人并本部军马，杀入长安，与董卓报仇。事济，奉朝廷以正天下；若其不胜，走亦未迟。"李傕、郭汜听从贾诩之计，攻入长安，杀了王允，报了大仇。他们挟持汉献帝，残虐百姓，弄得长安大乱。贾诩虽说是为其主子谋划，但他仅仅考虑李傕等人的眼前利益，却不以天下苍生为念，不把百姓生死放在心上，人格和格局皆要逊人一筹。投入张绣帐下之后，贾诩为张绣出了不少主意，包括与曹操对抗的时候，多次取得胜利。当刘晔来招降时，他则劝说张绣归顺曹操，提出了三大理由："从操其便有三：夫曹公奉天子明诏，征伐天下，其宜从一也；绍强盛，我以少从之，必不以我为重，操虽弱，得我必喜，其宜从二也；曹公王霸之志，必释私怨，以明德于四海，其宜从三也。愿将军无疑焉。"因劝降有功，曹操封贾诩为执金吾使，把掌管禁卫军的大权交给了他，以此表示对贾诩的高度信任。但是，贾诩归顺曹操后，很少再有良策奇谋。看来，所谓的谋士，并非甘愿长期居人幕府，一旦有合适的官位，自会乐此不疲。幕僚再受重用，毕竟是幕僚，终归要看主子的脸色。贾诩是有大智慧的人，不停地更换主人，不就是想要这样一种结果吗？贾诩之类的谋士，属于谋事者，他们既为他人谋事，也为自己谋事，但最终是为自己谋事。

三、在事理和道义的天平上

谋士格局、气量、胆识、才干、品格、修养等诸多方面的差异，决定了他们在谋事和谋道时必然会有不同的选择。谋事者重在事理，谋道者重在道义；谋事者重在一时一事，谋道者重在全局长远；谋事者既为他人谋，也为自己谋，谋道者则是以谋道实现自己的人生价值。尽管在谋划之时，谋士并没有刻意追求谋事或是谋道，但从他们的谋划中，人们已经看到了谋事与谋道的区别，看到了谋士格局的大小，气量的狭阔，以及胆识、才干、品格、修养所达到的高度，看到了谋士的高下之分。

谋道者既注重分析事理，更注重追求道义。他们既谋事物发展之道，又谋道义之道。在为谋主谋划的时候，他们往往把道义摆在至关重要的位置，符合道义者谋之，背离道义者弃之。他们非常在意与谋主的志同道合，气味相投。若是志同道合，气味相投，则不计得失，不计荣辱，矢志不渝，始终追随。诸葛亮辅佐刘备，很有典型意义。刘备三顾茅庐，诸葛亮得遇明主，毅然出山。作为刘备的军师，他谋大事，也谋小事，但不论谋大事还是谋小事，都是围绕《草庐对》确定的战略进行的。取荆州是如此，战赤壁是如此，取西川、定巴蜀、抚南越、伐中原亦是如此。即使是刘备白帝城托孤，叮嘱他“君才十倍曹丕，必能安邦定国，终定大事。若嗣子可辅，则辅之；如其不才，君可自为成都之主”的时候，他不仅没有感到丝毫的轻松，反而意识到肩上的担子更加沉重。他“汗流遍体，手足失措”，泣拜于地说：“臣安敢不竭股肱之力，尽忠贞之节，继之以死乎？”这是诸葛亮的肺腑之言。他看重与刘备的君臣大义，恪守为臣之道，绝不会做出违背道义的事情。有人说，诸葛亮听了刘备的一番话，之所以会“汗流遍体，手足失措”，是因为刘备指出了诸葛亮心里最隐秘的想法，使诸葛亮不敢有非分之想，而只能对后主竭股肱之力，尽忠贞之节。这是对诸葛亮的误解。且不说士为知己者死，仅就志同道合这一点，诸葛亮就会对刘备及蜀汉政权忠心耿耿，鞠躬尽瘁，死而后已，绝不会有非分之想。

既然谋道，志同道合则倾力辅之，道不同则不相为谋。在这一点上，徐庶与诸葛亮有相似之处。徐庶是颍川名士，闻知刘表能够善善恶恶，故而特意从颍川赶到荆州，欲为刘表效力。孰料刘表善善而不能用，恶恶而不能去，根本不是同路人，所以，徐庶弃而去之，另寻高明。他夜宿南漳水镜先生处，水镜“英雄豪杰，只在眼前，公自不识耳”，一句话点醒了梦中人。但是，刘备是否如人们所说的那样，是否像刘表那样徒有其名，徐庶需要亲自检验一下。他来到新野，先用歌声试探刘备，引起刘备的注意，然后又借刘备所乘的卢马，进一步试探刘备，说的卢马妨人，可送别人先乘坐，待妨人之后再骑不迟。刘备闻言，勃然变色，说：“公初至此，不教吾以正道，便教作利己妨人之事，备不敢闻教。”对徐庶下达了驱逐令。徐庶这才说明真实用意：“向闻使君仁德，未敢便信，故以此言相试耳。”徐庶发现刘备是仁德之人，便倾力辅佐，以弱小之师大败曹仁三万之众，显示出非凡的运筹和谋划能力。曹操得知徐庶为刘备军师，便把他的母亲扣留起来，使人致书徐庶，逼迫他离开刘备，回许都效力。徐庶得知母亲被扣，乱了方寸，决定回许都。临行前，他对刘备说：“某才微智浅，深荷使君重用。今不幸半途而别，实为老母故也。纵使曹操相逼，庶亦终身不设一谋。”道不同不相为谋。徐庶果然践行了自己的诺言，即使是在赤壁大战前夕，他看出了曹操八十万大军面临灰飞烟灭的绝境，却仍不肯向曹操进一言，而是用庞统计，率三千人马守卫散关去了。至于曹操的八十三万人马，则弃之不顾了。为了对刘备的个人道义和承诺，徐庶选择了沉默和逃避。从徐庶的角度而言，这是无可非议的。道不同不相为谋，更何况他还与曹操有杀母之仇呢？不过，如果和诸葛亮作一下比较，二人境界之高下判然明矣。

谋事者虽然也讲道义，但他们更注重事理的分析与谋划。既要谋事，就必须搞明白事情的内在联系，事物之间的各种关系，影响事物发展的各种因素，以及事情发展的趋势和可能的结局。《三国演义》中的谋士，大多属于善于谋事者。曹操帐下的荀攸、程昱、贾诩，刘备帐下的庞统、法正，孙权帐下的周瑜、吕蒙、陆逊，等等，都善于谋事，精于谋事。尤其是孙权手下的周瑜、吕蒙、陆逊三都督，他们在谋事的时候，也往往把对孙权和对江东父老的道义放在第一位，表现出对东吴政权的忠心。赤壁之战，周瑜时常被诸葛亮盖过风头，虽然气恼，但为孙氏基业计，他精心谋划，连施苦肉计、诈降计、反间计，环环相扣，迫使曹操就范，取得了赤壁之战的胜利；吕蒙取荆州，虽失君子风范，但从结果看，其对事理的分析入情入理，完成了周瑜、鲁肃不能完成的使命。至于陆逊，年纪轻轻，就执掌抗蜀大印，猇亭之战，以弱胜强，火烧连营七百里，不仅让刘备的复仇之役魂断白帝城，而且彻底消除了来自蜀汉的威胁，使得东吴能够与曹魏和蜀汉鼎足而立。但比较而言，东吴三都督应以陆逊的格局为高，气量为大，胆识、才干、品格、修养为优。周瑜过于气盛，且不能容人，往往被诸葛亮利用；吕蒙格局不高，胆识、才干、品格、修养皆等而下之，且谋事多于谋道，属于程昱、贾诩、法正之流，不足以与陆逊相提并论。

《三国演义》中的谋士，大多腹内藏经史，胸中隐甲兵，智慧超群，胆识过人。其中像诸葛亮、荀彧、鲁肃等人，以谋道为最高追求，故可运筹帷幄之中，决胜千里之外。而像荀攸、贾诩、周瑜、陆逊等谋士，为主子谋划，也都能做到谋定而后动，故其奇谋良策多奏奇功。但通观《三国演义》，不论谋道还是谋事，始终贯穿其中的是“谋事在人，成事在天”。在人事与天意之间，不论谋道者还是谋事者，只能尽人事而听天命。这一点，在诸葛亮身上表现得非常明显。草船借箭、七星坛祭风，诸葛亮巧妙利用天时，助东吴火烧赤壁，奠定了天下三分的基础。他在华容道给曹操留一条生路，则以天不灭曹操为由；上方谷天雨浇灭大火，让司马懿得以逃出，他不由得感慨“谋事在人，成事在天。不可强也”！不过，《三国演义》中的诸葛亮太神了，不仅料事如神，而且常常逆知天意，尤其是草船借箭、七星坛祭风、定军山禳星，诸葛亮披发仗剑，口念咒语，倒是更像走江湖的道士，在给人神秘不可测度之感的同时，也让人对诸葛亮的智谋产生了几分怀疑，以至于鲁迅说《三国演义》“状诸葛之多智而近妖”。为了表现诸葛亮的足智多谋，一个追求道义且又以身殉道的谋士，竟被塑造得“近妖”，亦可为之一叹！

（原载《罗学》创刊号，社会科学文献出版社 2012 年）

巧借术数施妙手

——论《三国演义》的术数描写

中国古代社会是一个神秘文化颇为盛行的社会。尽管居于正统地位的儒家文化自孔子、孟子之时起，就极力排斥神秘文化，不语怪力乱神，视各种神秘文化现象为“齐东野人之语”，但神秘文化在道教、佛教和民间文化的大力宣扬下依然盛行不衰，风光依旧。上自帝王将相，下迄庶民百姓，对各种自然和人为的神秘文化现象大都抱着一种“宁可信其有，不可信其无”，或“姑妄言之，姑妄听之”的态度。许多神秘文化现象不仅出现在官场、民间和充斥着荒诞色彩的故事传说中，而且堂而皇之地进入官修正史。随便翻一翻二十四史中的《天文志》《五行志》《方术传》，你就会不由自主地惊叹神秘文化的强大渗透力。

以预测自然变化、社会兴衰、朝代更迭、人生命运为主要特征的术数，在神秘文化中占有相当大的分量，在儒、释、道三大文化中，在正史、野史、戏曲、小说中，都有它们那神秘的身影。《三国演义》作为产生于术数文化最为兴盛时期的第一部长篇历史小说，自然而然较多地涉及各种术数文化。据不完全统计，全书 120 回竟有 46 回涉及术数文化，且往往是一回之中多次涉及术数。就其类型而言，除张角、张宝、于吉、左慈、张陵的道术之外，涉及的术数达 10 余种之多。兹依其出现的次数多少，略述于后。

一是占星。占星术在《三国演义》出现的频率最高，使用此术的人也最多，不仅有专司其职的太史令，而且有将相大臣，也有寻常人物。如太史令王立议迁都许县，沮授劝谏袁绍加强乌巢粮仓的防守，谯周谏阻诸葛亮六出祁山伐魏，等等，都是以占星术作为立论的依据。王立建议曹操迁都许县时说："吾仰观天文，自去春太白犯镇星于斗牛，过天津，荧惑又逆行，与太白会于天关。金火交会，必有新天子出。吾观大汉气数将终，晋魏之地，必有兴者。"太白为金星，荧惑为火星，按照阴阳五行学说，金与火相克，所以王立说"金火交会，必有新天子出"。

二是占梦。《三国演义》写了很多的梦，有帝王之梦，有将相之梦，有凡人之梦。有的梦是仅有其兆而无其占，如曹操的"三日争辉梦"和"三马同槽梦"，都是以梦兆示未来将要发生的事情，当时并没有人占解，只是清人毛宗岗在评点时给予了必要的提示。但较多的是有占之梦，即某人做了梦之后，请人圆梦，解释梦之吉凶福祸。如董卓梦龙罩身、马超梦卧雪地、邓艾梦登高山、钟会梦千蛇咬身、何晏梦鼻上聚蝇、刘禅梦见成都锦屏山崩倒等等，都是有占之梦。

三是风角。风角是一种很古老的术数，它是根据风力、风向、风色、起风的时刻、方位以及风涉及的人或事来推断吉凶，最初主要用于行军打仗。《三国演义》中出现的风角术，大多和行军打仗有关，常常是风起于马前军前，或是吹折旗杆，占者据此推断此风所示何警。如曹操攻打徐州，前往小沛的途中，忽然刮起一阵狂风，吹折一面牙旗。随军的荀彧问风从何方吹来，吹折的是什么颜色的旗子。曹操说："风从东南方来，吹折角上牙旗，旗乃青红二色。"荀彧因此而知当天夜里刘备要来劫营，建议曹操早做防备。其他如刘备亡命江陵前，"马前吹起一阵狂风"，简雍以为此乃"大凶之兆也，应在今夜"。葭萌关上，旋风吹倒刘备马前帅旗，庞统以为"此警报也"，建议刘备早做防备，等等，都是风角术在军事上的运用。

四是《易》占。《周易》自问世之时起就被视为占卜之书，民间甚至流传着

"学会《周易》会算卦"这么一句俗语。占卜术士更是把《周易》作为进入术数殿堂的敲门砖和启蒙书，经常用《周易》占卜人事吉凶。由于《周易》早在西汉就被尊为儒家经典，因此，用《周易》占卜吉凶被视为卜筮正宗，且很容易取信于人。《三国演义》也多次写到《易》占，如简雍之占、管辂之占、吕范之占、爰邵之占等等。涉及《易》占时，作者很少详细叙述占卜方法和占卜过程，常常是以占卦和起课简略带过。这也许是《周易》在当时太过普及毋庸赘述的缘故。

五是谶语和偈语。谶语是"作语于前，有验于后"，前人留下的当时不知所云的话语，经后人的演绎和破解，以为和当时或其后的某人某事相吻合；偈语则是佛教中人打的哑谜，不知破解路径者则是仅知其字面意义，而不知其真实含义。汉末和三国时期是一个动乱的时代，流传下来很多谶语和类似谶语的谣谚。《三国演义》的作者在创作过程中顺手拿了过来，将其中的一些谶语运用到小说中，如董卓之谶、吕布之谶、袁术称帝之谶、曹魏代汉之谶等等。此外还有谶铭，如摩天岭道旁石碣文。锦屏山紫虚道人在刘备得西川之前，留给张任等人的偈语："左龙右凤，飞入蜀川。雏凤坠地，卧龙升天。一得一失，天数当然。见机而作，勿丧黄泉。"具有预言事情发展经过和结果的作用，其性质和谶语略同。

六是拆字。拆字是汉字独有的现象，它根据汉字是由偏旁部首组成的特点，利用字形的相似，声音的相同或相谐，进行分合拆减，从而预言人事吉凶。不过，《三国演义》的拆字术不是单独出现的，而常常是和谶语、占梦等联系在一起，用来破解谶语，解释梦兆之吉凶。如魏延将反之时，梦见自己头生二角，就请占梦官赵直解梦。赵直明知此梦不吉，但还是对魏延说："此乃大吉之兆也。"后来，赵直见了费祎，言及魏延之梦，说："角字之形，乃刀下用也。今头上有角，其凶甚矣。"这里，赵直就是用拆字来解梦的。

七是太乙数。太乙即太一，取太一生水之意。其术以太乙行九宫，据星神所值推论吉凶福祸。太乙数在《三国演义》中仅出现过两次，并且都是出现在庞统落凤坡遇难之前。刘备取西川，庞统为军师。留守荆州的诸葛亮给刘备去信说："亮夜算太乙数，今年岁次癸巳，罡星在西方；又观乾象，太白临于雒城之分，主将帅身上多凶少吉。切宜谨慎。"庞统看了诸葛亮的来信，以为诸葛亮怕他取益州建大功，就对刘备说："统亦算太乙数，已知罡星在西，应主公合得益州，别不主凶事。统亦占天文，见太白临于雒城，先斩蜀将冷苞，已应凶兆矣。"庞统急于建功，结果中了张任之计，身死落凤坡。

八是相术。就其流行和普及程度而言，相术是一种仅次于《易》占的术数，尤其是北宋以后著名的相术著作《太清神鉴》和《麻衣相法》流行以后，相术在民间更为普及。也许是相术主要在民间流传的缘故，《三国演义》中相术出现的次数却不是很多，可以称为相术的，只有管辂相邓飏、何晏。他说："邓飏行步，筋不束骨，脉不制肉，起立倾倚，若无手足。此为'鬼躁'之相；何晏视候，魂不守宅，血不华色，精爽烟浮，容若槁木，此为'鬼幽'之相。"

九是奇门遁甲。奇门遁甲和太乙数、六壬术被称为中国古代的三大秘术。《三国演义》涉及奇门遁甲之术的仅有三次，且用此术者皆是诸葛亮，一次是七星坛祭风，一次是鱼复浦八阵图，一次是定军山禳星。诸葛亮七星坛祭得东风之后，周瑜便发现诸葛亮是世间高人，以为"此人有夺天地造化之法，鬼神不测之术"，竟欲因此而加害。鱼复浦之"八阵图"设有休、景、生、伤、杜、死、惊、开八门，是依奇门遁甲所布，与经常出现于古代小说中的"八门阵法"大体相似。

十是卦影。这是一种产生于北宋初年的术数，其术是以图画杂以《易》占推断人事吉凶。此术《三国演义》中仅出现过一次。刘备为关羽报仇，准备起兵伐吴，请隐居青城山的李益其预卜吉凶。李益其开始不愿说，后来见执拗不过刘备，才要来纸笔，画了兵马器械40余张，画毕便一一撕毁。又画一人仰卧地上，旁边一人掘土埋之，上面只是大写一个"白"字。当时人皆不知其何意。待陆逊一把火烧了刘备40连营，刘备大败而逃，白帝城托孤，人们才明白那些图画的意思。

《三国演义》不仅写了很多术数，还借用《三国志·魏书·管辂传》和裴松之注等文献资料，对当时最著名的术数家管辂作了简要介绍。如：第六十九回曹操请管辂占卜军国大事，管辂设卦知东吴将亡一大将，西蜀将兴兵犯境；第一百〇六回管辂为何晏等人占卦、相面，使读者对管辂神奇的术数留下了深刻印象。《三国演义》还涉及一些有影响的术数类著作，如《周易》《太平要术》《太平青领道》《遁甲天书》等。这些著作都从不同方面丰富了《三国演义》的术数描写。

《三国演义》的作者引入术数描写，重点不在于介绍术数的内容和使用方法，也不是出于对术数的喜好而有意宣扬术数，而是借术数描写突出和强化作者的某种思想观念，表达作者的感情倾向，设置悬念，烘托气氛，营造紧张动人的故事情节，强化人物形象的性格特征，增加故事情节的神秘性和小说的可读性。

其一，借助术数描写来突出天命，强化天意。《三国演义》的作者常常把历史的进程、社会的变革和一些对社会有重大影响的人事变化归之于天命，借助术数描写来强化天命观念。太史令王立议迁都许县时，以为“大汉气数将终，晋魏之地必有兴者”，理由是他夜观天象所看到的星象变化：“自去春太白犯镇星于斗牛，过天津，荧惑又逆行，与太白会于天关。金火交会，必有新天子出。”吕子明白衣渡江，袭取荆州，孙权令诸葛瑾劝关羽投降，关羽表示“玉可碎而不可改其白，竹可焚而不可毁其节”。孙权不知如何对付关羽才好。于是，吕范请求预卜关羽吉凶休咎。他揲蓍成像，得“地水师”卦，又有玄武临应，于是得出了此卦“主敌人远奔”的结论。关羽此时尚未败走麦城，可吕范通过占卜已经预知其必然的命运，这就突出了关羽之败的天命因素，淡化了关羽骄傲轻敌、自取其败的主观因素，保持了关羽的完人形象，同时也通过吕范占卦及其他术数描写表明，关羽之失荆州，乃是天意所在，非战之罪。再如邓艾奉诏伐蜀，夜梦登高山、望汉中，脚下忽然迸出一泉，水往上涌。醒来后问殄虏将军爰邵，此梦主何吉凶，爰邵说：“《易》云：‘山上有水曰蹇。’蹇卦者，利西南，不利东北。孔子云：‘蹇利西南，往有功也；不利东北，其道穷也。’将军此行，必然克蜀；但可惜蹇滞不能还。”邓艾伐蜀成功后，果然因谋反而身死蜀中。

上述有关术数的描写，在小说结构中最多算得上枝叶，如果芟除，对作者所要表达的思想观念不会有太大影响。可是，作者却适时适处加入了这些有关术数的描写，其目的显然是为了突出和强化天命观念，告诉人们冥冥之中有一只无形的大手在决定着社会的进程、历史的发展和人物的命运，即使英勇善战如关羽、足智多谋如邓艾，亦无法与命运抗争，而只能在命运面前低头。

其二是借助术数描写设置悬念，增加情节发展的变数。悬念的设置在小说中最具艺术性，悬念设置得好，情节发展自然和谐，顺理成章，就会吸引读者自觉读下去。《三国演义》的作者深谙此道，不仅善于在每一回的结尾设置悬念，吊读者的胃口，而且还借助术数描写加强悬念的设置，为情节发展埋下伏笔。锦屏山紫虚上人对张任等人说的八句偈语，邓艾在摩天岭上看到的四句碑碣文，李益其为刘备伐吴作的卦影，都有设置悬念的作用。刘备为替关羽报仇，准备出兵征讨东吴，很多人都劝他从蜀汉大业的长远利益着想，不要轻启战端。从事祭酒的秦宓谏阻说：“陛下舍万乘之躯，而徇小义，古人所不取也。”刘备不听，执意起兵。秦宓伏地不起，说：“陛下不从臣言，诚恐有失。”刘备一听，勃然大怒，要把秦宓斩首。诸葛亮此时也上表劝阻，希望刘备“纳秦宓金石之言，以养士卒之力，别作良图”。刘备看了，“掷表于地”，表示“吾意已决，无得再谏”！刘备不顾众多大臣的苦谏死谏，一意孤行，结果会如何呢？作者给读者留下了一个悬念，并通过李益其所做的卦影，强化了这种悬念。

李益其所做的卦影并无特别之处。他画了40余张兵马器械，画好后又全部撕毁。又画了一个大人仰卧在地上，旁边一人掘土埋葬，画的上面写了一个大大的“白”字。这些卦影无头无尾，没有内在的逻辑联系，人们看了莫名其妙。刘备说：“此狂叟也！不足为信。”点火将李益其所做卦影烧了。李益其的卦影是什么意思，是否如刘备所说不足为信，读者皆欲探知究竟。到了第八十三回和八十四回，读者才明白李益其卦影的真实意义。

毛宗岗评点《三国演义》时，唯恐读者懵然无知，看不出李益其卦影在设置悬念中的重要作用，遂在夹批中逐一点明，以为李益其画兵马器械 40 余张，画毕就一一扯碎，是“应后文连营四十皆被烧毁”；而后一卦影则“应后文白帝托孤”之兆；刘备火焚卦影，“为后文火焚之兆”。如此一来，读者固然明白了李益其卦影的用意，但作者苦心设置的悬念，经毛宗岗评点之后，已是索然无味了。

三是借助术数描写烘托气氛，增加故事情节的神秘性和可读性。写小说如同说相声，在情节发展中要不断“抖包袱”，也需要添油加醋，烘云托月，制造气氛。《三国演义》的作者善于通过术数描写，为故事情节发展制造某种所需的气氛，着意渲染，大力烘托。如第四十九回诸葛亮七星坛祭风，作者不厌其烦地写诸葛亮如何筑坛，如何布旗，如何祭风，二十八宿，六十四卦，长竿羽葆，都派上了用场。最后才是诸葛亮“沐浴斋戒，身披道衣，跣足散发”登上七星坛，“观瞻方位已定，焚香于炉，注水于盂，仰天暗祝”。经过作者如此这般一番渲染烘托，借东风的故事越发显得神秘不可测。诸葛亮此番作为，颇似道士作法，有似仙似妖之嫌，但是，它一旦和火烧赤壁联系起来，读者也就觉得这番渲染烘托不仅不是多余的，而且是必不可少的了。因为这不仅为赤壁之战制造了紧张气氛，让读者为周瑜的火攻能否成功捏一把汗，而且为诸葛亮与周瑜的斗智提心吊胆。直到读到诸葛亮安然脱离险境，读者才算松了一口气。

再如诸葛亮五丈原禳星，作者则是着意借助术数描写渲染诸葛亮之死的悲剧气氛。诸葛亮六出祁山，屯兵五丈原。一天夜里，他扶病出帐，仰观天文，对姜维说：“吾见三台星中，客星倍明，主星幽隐，相辅列曜，其光昏暗。天象如此，吾命可知。”按照古代占星术的理论，三台星乃是相星所在。其主星幽隐，则意味着丞相命在旦夕。姜维亦精于术数，建议诸葛亮禳星，以求延长寿命。于是，诸葛亮就在中军帐内按北斗七星方位设置灯火，祈禳主人寿限的北斗神。若七天七夜主灯不灭，则可增寿一纪。诸葛亮祈禳了六天六夜，见主星倍加明亮，心中暗喜。可是，不料魏延入帐禀报军情，脚步太急，竟将主灯扑灭。于是，诸葛亮弃剑而叹：“死生有命，不可得而禳也!”小说先写诸葛亮夜里仰观天象，感慨“吾命在旦夕矣”，使读者已经感受到了浓浓的悲剧气氛；接着写其禳星，试图借助术数与天命抗争，延长性命。可是，就在祈禳了六天六夜，主星倍加明亮，诸葛亮心中窃喜，读者也为之暗暗高兴之时，一件突如其来的事情粉碎了人们的幻想：魏延来报告军情，因脚步太急，将主灯扑灭。诸葛亮之死的悲剧气氛，在读者幻想的破灭中得到了渲染和加强。读者的心情至此为之一沉，既为诸葛亮禳星功败垂成而扼腕叹息，又为苍天不予好人寿而愤愤不平。

四是借助术数描写强化人物形象的性格特征。诸葛亮这一艺术形象最突出的特征是智慧。可是，仔细读一读《三国演义》可以发现，诸葛亮的智慧常常是和术数联系在一起的。他在隆中决策时为刘备制定的“跨有荆益，保有岩阻，西和戎狄，南抚彝越，外结孙权，内修政理。待天下有变，则命一上将将荆州之兵以向宛洛，将军身率益州之众以出秦川”，进而夺取中原的宏图大略，原是基于对天下大势的准确把握和精到分析。可是在小说中，诸葛亮这一战略设想却和术数联系了起来。他对刘备说：“亮夜观天象，刘表不久人世，刘璋非立业之主，久后必归将军。”似乎他的隆中对策不是基于对天下大势的把握分析，而是夜观天象看出了上天的安排。如此一来，作者就通过术数强化了诸葛亮的智慧，似乎诸葛亮那超群绝伦的智慧来自他对各种术数的精到把握。

自诸葛亮走出隆中算起，他表现出来的所有大智慧，几乎都与术数有关。草船借箭，他算定三日内必有大雾，故而才敢和周瑜立下三日之内造出十万支箭的军令状；隆冬时节，他能够借来三天三夜东南大风，助周瑜火烧赤壁，一战成功，也和术数有关；他早在入川之前，就在鱼复浦布下石阵，以此阻挡东吴，并料定将有东吴大将迷于其中，是因为他精通三大秘术之一的奇门遁甲。杜甫说他“功盖三分国，名成八阵图”，流露出对神奇的八阵图的惊叹和激赏。其他如诸葛亮在荆州夜观天象，见将星坠地，知周瑜必死，见将星坠于荆楚之地，知关羽已亡，见大风吹折庭树，料知损一大将，等等，都和术数有直接关系。

诸葛亮精于术数，他征战疆场，行军布阵，料敌决胜，常常用各种术数。在他用术数的时候，他的智慧就得到了充分的表现，常常是无往而不胜。可是，当他疏于用术数时，失败也就随之降临。六出祁山前，太史令谯周言当时天象异变，说“奎星躔于太白之分，盛气在北，不利伐魏”，建议诸葛亮“只宜谨守，不可妄动”。诸葛亮精于星占，对各种星象并不陌生，可是他这一次却闭口不谈星象变化，反而斥责谯周，表示“岂可以虚妄之灾氛，而废国家大事耶”？坚持出兵伐魏。当时的星象变化，司马懿也看出来了，他以为“奎星犯太白，不利于益州。今诸葛亮自负才智，逆天而行，乃自取败亡也”。诸葛亮出将入相，蜀汉安危系于一身，责任重大，但凡遇有国家大事，他必定仰观天文，俯察地理。他曾经对鲁肃这样说：“为将而不通天文，不识地理，不知奇门，不晓阴阳，不看阵法，不明兵势，是庸才也。”所以，当时的星象异变，诸葛亮也心知肚明，只是他明知星象不利于己而不愿意说出来，甚至不愿意相信罢了。他坚持出兵伐魏，是知其不可为而为之，是知天命而尽人事，用司马懿的话说，是“自负才智，逆天而行”。既然如此，也就无法逃避五丈原那瑟瑟秋风了。

诸葛亮精通术数，后世曾经有一些术数类著作假托他的名字而流传，可见后人对诸葛亮的术数还是心存敬畏。《三国演义》作者对诸葛亮这一艺术形象的塑造，较多地借用了术数描写，可以视作对民间三国文化的呼应。诸葛亮用术数来处理人事时，就可以左右逢源，得心应手，甚至可以“夺天地之造化，通鬼神所不测”，他的大智慧就得到了充分表现；可是，当他疏于用术数时，悲剧也就随之降临了。由此不难看出，《三国演义》作者对中国古代颇为流行的术数的基本态度。

（原载《皖江侧畔论三国》，黄山书社 2001 年）

《三国演义》与中国酒文化

在中国，酒与小说的关系可谓源远流长。从起源上看，酒的出现要比小说早得多。从传说中的仪狄、杜康酿造美酒，到夏桀的酒池肉林，再到《诗经》中的“宜言饮酒，与子偕老”①，中国的酒文化已经在先秦时期实现了华丽转身，即从人们的生活之物转化为华美的诗章。此后，经屈原的引吭高歌，东汉文人的浅吟低唱，中国的酒文化遂与诗歌结下了不解之缘。到了三国时期，曹操的诗句“何以解忧，唯有杜康”，更让人们平添了几分对酒的亲近和敬畏，酒文化与中国诗歌的关系由此而牢不可破。但是，反观中国古代小说，由于它作为一种文学样式而出现，是在东汉以后，所以，中国古代小说与酒文化呈现的是一种慢热关系。在魏晋志人志怪小说和唐代传奇中，读者会经常看到有关酒文化的描写，但真正让人们记住的，像《史记·项羽本纪》中“鸿门宴”那样精彩的场景和章节，还不是很多。直到中国古代第一部长篇历史小说《三国演义》问世之后，中国古代小说与酒文化的关系才呈现出深度融合的关系，小说与酒文化的精妙结合由此而进入了全新的阶段，并对此后出现的《水浒传》《金瓶梅》《红楼梦》等小说名著产生了深远的影响。

---

① 《诗经·郑风》之《女曰鸡鸣》。

一、中国酒文化的精彩展现

所谓酒文化，是指在酒的生产、销售、消费过程中产生的各种文化现象及这些文化现象所蕴含的文化内容和文化精神。但事实是，除了极少数人关心酿造酒的工艺流程及其销售环节外，大多数人关心的还是酒在消费过程中产生的种种文化现象。而所谓的酒文化，主要的也就是在人们饮酒以及与饮酒相关的环节中产生的。《三国演义》与中国酒文化的关系，主要是在饮酒及相关环节中得到充分展示的。从《三国演义》对饮酒及相关环节的描写来看，每次所展现的酒文化，则是各有特色，各有韵味，其文化内涵也值得深入思考和分析。

（一）饮酒盟生死。古人结义常常采取歃血为盟的方式，这种方式是把个人的手指划破，把血滴在酒中，把融有鲜血的酒一同饮下，以此表示誓同生死。这样的情节在古典戏曲小说中常常看到，尤其是在英雄传奇类小说中更为常见。《三国演义》是历史小说，其开篇“宴桃园英雄三结义”，写刘、关、张桃园三结义，展现的就是中国酒文化中常见的饮酒盟誓现象。小说这样写刘、关、张三人在涿县张飞庄园饮酒盟誓：

> 次日，于桃园中，备下乌牛、白马、祭礼等项，三人焚香再拜而说誓曰：“念刘备、关羽、张飞，虽然异姓，既结为兄弟，则同心协力，救困扶危，上报国家，下安黎庶。不求同年同月同日生，只愿同年同月同日死。皇天后土，实鉴此心，背义忘恩，天人共戮！”誓毕，拜玄德为兄，关羽次之，张飞为弟。祭罢天地，复宰牛设酒，聚乡中勇士，得三百余人，就桃园中痛饮一醉。

三人焚香盟誓，然后宰牛设酒，聚集乡勇三百余人，在桃园中一通豪饮，大醉方休。《三国演义》第五回写十八路诸侯盟誓，也有歃血为盟的情节：曹操矫诏诸侯，发布檄文，邀请各路诸侯共同讨伐董卓。各路诸侯闻讯，纷纷响应，小说这样写道：

> 众诸侯亦陆续皆至，各自安营下寨，连接二百余里。操乃宰牛杀马，

大会诸侯，商议进兵之策。太守王匡曰："今奉大义，必立盟主。众听约束，然后进兵。"操曰："袁本初四世三公，门多故吏，汉朝名相之裔，可为盟主。"绍再三推辞，众皆曰非本初不可，绍方应允。次日筑台三层，遍列五方旗帜，上建白旄黄钺，兵符将印，请绍登坛。绍整衣佩剑，慨然而上，焚香再拜。其盟曰："汉室不幸，皇纲失统。贼臣董卓，乘衅纵害，祸加至尊，虐流百姓。绍等惧社稷沦丧，纠合义兵，并赴国难。凡我同盟，齐心戮力，以致臣节，必无二志。有渝此盟，俾坠其命，无克遗育。皇天后土，祖宗明灵，实皆鉴之！"读毕歃血。众因其辞气慷慨，皆涕泗横流。

这是中国古典小说中非常典型的饮酒盟誓情节，要建盟台，推盟主，立盟誓，誓言共同进退。这很容易让人们想起《史记·陈涉世家》中陈胜、吴广起义前相约"苟富贵，勿相忘"。他们虽未饮酒，亦未"歃血"，但已有相互盟誓的意思。《三国演义》之后，模仿桃园三结义和歃血为盟情节者颇多，如明清时期出现的历史演义系列小说，写英雄饮酒结义，大多与此相类。

（二）以酒壮行色。古典小说中常常有这样的情节：某位英雄人物在做某件大事之前，总是要非常豪气地饮上几杯酒，然后从容与众人作别。这叫以酒壮行色。这种现象，在历史故事中时而可见，在小说中更是屡见不鲜。《三国演义》中这样的场面也很常见。如第五回写关羽"温酒斩华雄"，就是典型的以酒壮行色。董卓手下大将华雄在汜水关前连斩十八路诸侯手下俞涉、潘凤两员上将，又来搦战。袁绍非常惋惜地说："可惜吾上将颜良、文丑未至！得一人在此，何惧华雄！"这时，关羽奋然请战，表示"小将愿往斩华雄头，献于帐下"。可是，袁绍得知关羽只是公孙瓒手下的马弓手时，竟然以为关羽"欺吾众诸侯无大将"，喝令将关羽打出。曹操则以为"此人既出大言，必有勇略；试教出马，如其不胜，责之未迟"。关羽慨然表示："如不胜，请斩某头！"于是，曹操教人酾热酒一杯，与关公饮了上马。曹操令人酾热酒一杯给关羽，是为了以壮行色，让其上阵奋勇杀敌。关羽却说："酒且斟下，某去便来。"于是出帐提刀，飞身上马，直冲阵前。小说写道："众诸侯听得关外鼓声大振，喊声大举，如天摧地塌，岳撼山崩，众皆失惊。正欲探听，鸾铃响处，马到中军，云长提华雄之头，掷于地上。其酒尚温。后人有诗赞之曰：威镇乾坤第一功，辕门画鼓响咚咚。云长停盏施英勇，酒尚温时斩华雄。”人们常说“酒壮怂人胆”。有的人生性胆怯，胆小怕事，不敢与人争竞，但有的时候，三杯黄汤下肚，乘着酒兴，也会做出一些异乎寻常的举动，甚至会有惊人之举。不过，对于真英雄来说，他们根本不需要借酒壮胆，因为勇敢和担当原是英雄本色，路遇不平，或是紧要关头，他们会挺身而出，扶危济困，救人于危难。关羽在关键时刻挺身而出，既显示出英雄豪气，又为十八路诸侯解了眼前之危。

（三）酒解愁人忧。曹操的诗歌“何以解忧，唯有杜康”，千百年来之所以被人们反复吟诵，最主要的就是它道出了一个基本事实：酒可以消解愁肠。但大诗人李白偏偏不信这个，他说“抽刀断水水更流，举杯消愁愁更愁”，意思是说用酒消愁，只会令人更添愁绪。不过，生活中借酒浇愁者大有人在，遇上不开心的事儿，喝几杯小酒，即使解不了愁肠，也可以暂时麻醉一下自己，求得暂时的安慰。这种情况在《三国演义》中也较为常见。第十九回写曹操征讨吕布，吕布先失立身之地徐州，接着又失去小沛，无奈之下，只好暂时寄身下邳。自诛杀董卓以来，吕布自立门户，攻城略地，叱咤风云，令诸侯不敢小觑。尤其是占据徐州之后，辕门射戟，解袁术、刘备之争，更是威风八面，一副天下英雄舍我其谁的气概。但他骄横跋扈，不纳忠言，好景不长，便接连失去徐州和小沛，最后龟缩在下邳城内。曹操率军来攻，谋士陈宫建议趁曹军立足未稳，主动出击，吕布不听。陈宫又建议布成犄角之势，以抗曹操。吕布以为有理，准备实行，却被其妻严氏和貂蝉劝阻。陈宫又建议截断曹军粮道，吕布认为有理，结果又被严氏拦住。小说写道：“布闻言愁闷不决，入告貂蝉。貂蝉曰：‘将军与妾作主，勿轻身自出。’布曰：‘汝无忧虑。吾有画戟、赤兔马，谁敢近我！’乃出谓陈宫曰：‘操军粮至者，诈也。操多诡计，吾未敢动。’宫出，叹曰：‘吾等死无葬身之地矣！’布于是终日不出，只同严氏、貂蝉饮酒解闷。”谋士陈宫屡次建议，吕布虽然觉得有道理，可以一试，但一见妻妾涕泣劝阻，便打消了主动出击的念头。于是便只好坐困愁城，每天与妻妾饮酒解闷。酒成了吕布无奈之时消解愁肠的佳品，当然最后也成了他兵败下邳的重要原因之一。

（四）酒添名士乐。酒可以浇愁，也可以助兴。很多情况下，酒也是人们寻欢作乐必不可少之物。看一看当今社会，不少人一有高兴事，就要叫上三五好友，一起喝上几杯，这叫饮酒助兴。《三国演义》也写了许多饮酒助兴的故事。如第四十六回孔明草船借箭，少不了饮酒助兴。孔明与周瑜立下军令状，三日内造出十万支箭。前两天没有什么动静，到了第三天，他向鲁肃借了20条船，每条船都用布幔，外束草物，乘着大雾，向江北进发。接近曹军水寨的时候，孔明令船只头西尾东，一字排开，然后令军士擂鼓呐喊。鲁肃大为吃惊，说："倘曹兵齐出，如之奈何？"孔明笑着说："吾料曹操于重雾中必不敢出。吾等只顾酌酒取乐，待雾散便回。"孔明和鲁肃坐在大船上，只顾饮酒作乐，到天亮时，20条船两边的草束上插满了箭支。孔明下令收船，十万支箭轻易到手。孔明草船借箭的神奇故事，在孔明和鲁肃饮酒作乐之间又增添了几分喜庆。再如第四十八回"宴长江曹操赋诗"，曹操于建安十三年十一月十五日夜查看旱寨和水寨，只见皎月朗朗，长江如练。小说写道：操坐大船之上，左右侍御者数百人，皆锦衣绣袄，荷戈执戟。文武众官，各依次而坐。操见南屏山色如画，东视柴桑之境，西观夏口之江，南望樊山，北觑乌林，四顾空阔，心中欢喜，谓众官曰："吾自起义兵以来，与国家除凶去害，誓愿扫清四海，削平天下。所未得者江南也。今吾有百万雄师，更赖诸公用命，何患不成功耶？收服江南之后，天下无事，与诸公共享富贵，以乐太平。"文武皆起谢曰："愿得早奏凯歌！我等终身皆赖丞相福荫。"操大喜，命左右行酒。饮至半夜，曹操兴之所至，以酒奠于江中，满饮三爵，横槊赋诗，令众人和之。歌罢，众皆欢笑，一派祥和，把宴会的气氛推向了高潮。谁知扬州刺史刘馥不识时务，以为诗中"月明星稀，乌鹊南飞；绕树三匝，无枝可依"之句，乃不吉之言。正在兴头上的曹操以为刘馥败兴，遂手起一槊，把刘馥刺死。一场逸兴满满的宴会，因此而蒙上了一层悲剧气氛。

（五）酒中多计谋。《三国演义》是历史小说，汉末诸侯之争，魏蜀吴三国之争、三国内部君臣之争、臣子与臣子之争等等，使得《三国演义》成为一部充满各种纷争的小说。在化解各种纷争时，最关键的是智谋，用谋得当，小可以胜大，弱可以胜强，明可以胜暗，臣可以胜君。而在各种各样的谋略中，酒俨然成为智慧的使者，甚至成为不可或缺的角色，一场场的饮酒，一次次的对酌，似乎都暗藏玄机，都深不可测。最典型者如“青梅煮酒”，那本是以“乱世之奸雄、治世之能臣”本色示人的曹操，与一个虽自称是“中山靖王之后”，而实际上不过是涿州一个织席卖履者刘备的对酌，但这次对酌，却是英雄与英雄的暗中较量，是胜利者与潜在对手的私下角力。曹操请刘备到府上饮酒，问刘备当今之世有哪些人可以称为英雄，原意是要试探一下刘备。刘备明白曹操的意思，却故意指东道西，以为掩饰。最后，曹操直言其实，说：“夫英雄者，胸怀大志，腹有良谋，有包藏宇宙之机，吞吐天地之志者也。”玄德问：“谁能当之？”操以手指玄德，然后指指自己，说：“今天下英雄，惟使君与操耳！”小说于此写道：玄德闻言，吃了一惊，手中所执匙箸，不觉落于地下。时正值天雨将至，雷声大作。玄德乃从容俯首拾箸曰：“一震之威，乃至于此。”操笑曰：“丈夫亦畏雷乎？”玄德曰：“圣人迅雷风烈必变，安得不畏？”将闻言失箸缘故，轻轻掩饰过了。操遂不疑玄德。后人有诗赞曰：“勉从虎穴暂趋身，说破英雄惊杀人。巧借闻雷来掩饰，随机应变信如神。”一场英雄与英雄的对酌，虽然在一阵雷声之后落幕，但二人之间真正的较量却是从此刚刚开始。在《三国演义》中，几乎所有与政治军事斗争有关的饮酒，都是暗藏机谋，甚至暗藏杀机。譬如王允巧施连环计、周瑜大摆群英会、张飞智取瓦口隘等章节，都是因酒设计，借酒用计，在饮酒作乐中巧胜对手。为了战胜对手，有的甚至重新上演“鸿门宴”。第六十回“庞士元议取西蜀”，写庞统陪刘备在涪城与刘璋相会后，知西蜀不可轻取，遂建议刘备设置“鸿门宴”。小说写道：

庞统入见曰：“主公今日席上见刘季玉动静乎？”玄德曰：“季玉真诚实人也。”统曰：“季玉虽善，其臣刘璝、张任等皆有不平之色，其间吉凶未可保也。以统之计，莫若来日设宴，请季玉赴席，于壁衣中埋伏刀斧手一百人，主公掷杯为号，就筵上杀之；一拥入成都，刀不出鞘，弓不上弦，可坐而定也。”玄德曰：“季玉是吾同宗，诚心待吾。更兼吾初到蜀中，恩信未立。若行此事，上天不容，下民亦怨。公此谋，虽霸者亦不为也。”统曰：“此非统之谋，是法孝直得张松密书，言事不宜迟，只在早晚当图之。”言未已，法正入见，曰：“某等非为自己，乃顺天命也。”玄德曰：“刘季玉与吾同宗，不忍取之。”

庞统、法正见再三劝说无效，遂暗中安排。次日，刘备与刘璋在城中宴饮，酒至半酣，庞统令魏延登堂舞剑，顺便刺杀刘璋。张任看出名堂，亦拔剑与魏延对舞。魏延给刘封使个眼色，刘封亦加入舞剑，刘璋手下诸将同时拔剑欲下场同舞。刘备大惊，急掣左右所佩之剑，立于席上曰：“吾兄弟相逢痛饮，并无疑忌。又非鸿门会上，何用舞剑？不弃剑者立斩！”刘璋亦叱曰：“兄弟相聚，何必带刀？”这才避免了一场血腥屠杀。

（六）纵酒多误事。《三国演义》写了许多借酒用谋的故事，许多都很精彩。但同时也写了许多纵酒误事的故事，展示了中国酒文化的另一面。张飞是好酒之人，他的一生可以说是始于酒，终于酒。桃园三结义，因酒与刘备、关羽义结金兰，成为异姓兄弟。最后却因醉酒被部将杀害。在他的一生中，酒如影随形。他清醒的时候饮酒，酒会变成他战胜对手的利器。张飞智取宕渠等三寨，就是以饮酒来迷惑对手，引诱张郃下山，乘势夺取关隘，为孔明夺取汉中立下了大功。但是，张飞终归是好酒之人，更多的时候是纵酒误事。刘备为徐州牧的时候，准备讨伐袁术，商议何人留守徐州。张飞表示愿意留守，刘备却以他好酒，放心不下。为此，张飞答应今后不再饮酒，刘备才勉强应允。张飞为了表示戒酒的决心，把众将召集在一起，表示要大醉一场，把该喝的酒都喝了，今后都不许再饮酒。谁知饮酒时他又使性子，把吕布的岳父曹豹鞭打了一顿，惹恼了曹豹，结果曹豹与吕布里应外合，乘机夺取了徐州，弄得连刘备的家小都失陷城中。张飞好酒不仅多次造成严重后果，而且还因此送了命。张飞在阆中闻知关羽被害，屡屡醉酒，鞭挞士卒，有的甚至被打死。为给关羽报仇，他下令置办白旗白甲，三军挂孝伐吴。他限令部将范疆、张达三日内置办完毕。二人以为时间太紧，难以完成，请求宽限时日。张飞大怒，下令把二人绑到树上，各鞭背50下，还恨恨地说：“来日俱要完备！若违了限，即杀汝二人示众！”二人情知难以完成张飞交给的任务，于是趁张飞醉酒之时，割下张飞的首级，投降东吴去了。可惜张飞一生好酒，最后竟然也是因酒而死！类似的还有吕布，他困守下邳，一天照镜子，见自己已被酒色所伤，遂下令全城戒酒。部将侯成50匹马失而复得，一时高兴，准备庆祝一下，但又怕违了吕布将令，就带着酒去见吕布，请求网开一面。吕布大怒，要将侯成斩首。后得众将劝阻，打了50棍才算完事。吕布此举惹恼了众将，众将于是乘吕布守城困睡时，将他绑了起来，连城带人献给了曹操。吕布最终也是因为酒而丢了性命。

（七）酒为色之媒。《三国演义》很少写到男女情事，偶尔涉及，除刘备东吴招亲外，其他多是轻描淡写，一笔带过。着墨较多的，是王允用貂蝉施连环计，即先暗中把貂蝉许给吕布，然后又请董卓到府上，由貂蝉奉酒作乐。董卓见貂蝉乃绝世美色，临行时用车载去。貂蝉到董卓府后，不露痕迹地离间董卓与吕布的父子关系，演绎出凤仪亭吕布戏貂蝉、董卓掷戟追杀吕布一幕活剧。最后，王允终于借吕布之手除掉了董卓。在王允施连环计的过程中，酒起到了色之媒的作用。吕布在王允府饮酒，见了貂蝉，色胆油然而生，不由得眉目传情，秋波暗送；董卓在王允府饮酒，见了貂蝉，称其“真神仙中人也”！两个色鬼，见了貂蝉这样一个美若天仙的少女，早已是心旌摇曳，意马心猿了。王允连环计之所以能够成功，也正是看准了吕布与董卓的共同弱点。第五十二回“赵子龙计取桂阳”一节，赵范欲把寡嫂嫁于赵云，也是典型的以酒为媒。赵子龙既得桂阳，太守赵范与赵云结为兄弟。小说描写当晚赵范请赵云入府衙饮酒之事，让读者切实感受到了酒为色之媒：

> 赵范邀请入衙饮宴。酒至半酣，范复邀云入后堂深处，洗盏更酌。云饮微醉。范忽请出一妇人，与云把酒。子龙见妇人身穿缟素，有倾国倾城

之色，乃问范曰："此何人也?"范曰："家嫂樊氏也。"子龙改容敬之。樊氏把盏毕，范令就坐。云辞谢。樊氏辞归后堂。云曰："贤弟何必烦令嫂举杯耶?"范笑曰："中间有个缘故，乞兄勿阻：先兄弃世已三载，家嫂寡居，终非了局，弟常劝其改嫁。嫂曰：'若得三件事兼全之人，我方嫁之：第一要文武双全，名闻天下；第二要相貌堂堂，威仪出众；第三要与家兄同姓。'你道天下那得有这般凑巧的?今尊兄堂堂仪表，名震四海，又与家兄同姓，正合家嫂所言。若不嫌家嫂貌陋，愿陪嫁资，与将军为妻，结累世之亲，如何?"云闻言大怒而起，厉声曰："吾既与汝结为兄弟，汝嫂即吾嫂也，岂可作此乱人伦之事乎?"赵范羞惭满面，答曰："我好意相待，如何这般无礼?"遂目视左右，有相害之意。云已觉，一拳打倒赵范，径出府门，上马出城去了。

赵范以酒为媒，欲借赵云微醺之时，撮合赵云与寡嫂的婚事。但赵云既已与赵范结为兄弟，焉有自乱人伦，娶赵范寡嫂之理？赵范精心设计的以酒为媒之局，在赵云强烈的道德伦理防线面前，是那么不堪一击。

二、借酒表现人物性格塑造人物形象

《三国演义》中如此之多的酒文化描写，不仅给读者展示了中国丰富的酒文化，让人们对酒文化的深刻内涵有了初步的认识和了解，而且通过酒文化描写来表现人物性格，塑造人物形象。换句话说，小说中如此之多的饮酒场面描写，很大程度上是为塑造人物服务的。

酒品如人品。人们饮酒所采用的不同方式，以及饮酒时的不同表现，都与人物性格有着某种内在联系。人们的性格千差万别，饮酒的表现也各不相同，有的优雅，有的豪放，有的粗犷，有的温婉，有的小酌怡情，有的烂饮伤身，有的饮辄必醉，有的自有分寸。《三国演义》写人们饮酒，是从一个侧面表现人物的不同性格，以使人物形象更加丰满。曹操、关羽、张飞、周瑜等一个个栩栩如生的人物形象，都和饮酒有关，都因相关的饮酒描写而愈加丰满动人。

曹操是乱世之奸雄，奉行典型的极端个人主义。他有一句名言："宁教我负天下人，休教天下人负我。"这句话就是他杀了好酒好菜招待他的吕伯奢一家人之后，对随他而逃的陈宫说的。第四回写曹操行刺董卓不成，连夜逃往家乡，在中牟县成皋这个地方，往父亲的结义兄弟吕伯奢家投宿。吕伯奢安排曹操住下，因家无好酒，起身去西村买酒。曹操与陈宫坐等吕伯奢回村时，听到外面磨刀霍霍，又偷听到"缚而杀之，何如"之语，以为是要杀他，遂拔剑而出，不问男女，尽皆杀之，一连杀了八个人。搜索到厨房，见有一头猪已经捆绑好，正准备要杀。二人这时才明白杀错了，于是急忙逃去，正遇上买酒菜回来的吕伯奢，曹操一不做二不休，连吕伯奢也杀了。陈宫埋怨他不该一错再错，曹操说："宁教我负天下人，休教天下人负我。"陈宫由此而知曹操乃是心狠手毒之人，于是连夜独自逃去。小说设计这样一个情节，是为了从另一个侧面展示曹操极端自私、极端残忍的性格。第四十八回"宴长江曹操赋诗"，写曹操饮酒赋诗，既是为了展示曹操的文才武略，表现曹操气吞山河的豪迈气概，及其善于附庸风雅的一面，同时又通过横槊刺死扬州刺史刘馥一事，表现曹操性格中骄横残忍、气量狭小的因素。

关羽与酒，除了"温酒斩华雄"表现其百万军中取上将之首级如探囊取物的神勇外，最能表现关羽性格的饮酒描写，主要有两次。一是关羽归顺曹操后，曹操为了笼络关羽，在关羽归顺的次日，大宴群臣，"以客礼待关公，延之上座"。不仅如此，曹操还三日一小宴，五日一大宴，给关羽宾至如归的感觉。与饮酒相关的，是曹操送给关羽 10 名美女，让她们精心服侍关羽。一边是美酒，一边是美女，曹操以酒为色之媒的用意十分明显。可是，关羽却不为所动，让 10 名美女都去服侍二位嫂夫人了。为了表现关羽的性格和品质，小说还特意写了两次宴会。一次是关羽喝醉酒后，自绰其长髯说："生不能报国家，而背弃兄，徒为人也！"以此来表现关羽忠君爱国、以义气为重的品格；二是赴曹操宴会之后，曹操送关羽出府，见其所骑马瘦，遂把吕布当年胯下的赤兔马送给关羽。关羽欣然接受，再三表示感谢。曹操对此颇为不解，说："吾累送美女金帛，公未尝下拜；今吾赠马，乃喜而再拜。何贱人而贵畜耶？”关羽的回答让曹操深感错愕：“吾知此马日行千里，今幸得之，若知兄长下落，可一日而见面矣。”关羽归顺曹操后，对其所赠财物美女等一概不受，以此来表示当初的诺言：降汉不降曹。这一次他愿意接受曹操赠送的赤兔马，是因为此马能够日行千里，一旦得到刘备的下落，他就可以凭这匹赤兔马，一日之间与结义兄长相见。通过这样一个细节，表现出关羽不爱财物、义薄云天的英雄气概。

当然，关羽与酒的故事，最让人称道的，是刮骨疗毒。关羽攻打樊城，被曹仁用毒箭射中，箭疮久治不愈，乃访四方名医。华佗不请自来，看了关羽的箭伤，以为需要刮骨疗毒，却是担心关羽害怕，表示要立一根柱捆绑住关羽的臂膊，还要用被子蒙住关羽的头。关羽则表示根本不需要。小说于此写道：

公饮数杯酒毕，一面仍与马良弈棋，伸臂令佗割之。佗取尖刀在手，令一小校捧一大盆于臂下接血。佗曰：“某便下手，君侯勿惊。”公曰：“任汝医治，吾岂比世间俗子惧痛者耶？”佗乃下刀，割开皮肉，直至于骨，骨上已青。佗用刀刮骨，悉悉有声。帐上帐下见者，皆掩面失色。公饮酒食肉，谈笑弈棋，全无痛苦之色。

关羽饮酒数杯，一面与马良下棋，一面让华佗疗伤。在华佗为他刮骨疗毒的过程中，他“饮酒食肉，谈笑弈棋，全无痛苦之色”。这是典型的借酒写人，通过写关羽饮酒食肉，谈笑弈棋，来表现关羽的豪气和勇气。

张飞在人们的印象中是一个“猛”字，说某人鲁莽，常常用“猛张飞”来形容。如葭萌关大战马超，先战了百余回合，不分胜负。回阵后，歇息片时，张飞不用头盔，只裹包巾上马，又与马超大战百余回合，给人勇猛无比的感觉。但张飞的“猛”常常是与酒相联系的，比如：他失守徐州，是因为酒，也是因为超“猛”；他被部将范疆、张达暗害，是因为酒，同时也是因为超“猛”。但张飞也有“猛”中有细的时候。譬如第七十回“猛张飞智取瓦口隘”，张飞的“好酒”就大有文章。张郃坚守宕渠等三寨，每天在山上大吹大擂，饮酒作乐。张飞令人搦战，张郃只是不理。无可奈何之际，张飞就在山前扎住大寨，每天饮酒，饮至大醉，就坐在山前辱骂张郃。刘备差人阵前劳军，见张飞天天如此，很是担心。孔明说：“原来如此！军前恐无好酒；成都佳酿极多，可将五十瓮作三车装，送到军前与张将军饮。”玄德不明白怎么回事，说：“吾弟自来饮酒失事，军师何故反送酒与他？”孔明笑曰：“主公与翼德做了许多年兄弟，还不知其为人耶？翼德自来刚强，然前于收川之时，义释严颜，此非勇夫所为也。今与张郃相拒五十余日，酒醉之后，便坐山前辱骂，傍若无人。此非贪杯，乃败张郃之计耳。”张飞果然用醉酒之计，攻取了张郃三寨，直抵瓦口关下。毛宗岗对张飞饮酒智取关隘给予很高评价，他说：“数卷之前，方写关公饮酒，此处又接写翼德饮酒。单刀赴会之饮，是饮他人之酒；瓦口寨前之饮，是饮自己之酒；关公之饮酒是壮胆，张飞之饮酒是智斗；关公之饮酒是豪，翼德之饮酒是巧。夫以胆而饮，只可以壮胆；以豪而饮，又可以助豪。若欲以酒而行其巧与智，则难矣。胆与豪，则与酒相近者也；巧与智，是不与酒相近者也。不与酒相近，而卒能于酒中用之，则饮如张公，更不可及。”①

周瑜是东吴第一任大都督，能饮善饮。赤壁之战中，他长袖善舞，多次巧妙地利用饮酒来实现自己的战术目的。最为典型的是第四十五回“群英会蒋干中计”。蒋干是周瑜的同窗挚友，关系非同一般。他自告奋勇，来江东说服周瑜投降曹操。周瑜知其来意，大摆筵席，邀集部下，招待蒋干。小说写道：

> （周瑜）因指诸将曰：“此皆江东之英杰。今日此会，可名群英会。”饮至天晚，点上灯烛，瑜自起舞剑作歌，歌曰：“丈夫处世兮立功名，立功名兮慰平生。慰平生兮吾将醉，吾将醉兮发狂吟！”歌罢，满座欢笑。

周瑜通过酒宴，利用醉话、酒话、梦话等，演出了一幕“真作假时假亦真”的活剧，借蒋干之手，除掉了曹操手下懂得水战的水军将领蔡瑁、张允，解除了心中大患。“群英会”以酒写人，把周瑜的深邃机心和运筹帷幄表现得淋漓尽致，展现了周瑜的名将风采。这是一篇非常精彩的文字，能够入选中学语文课

---

① 〔清〕毛宗岗评点《三国演义》第七十回回评。

本，绝非偶然。

三、饮酒是小说叙事的重要手段

小说家叙事，推进故事的方式有多种。在时空定向发展的背景下，所谓的顺叙、插叙、倒叙，只是叙事方法的变化而已。而在故事的推进中，推进的手法则是多种多样，比如饮酒描写，就是古典小说推进故事的重要手法。《三国演义》在全知视角下叙述故事，常常借助饮酒推进故事进展。

在小说整体结构上，三国由合到分又由分到合的一百多年历史从酒写起，以酒勾连，又以酒作结。小说开篇便是“宴桃园英雄三结义”，以刘、关、张在涿郡桃园设宴、结拜异姓兄弟开始，引出了黄巾起义，拉开了汉末大乱的大幕。在诸侯争雄、三国鼎立、三分归晋的进程中，处处都少不了酒的身影。比如奠定三分局面的赤壁之战，从第四十三回开始至第五十回结束，在长达八回的篇幅里，作者写到的大大小小的宴会有十多次，其中除“宴长江曹操赋诗”等个别宴饮属于宴会场面描写，用以表现曹操等人物性格、塑造人物形象外，多数宴饮皆与故事情节推进有密切关系。如草船借箭，先有周瑜让孔明监督造十万支箭，并让孔明立下军令状，然后置酒招待孔明；中间有孔明邀鲁肃同去取箭，大雾之中，与鲁肃在大船上“只顾酌酒取乐”，后有孔明草船借箭之后交令，周瑜邀孔明入帐共饮。在整个草船借箭的过程中，酒宴不仅是必要的礼节招待，而且表现了孔明与周瑜的智斗，揭示了二人的暗中较量。在小说的最后一回，写三分归晋，同样突出了酒在故事推进中的重要作用。小说写吴主孙皓令镇东将军陆抗屯兵江口，以图襄阳。羊祜则奉晋武帝命镇守襄阳，以待东吴之变。羊祜与陆抗之间由此而生出一段佳话，这段佳话与酒有密切关系：

> 一日，羊祜引诸将打猎，正值陆抗亦出猎。羊祜下令：“我军不许过界。”众将得令，止于晋地打围，不犯吴境。陆抗望见，叹曰：“羊将军有纪律，不可犯也。”日晚各退。祜归至军中，察问所得禽兽，被吴人先射伤者皆送还。吴人皆悦，来报陆抗。抗召来人入，问曰：“汝主帅能饮酒否？”

> 来人答曰："必得佳酿，则饮之。"抗笑曰："吾有斗酒，藏之久矣。今付与汝持去，拜上都督：此酒陆某亲酿自饮者，特奉一勺，以表昨日出猎之情。"来人领诺，携酒而去。左右问抗曰："将军以酒与彼，有何主意?"抗曰："彼既施德于我，我岂得无以酬之?"众皆愕然。却说来人回见羊祜，以抗所问并奉酒事，一一陈告。祜笑曰："彼亦知吾能饮乎?"遂命开壶取饮。部将陈元曰："其中恐有奸诈，都督且宜慢饮。"祜笑曰："抗非毒人者也，不必疑虑。"竟倾壶饮之。自是使人通问，常相往来。

羊祜以仁心对待陆抗，陆抗亦是以德报德，赠羊祜佳酿。羊祜开壶取酒欲饮，部下则担心陆抗使诈。羊祜却是非常相信陆抗其人，竟"倾壶饮之"。正是这一壶酒，沟通了羊祜与陆抗的心灵，奠定了二人相互信任的基础，使西晋、东吴的边境暂时安宁，实现了西晋君臣俟东吴有变则乘势攻取的战略。孙皓闻报陆抗在边境与敌相通，罢了陆抗的官，降为司马。孙皓好酒，每宴群臣，必令沉醉，且荒淫残暴，以至国事日非，民怨鼎沸。晋武帝瞅准时机，令镇南大将军杜预、龙骧将军王濬等出兵伐吴，一战而胜，从此三分归于一统。羊祜得陆抗馈赠之酒，虽是一人独饮于襄阳，却遥遥呼应了开篇的刘、关、张三人的桃园之宴会，充分体现了酒在小说整体结构中的重要作用。

在三国重大历史事件或历史场景的转换中，酒成为作者信手拈来的转换剂。董卓作乱，迁都长安，专擅朝政。十八路诸侯讨伐，却因各打各的算盘无功而返。当此之时，司徒王允决心除掉董卓，却一时无计可施。府中歌妓貂蝉深明大义，表示愿为之分忧，虽万死而不辞。于是，王允收貂蝉为义女，利用貂蝉，巧施连环计，离间董卓与吕布的关系，借吕布之手除掉了董卓，完成了由董卓之乱向诸侯割据局面的转换。在这一重大的历史转换中，酒成为作者笔下推动重大历史转换的转换剂。首先是王允设家宴，宴请吕布。酒至半酣，王允唤貂蝉进来劝酒：

> （王允）便命貂蝉与吕布把盏。貂蝉送酒与布，两下眉来眼去。允佯醉曰："孩儿央及将军痛饮几杯。吾一家全靠着将军哩。"布请貂蝉坐，貂

蝉假意欲入。允曰："将军吾之至友，孩儿便坐何妨。"貂蝉便坐于允侧，吕布目不转睛地看。又饮数杯，允指蝉谓布曰："吾欲将此女送与将军为妾，还肯纳否?"布出席谢曰："若得如此，布当效犬马之报!"允曰："早晚选一良辰，送至府中。"布欣喜无限，频以目视貂蝉，貂蝉亦以秋波送情。

完成第一计之后，王允又请董卓赴家宴，重施故技，于酒酣之时，请董卓入后堂，出家乐款待。貂蝉在帘栊之外，婉转歌喉，翩翩起舞，惹得好色的董卓心里痒痒。王允把握好火候，适时让貂蝉入见董卓，为董卓把盏。董卓见貂蝉有倾国倾城之貌，早已心旌摇曳。王允不失时机地表示愿将貂蝉献于太师，董卓大喜，再三称谢。于是王允就将貂蝉用毡车送至太师府，完成了第二计。两计既成，王允接着施行离间计，离间吕布和董卓的关系。他巧妙应对吕布的质问，把吕布的怨气引向董卓。而在太师府的貂蝉也施展手段，尤其是凤仪亭与吕布私会，把对吕布的思恋，对董卓的怨恨表现得恰到好处，令吕布转恨董卓。而董卓撞破吕布私会貂蝉之局后，掷戟欲杀吕布，使这对曾经因共同利益而结成的义父子关系瞬间破裂。在董卓带貂蝉去嵋坞享乐之后，小说写了王允与吕布相会的场面：

车已去远。布缓辔于土岗之上，眼望车尘，叹惜痛恨。忽闻背后一人问曰："温侯何不从太师去，乃在此遥望而发叹?"布视之，乃司徒王允也。相见毕，允曰："老夫日来因染微恙，闭门不出，故久未得与将军一见。今日太师驾归郿坞，只得扶病出送，却喜得晤将军。请问将军，为何在此长叹?"布曰："正为公女耳。"允佯惊曰："许多时尚未与将军耶?"布曰："老贼自宠幸久矣!"允佯大惊曰："不信有此事!"布将前事一一告允。允仰面跌足，半晌不语。良久，乃言曰："不意太师作此禽兽之行!"

王允假作不知，一脸无辜，得吕布详告，"仰面跌足，半晌不语"，很久才说了一句"不意太师作此禽兽之行"！把自己暗中设局的事全部掩饰过去。他还邀吕布到府上，又摆了一场私宴，再次离间吕布和董卓的关系："太师淫吾之女，夺将军之妻，诚为天下耻笑。非笑太师，笑允与将军耳！然允老迈无能之辈，不足为道；可惜将军盖世英雄，亦受此污辱也！”几句话就把吕布的火点了起来，惹得吕布当场表示“誓当杀此老贼，以雪吾耻”！三场酒宴下来，王允的连环计已经奏效。后来吕布配合王允等大臣，设计把董卓骗回长安，亲手杀了董卓。可以说，王允的三场宴会结束了董卓之乱，完成了汉末历史由董卓之乱向诸侯割据的历史转换。

在故事情节的推进中，酒的作用同样十分重要。仍以“群英会蒋干中计”为例略作分析。蒋干要去江东做说客，表示要凭三寸不烂之舌说服周瑜归顺曹操，曹操非常高兴，设宴为蒋干饯行。周瑜闻报蒋干来江东，已知其意，遂精心为蒋干设置一局，打算借蒋干之手，除掉曹操手下擅长水战的将领蔡瑁和张允。在这样一个故事情节中，酒成了周瑜手中至关重要的武器。他一见蒋干，立刻说破其来江东的目的，逼得蒋干矢口否认，然后才召集江东英杰与蒋干相见，摆开盛大宴席，招待蒋干，并解下佩剑，让太史慈监酒，说：“今日宴饮，但叙朋友交情。如有提起曹操与东吴军旅之事者，即斩之！”他当众表示：“吾自领军以来，滴酒不饮。今日见了故人，又无疑忌，当饮一醉！”席间，趁众将杯觥交错之际，他携蒋干之手而出，让蒋干见识一下东吴将士威武雄壮的风采，并再次申言：“大丈夫处世，遇知己之主，外托君臣之义，内结骨肉之恩，言必行，计必从，祸福共之。假使苏秦、张仪、陆贾、郦生复出，口似悬河，舌如利刃，安能动我心哉！”他的话实际上是借古人说当下，让蒋干闭嘴。蒋干闻言，吓得面如土色。然后，周瑜携蒋干之手，重新入席，继续饮酒，一直喝到天晚，喝至深夜。直到蒋干自称不胜酒力，周瑜才下令撤席。但因饮酒而演出的一出精彩好戏至此才刚刚开始。周瑜当晚与蒋干同榻而眠，却装作喝醉了酒，借醉酒专门为蒋干演了一场好戏：

（周瑜）于是佯作大醉之状，携干入帐共寝。瑜和衣卧倒，呕吐狼藉。蒋干如何睡得着？伏枕听时，军中鼓打二更，起视残灯尚明。看周瑜时，鼻息如雷。干见帐内桌上，堆着一卷文书，乃起床偷视之，却都是往来书信。内有一封，上写“蔡瑁张允谨封”。干大惊，暗读之，书略曰：“某等降曹，非图仕禄，迫于势耳。今已赚北军困于寨中，但得其便，即将操贼之首，献于麾下。早晚人到，便有关报。幸勿见疑。先此敬覆。”干思曰：“原来蔡瑁、张允结连东吴！”遂将书暗藏于衣内。再欲检看他书时，床上周瑜翻身，干急灭灯就寝。瑜口内含糊曰：“子翼，我数日之内，教你看操贼之首！”干勉强应之。瑜又曰：“子翼，且住！教你看操贼之首！”及干问之，瑜又睡着。干伏于床上，将近四更，只听得有人入帐唤曰：“都督醒否？”周瑜梦中做忽觉之状，故问那人曰：“床上睡着何人？”答曰：“都督请子翼同寝，何故忘却？”瑜懊悔曰：“吾平日未尝饮醉。昨日醉后失事，不知可曾说甚言语？”那人曰：“江北有人到此。”瑜喝：“低声！”便唤：“子翼！”蒋干只装睡着。瑜潜出帐。干窃听之，只闻有人在外曰：“张、蔡二都督道：急切不得下手……”后面言语颇低，听不真实。少顷，瑜入帐，又唤：“子翼！”蒋干只是不应，蒙头假睡。

周瑜假醉真演戏，蒋干清醒却是真糊涂，没有看出周瑜是在演戏给他看，反而以为偷看偷听到周瑜的许多军事机密，于是五更即起，急忙赶回江北，向曹操报告周瑜的军事机密，把偷得的蔡瑁、张允给周瑜的书信交给曹操，曹操一时气恼，就把水军将领蔡瑁、张允杀了。后来虽然明白中了周瑜的离间计，但后悔已经来不及了。

在“群英会蒋干中计”这一故事中，其情节发展与酒密不可分。蒋干欲赴江东，曹操为之饯行；蒋干一到江东，周瑜就设宴为其接风。这场接风酒，周瑜等东吴将领喝得有滋有味，蒋干却因找不到劝说周瑜的机会而喝得兴味索然。这场酒从白天喝到深夜，喝得尽兴，喝得热闹。周瑜也一改往日滴酒不沾的习惯，一边饮酒，一边放歌。他的精彩表演，他的“大醉之状”，瞒过了老同学，让蒋干以为他真的醉了，这才有了蒋干二更时分起身，偷看周瑜来往信件，盗取蔡瑁、张允给周瑜的“机密书信”；有了四更时分周瑜“醉”中被人唤醒，“梦中做忽觉之状”，有了周瑜的懊悔之语，有了周瑜帐外与来人低声交谈；有了五更时分蒋干潜身出帐，一人赶到江边上船，“飞棹回见曹操”，有了曹操立斩蔡瑁、张允。至此，周瑜精心设计的“饮酒”之局圆满结束。

清人毛宗岗对“群英会蒋干中计”有很精彩的评价，他说：“周瑜诈睡是骗蒋干，蒋干诈睡又骗周瑜；周瑜假呼蒋干，是明知其诈睡；蒋干不应周瑜，是不知其诈呼。周瑜之醉，醉却是醒；蒋干之醒，醒却是梦。妙在先说破他是说客，使他开口不得；又妙在说他不是说客，一发使他开口不得。妙在梦中呼子翼、骂操贼，使他十分疑惑；又妙在醒来忘却呼子翼、骂操贼，一发使他十分疑惑。周瑜假作极疏，却步步是密；蒋干自道极乖，却步步是呆。写来真是好看！”[①]“群英会”之所以写得如此曲折起伏、波谲云诡、引人入胜，固然得力于作者高超的叙事艺术，但同样离不开对以酒来推进故事情节的巧妙运用。如果没有饮酒、醉酒，周瑜的各种诈和各种计谋，都无从施展，就不会有这么一篇令人拍案叫绝的故事。

中国是酒的发源地，酒文化十分丰富。《三国演义》作为一部长篇历史小说，在演绎三国治乱分合的历史进程时，适时适处融入了中国的酒文化，使中国古代丰富的酒文化在小说中得到充分表现，让人们在读小说的同时，也分享和了解了中国的酒文化，对中国的酒文化有了初步的认识。同时，小说以酒来写历史，以酒来写故事，以酒来写人物，以酒来塑造人物形象、刻画人物性格、推进故事情节，甚至以酒来连缀复杂的情节结构，凸显出中国酒文化在文学领域的重要地位。在《三国演义》中，酒文化与三国历史、三国人物、三国故事，酒文化与小说创作已经浑然一体，让读者在读小说的同时，不由自主地分享着中国的酒文化，感受小说的精彩和中国酒文化的深邃。

---

① 〔清〕毛宗岗评点《三国演义》第四十五回回评。

《三国演义》的决策理论与实践

领导的核心问题是决策。一种工作，一项事业，能否实现预期的目的，关键在于决策。决策正确，事情至少成功了一半；决策错误，则所有的努力都将付诸流水，甚至会收到相反的效果。所以，我们研究现代领导艺术，不能不首先给决策以高度的重视。何谓决策呢？游伯龙、黄书德二位先生认为："所谓决策，就是对将要进行的重要问题或将要从事的重要工作，在多方案、多准则、多现象、多喜好的情况下，做出审慎的选择或决定。"（《知人与决策》）这是一种现代意味的表达。《三国演义》中，所谓的决策就是在总体目标或全局需要的支配下，对某些重大问题进行可行性分析论证，进而做出选择和决定的过程。我们认为，《三国演义》中许多重大问题的决策是一种变化着的动态过程，曹操、刘备、孙权等领袖人物此时此地对某一重大问题做出的决策，由于影响决策的各种相关因素发生了变化，在彼时彼地不得不做出某种修正和变动，这就使决策成为一种变化着的动态过程。本文旨在宏观地研究和探讨《三国演义》的决策理论和实践，追求总体把握，而不把重点放在这样一种动态过程的表述上。

一、知己知彼：决策的必要前提

倘要决策，必须对敌我双方的各种相关因素有一种深层次地了解和把握，用今天通行的话说，就是要了解和把握有可能影响决策的敌我双方的各种信息，这是进行决策的必要前提。

先看一看曹操黎阳拒袁绍的决策过程。袁绍传檄各地讨伐曹操，继而起精兵三十万，进军黎阳。消息传到许都，时曹操正患头风，读陈琳所作檄文，毛骨悚然，出了一身冷汗，头风顿愈，便一跃而起，聚众谋士商议迎敌。孔融以为“袁绍势大，不可与战，只可与和”。荀彧以为不然，问道：“袁绍无用之人，何必议和?”孔融说：“袁绍土广民强，其部下如许攸、郭图、审配、逢纪皆智谋之士，田丰、沮授皆忠臣也，颜良、文丑勇冠三军，其余高览、张郃、淳于琼等俱世之名将，何谓绍为无用人乎?”孔融掌握的敌方信息虽然带有浓厚的感情色彩，但多属实。袁绍据有冀州，土广民强，且多慷慨悲歌之士。孔融对袁绍部下谋士和武将的评价，也都比较合乎实际。然而，孔融是知彼之长，不知彼之短。荀彧则补充了这方面信息的欠缺，他认为：“绍兵多而不整，田丰刚而犯上，许攸贪而不智，审配专而无谋，逢纪果而无用：此数人者，势不相容，必生内变；颜良、文丑，匹夫之勇，一战可擒。其余碌碌等辈，纵有百万，何足道哉?”清人毛宗岗于此评论道：“历诋众谋士之短，俱确中其病。可见知己知彼，不独能知彼之主，亦能知彼之辅也。”知己知彼，是决策的必要前提。知己而不知彼，就无法做出正确的决策；不知己又不知彼，那就如盲人摸象，根本拿不出有实际意义的决策。听到二人的议论，曹操对袁绍一方的形势有了较为准确的了解与把握，于是大笑道：“皆不出荀文若之料。”遂用前军刘岱、后军王忠引五万兵马，打着“丞相”旗号，去徐州攻刘备，自引大军二十万进驻黎阳。两军相隔八十里，深沟高垒，相持不战，达两月之久。原来，袁绍部下谋士不和，各怀私心，互相掣肘，不图进取。袁绍亦心怀疑惑，不思进兵。曹操就令曹仁总督大军，屯于官渡，自引一军，径回许都，把三十万袁绍大军置于一边。

这里，我们不妨再看一看曹操当初决策破吕布时的情形。曹操攻张绣，荀彧探知袁绍欲兴兵犯许都，星夜驰书报曹操。曹操闻许都危急，勒兵而回。曹操回师许都这一消息，则及时被袁绍的密探探听到，传递给袁绍。袁绍知曹操已回师许都，而大军已准备出动，袁绍只好找了个借口，说欲进攻公孙瓒。袁绍的这些小动作，当然瞒不过曹操及其帐下的高级谋士。郭嘉入见曹操，并袖出一书，说："袁绍使人致书丞相，言欲出兵攻公孙瓒，特来借粮借兵。"曹操说："吾闻袁绍欲图许都。今见吾归，又别生他议。"曹操读袁绍书信，见其词甚傲慢，问郭嘉："袁绍如此无状，吾欲讨之，恨力不及，如何？"根据平时对袁绍的了解，郭嘉表明了自己对袁绍的看法："刘、项之不敌，公所知也。高祖惟智胜，项羽虽强，终为所擒。今绍有十败，公有十胜。绍兵虽盛，不足惧也。绍繁礼多仪，公体任自然，此道胜也；绍以逆动，公以顺率，此义胜也；桓灵以来，政失于宽，绍以宽济，公以猛纠，此治胜也；绍外宽内忌，所任多亲戚，公外简内明，用人唯才，此度胜也；绍多谋少决，公得策辄行，此谋胜也；绍专收名誉，公至诚待人，此德胜也；绍恤近忽远，公虑无不周，此仁胜也；绍听谗惑乱，公浸润不行，此明胜也；绍是非混淆，公法度严明，此文胜也；绍好为虚势，不知兵要，公以少克众，用兵如神，此武胜也。公有此十胜，于以败绍无难矣。"这就是著名的"十胜十败"之论。郭嘉知己知彼，料敌如见，说得曹操心花怒放。曹操原只知袁绍实力远胜于己，虽欲征伐，但恨实力不及。今听郭嘉详细分析袁绍方面的情况，对彼方己方形势了如指掌，遂笑着说："如公所言，孤何足以当之？"他以为郭嘉高估了己方的形势。荀彧以为不然，他当即表示同意郭嘉的"十胜十败"之论："郭奉孝十胜十败之说，正与愚见相合。绍兵虽众，何足惧耶？"郭嘉、荀彧是曹操手下两个最重要的谋士，十分熟悉曹操和袁绍双方的情况，他们不单纯看实力如何，而是全面考虑各种因素，作通盘考虑。尽管他们认为可胜袁绍，但并不主张立即征讨袁绍，而是建议曹操乘袁绍攻公孙瓒之机先消灭吕布，扫平东南。郭嘉认为："徐州吕布，实心腹大患。今绍北征公孙瓒，我当乘其远出，先取吕布，扫除东南，然后图绍，乃为上计。否则，我方攻绍，布必乘虚来犯许都，为害不浅也。"毛宗岗于此评论说："敷陈十胜十败之后，读者必将谓攻绍矣，乃忽欲舍而攻布，殊出意外。"

其实，郭嘉的十胜十败之论虽然是针对袁绍方面而言，实际上却是要解除曹操对袁绍的顾忌，让曹操放心地去消灭吕布，扫除东南。曹操对袁绍方面的情况有了全面的了解，悬着的心放了下来，遂决定东征吕布。

怎样决策，《三国演义》并没有给以理论的说明，但是，从《三国演义》描述的一件件重要的事情和一次次大的战役中不难看出，对敌我双方各种相关信息的把握和了解，是决策者进行决策的必不可缺的前提。了解和把握彼此各相关的信息之后，决策者就利用他的智囊团，在分析处理各种信息的基础上进行比较选择，综合论证，进而做出正确的决策。这就引出了《三国演义》决策理论与实践的第二个重要问题：可行性分析。

二、可行性分析：决策的关键环节

了解和把握各种相关信息，是决策的第一步，还必须对各种相关信息进行分析处理，找出可能影响决策者进行决策的因素，进行可行性分析。这是决策的关键环节，没有这个环节，各种相关信息就不能变成有价值的东西，当然也就没有选择优化方案的决定性环节了。

《三国演义》中的曹操、刘备、孙权等决策者对可行性分析这一关键环节十分重视。他们在获得了各种相关信息之后，亲自组织智囊团对某一重大问题或重大事件进行可行性分析研究，从不放过可能发生意外的任何一个细节。这里我们姑且以赤壁之战孙权决策拒曹为例，分析一下可行性分析在《三国演义》的决策理论与实践中的重要地位。

孙权屯兵柴桑，闻曹操大军至襄阳，刘琮举众而降，曹操又星夜兼道取江陵，知其意在图取江南，遂聚众谋士商议守御之策。鲁肃道：“荆州与国邻接，江山险固，士民殷富，吾若据而有之，此帝王之资也。今刘表新亡，刘备新败，肃请奉命往江夏吊丧，因说刘备，使抚刘表众将，同心一意，共破曹操。备若喜而从命，则大事可成矣。”鲁肃首先分析荆州形势，认为“若据而有之”，则可成帝王之业。因此，他建议孙权联合刘备共破曹操，然后取荆州以称霸天下。

这正是按照他的“榻上策”，为孙权谋划抗曹事宜的。所以，孙权听后十分高兴，即遣鲁肃赍礼往江夏吊丧。鲁肃从荆州回，孙权即将曹操檄文传示鲁肃，原来是曹操约孙权共伐刘备。鲁肃问道：“主公尊意如何？”孙权说：“未有定论。”这时，张昭等一班谋士都劝孙权降曹操。孙权不愿降，却又恐曹操势大难以抵敌。鲁肃引孔明见孙权。孔明先是智激孙权，当孙权表示决心抗曹时，孔明则以真言相告，陈述抗曹的可行性：豫州虽新败，然关云长犹率精兵万人，刘琦领江夏战士亦不下万人。曹操之众，远来疲惫。近追豫州，轻骑一日夜行三百里，此所谓“强弩之末，势不能穿鲁缟者也”。且北方之人，不习水战。荆州士民附曹者，迫于势耳，非本心也。今将军诚能与刘豫州协力同心，破曹军必矣。操军破，必北还，则荆、吴之势强，而鼎足之形成矣。成败之机，在于今日，惟将军裁之。诸葛亮的可行性分析着眼于三点：一是刘备虽败，但仍有相当的实力；二是曹操实力虽强，但已是强弩之末，且北方士卒不习水战，荆州士民迫于形势而降曹操；三是孙刘联合。诸葛亮的可行性分析着重在第三点，他清楚地知道，在当时的情况下，只有孙刘双方合力才能与曹操抗衡。孙权听到诸葛亮的分析，茅塞顿开，当即表示“即日商议起兵，共破曹操”。然而，诸葛亮是刘备的军师，而不是孙权的谋士，尽管诸葛亮的可行性分析入情入理，足以服人，并且孙权也已表示决心抗曹，但孙权毕竟放心不下，他的一帮谋士除鲁肃外都劝他投降曹操。他信服诸葛亮的分析，但信心不足，故犹豫不决，寝食不安。这时，忽报周瑜回到柴桑，孙权即聚众文武商议对策。孙策临死曾嘱孙权“外事不决，可问周瑜”。今周瑜已回，孙权就把决策的希望寄托在周瑜身上，对周瑜说：“连日议此事，有劝我降者，有劝我战者，吾意未定，请公瑾一决。”周瑜虽胸有成竹，但并不急于说出自己的打算，而是先驳张昭等人的投降之论：“此迂儒之论也！江东自开国以来，今历三世，安忍一旦废弃？”孙权问：“若此，计将安出？”周瑜继而进行可行性分析，他的分析着眼于两点，一是就道义而言：“操虽托名汉相，实为汉贼。将军以神武雄才，仗父兄余业，据有江东，兵精粮足，正当横行天下，为国家除残去暴，奈何降贼耶？”以大义论之，曹操可伐不可降。以大势论之，周瑜认为曹操犯了兵家四忌："北土未平，马腾、韩遂为其后患，而操久于南征，一忌也；北军不熟水战，操舍鞍马仗舟楫，与东吴争衡，二忌也；又时值隆冬盛寒，马无藁草，三忌也；驱中国士卒，远涉江湖，不服水土，多生疾病，四忌也。"从道义和兵势而论，曹操皆可伐不可降，故周瑜断言："操兵犯此数忌，虽多必败。将军擒操，正在今日！"周瑜的可行性分析，说得孙权矍然而起，表示"孤与老贼誓不两立"！并拔佩剑砍面前奏案一角，对众文武说："诸官将有再言降操者，与此案同！"遂将剑赐予周瑜，封周瑜为大都督，众文武如有不听号令者，即可先斩后奏。周瑜回到住处，请诸葛亮商议，他说："今日府下公议已定，愿求破操良策。"诸葛亮说："孙将军心尚未稳，不可以决策也。"周瑜问道："何谓心不稳？"诸葛亮答道："心怯曹兵之多，怀寡不敌众之意。将军能以军数开解，使其了然无疑，然后大事可成。"周瑜即面见孙权说："来日调拨军马，主公心有疑否？"孙权只是担心曹操实力强大，东吴兵马有限，难以抵敌。周瑜遂将他掌握的敌方兵力的情况告诉孙权，以释孙权之虑。他说："主公因见操檄文，言水陆大军百万，故怀疑惧，不复料其虚实。今以实较之，彼将中国之兵不过十五六万，且已久疲。所得袁氏之众，亦止七八万耳，尚多怀疑未服。夫久疲之卒，狐疑之众，其数虽多，不足畏也。吾得兵五万，自足破之。愿主公勿以为虑。"周瑜对曹操兵力的分析，也是一种可行性分析。曹操兵马虽多，但都是疲惫狐疑之众；东吴兵力虽不如曹操，但士气旺盛，同仇敌忾，足可以一当十。周瑜关于道义、大势、兵力这三种可行性的分析，使孙权完全放心了。孙权告诉周瑜："卿前军尚不如意，便还就孤，孤当亲与操贼决战，更无他疑。"至此，孙权抗曹的决心已坚定不移。

可行性分析是决定做不做某件事情的关键。做有什么好处，不做有什么坏处，是做有利，还是不做有利，都只有通过可行性分析才能看出来。从这种意义上说，可行性分析也是一种功利性的分析。它只决定干与不干，而不能决定怎么干，怎么干是决策的决定性环节，是决策的最后步骤。

三、优化选择：决策的决定性环节

怎么干的问题，实际上是选择优化方案的问题。既已决定要干某件事情，剩下来的就是如何干的问题。如果事情比较简单，且对全局无大的影响，选择优化方案的问题也就比较简单，因为可供选择的方案可能是单项的，也可能是双项的，而出现多项的情况则不多。但如果是重大事情和问题，可变因素较多，可供选择的方案相应地也就增加，甚至很可能是变量。在这种情况下，选择优化方案对决策者来说就是至关重要的了。

曹操、刘备、孙权都是开明之主，在重大问题和事件的决策上，为争取在复杂的政治、军事、外交斗争中牢牢掌握主动权，减少失误，避免受挫，他们都十分重视选择优化方案。他们重视谋士的作用，注意发挥谋士们的聪明才智，依靠他们进行优化选择。他们各自的总体战略决策，就是谋士们优化选择的结果。

曹操自陈留起兵，多历战阵，招安黄巾起义军三十余万，择其精锐，号为“青州兵”。自是以后，曹操成了诸侯逐鹿中原的一股不可小视的力量。刘备领徐州牧，曹操欲出兵伐之。荀彧劝说：“昔高祖保关中，光武据河内，皆深根固本以制天下，进足以胜敌，退足以坚守，故虽有困，终济大业。明公本首事兖州，……去本而求末，以安而易危也。愿熟思之。”曹操采纳了荀彧这种深根固本的良策，扩大实力，愈来愈强。汉献帝被李傕、郭汜劫持，敢怒不敢言。太尉杨彪、大司农朱俊暗奏献帝：“今曹操拥兵二十余万，谋臣武将数十员。若得此人扶持社稷，剿除奸党，天下幸甚！”后来，李、郭二人发生内讧，让天子蒙尘。杨彪又奏闻献帝：“前蒙降诏，未曾发遣。今曹操在山东，兵强将盛，可宣入朝，以辅王室。”这时，曹操正在山东，听说汉献帝已回洛阳，聚众谋士商议。荀彧献策说：“昔晋文公纳周襄王，而诸侯服从；汉高祖为义帝发丧，而天下归心。今天子蒙尘，将军诚因此时首倡义兵，奉天子以从众望，不世之略者也。若不早图，人将先我而为之矣。”曹操有王霸之志，荀彧建议他“奉天子以从众望”，这正是曹操实现王霸之志的好途径。故曹操大喜，先移师洛阳，采纳董昭“移驾幸许都为上策”的建议，迎汉献帝至许都。至此，曹操的总体战略决策已经形成，这就是占据兖州，立足许都，深根固本，挟天子以令诸侯，进而统一天下。曹操的总体战略决策有一个形成的过程，曹操的优化选择，也是在这一个过程中进行的。之后，曹操就按照这一战略决策的要求，平定北方，稳固后方，进而南征刘表，西伐张鲁，成一方霸业。

孙权和刘备的优化选择都是一次完成的。孙权承父兄基业，掌汉东之事，但他并不满足于偏安一隅，而是思桓文之事，欲成霸业。他先问计于周瑜：“今承父兄之业，将何策以守之?”周瑜让他求高明远见之人为辅，并推荐鲁肃。孙权即令周瑜往聘鲁肃。鲁肃至，孙权十分尊礼他，与之谈论，终日不倦。一日，众官皆散，孙权留鲁肃共饮，至晚同榻抵足而卧。夜半，孙权问鲁肃：“方今汉室倾危，四方纷扰。孤承父兄余业，思为桓文之事，君将何以教我?”鲁肃先分析天下大势：“昔汉高祖欲尊事义帝而不获者，以项羽为害也。今之曹操可比项羽，将军何由得为桓、文乎?肃窃料汉室不可复兴，曹操不可卒除。”接着，鲁肃说出了自己的战略设想：“为将军计，唯有鼎足江东，以观天下之衅。今乘北方多务，剿除黄祖，进伐刘表，竟长江所极而据守之。然后建号帝王，以图天下。此高祖之业。”孙权占江东地利，故鲁肃让他鼎足江东以观天下之衅，但仅有江东不足成大业，还必须据有荆襄，竟长江所极而据守之。凭借长江天险，保守半壁河山，而后图取天下。鲁肃的战略设想是因地利而言，与荀彧“奉天子以从众望”的依靠天时的设想大不相同。鲁肃的战略设想，实际上成了孙权的战略决策。孙权严守这样一种战略决策，先取荆州，不意却被曹操捷足先登。赤壁之战后，荆州为刘备所得。孙权则处心积虑地夺取荆州，而后是坐观天下之衅。

刘备的优化选择虽然也是一次完成的，但与孙权不同。孙权是据有江东之后决定其总体战略决策的，刘备则是在尚无立足之本的时候完成的。刘备依附刘表，占有新野弹丸之地，虽志存天下，却是无能为力。后来，他得司马徽和徐庶的推荐，三赴隆中，请诸葛亮出山相辅。前两次不遇而返，第三次乃见。刘备竭诚相请，求诸葛亮“不弃鄙贱，曲赐教诲”。诸葛亮只是谦逊推辞。刘备再次请求：“大丈夫抱经世奇才，岂可空老于林泉之下？愿先生以天下苍生为念，开备愚鲁而赐教。”诸葛亮见刘备以天下苍生为辞请求出山，遂笑着说：“愿闻将军之志。”这是一种试探，是闻其志观其人。刘备移坐促席而告之：“汉室倾颓，奸臣窃命。备不量力，欲伸大义于天下，而智术浅短，迄无所就。唯先生开其愚而拯其厄，实为万幸！”诸葛亮知刘备志在匡复，遂开诚相见，为其筹划。诸葛亮亦是先从天下大势入题。他认为曹操拥百万之众，挟天子以令诸侯，其势难与争锋；孙权承父兄基业，国险民附，“可用为援而不可图”。可取的乃是荆、益二州：荆州北据汉、沔，利尽南海，东连吴会，西通巴蜀，正是用武之地；益州险塞，沃野千里，天府之国，可为安身立命之本。诸葛亮分析了天下大势之后，便将自己的设想和盘托出：“将军既帝室之胄，信义著于四海，总揽英雄，思贤如渴，若跨有荆、益，保其岩阻，西和诸戎，南抚彝越，外结孙权，内修政理，待天下有变，则命一上将将荆州之兵以向宛、洛，将军身率益州之众以出秦川，百姓有不箪食壶浆以迎将军者乎？诚如是，则大业可成，汉室可兴矣。此亮所以为将军谋者也，唯将军图之。”接着，他对自己的战略设想作了直观的表述，他手指西川五十四州地理图对刘备说：“将军欲成霸业，北让曹操占天时，南让孙权占地利，将军可占人和。先取荆州为家，后即取西川建基业，以成鼎足之势，然后可图中原也。”刘备听后，避席拱手而谢道：“先生之言，顿开茅塞，使备如拨云雾而睹青天。”诸葛亮这种战略设想，是建立在可行性分析之上的优化选择的结果。以刘备当时的处境和实力而论，这已是最佳战略设想了。刘备竭尽全力且又不犯战略错误方能实现这种战略设想，他必须实现这种战略设想，否则就无立身之地。诸葛亮出山，后来就是按照这样一种先已制订好的战略决策行事的。然而，由于关羽大意失荆州，刘备也就失去了“命一上将将荆州之兵以向宛、洛”的机会，鼎足之业虽成，汉室终未能再兴。

《三国演义》的决策理论与实践，充分表现在战略战役决策中，这与《三国演义》描述和再现三国时期政治、军事、外交（尤其是军事）斗争的特点是相吻合的。但是，假如我们能对《三国演义》中的战略与战役决策作广义的理解，即不仅仅把战略战役决策局限在军事或政治斗争上，而把它放在更广阔的层面上，譬如放在各种现代化领导与管理的决策中，那么，《三国演义》的决策理论与实践，必将给我们以新的、有建设意义的启示和借鉴。

（原载《海南大学学报》1988 年第 3 期）

《三国演义》与现代管理研究

《三国演义》蕴含着丰富的管理学思想。当代学者从管理学的角度研究《三国演义》，已经有不少成果。企业界运用《三国演义》的管理思想和管理艺术于企业管理，也有许多成功的范例。在日本，《三国演义》的管理思想与管理艺术运用于企业管理，已经是很普遍的现象。这至少说明，从管理学的角度研究《三国演义》，不论从理论上还是从实践上，都是行得通的。这次讲座选择"《三国演义》与现代管理"作为题目，主要的理由也就在这里。现在，我们转入正题，先看一看现代管理学的基本理论。

一、现代管理学的基本理论

什么是管理学？按照通常的理解，管理学是研究人类管理活动的基本规律和一般方法的科学，是现代社会的产物，是因应工业化大生产的需要而产生的。管理学研究的主要内容是：在现有条件下，如何通过合理的组织和配置人、财、物等生产要素，最大限度地提高工作效率和生产力水平。可见，管理学是通过合理组织和配置生产力要素而提高工作效率和生产力水平的科学。

管理学作为一种科学理论，最早是由西方学者提出的。美国管理学家泰勒（1856—1915）于1911年出版了他的《管理科学原理》，提出了管理学的基本概念：管理就是确切地知道要别人去做什么，并使他用最好的方法去干。正是因为这部著作，泰勒被称为“科学管理之父”。泰勒之后，管理学作为一门科学被人们所承认，并且涌现出法约尔、德鲁克、西蒙等管理学大家。法约尔（1841—1925）是古典管理理论的主要代表人物之一，管理过程学派的创始人。他出生于法国一个中产阶级家庭，于1916年出版了他的管理学代表作《工业管理和一般管理》。他认为，管理是由计划、组织、指挥协调及控制等职能为要素组成的活动过程，并由此成为管理过程学派的创始人。彼得·德鲁克1909年出生于维也纳，祖籍荷兰，现代管理科学的奠基人。他认为，管理是一种以绩效责任为基础的专业职能。先后出版了《管理实践》（1954年）、《技术、管理与社会》（1970年），被管理学界称之为“现代管理之父”“大师中的大师”。美国管理学家、诺贝尔经济学奖得主赫尔伯特·西蒙（1916—2001）则开创了管理学中的决策理论学派。他认为决策贯穿于管理的全过程，管理就是决策，组织就是决策，组织是由作为决策者的个人所组成的系统。他的决策理论，集中反映在其所著《管理决策的新科学》中。现代管理学研究的范畴，主要包括系统管理学，以及涉及行为科学、系统工程、全面关系流管理等理论，其中决策论（Decision Theory）、博弈论（Game Theory）和运筹学（Operations Research）等，是现代管理学的主要理论贡献。

所谓管理，其主要职能就是管人理事和管事理人，具体包括计划、组织、领导和控制四个方面。这四个方面的内容，则同时表现在对生产力、生产关系和上层建筑的管理上。对生产力的管理，就是合理而科学地配置、调度和使用生产要素，以求取得最佳的经济社会效益；对生产关系的管理，就是组织、处理、协调和激励各社会组织和个人的积极性和创造力，为实现组织目标而服务；对上层建筑的管理，就是巩固和完善建立在上述生产力和生产关系之上的上层建筑，从而维持既有的生产关系，促进生产力的发展。从这个意义上说，管理学与上层建筑的关系十分密切。对生产力的管理是基础，对生产关系的管理是关键，而通过对生产力和生产关系的管理，进一步巩固和完善上层建筑，从而促进生产力的发展，维护既有的生产关系，则是管理的终极目的。

如果以泰勒的《管理科学原理》作为现代管理学出现的标志，那么，现代管理学已经经历了一百多年的发展。从其发展历程来看，现代管理学呈现出从科学管理→艺术管理→人本管理的发展趋势，而管理内容则表现出从硬管理→软管理的发展趋势。进入21世纪之后，现代管理学的这些趋势不仅仍在延续，而且越来越明显，越来越强烈。

二、从《三国演义》看管理学现象和原则

《三国演义》是一部描写三国风云变幻的长篇历史小说，战争与外交占了小说的大部分篇章。而这些内容实际上都与现代管理学有许多相通之处，许多事件与现代管理学现象和原则不谋而合。下面，我们就把现代管理学现象和原则同《三国演义》中的具体事件结合起来看一看，从中感悟一下《三国演义》反映出来的管理学思想。

（一）在适当的时候做正确的事情，才能在竞争中胜出

三国时期，天下大乱，豪强并起，逐鹿中原。但竞争的结果，是魏、蜀、吴三足鼎立。这一时期的竞争局面，非常适用于英国科学家、进化论奠基人罗伯特·达尔文所说的丛林法则。所谓丛林法则，就是达尔文所说的自然界生物学方面的物竞天择、适者生存、优胜劣汰、弱肉强食的法则。在非洲大草原上，种类繁多的动物只有两大类，一类是食草的，一类是食肉的，食肉动物处于食物链的顶端，食草动物处于中间。这两种动物哪一种过得更安逸、更舒适呢？显然是食肉动物，狮子在一天中的大部分时间里都在睡觉休息，用于捕猎的时间很少，因为肉类营养丰富，热量高，吃一顿能顶好几天。而那些食草动物，特别是那些体型大一些的，则是一天中大部分时间都在进食，否则就满足不了身体的需要。食草动物辛辛苦苦吃了半天，好不容易长了一点肉，最后弄不好还成了狮子、猎豹、鬣狗的盘中餐。这就是丛林法则中最基本的一点：弱肉强食。但在食肉动物之间还有另外一套规则，就是划分势力范围，依体型的大小和在群体中的地位来决定进食的顺序。在食肉动物之间为争夺势力范围，消灭

潜在的对手，提升自己在群体中的地位而获得优先进食的权力，也会发生争斗，但这种争斗与食肉动物和食草动物之间的矛盾是两类不同性质的矛盾。狮子再强壮，它也不会去主动攻击鬣狗，除非鬣狗对它产生了重大威胁。因为鬣狗也有利齿，有自卫的能力。势力范围的划分，实际上也是优胜劣汰、弱肉强食的结果。在《三国演义》中，三国鼎立局面的出现，三国势力范围的划分，与丛林法则中的优胜劣汰、适者生存的法则不谋而合。关于这一点，可以从诸葛亮的“隆中对”和鲁肃的“榻上策”得到证明。

诸葛亮的“隆中对”就是一篇物竞天择、适者生存的对策文。其“自董卓已来，豪杰并起，跨州连郡者不可胜数”之语，等于是说当时天下大乱的局面如同一个弱肉强食的角斗场。而“曹操比于袁绍，则名微而众寡。然操遂能克绍，以弱为强者，非惟天时，抑亦人谋也。今操已拥百万之众，挟天子而令诸侯，此诚不可与争锋。孙权据有江东，已历三世，国险而民附，贤能为之用，此可以为援而不可图也”一段话，划出的两个势力范围区，一个为曹操所有，一个为孙权所占，显然符合优胜劣汰、适者生存的法则。至于“荆州北据汉、沔，利尽南海，东连吴会，西通巴、蜀，此用武之国，而其主不能守，此殆天所以资将军，将军岂有意乎？益州险塞，沃野千里，天府之土，高祖因之以成帝业。刘璋暗弱，张鲁在北，民殷国富而不知存恤，智能之士思得明君。将军既帝室之胄，信义著于四海，总揽英雄，思贤如渴，若跨有荆、益，保其岩阻，西和诸戎，南抚夷越，外结好孙权，内修政理；天下有变，则命一上将将荆州之军以向宛、洛，将军身率益州之众出于秦川，百姓孰敢不箪食壶浆以迎将军者乎？诚如是，则霸业可成，汉室可兴矣”一段话，则是根据刘备当时的情况，为刘备划定的势力范围。换句话说，刘备只能在这一区域生存，并进而称霸这一区域。而汉末大势发展的结果，恰好与此相吻合。

鲁肃的“榻上策”与诸葛亮的“隆中对”有异曲同工之妙。早在建安五年，鲁肃初归孙权，孙权问计的时候，鲁肃就为孙权分析天下大势，以为“昔高帝区区欲尊事义帝而不获者，以项羽为害也。今之曹操，犹昔项羽，将军何由得为桓文乎？肃窃料之，汉室不可复兴，曹操不可卒除”。他同时分析了孙权未来可能的势力范围：“为将军计，惟有鼎足江东，以观天下之衅。规模如此，亦自无嫌。何者？北方诚多务也。因其多务，剿除黄祖，进伐刘表，竟长江所极，据而有之，然后建号帝王以图天下，此高帝之业也。”待建安十二年（207年）刘表死后，鲁肃进一步向孙权献占据荆州、割据江东的思想：“夫荆楚与国邻接，水流顺北，外带江汉，内阻山陵，有金城之固，沃野万里，士民殷富，若据而有之，此帝王之资也。今表新亡，二子素不辑睦，军中诸将，各有彼此。加刘备天下枭雄，与操有隙，寄寓于表，表恶其能而不能用也。若备与彼协心，上下齐同，则宜抚安，与结盟好；如有离违，宜别图之，以济大事。肃请得奉命吊表二子，并慰劳其军中用事者，及说备使抚表众，同心一意，共治曹操，备必喜而从命。如其克谐，天下可定也。今不速往，恐为操所先。”此后东吴局势，正是朝着鲁肃设计的这种割据江东、联合刘备、抗衡曹操的战略发展的。

不论是诸葛亮的“隆中对”，还是鲁肃的“榻上策”，实际上都暗合了所谓的丛林法则，体现了丛林法则的社会属性：在天下大乱，强手争锋之时，唯一可能出现的局面就是物竞天择，就是优胜劣汰、适者生存。这就是丛林法则的社会属性。所谓“物竞”，就是天下纷争的局面；所谓“天择”，就是在正确的时候做出正确的抉择。所谓“适者”，就是能够适应纷争而又能做出正确抉择的人；所谓“生存”，就是要在群雄逐鹿中胜出，其结局就是魏、蜀、吴三国鼎立。从管理学的角度来看，就是要在适当的时机和适合的地点，发挥优势，因势利导，做正确的事情。这实质上也是管理学的要义所在。

（二）总会有人做出可能导致灾难的选择，但必须尽量避免

现代管理学中有一个著名的墨菲定理，其原意是：如果有两种以上选择，其中一种将导致灾难，则必定有人会做出这样的选择。通俗些说，就是事情如果有变坏的可能，不管这种可能性有多小，它总是要发生的。这一定理，是以美国的一名工程师爱德华·墨菲的名字命名的。墨菲曾参加过美国空军1949年进行的MX981实验。美国空军意图通过这种实验来测定人类对加速度的承受极

限。其中一个实验项目是将16个火箭加速度计悬空装置在受试者上方，当时有两种方法可以将加速度计固定在支架上，不可思议的是，有人竟然将16个加速度计全部装在错误的位置。墨菲据此总结出管理学中存在的普遍现象，即如果有两种以上选择，其中一种将导致灾难，则必定有人会做出这样的选择。这样的事情在《三国演义》中多次发生，其中最具典型意义的是失街亭。

街亭位于今甘肃省秦安县龙山脚下的陇城镇，距秦安县城东北40千米。这里是一条宽约2千米、长约5千米的开阔处。由于镇西河谷中龙山雄峙，山高谷深，形势险要，又有清水河挡道，是由长安到天水唯一较坦荡的路径。在汉代，此处就是著名的丝绸之路南大道。历代兵家均视为进可攻、退能守的军事要冲。三国时期，这里成为蜀汉与曹魏争雄的古战场。《三国演义》第九十五回"马谡拒谏失街亭，武侯弹琴退仲达"的故事，就发生在这里。诸葛亮一出祁山，势如破竹。不料想却因街亭之失而功败垂成。司马懿率军出关解祁山之围，背道而行，径取街亭要道，拟截断孔明退兵的咽喉之路。诸葛亮当时正在祁山大寨，闻报大惊。因为街亭虽小，却关系到蜀军几十万人马的安危，于是急忙调度人马，去守街亭。参军马谡自恃熟读兵书，主动请缨，说："某自幼熟读兵书，颇知兵法。岂一街亭不能守耶？"孔明曰："司马懿非等闲之辈，更有先锋张郃，乃魏之名将：恐汝不能敌之。"马谡曰："休道司马懿、张郃，便是曹睿亲来，有何惧哉！若有差失，乞斩全家。"并当场立下军令状。孔明给了马谡二万五千精兵，又派上将王平相助。孔明嘱咐王平："吾素知汝平生谨慎，故特以此重任相托。汝可小心谨守此地：下寨必当要道之处，使贼兵急切不能偷过。安营既毕，便画四至八道地理形状图本来我看。凡事商议停当而行，不可轻易。如所守无危，则是取长安第一功也。戒之！戒之！"二人率兵走后，孔明仍放心不下，又令高翔在街亭东北的列柳城屯扎，令魏延引本部兵马去街亭之后屯扎。

马谡到了街亭，查看地形，笑道："丞相何故多心也？量此山僻之处，魏兵如何敢来！"王平却谨遵孔明教诲，建议"可就此五路总口下寨；却令军士伐木为栅，以图久计"。马谡则坚持在道旁山上屯军。王平则建议屯兵当道，筑起城垣，以防曹军。于是，在如何守街亭的问题上出现了两种选择，一是王平遵孔明嘱咐坚持屯兵要道，修筑城垣；另一则是马谡坚持的屯兵山上。马谡相信兵法所说的“凭高视下，势如劈竹”。王平则担心“魏兵断我汲水之道，军士不战自乱矣”。马谡又引《孙子兵法》“置之死地而后生”驳斥王平，以为“若魏兵绝我汲水之道，蜀兵岂不死战？以一可当百也”。马谡是主将，固执已见，不听王平的劝阻，坚持在山上屯兵，结果导致大军被围困在山上。曹军断了蜀军汲水之路，使蜀军不战自乱，丢失了街亭要道。马谡刚愎自用，不遵孔明教诲，不听王平劝阻，在可能的选择中作了错误的选择，导致街亭要道失守，使得孔明在西城措手不及，不得不弄险，玩起了空城计，侥幸骗过了司马懿，才得以全身而退。马谡守街亭，安营扎寨有多种选择，但他独断专行，听不进不同意见，选择了导致灾难后果的一种方案，致使孔明一出祁山的战果被洗劫殆尽。

与失街亭相似的是夷陵之战。夷陵之战又称彝陵之战、猇亭之战，始于蜀汉章武元年（221年），结束于蜀汉章武二年（222年），是三国时期孙吴和蜀汉为争夺战略要地荆州而进行的一场战争，也是中国古代战争史上一次著名的积极防御的成功战例，与官渡之战、赤壁之战并称为三国史上的三大战役。

刘备为替关羽报仇，置诸葛亮当初制定的东和孙吴的战略于不顾，起倾国之兵讨伐东吴，一路所向披靡。关键时刻，东吴起用年轻的陆逊为都督，迎战蜀军。陆逊上任后，通过对双方兵力、士气以及地形诸条件的仔细分析，指出刘备兵势强大，居高守险，锐气正盛，求胜心切，吴军应暂避锋芒，然后伺机破敌。他耐心说服吴军诸将，果断实施战略退却，一直后撤到夷道（今湖北宜都）、猇亭（今湖北宜都北古老背）一线。然后在那里转入防御，阻击蜀军。并集中兵力，准备相机决战。这样，吴军完全退出了高山峻岭地带，把兵力难以展开的数百里长的山地留给了蜀军。刘备久攻不下，受阻于夷陵，遂选择在沿江两岸依溪傍涧、林木茂盛处安营扎寨。他不顾马良的劝阻，独断专行，选择了在长约几百里夹江地带的茂草丰林中结营扎寨。七十五万大军，在狭长的沿江地带如何展开？倘然有变，该如何应对？已经被胜利冲昏了头脑的刘备，此时已经听不进任何不同意见，而是固执己见。殊不知，他已经在不知不觉中中了陆逊的圈套，给陆逊火烧连营创造了有利条件，也给蜀汉带来了灾难性的后果。蜀汉从此由盛转衰。

从管理学角度看，失街亭和夷陵之战都可以印证墨菲定理。诸葛亮明知马谡志大才疏，善于纸上谈兵，不堪大用，却把守卫街亭的重任交给他。马谡照搬兵书，屯兵山上，欲置之死地而后生，结果却是不战自乱，酿成大祸。夷陵之战的情况与之类似，刘备刚愎自用，听不进不同意见：首先不听众人劝阻，决意为关羽复仇；其次报仇心切，轻敌冒进；再次，不懂兵法，不知如何排兵布阵。所有这些，都决定了刘备必然会作出不理性的选择。而最致命的，是他选择在夹江草茂林丰地带安营扎寨，为陆逊火烧连营创造了条件。同时，夷陵之战也成为蜀汉政权由盛转衰的转折点。从《三国演义》的描写来看，错误的选择似乎是不可避免的。但从管理学的角度来讲，必须尽量避免可能导致灾难的错误选择，否则，后果真的很严重。

（三）没有选择的选择绝不是最佳选择

“霍布森选择”是一个很有意思的故事，说的是1631年，英国剑桥商人霍布森从事马匹生意，他有一个很大的马圈，马圈里的马匹也很多，然而马圈只有一个小门，高头大马出不去，能出来的都是瘦马、赖马、小马。他对来买马的人说，你们买我的马、租我的马都可以，价格也便宜。但是，买马的人左挑右选，不是瘦的，就是赖的，而很难买到真正的好马，因为霍布森只允许人们在马圈的出口处挑选。大家挑来挑去，自以为完成了满意的选择，最后的结果可想而知——买马人都是在矬子里面挑将军。在很小的选择空间里，他们能够作出的选择空间也很小。有了僵化的条条框框，必然导致思维的自我僵化，在这种情况下，想有所创新，就难乎其难了。所以，美国管理学家西蒙称这种没有选择余地的所谓“选择”为“霍布森选择”。霍布森选择是一个小选择，也是假选择。如果管理者用这个别无选择的标准来约束和衡量别人，必将扼杀多样化的思维，从而也扼杀了别人的创造力。作为一个领导者，如果只局限于在自己的小圈子里挑选人才，选来选去，再怎么公平、公开、公正，也只是在小范围的选择，很容易出现“霍布森选择”的局面，结果必然导致“矮子里面挑将军”的现象。在《三国演义》中，类似“霍布森选择”的故事不止一次地出现过，如关羽千里走单骑、华容道捉放曹，都是没有选择的选择。现在，让我们看一看关羽华容道捉放曹的故事。

《三国演义》第五十回“诸葛亮智算华容，关云长义释曹操”，写的是一个广为人知的故事，也是《三国演义》的重点篇章。小说写火烧赤壁之前，诸葛亮算定曹操必败走华容，且夜观天象，曹操不当身亡，于是派关羽把守华容道。诸葛亮这样做，一是考虑到曹操于关羽有恩，留个人情给关羽做；二是如果这时灭掉魏国，会使吴国全力攻击蜀国，使蜀国处于水深火热之中。但假戏要真做，诸葛亮要关羽立军令状，才准许他去把守华容道。周瑜赤壁用火攻，曹操一败涂地，果然由乌林向华容道败退，并在途中三次大笑诸葛亮、周瑜智谋不足，未在险要处暗设伏兵。然而，一笑笑出赵子龙，多亏徐晃、张郃二人双敌赵云，才得以逃脱；二笑笑出张翼德，幸有张辽、徐晃二将抵挡张飞，再次脱险；三笑非同小可，笑出了关云长，且又在有一夫当关万夫莫开之险的华容狭路上，加之曹军几经打击，此时已是无力再战。无奈之下，曹操只得听谋臣之言，亲自哀求关羽放行，关羽念旧日恩情，义释曹操，使曹操得以回到江陵。

诸葛亮派大将把守华容道，本来有多种选择，哪怕是把赵云和张飞中的任何一个人与关羽换个次序，曹操就是囊中之物。但小说写诸葛亮派关羽把守华容道，却是不得不为之的一种选择。其一，曹操不能死，杀死曹操北方则大乱。倘如此，则“隆中对”谋划的三分天下的局面难以实现；其次，关羽守华容道必定释放曹操，曹操回，则北方安定，且短期内无力再下江南，正可借此机会夺取荆州；其三，借华容道关羽捉放曹，收服桀骜不驯的关羽，树立在刘备诸将中的威信。诸葛亮出于上述三方面考虑，放曹操一条生路。而要同时实现这三个目的，只能派遣关羽把守华容道。诸葛亮难以跳出“隆中对”的思维模式，在把守华容道这件事情上缺少创新思维，在捉放曹操一事上也缺少创新思维。

在诸葛亮看来，曹操不能杀，只能放；关羽重义气，必然放曹操一条生路；关羽放走曹操，违背军令，倘不杀关羽，关羽必然感恩戴德。所以，派遣关羽把守华容道虽然对诸葛亮来说是最好的选择，但实际上是没有选择的选择，因此这种选择也就失去了选择的实际意义。正是因此，诸葛亮失去了一次进据中原的大好时机。

与此相似的是关云长千里走单骑。《三国演义》第二十七回“美髯公千里走单骑，汉寿侯五关斩六将”，是小说作者浓墨重彩描写的一章，其目的是表现关羽的忠义和勇武。关羽当初屯土山约三事，答应降曹的三个条件：一、只降汉朝，不降曹操；二、用刘备的俸禄养他的二位嫂子；三、一旦知道刘备的下落，便要去寻找他。尽管曹操对关羽极尽拉拢之能事，但关羽得知刘备在袁绍处时，千里走单骑，保护着刘备的两位夫人去寻找刘备。关羽一路向北进发，过东岭关，斩了守将孔秀；过洛阳关，斩了守将韩福；过泗水关，斩了守将卞喜；过荥阳关，斩了守将王植；过黄河口，斩了守将韩琪。在古城又斩了蔡阳，这就是所谓的“过五关斩六将”，是关羽一生中最辉煌的事件之一。关羽铭记当年桃园结义时的誓言，与刘备、张飞不求同年同月同日生，但求同年同月同日死，所以，得知刘备的下落后，关羽便要兑现他的第三个承诺，去寻找刘备。这是关羽唯一的选择，所以，即便是千里走单骑，他也在所不惜。小说为了突出关羽的忠义和勇武，设计了过五关斩六将这一故事，但实际上，这种情况发生的概率非常小。试想一下，在曹操的地盘上，到处都是曹操的兵马，如果曹操要阻拦他，莫说是一个关羽，就是十个关羽，能够这样走出曹操的地盘吗？所以，假如真的有这样的事情，关羽选择一条道走到黑，是不可能有结果的。

管理学上有一句名言：“当看上去只有一条路可走时，这条路往往是错误的。”只有一种备选方案就无所谓择优，没有择优，决策也就失去了意义。世上的许多事情，总是有多种选择。即便是“山重水复疑无路”，但如果真正深入进去，就会发现“柳暗花明又一村”。任何“唯此一途，别无他途”的说法，都是值得怀疑的。如果确实认为唯此一途，那是你缺乏创新思维，是被固有的思维模式限制住了，缺少创新思维。在固定框子里面的选择，往往不是最佳选择。所以，要跳出“霍布森选择”的陷阱，就一定要有创新思维，不能被假选择、唯一选择、被迫选择所限制，而应跳出既有的思维模式，放飞思想的翅膀。

（四）选择决策方案没有最好只有更好

在管理学方面，有一个很著名的故事，叫“布里丹选择”，说的是布里丹牵着饿得咕咕叫的驴子找草吃，看到左边的草茂盛，他带它到了左边，又觉得右边的草颜色更绿，于是带驴子到右边，但又觉得远处的草品种更好，他便牵它到远处……在布里丹反复不断的选择中，驴子却饿死了。而类似这种举棋不定、难以作出最终抉择的行为，被称为“布里丹选择”。现代管理学把选择中遇到的两个都喜欢，而又只能择其一的两难困境称为“布里丹之驴困境”，这类似于我国古代的“鱼与熊掌不可兼得”的故事。《三国演义》中也有不少这方面的例子。如赤壁之战前，周瑜让诸葛亮在10日之内赶制10万支箭，准备以诸葛亮违误军令置其于死地。在这个事件中，诸葛亮和周瑜的选择，都跳出了“布里丹选择”的困境，体现了没有最好只有更好的选择原则。

《三国演义》第四十六回“用奇谋孔明借箭，献密计黄盖受刑”一章，写周瑜设下置诸葛亮于死地的圈套。他的如意算盘是：一方面以对曹军作战急需为名，让诸葛亮在10日之内督造10万支箭；一方面吩咐工匠故意怠工拖延，并在物料方面给诸葛亮出难题，设置障碍，使诸葛亮不能按期交差，然后以违误军令为名，名正言顺地除掉诸葛亮。布置好圈套之后，周瑜集众将于帐下，请诸葛亮一起议事。当周瑜提出让诸葛亮在10日之内赶制10万支箭的要求时，诸葛亮却出人意外地说：“操军即日将至，若候10日，必误大事。”他表示只需3天的时间，就可以办完复命。周瑜一听大喜，当即与诸葛亮立下了军令状。在周瑜看来，诸葛亮无论如何也不可能在3天之内造出10万支箭，因此，诸葛亮必死无疑。诸葛亮却是举重若轻，向鲁肃借了20只战船，每船配置30名军卒，船只全用青布为幔，各束草把千余个，分别竖在船的两舷。第三天夜里，诸葛亮乘着大雾，演出了一幕“草船借箭”的活剧。在这个事件中，周瑜认定诸葛亮是东吴未来的劲敌，想要除掉他。如果来硬的抓起来杀了，会破坏孙刘联盟，赤壁之战也难以取胜，用计除掉是上佳之选，但几次都没有成功。这次挖个坑让诸葛亮跳，诸葛亮却是主动跳进去。周瑜自以为奸计得逞，孰料诸葛亮却是成竹在胸，不费吹灰之力为周瑜取得了10万支箭，把周瑜设的局轻易化解。

周瑜是三国第一等人物，他在东吴的地位，除孙权外无人能出其右。他对东吴政权忠心耿耿，对一切威胁东吴政权的人，他皆是必欲除之而后快。当他发现诸葛亮是劲敌的时候，便千方百计要除掉他。他为此花费了不少心思，但每次都落空，这反而更加坚定了他除掉诸葛亮的决心。虽然这一次周瑜同样失败了，但相比前几次，这一次他做得更加不露痕迹，不事张扬。周瑜在除掉诸葛亮的策略选择上，是不求最好，只求更好。他做到了，他也因此满怀信心。但是，他万万没有想到，他遇到的是一个从来没有遇到过的对手，论智慧论谋略，诸葛亮都远在他之上。周瑜之所以没有成功，从管理学的角度看，还在于没有充分意识到决策论中两条重要的原则：预测比决策更重要，目的比目标更重要。应该说，在这个事件中，周瑜作了很好的决策，但他没有对实现决策的各种可能性进行预测，没有料到三日内长江上将有大雾。而诸葛亮上知天文，下晓地理，对未来三天之内的自然变化作出了准确的预测。既然作出了准确预测，就可以随机应变。这是诸葛亮答应三日内造出10万支箭的基础和前提。诸葛亮对事件未来发展有准确预测，而周瑜没有，所以，诸葛亮能赢，周瑜则不能。再从第二点来看，目的比目标更重要。周瑜选择的目标是在不损害孙刘联盟的前提下除掉诸葛亮，而没有把除掉诸葛亮作为行动的目的，他欲求长远，却不能立足当下，目的不明确，导致屡屡失败。相比之下，诸葛亮的目的就十分明确，每次都是以成功脱身为目的，所以，每每能够化险为夷。由此可以明白决策论中一个最基本的原则，那就是在可供选择的方案中，只选择更好、更适宜的一种，而不是力求最好。

（五）软管理要远胜于硬约束

现代管理学出现以来，呈现出从科学管理→艺术管理→人本管理的发展趋势，而管理内容则表现出从硬管理→软管理的发展趋势。这表明，管理虽然是一门科学，有其内在规律，但由于管理的对象是人、事、物，核心是人，不论是管理者还是被管理者，都有喜怒哀乐，七情六欲，有人格有尊严，所以，管理学在科学的基础上，向艺术管理和人本管理发展，而管理的内容也从制度、规约、章法等硬管理，逐渐向软管理，即给予被管理者更大的自主空间，让被管理者自我管理的方向发展。类似这样的管理，在《三国演义》中也不乏见，如诸葛亮派赵云保护刘备赴东吴招亲，采取的就是软管理。从结果来看，这种软管理要远胜于硬约束。

赤壁大战之后，诸葛亮计取荆州。周瑜对此耿耿于怀，于是给孙权献了一条计策，让孙权派人去荆州说媒，假意将孙权的妹妹孙尚香许配给刘备，想骗刘备到南徐，然后把他扣为人质，用刘备来交换荆州。诸葛亮料到这是一计，于是将计就计，劝刘备答应婚事，并派赵云保护刘备过江迎娶孙夫人。临行前，诸葛亮给了赵云三个锦囊，吩咐赵云到了关键时刻，依次打开。到了南徐，赵云依照诸葛亮的计策派人披红挂彩，到南徐市场上采购猪羊果品，并把刘备和吴侯妹妹结亲的事到处传扬，让城中百姓都知道了这件事。赵云又备了一份厚礼，令军士挑着酒，牵了羊，保护着刘备去见乔国老。刘备过江招亲的消息很快便传到了吴国太耳中，吴国太大吃一惊，心想女儿要出嫁，自己竟然还不知道，忙召孙权责问此事。孙权见瞒不住了，便对母亲讲了实话，说这只是周瑜出的一条计策。吴国太听了大怒，骂周瑜说："你做了六郡八十一州的大都督，没有办法去取荆州，却来利用我的女儿做美人计。杀了刘备，我女儿便成了望门寡，以后怎么再和人成亲？"乔国老劝道："事情已经这样了，不如将错就错，就把刘备招为女婿，免得出丑。"吴国太想了一会儿，对孙权说："我不认识刘备，明天约他在甘露寺相见，我要看不中，任凭你们行事，我要看中了，才把女儿嫁给他。"孙权见母亲这样说，只好答应了。第二天吴国太看见刘备丰姿出众，非常满意，说道："真是我的女婿啊！"于是做主将女儿嫁给了他。后来刘备在赵云的保护下，带着夫人返回了荆州。周瑜献的计策没有成功，反而赔上了主公孙权的妹妹。这就是《三国演义》第五十四回“吴国太佛寺看新郎，刘皇叔洞房续佳偶”和第五十五回“玄德智激孙夫人，孔明二气周公瑾”所描写的“赔了夫人又折兵”的故事。在这个故事中，最为关键的是诸葛亮的三个锦囊妙计。诸葛亮预测到了刘备赴江东娶亲的发展趋势，临行前吩咐赵云：到南徐时打开第一个，到年底时打开第二个，危急无路时打开第三个。诸葛亮虽然授给了赵云锦囊妙计，但具体如何执行，只能发挥赵云的积极性和主动性，让赵云自主决定如何去执行那些指令，如何使指令的效果最大化。这与现代管理学所主张的多用软管理、少用硬管理不谋而合。正是通过这样一种管理，激发了被管理者的创新力和创造力，提高了管理的效率。由此，不禁让人联想起管理学中著名的“罗森塔尔实验”。

罗森塔尔是美国心理学家，1968 年的一天，他和助手们来到一所小学，说要进行 7 项实验。他们从一至六年级各选了 3 个班，对这 18 个班的学生进行“未来发展趋势测验”。之后，罗森塔尔以赞许的口吻将一份“最有发展前途者”的名单交给了校长和相关老师，并煞有介事地嘱咐他们务必要保密，以免影响实验的正确性。其实，名单上的学生都是罗森塔尔随便挑选出来的，罗森塔尔仅仅是用这种方式撒了一个“权威性谎言”。8 个月后，罗森塔尔和助手们对那 18 个班级的学生进行复试，结果奇迹出现了：凡是上了名单的学生，每个人的成绩都有了较大的进步，且性格活泼开朗，自信心强，求知欲旺盛，更乐于和别人打交道。很显然，罗森塔尔的“权威性谎言”发挥了作用。这个谎言对老师产生了暗示，影响了老师对名单上学生的能力评价，而老师又将自己的这一心理活动通过自己的情感、语言和行为有意识地传递给学生，使学生变得更加自尊、自爱、自信、自强，从而使各方面得到了异乎寻常的进步。后来，人们把这种由他人（特别是像老师和家长这样的“权威他人”）的期望和热爱，而使人们的行为发生与期望趋于一致的变化的情况，称之为“罗森塔尔效应”。诸葛亮让赵云保护刘备赴东吴招亲的情况，和“罗森塔尔试验”很相似。刘备赴东吴成亲，如同深入虎穴，可谓危机四伏。保护刘备平安归来，是一项艰巨的任务。诸葛亮没有把这项任务交给刘备的生死弟兄关羽和张飞，而是交给了赵云，这是对赵云的莫大信任。临行前，诸葛亮交给赵云三个锦囊，令赵云有了底气，增强了信心。赵云按照诸葛亮交付的锦囊行事，顺利完成了保护刘备赴东吴成亲并平安归来的重任。尤其是当刘备沉湎于温柔乡、乐不思蜀的时候，赵云直闯宫闱，谎称曹操起兵五十万要取荆州，并故意“催逼数番”而出。正是他的数番催逼，才使得刘备担心荆州有失，让天下人耻笑，决意回荆州。刘备激孙夫人同回，并借孙夫人之力顺利逃出虎口，回到荆州。

（六）博弈中的理性与非理性

博弈论有一个经典例子，说的是A和B合伙抢银行被抓，分别被关进不同的牢房。检察官分别告诉他们：如果两人都不坦白，他们会因非法携带枪支罪各判刑1年；如果其中一人招供而另一人不招，坦白者作为证人不会被起诉，而另一人将会判10年；如果两人都招供，两人都会以抢劫罪各判5年。结果，两个人都招供了，分别被判5年徒刑。这种现象被称为“囚徒困境”。故事是基于每个人都是理性的人这样一个基础。既然是理性的，在涉及个人利益的时候，都会作出理性的选择。但个体理性的选择，不仅不是集体最优的选择，而且是集体非理性的表现。美国批判现实主义小说家欧·亨利的小说《圣洁的礼物》，描写一对新婚小夫妻——吉姆和德拉在圣诞节给对方买礼物的事，让人们看到了个体理性选择的苦涩：德拉有一头靓丽的秀发，吉姆想给德拉买套发卡，于是卖掉了心爱的金表，买了一套漂亮发卡；吉姆有一块祖传金表，德拉为了给吉姆的金表买表链和表袋，卖掉了心爱的长发。故事的苦涩和讽刺之处在于，小夫妻都是出于爱心，都是为对方考虑，但结果却是有了发卡却失去了秀发，有了表链和表袋，金表却卖掉了。二人都是出于无私的爱心，作出的选择都是利他主义行为，结果却使得双方的利益同时受损。由此可见，出于善意的个体理性选择，同样也是集体非理性选择。

类似这样的博弈情况，在《三国演义》第四十一回“刘玄德携民渡江，赵子龙单骑救主”中也有表现。刘备为逃避曹军的追杀，放弃樊城，扶老携幼，将男带女，逃往襄阳。玄德在船上望见百姓痛苦之状，大为悲恸，说：“为吾一人而使百姓遭此大难，吾何生哉？”欲投江而死，左右急救止。百姓听说此事，莫不痛哭。渡江之后，却是止步于襄阳城。无奈，刘备只好与十余万军民，大小车数千辆，挑担背包者不计其数，一同往荆州而去。路上，哨马报告：曹操大军即日渡江赶来。众将都劝说刘备暂弃百姓，抢占江陵拒敌。刘备哭泣着说：“举大事者必以人为本。今人归我，奈何弃之？”百姓闻玄德此言，莫不伤感。诸葛亮派遣关羽往江夏向刘琦求救，叫他速起兵乘船会于江陵。刘备带领十数万百姓、三千余军马，每日只走十余里便歇。行至当阳，被曹军追上，刘备顾不上随行的百姓，死战得脱，妻儿却陷身敌营，于是有了赵云长坂坡单骑救主，张飞当阳桥独退曹兵。及至天明，刘备查看手下随行人，只有百余骑，百姓、家小并糜竺、糜芳、简雍、赵云等一干人，皆不知下落。后得关羽搬来救兵，刘备等才侥幸逃出虎口。从携民渡江开始，刘备就是在博弈。此时的刘备已处于囚徒困境：离开襄阳，无兵无马，无百姓无地盘；独自逃走，生存没有问题，但如何发展，怎么成大业？所以，刘备只好下此赌注——携民渡江。刘备的博弈，不仅是要落个爱民如子的好名声，而且一旦成功，那些跟他渡江而去的人，都将成为他的铁杆，无论何种情况都不会背叛他。既然已经同过生死，还有什么困难不能克服？另有一点也很重要，刘备手下的兵马，包括一些将领，都是乌合之众，是否与他同心同德，是否愿意在他落难的时候还不离不弃，还没有经受过考验。所以，携民渡江是一个难得的机会。刘备携十余万百姓渡江，是下了一个大赌注：成则可以雄踞荆州，傲视同侪，从此立于不败之地；败则赢得民心，检视众将忠心。从携民渡江可以看出，刘备是一个颇有心机的人。发生在携民渡江过程中的刘备摔阿斗，被民间戏谑为“刘备摔孩子，收买人心”，正是对刘备心机的揭示。不过，从管理学的角度来看，刘备却不是合格的管理者。既陷入囚徒困境，又执拗于个人的理性选择，就必然陷入群体非理性选择，其结果一败涂地也就在所难免了。

（七）人才竞争的结果必然是才不称其位

人类社会发展到今天，竞争是必然的。但竞争的结果，往往是许多人都晋升到其能力所不及的职位。在此情况下，事情就会常常出错。这也就是美国著名管理学家彼得所发现的管理学中的一个规则，即“彼得原则”。劳伦斯·彼得和雷蒙德·霍尔合著的《彼得原则——何以事情时常会出错》，对此原则作了具体解释：“在一个等级制度中，每个职工趋向于上升到他所不能胜任的地位。”依据彼得原则，职场中人由于有了好的表现（胜任）才能得到升职，若升职后继续胜任则将继续被提升，直到升至其所不能胜任的职位。彼得据此推论：每一个职位最终都将被一个不能胜任其工作的职工所占据，也就是说任务或职位多是由不能胜任的人去完成。这种现象当代社会有，古代社会也有，《三国演义》也有表现。比如人们常说的“蜀中无大将，廖化做先锋”，就是这样一种情况。

《三国演义》第一百十三回写道：“时蜀汉景耀元年（258 年）冬，大将军姜维以廖化、张翼为先锋，王含、蒋斌为左军，蒋舒、傅佥为右军，胡济为合后，维与夏侯霸总中军，共起蜀兵二十万，拜辞后主，径到汉中。”廖化原是一个山大王，关云长千里走单骑时，曾得廖化之助。刘备收川前，廖化引军来降，被留在襄阳，助关羽守荆州。关羽败走麦城，廖化赴上庸搬取救兵，幸免于难。诸葛亮一出祁山，廖化仅是马岱的副将。二出、三出祁山，廖化也没有太大的表现。到诸葛亮四出祁山时，蜀中知名大将如关羽、张飞、赵云、黄忠等已相继亡故，诸葛亮大胆起用廖化，以廖化与关兴同为先锋。廖化不负所望，差一点活捉司马懿。诸葛亮死后，姜维多次北伐中原，皆是以廖化为先锋，廖化每每临阵立功。到了九伐中原时，姜维问廖化应该先取何处。廖化为蜀汉大业着想，不想再兴兵北伐，劝姜维不要“强欲行难为之事”，因此而遭冷落。蜀汉灭亡后，廖化称病留在成都，最后忧郁而死。廖化归顺刘备之后，人生走的是一条上升线，也就是“彼得原则”所说的从一个职位升到另一个职位。廖化晋升了，但廖化还是廖化，能力并没有跟着提升。虽然如此，诸葛亮去世后，姜维因蜀中没有人才可用，每次北伐，还是要用廖化做先锋。廖化也是竭尽全力，直到最后才明白了“强欲行难为之事”不会有好的结果。至于姜维，情形有些相似。他忠勤时事，思虑精密，敏于军事，心存汉室，深得诸葛亮器重，但其才智远不及诸葛亮。他受诸葛亮之托，继诸葛亮之略，以攻代守，伺图中原，恢复汉室。他前后十一次兵伐中原，屡挫魏国之威。但恢复汉室毕竟是他力所不能逮之事，且屡屡犯错，在阴平天险不设一旅之师加以防守，致使邓艾偷袭成功，以至于在前线的姜维不得不奉旨投降。他假装投降钟会，策反钟会，图谋进取中原，重扶汉室。但其智既不如诸葛亮，又不及邓艾，结果事败伏诛。廖化和姜维的悲剧，固然是因为蜀汉已然衰败，难以重现诸葛亮六出祁山时的辉煌，但廖化和姜维处于其力不能胜任之职位，也是非常重要的原因。

从管理学的角度来看，《三国演义》许多人物事件都可以和现代管理学联系起来，都可折射出现代管理学的某个方面或某个规律或原则。如著名的“帕金森定律”揭示的官场综合征，在蜀汉和孙吴方面，都能找到许多证据，比如任用比自己水平更低的人当助手，导致冗员增加、效率低下。再比如“水桶理论”，一个水桶无论有多高，它盛水的高度取决于其中最短的那块木板。“水桶理论”意在说明，一只水桶能盛多少水，不是取决于最长的那块木板，而是取决于最短的那块木板。这种现象被称为“短板效应”。蜀汉和孙吴在三国之争先后败下阵来，不是因为蜀汉和孙吴不富庶，而是在于存在着非常明显的“短板”，如继任君主昏聩荒淫，人才短缺，缺少团队精神，难以形成综合效应，等等，都是蜀汉和孙吴的“短板”。有这些“短板”存在，蜀汉和孙吴在三国之争中焉有不败下阵来的道理？

三、《三国演义》对现代管理学的启示

《三国演义》既是一部智慧全书，也是一部契合现代管理学精神的著作。读《三国演义》，如果能够与现代管理学结合起来看，就能够从中受到许多有益的启示，得到一些历史借鉴。比如看汉末大乱，诸侯争雄，就会对“丛林法则”有更深的理解；比如读失街亭，就会感慨“墨菲定理”的神奇：该发生的事情

一定会发生，所以凡事不能心存侥幸，必须做好预案，以应对可能发生的情况；读华容道，就不会不明白“霍布森选择”的道理，无选之选虽然很多情况下可能是出于无奈，但它造成的后果也是很明显的，因为它背离管理学的基本原则；读秦宓逞天辩，就会明白“布里丹选择”的道理，明白所有的事情没有最好，只有更好。读孔明二气周公瑾，见孔明派赵云保护刘备赴东吴招亲，就会感受到“罗森塔尔实验”的魅力；读刘备携民渡江，可以看出博弈论在战争中的运用：一旦陷身囚徒困境，个人的理智决定并不能带来最佳的结果；读到蜀中无大将廖化做先锋，自然会认识到民间俗语“鞭打快牛”蕴含的哲理；读三国兴亡演进，会认识到“帕金森定律”揭示的官场综合征不仅存在于现代社会，早在三国时期就已经存在了，只是人们没有意识到而已。被称为20世纪西方文化三大发现的《墨菲定理》《彼得原则》和《帕金森定律》，在现代管理学中有广泛运用，在《三国演义》中也能找到很多鲜活的例证。

人们常把《三国演义》视为中国古代第一部长篇历史小说，这是不错的。但是，由于三国历史的特殊性，由于三国历史在流传过程中呈现出正史、野史和民间三大系统，不同系统对三国历史的解读又存在着很大差异，所以，到了《三国演义》之中，三个系统同时汇入，融入了太多的传统智慧。这些智慧都是与社会、与人相联系的，都是与三国时期的重大历史事件相联系的，而这些内容都与现代管理学所说的管人理事的要义有内在联系。所以，早在20世纪，日本学界就对《三国演义》的管理学内容发生了兴趣，出现了一些研究成果。国内管理学界也开始从管理学角度来研究《三国演义》，陆续有研究成果问世。通过研究，人们发现，现代管理学的一些原则、规律和要义，在《三国演义》中都有一些典型事例，都有鲜活的内容。这说明，从管理学角度研究《三国演义》是可行的，《三国演义》的许多内容可以为现代管理学提供历史借鉴。这一现象告诉人们，以《三国演义》为代表的文学作品，在作者、版本、文本等研究之外，还可以另辟蹊径，还可以与社会现实相结合，还可以为当下的经济建设、文化建设、社会建设提供某些借鉴。这就是古代文学研究的当代性，也是古代文学研究的现实意义所在。

现代管理学为企业管理、社会管理乃至国家治理都提供了一些可资借鉴的理论和经验，现代管理学研究也成就了一些大家名家。管理科学家结合企业管理总结出来的一些规律性的东西，对企业和社会管理曾经发挥了重要作用。一些企业包括一些知名企业也在运用现代管理学的最新成果对企业行使有效的管理。管理的要义在于，通过人、财、物的合理配置来调动员工的积极性，从而达到提高生产效率和生产水平的目的。这是现代管理学的基本理论。但是，应该看到，任何管理，无论其水平有多高，只能对一部分人起作用，而不可能把每一个人的积极性和创造力都调动起来，发挥出来。在现代管理学界，大家公认的最高管理境界是：无为而治，无法胜有法。用不着刻意地管理、激励或惩戒，就能让大家朝着共同的奋斗目标去努力，去拼搏，去奉献，这才是最有效率的管理，也是最好的管理。由此反观《三国演义》，用权、用术、用智去管理的现象比比皆是，曹操、司马懿、周瑜、陆逊、姜维等人以权术为主，诸葛亮以智谋为主，而真正达到无为而治、无法胜有法的管理境界者却很少。这是研究《三国演义》与现代管理学应该注意的。

如何才能达到无为而治、无法胜有法的管理境界呢？老子《道德经》提供了一些可资借鉴的思想。老子说："不尚贤，使民不争；不贵难得之货，使民不为盗；不见可欲，使民心不乱。是以圣人之治，虚其心，实其腹；弱其志，强其骨。常使民无知无欲，使夫智者不敢为也。为无为，则无不治。"（《道德经》第三章）老子这种主张曾经被批评为愚民政策，可是，如果换一个思路，管理者不让老百姓为了蝇头小利去竞争不已，而是让他们顺从自己的心志去生活，那么，百姓就不会妄为，不妄为就不需要管理，就可以实现无为而治。老子无为而治的核心是以无为而使民不争，所以，老子说："是以圣人抱一为天下式。不自见，故明；不自是，故彰；不自伐，故有功；不自矜，故长。夫唯不争，故天下莫能与之争。"（《道德经》第二十二章）管理者如果能够抱元守一，以身作则，做到不自见，不自是，不自伐，不自矜，与世无争，那么，还有谁能够与你去竞争呢？还有谁不服教化呢？所谓圣人垂裳而天下治，说的不就是这个道理吗？所以，老子说："故圣人云：我无为，而民自化；我好静，而民自正；我无事，而民自富；我无欲，而民自朴。"（《道德经》第五十七章）从这个意义上说，老子是深得治国理政精髓的人，也是真正的管理学大师。《三国演义》对老子的思想虽然也有借鉴，但在管理学方面，它更偏重于权术智，与现代管理学的某些主张更为接近。这也是人们从现代管理学的角度研究《三国演义》的深层原因所在。

（本文原为中原文化大讲堂的演讲稿，收录时作了修订）

新世纪《三国演义》作者之争

自20世纪30年代起，《三国演义》的作者之争就已经显露端倪。20世纪80年代以后，随着《三国演义》研究热的兴起，《三国演义》的作者之争更成为聚讼纷纭的话题。《三国演义》的作者是不是《录鬼簿续编》中所说的罗贯中？明刊本《三国志通俗演义》题署的罗贯中与《录鬼簿续编》中的罗贯中究竟是怎样的关系？罗贯中的籍贯到底是哪里？在这些问题上，研究者见仁见智，各抒己见，并没有达成共识。新世纪以来，有关上述问题的争论不仅没有停止，而且更为热闹，更为深入。争论主要集中在两个方面，一是在承认罗贯中为《三国演义》的作者这一前提下，对罗贯中的生平与籍贯却存在着较大的争议；二是认为明刊本《三国志通俗演义》题署的罗贯中非《录鬼簿续编》中的罗贯中，而是另有其人。本文梳理新世纪以来古典小说研究界有关《三国演义》作者的争论，并对争论的起因与背景作一简要评述。不当之处，敬祈教正。

一、关于罗贯中其人之争

罗贯中对《三国演义》的著作权，是明嘉靖壬午年（1522年）刊本《三国志通俗演义》卷首所载庸愚子序首先确定的。20世纪20年代，鲁迅先生的《中国小说史略》和《中国小说的历史的变迁》，都把《三国演义》归于罗贯中名下。1931年，天一阁本《录鬼簿续编》的发现，使鲁迅先生更加深信罗贯中作

《三国演义》，他说："自《录鬼簿续编》出，则罗贯中之谜，为昔所聚讼者，遂亦冰解。"[①] 此后，人们大都把《三国演义》的著作权归于罗贯中名下。而胡适在《三国演义序》中表达的《三国演义》不是一个人作的，"乃是五百年间的演义家的共同作品"的观点，[②] 并没有引起太多的重视。20 世纪 80 年代，《三国演义》的作者问题再次被提了出来，研究者在罗贯中的籍贯、罗贯中是否是《三国演义》的作者等问题上，出现了很大分歧。在罗贯中的籍贯问题上，出现了五种有代表性的说法：一是山西太原说，二是山东东原说，三是浙江钱塘说，四是浙江慈溪说，五是江西庐陵说。诚如刘世德先生所说："在 20 世纪 80 年代以前，主张'太原说'或'钱塘说'的人比较多。自 80 年代以来，新出现了'慈溪说'，而且拥护'东原说'的人也日渐增多。"[③] 在《三国演义》的著作权问题上，除罗贯中之外，又出现了蒋大器和集体创作等一时新人耳目的观点。进入新世纪以后，学术界对罗贯中籍贯的认识和分歧依旧。分歧主要集中在以下两个方面：

1. 籍贯之争：罗贯中究竟是哪里人

关于这一问题，刘世德先生发表了多篇研究文章。在经多次修改补充的《罗贯中籍贯考辨》一文中，刘先生详细申述了"罗贯中的原籍应该是太原，寄籍则是钱塘"的说法，认为贾仲明《录鬼簿续编》所载罗贯中为太原人，应是可信的。理由有七：第一，"太原"二字是明文，如果没有确凿的反证，或者缺乏坚强有力的旁证，就没有必要轻易地怀疑这两个字的真实性，并硬说这两个字是另外一个地名的讹误；第二，贾仲明和罗贯中是"忘年交"，贾仲明不可能把罗贯中的籍贯弄错；第三，"太原"二字见于罗贯中小传，而人物传记是必须记载传主的籍贯的；第四，出现在同时代人所撰写的传记文字中的关于籍贯的说法，应当是比较可靠的；第五，贾仲明和罗贯中都是北方人而流寓江南者；第六，"太原"的"太"字不可能是"东原说"之"东"字的形讹，也不可能

---

① 鲁迅：《小说旧闻钞再版序言》，《鲁迅全集》卷十，人民文学出版社 1991 年，第 146 页。

② 胡适：《中国章回小说考证》，上海书店，1980 年。

③ 刘世德：《罗贯中籍贯考辨》，《三国演义与罗贯中》，中州古籍出版社 2000 年，第 13 页。

是音讹；第七，钟嗣成《录鬼簿》记载有三位太原籍戏剧作家，籍贯都不错，只有贾仲明《录鬼簿续编》把罗贯中的籍贯搞错了，恐怕说不通。刘先生结合“东原说”的主要依据、明清时期《三国演义》的21种版本及明嘉靖本蒋大器序文，指出“东原说”实际上最早出自蒋大器，而蒋大器序文存在着明显的错误，即把原版本的官名“平阳侯”误写成地名“平阳”，因此怀疑“在同一篇序文内，在相邻的两个文句中，在用以表示籍贯的地名上，作者会连续犯下两个错误”。换言之，“东原”会不会是“太原”的讹误，就像“平阳侯”的讹误一样？这种可能性的存在，可以说完全在情理之中。蒋大器既然能看漏一个字，把官名“平阳侯”看成了地名“平阳”，为什么就不能看错一个字，把“太原”看成了“东原”呢？[①] 在蒋大器的序文中，“东原”其实就是“太原”的讹误。也就是说，蒋大器序文的一个错误导致了“东原说”的产生。[②]

张志和先生在其新著《透视〈三国演义〉三大疑案》一书中，对罗贯中的籍贯与生平进行了系统梳理和深入分析，指出：“学界目前几乎众口一词，称《录鬼簿续编》的作者为贾仲明，并据此来推断罗氏的生卒年以及他的行迹居处，认为罗贯中曾两次到过山东同贾仲明相会过。更有认为罗氏是山东人的，这却是不能不令人怀疑的。因为拿天一阁钞本《录鬼簿续编》来看，并未题署作者姓名，岂可遽称为贾仲明作？倘非贾氏所作，则据此做出的关于罗贯中的种种推测，恐怕都要成为凿空之论了。”[③] 他认为，根据《录鬼簿续编》有关罗贯中生平的记载，可以断言，罗贯中籍贯太原，曾两次到过杭州。[④]

杜贵晨先生则坚持“东原说”。他认为，《录鬼簿续编》中“罗贯中”条资料“貌似与《三国演义》作者罗贯中相关，而实经不起推敲。在没有旁证的情况下，不足为论说《三国演义》作者罗贯中生平的根据”[⑤]。之所以这样说，他

---

① 刘世德：《罗贯中籍贯考辨》，《三国演义与罗贯中》，中州古籍出版社2000年，第29页。
② 刘世德：《罗贯中籍贯考辨》，《三国演义与罗贯中》，中州古籍出版社2000年，第30页。
③ 张志和：《透视〈三国演义〉三大疑案》，中国社会科学出版社2002年，第243页。
④ 张志和：《透视〈三国演义〉三大疑案》，中国社会科学出版社2002年，第248页。
⑤ 杜贵晨：《近百年〈三国演义〉研究学术失范的一个显证》，《北京大学学报》（哲社版）2002年第4期。

认为有以下四条理由：首先，《录鬼簿续编》“罗贯中”条并无一字半句表明此一罗贯中即《三国演义》作者；其次，这条资料与《三国演义》作者相关的唯一一点是同名“罗贯中”。但是，从古今中国人名多重复的情况看，这一联系未必就有实际的意义；再次，从“罗贯中”取名所看，“太原罗贯中”与“东原罗贯中”也未必就是同一人；最后，《录鬼簿续编》于罗贯中戏曲之外，仅称其“乐府隐语”的成就，而没有提到《三国演义》，其作有《三国演义》的可能性已然不大。在《三国演义作者罗贯中是山东东平人》一文中，杜贵晨先生申述了“东原说”的理由。他认为，《三国演义》的作者罗贯中名本，字贯中，说他是东平人，首先是因为今见明刊本《三国演义》最早的序文，即别号庸愚子的金华蒋大器所写的序中称“东原罗贯中”是该书的作者。20 世纪 30 年代初《录鬼簿续编》“罗贯中，太原人”条资料的发现，根本不足以改变明代以来有《三国演义》版本为据的“东原罗贯中”约定俗成的结论。[①] 他还从罗贯中著《三国演义》和《水浒传》等小说的文本风格及具体内容方面寻找到四条内证：一是从《三国演义》和《水浒传》诸书风格看，《三国演义》作者不可能是“罗贯中，太原人”，就作者性情、文笔风格而论，笔者宁肯相信“据正史，采小说”写作《三国演义》的罗贯中是那位“有志图王”的罗贯中，他当是一位史家作风很重的人，而不敢相信那位诗人气质很重的“太原人”罗贯中是《三国演义》的作者；二是王利器先生曾经指出的，《水浒全传》有一个东平太守陈文昭，是这个话本中唯一精心描写的好官，东平既然是罗贯中家乡，而陈文昭又是赵宝峰的门人，也即是罗贯中的同学，把这个好官陈文昭说成是东平太守，我看也是出于罗贯中精心安排的；三是顾大嫂是《水浒传》中最后活下来的唯一女将，作者因《尚书》“东原”而捏造出一个“东原县”来，为顾大嫂结末“封授”为“君”之称，也应该不是无所谓的安排。因而可以作这样的推断：罗贯中若果为山西太原人，就难得想到为顾大嫂封一个“东原（源）县君”。而只

① 杜贵晨：《〈三国演义〉作者罗贯中是山东东平人》，《南都学刊》2002 年第 6 期。

有在“东原罗贯中”笔下，这个“女将一员，顾大嫂，封授东原（源）县君”的设计才合乎情理；四是《水浒传》的作者对临近东平的泰安州东岳庙至少是熟悉的，而对“太原”并无“故土”情结。杜贵晨先生以为，“以上四点作为‘东原罗贯中’的内证，各自来看，有的还可以说比较牵强。但是，合而观之，就不能不承认《三国演义》《水浒传》的作者不像是‘罗贯中，太原人’。他在小说中对东原（东平）情有独钟的诸多表现，与各版本‘东原罗贯中’的题署与记载相印证，说明《三国演义》作者为‘东原罗贯中’是可信的”①。

20世纪80年代，孟繁仁先生根据山西清徐发现的《罗氏家谱》，把罗贯中的籍贯坐实到太原清徐县。新世纪以来，有的论者在孟繁仁先生研究成果的基础上，就这一问题作了深入探究，把《录鬼簿续编》中关于罗贯中的记载、清徐《罗氏家谱》及罗贯中作品中隐含的故土情结，视为支持“罗贯中是清徐人”的三块基石。②

欧阳建针对有的研究者将清徐《罗氏家谱》与清初《善恶图全传》中的“罗贯中令郎名罗定”联系起来，认定小说中的罗贯中就是《罗氏家谱》中的罗贯中这一情况，指出：“要审慎的学者相信《善恶图》的‘小说家言’，小说中的罗定就是《罗氏家谱》中的罗定，进而相信罗贯中就是《罗氏家谱》中除了名的罗锦的次子罗定，肯定是不大容易的，因为其中偶然、巧合的因子实在太多。不过，如要深入解决罗贯中的生平问题，恐怕还真得在家谱上打主意。因为史书上肯定找不到罗贯中的材料，‘湖海散人’罗贯中又‘不知其所终’，发现地下文物也毫无指望。相比之下，在搜集考证罗氏家谱的基础上作进一步努力，说不定还会有新的发现”③。

2. 生平之争：罗贯中究竟是何时人

罗贯中是何时人，也是一个众说纷纭的话题。由于《录鬼簿续编》和元人

---

① 杜贵晨：《〈三国演义〉作者罗贯中是山东东平人》，《南都学刊》2002年第6期。

② 王宝玉：《为什么说罗贯中是清徐人》，山西省清徐县罗贯中研究会编《罗贯中与三国演义论集》，第38页。

③ 欧阳建：《罗贯中研究四题》，山西省清徐县罗贯中研究会编《罗贯中与三国演义论集》，第94页。

《赵宝峰先生文集》卷首《门人祭宝峰先生文》都提到罗贯中或罗本的名字，因而一般认为罗贯中是元末明初人。但有的研究者对《录鬼簿续编》是否出自明初贾仲明之手、《录鬼簿续编》所载罗贯中是否即《三国演义》的作者罗贯中等问题上有不同看法。20 世纪，《三国演义》研究者在罗贯中究竟是何时人这一问题上没有取得一致的认识。新世纪以来，研究者仍在执着地继续着这一争论。

张志和先生在《罗贯中籍贯生平考异》一文中认为，最早发现的《录鬼簿续编》系明代天一阁藏蓝格钞本，无序跋，亦未题署作者姓名。一些学者以天一阁蓝格钞本为依据，断言《录鬼簿续编》为贾仲明所作，是失之确当的。他从贾仲明增补本《录鬼簿》与《录鬼簿续编》在内容和体制上有不少相异之处，《录鬼簿续编》中的贾仲明小传显然不是自家口气，贾仲明一生行迹居处与《录鬼簿续编》作者不一致，《录鬼簿续编》著录的作家作品与贾仲明增补本《录鬼簿》不一致，《录鬼簿续编》所收贾仲明所作杂剧有遗漏等五个方面进行论证，认为“上述五证，足以证明《录鬼簿续编》的作者不是贾仲明。该书只能是一位长期生活在杭州的人所作，抑或就是杭州人”。他说：“既然《录鬼簿续编》的作者不是贾仲明，那么罗贯中在这一时期的活动情况就只能据《录鬼簿续编》的作者这个一生都在杭州度过的人来重新推断。”根据《录鬼簿续编》罗贯中小传“与余为忘年交，遭时多故，天各一方，至正甲辰复会，别来又六十余年”的记载，张志和先生推断，“罗贯中第一次到杭州，直至 1361 年前后才离开，其时间不当早于 1360 年。而他第二次到杭州时间很短暂，且于 1364 年离开杭州后，《录鬼簿续编》作者 60 余年再也未曾见过他”①。

陈松柏先生认为，张志和关于贾仲明不是《录鬼簿续编》作者的辨析很有说服力，并补充了一点证据。他说：“按照《录鬼簿》作者钟嗣成的做法，他是不会写自己的。它的增补者贾仲明也严格遵循原书的旨意，在增补《录鬼簿》的时候，不把钟氏和自己补上。《续编》作者既写了钟嗣成，又写了贾仲明，恰

① 张志和：《透视〈三国演义〉三大疑案》，中国社会科学出版社 2002 年，第 254 页。

恰说明它不是贾仲明所著。”[①] 他把《录鬼簿续编》的作者定为无名氏，指出：“与一个长者成为忘年交，年龄太小、时间太短是不行的。我们因此判定无名氏与罗贯中自18岁开始交往，历三年后成为忘年交，便因‘遭时多故’而分手，时年21岁。却不料‘天各一方’，音信杳然，其距离不可谓不远。‘至正甲辰’才得复会，这时间也不会太短，不会少于三至五年。权定五年，无名氏业已26岁。甲辰年是至正二十四年，则至少已是明成祖永乐二十二年（1424年）以后，无名氏已是86岁高龄的老翁，怅然回首，徒叹忘年交‘竟不知其所终’。”他进一步指出，“以无名氏年龄为参照，比无名氏年长20岁的罗贯中，应生于1318年左右”“罗贯中与无名氏第一次分手当是41岁，复会时应是46岁。至于罗贯中卒年，那是很难料定的”[②]。

欧阳建在《罗贯中研究四题》一文中，也赞同张志和对《录鬼簿续编》作者的分析，认为张志和举出的五条证据“把罗贯中的活动从时间与地点的交叉点上确定下来了”。他根据《赵宝峰先生文集》卷首所载《门人祭宝峰先生文》有罗本之名，而一些明刊本《三国志通俗演义》题署“罗本贯中编次”或“贯中罗本编次”，郎瑛《七修类稿》、田汝成《西湖游览志余》、胡应麟《少室山房笔丛》等称罗贯中名本，字贯中，认为“这位‘罗本’很可能就是罗贯中”。而根据《门人祭宝峰先生文》，罗贯中在至正二十六年（1366年）在杭州与《录鬼簿续编》作者复会，只隔了两年。这就又一次把罗贯中的活动从时间与地点的交叉点上确定下来了。欧阳建认为，“按照祭文名单之长幼顺序，排在第11位的罗本，恰处在向寿（1310年生）、乌斯道（1314年生）与王恒（1319年以前生）之间，他的年龄应较向寿、乌斯道小，而较王恒为大，推断生于延祐二年（1315年），当不至有多少误差。至正甲辰（1364年），罗贯中恰为50岁，《录鬼簿续编》的作者此后又活了60余年，其时当在20岁左右，二人适可称‘忘年交’。从延祐二年（1315年）到至正二十八年（1368年）元朝灭亡，罗

① 陈松柏：《罗贯中其人说法种种》，载《〈三国演义〉与罗贯中》，中州古籍出版社2000年，第36页。
② 陈松柏：《罗贯中其人说法种种》，载《〈三国演义〉与罗贯中》，中州古籍出版社2000年，第43页。

贯中在元代整整生活了53年，称他为‘元人’是不错的；当然，他又是由元入明的人，称他为‘明人’也是对的”①。

二、究竟谁是《三国演义》的作者

早在20世纪30年代，胡适先生就提出过“《三国演义》不是一个人作的，乃是五百多年的演义家的共同作品”的说法。但他这种说法，在相当长的时间内没有引起太多的重视和响应。《三国演义》的作者是罗贯中，仍是较为流行的观点。20世纪80年代以来，学界对罗贯中其人产生了不同的看法，与此同时，罗贯中对《三国演义》的著作权也成了学术界争论的话题。

张志和先生从《三国志通俗演义》的成书过程与时间、版本的源流等方面，对《三国演义》的作者与版本作了较为详尽的梳理考证。他首先考察了元明之际的三国故事杂剧，认为“在元末明初那个时候，并没有一个罗贯中创作出的《三国志通俗演义》存在，也没有内容接近于《三国演义》的‘成熟而完整’的‘说三分’存在。因为在明中叶以前的杂剧中，没有给我们提供任何《三国演义》已经存在的信息。我们所看到的只是三国故事在《三国志平话》的基础上的发展”。他进一步指出：“元明之际罗贯中尚没有条件创作出一部《三国志通俗演义》来。如果他创作了该书，那么，这部书就不可能在他以后的一百多年间不留下任何存在的痕迹，至少它会或多或少地影响同类题材的其他艺术形式的作品，必然会有人来记录这件事。实际上这一切都是在明中叶才出现的，如高儒的《百川书志》、王圻的《稗史汇编》、郎瑛的《七修类稿》等书中记载罗贯中（或称罗本、罗贯本）创作《三国演义》都是在明中叶以后。而《三国演义》在明中叶出现以后，马上就影响了当时的三国戏创作。例如王济的传奇《连环计》就是一个很好的证明。”② 他根据《三国志通俗演义》卷之一《吕布刺杀丁建阳》一节中董卓从李肃之计，用黄金一千两、明珠数颗、玉带一条利

---

① 欧阳建：《罗贯中研究四题》，载《〈三国演义〉与罗贯中》，中州古籍出版社2000年，第79页。

② 张志和：《透视〈三国演义〉三大疑案》，中国社会科学出版社2002年，第39页。

诱吕布，和卷之二十《诸葛亮六出祁山》一节曹真与司马懿打赌，用天子所赐玉带一条、御马一匹作赌注，结合古代服饰制度，指出汉代服饰尊卑之别主要在冠，元朝显示官员的尊卑主要以梁冠和佩牌别之，而以玉带为贵，乃是明朝的时尚。他说："以'玉带'为贵，乃是在明朝形成的时尚。只有在此时，人们才能将'玉带'看得贵重无比，也制约着这一时代编撰三国故事的人，才会误将当时以为贵重的'玉带'让东汉末年的董卓作为诱使吕布反叛丁原而归附自己的重礼使用，同样才会有曹真以'天子所赐玉带'来同司马懿赌军国大事。此事虽小，却足以说明《三国志通俗演义》只能成书于明代而不是元代。"① 通过对《三国演义》成书时间与作者问题的探讨考察，张志和认为，"不管是从哪个方面的材料来做探讨，得出的结论都是一致的，即《三国志通俗演义》不会成书于元末明初，而只能是在明中叶才出现。它的作者并不是一个'天才的作家'罗贯中，而是经过世代累积，逐渐成熟，一直到明中叶才由某个处在社会下层的文人参考史书将其写定的"②。

在《〈三国演义〉的作者不是罗贯中》一文中，张志和对郑振铎先生认定嘉靖本《三国志通俗演义》为罗贯中所作提出了不同看法，对其主要依据——该书卷首所附蒋大器序——作了考察，认为蒋大器序以罗贯中为"东原"人，但事实上与罗贯中有过交往的《录鬼簿续编》的作者为罗贯中作传，说他是"太原人"。这当然要比罗贯中去世一百多年后的蒋大器的说法可信得多。蒋序不言嘉靖壬午以前已有刻本，而只称"书成，士君子之好事者，争相誊录，以便观览"云云，而嘉靖本将早期刻本所引弘治、正德间人周静轩的诗保留下来，却删去了周静轩之名，则完全可以证明是有意作伪；张尚德刊《三国志通俗演义》在嘉靖壬午年（1522 年），而蒋大器的序作于"弘治甲寅春"（1494 年），这就是说在张尚德刊刻此书之前 26 年蒋序就已经写好了。那么我们不禁要问，这个序是怎样保存下来的？今所见黄正甫刊本、汤宾尹刊本等这些早于嘉靖本的本

① 张志和：《透视〈三国演义〉三大疑案》，中国社会科学出版社 2002 年，第 57—58 页。
② 张志和：《透视〈三国演义〉三大疑案》，中国社会科学出版社 2002 年，第 59 页。

子都没有蒋大器的序。这又当作何解释？蒋序云“若东原罗贯中以平阳陈寿传，考诸国史，自汉灵帝中平元年之事，留心损益，目之曰《三国志通俗演义》”，而嘉靖本所叙史事，实自汉灵帝建宁元年（168 年），而蒋序所云起自中平元年，是从何说起呢？所以，嘉靖本《三国志通俗演义》卷首所附蒋大器序，不能作为确定该书的成书时间与作者的依据。[①] 他认为，《水浒传》《西游记》《金瓶梅》等小说，“都是起自民间，先有众多的说书艺人在勾栏瓦舍中不断地讲说，不断地丰富它、发展它，最后才得以写成”。“《三国演义》的成书过程也正是如此。如果一定要找其作者，那么，自宋代开始的众多‘说三分’的书会才人、说书艺人都是它的作者。正是由他们口头创作的‘世代累积’，才使该书成为举世瞩目的杰作”[②]。

陈松柏认为，《三国志通俗演义》绝不是元末明初剧作家罗贯中所写，理由有三：第一，真正的作者不会在小说上署自己的真实姓名，这是古代小说家的下贱地位决定的。在中国古代，一篇小说写成后，作者是生怕人家知道的。这有两个原因，一是小说家在文人中的地位最低；二是事出有因，有的文人或因为对现实不满，或因为有私愤要泄，或因为抑不住某种风流韵事的冲动等原因写出了小说，难道他还等着招祸，招仇，招骂吗？第二，稍有才情的作者决不会重复自己的创作，只有赚钱的书商才会抄袭移植别人书里的内容。比较一下题署罗贯中作的几部古典小说，就会发现某本书的内容被另一本书所模仿，有些研究者已经做了比勘说明。第三，元末明初的罗贯中在仅有的生平小传中毫无创作小说的迹象。作序的明刊本《三国志通俗演义》之所以题署“罗贯中编次”，首先是看中了罗贯中的名声，其次是罗贯中生活的年代距明孝宗弘治六年已有 130 多年，托罗贯中之名，不仅使《三国志通俗演义》显示出历史的厚重，以取信于读者，而且还可以起到遮盖真面目、混淆视听的作用，即使制造文字

---

① 张志和：《透视〈三国演义〉三大疑案》，中国社会科学出版社 2002 年，第 217—218 页。
② 张志和：《透视〈三国演义〉三大疑案》，中国社会科学出版社 2002 年，第 221 页。

狱，也还有辩解的余地。[①]

三、如何看待《三国演义》作者之争

20世纪20年代，胡适先生曾经把“疑古的态度”作为研究“国故”的四种方法之一，提出了“宁可疑而错，不可信而错”的10字箴言。我们虽然不必认同“东周以前的历史，是没有一字可信的。以后呢？大部分也是不可靠的”这种武断的说法，但他提出的疑古态度，却不仅是中国古代史研究应有的态度，而且还是中国古代文学研究所不可或缺的。因为，“疑古的目的，是在得其‘真’”[②]，没有怀疑，就没有探索，就失去了探究真理的原动力。从这个意义上说，不论是20世纪的《三国演义》作者之争，还是新世纪的《三国演义》作者之争，都是为了“得其真”。虽然学术界在这个问题上没有达成共识，甚至连接近一致的看法也没有形成，但研究者以怀疑的态度进行的各种探索和研究，对引领人们走近《三国演义》，解开《三国演义》作者的真面目，都是有价值、有意义的。

在《三国演义》作者之争中，很多研究者都以严肃认真的治学态度来对待这一学术问题。尽管研究者见解不同，看法不一，甚至学术观点截然对立，打不完的笔墨官司，但本着追求真理、求同存异的精神，彼此之间既相互攻谬，又相互尊重。不论是为文商榷，还是面对面的交锋，都能心平气和，以理服人。学术观点的不同不仅不影响彼此的关系，而且还可以成为促进交流、加深友谊的一种方式和途径。这确实是十分难能可贵的。

鉴于《三国演义》在海内外文化界的巨大影响，其作者问题若能得到解决，哪怕是基本达成共识，都可能带来很大的名人效应。正是出于这种考虑，一些与《三国演义》作者有关的地方对这一问题感兴趣，热衷于相关的活动，也就是十分容易理解的了。但是，由于史料的匮乏，同时又由于缺少令人信服的文

① 陈松柏：《“罗贯中编次”别解》，载《皖江侧畔论三国》，黄山书社2001年。

② 胡适：《研究国故的方法》，《胡适文选》，上海远东出版社1995年，第59页。

物佐证，《三国演义》的作者究竟是谁，仍旧是一个悬案。因此，只要言之有据，言之成理，都可以成为一家之言。但是，如果仅凭某个人或某些人的观点认定《三国演义》的作者为某地人，并试图造成既成事实，不仅不够慎重，而且也不利于学术问题的探讨。

学术界关于《三国演义》作者的种种争论，一方面固然是由于史料严重匮乏，但另一方面也是由于学术界对于已经发现的有限的文献资料的使用和理解存在着很大分歧造成的。研究者探讨《三国演义》的作者问题，反复征引的文献资料，主要有以下四种：一是《录鬼簿续编》中的罗贯中小传；二是《赵宝峰先生文集》卷首所载《门人祭宝峰先生文》；三是嘉靖本《三国志通俗演义》卷首附庸愚子（蒋大器）序；四是明刊本《三国志通俗演义》关于作者的题署。此外，常被征引的还有明高儒的《百川书志》、郎瑛的《七修类稿》、胡应麟的《少室山房笔丛》、田汝成的《西湖游览志余》、王圻的《续文献通考》以及清初周亮工的《因树屋书影》等文献中的相关记载。这些文献资料和《三国演义》的作者之间究竟是怎样的关系，彼此之间有无内在联系，如何看待这些史料之间的相互联系与矛盾，都是研究《三国演义》作者问题必须首先搞清楚的。

事实上，学界对《三国演义》作者的争论，很大程度上都是对上述文献资料的不同理解造成的。譬如，不少人叙述《三国演义》作者罗贯中的生平籍贯，用的是《录鬼簿续编》中的罗贯中小传，这就在明刊本《三国志通俗演义》题署的作者罗贯中与《录鬼簿续编》中的罗贯中之间画上了等号。如果追问一下有什么证据能够证明二人是同一个人，恐怕很难说清楚；同样，如果说二人不是同一个人，也找不出令人信服的证据。在没有新的文献资料或出土文物证明的情况下，这个问题可以说是既无法证实，也无法证伪的问题。在这个问题没有解决之前，有关《三国演义》作者的争论恐怕很难取得接近一致的看法。有的研究者试图用《录鬼簿续编》和《赵宝峰先生文集》卷首所载《门人祭宝峰先生文》中有关罗贯中的资料，来证明明刊本《三国演义》题署的作者罗贯中，但颇为遗憾的是，较早一些的明刊本《三国志通俗演义》，有的并没有这样的题署，即使有题署的，内容也不尽相同。相反，越是后出的版本，作者问题就越清楚。这种现象又该作何解释呢？正是因为看到了这些问题，一些论者才提出了《录鬼簿续编》中的罗贯中非明刊本《三国志通俗演义》题署的罗贯中。证实者有自己的道理，证伪者也同样有自己的道理。出发点不同，对上述材料的理解与认知不同，也就导致了证实与证伪两种方法并行不悖。在法律上，不能证明有罪，就是无罪。但是在学术研究上却不能这样。不能证实的问题，不一定是假命题；不能证伪的问题，也不一定就是真实的命题。在没有发现新的文献资料的情况下，关于《三国演义》作者的问题，在相当长一段时间内恐怕只有证实与证伪共存了。

与《三国演义》的作者相联系的，是学术界对《三国演义》成书年代的分歧。在《三国演义》的成书年代尚未做出准确界定的情况下，关于《三国演义》作者的所有争论，都可能是基于假设之上的。而《三国演义》的成书年代又和《三国演义》的版本相联系。如果连《三国演义》最早的版本出现于何时都无法搞清楚，自然也就遑论《三国演义》的成书年代了。所以，《三国演义》的作者问题并不是一个孤立的问题，它实际上是一个自成系统且又十分复杂的问题。应该把《三国演义》的作者、成书年代和版本结合在一起进行研究。如果能够在某一方面取得突破，在学术界达成共识，自然就可以带动相关问题的研究。但是，如果攻其一点不及其余，就很容易把严肃的学术问题片面化、绝对化，假如再掺杂进某种功利目的和情绪化因素，则不排除将严肃的学术问题庸俗化之可能。而这正是《三国演义》作者研究中最令人担忧的。但愿这样的担忧仅仅是庸人自扰。

（原载《三国演义学刊（2004）》，四川大学出版社 2004 年）

清代花部三国戏简论

清代乾隆年间花部的兴起，是中国戏曲史上一次重大的变革，拉开了“花部”与“雅部”争艳的大幕，极大地促进了传统戏曲在民间的普及与发展。李斗《扬州画舫录》对乾隆年间两淮花部和雅部的发展情况作过这样的描述：“两淮盐务，例蓄花雅两部，以备大戏。雅部即昆山腔，花部即京腔、秦腔、弋阳腔、梆子腔、罗罗腔、二黄调，统谓之乱弹。”① 所谓花部，实际上是指除昆山腔之外的各种地方戏，兴起于乾隆年间，兴盛于嘉庆、道光年间，道光之后，其势头远超以昆曲为代表的雅部，成为百姓日常娱乐的重要形式。花部三国戏就是这一时期兴起和兴盛起来的，并随着花部的流行而走进民间，成为花部的一道亮丽风景线。

一、花部三国戏的创作情况

宋元以后，由于《三分事略》《三国志平话》《三国演义》以及元杂剧三国戏的流传和影响，三国故事在民间具有很高的知名度和影响力，对清代花部创作产生了重要影响，三国故事因此而成为戏曲创作的重要素材，并直接促成了花部三国戏的大量出现。

---

① 〔清〕李斗：《扬州画舫录》卷五《新城北录下》。

敷衍三国故事是中国古代戏曲的传统。从宋元开始，三国题材就受到了戏剧作家的关注，见诸记载的宋元戏文有三国戏 6 种。到了元代，“三国戏”在元杂剧中占了较大比重，有 45 种之多，其中写刘、关、张和蜀汉故事的有 30 种，占了元杂剧三国戏总数的三分之二。[①] 三国故事为戏曲作家所喜爱，是中国戏曲史上不争的事实。这种现象不仅一直延续下来，而且在清代发展到极致，出现了大量的三国戏。乾隆朝宫廷大戏《鼎峙春秋》主要就是敷衍三国故事，该剧长达 240 出，常常是一演就是一年，年头到年尾，天天都是三国戏。但宫廷大戏是为帝王将相和后宫嫔妃们演出的，寻常百姓无法一饱眼福。于是，花部三国戏也就仿照《鼎峙春秋》的样子，把百姓喜爱的三国故事搬上舞台，让三国戏走出了清宫，走进了民间，赢得了广大观众的喜爱。

清代三国戏大抵可以分为雅部和花部两大类。据南枝《〈中国三国戏曲集〉编目》（上）记载，清代花部以外的三国戏共有 26 种，其中杂剧 6 种，传奇 20 种，[②] 此外有昆曲 39 种。[③] 这一时期，以杂剧、传奇和昆曲为代表的雅部共有三国戏 65 种。而在昆弋腔基础上发展起来的各种地方剧种，如京腔、秦腔、楚曲、梆子腔、罗罗腔、二黄调等被称之为花部或乱弹的地方戏，都对三国故事表现出很高的热情。三国戏遍地开花，剧种剧目繁多，影响也颇为深远。据金登才《清代花部戏研究》统计，清代花部共计 590 种，[④] 总量不可谓不多。但这显然还不是花部的全部。如果要对清代花部三国戏做出一个准确的统计，是十分困难的，这不仅因为清代花部剧种繁多，而且因为三国戏大多是各种戏班的演出本，很多是口口传授，有的只有一个剧情梗概或提纲，有的只是用工尺谱记载的主要唱腔唱词，没有完整的剧本。现今所见到的部分花部三国戏，就是十分简单的剧本。但更多的是有剧目而无剧本，有剧本存世者只是其中的一小

① 南枝：《〈中国三国戏曲集〉编目》（上），载《罗学》创刊号，社会科学文献出版社 2012 年，第 182—184 页。

② 南枝：《〈中国三国戏曲集〉编目》（上），载《罗学》创刊号，社会科学文献出版社 2012 年。

③ 南枝：《〈中国三国戏曲集〉编目》（下），载《罗学》第 4 辑，社会科学文献出版社 2015 年。

④ 金登才《清代花部戏研究》，中国戏剧出版社 2006 年。

部分。

花部剧种繁多，但其腔调主要有京腔、秦腔、吹腔、楚曲、梆子腔、弦索腔、罗罗腔、二黄调和西皮调等。这些腔调后来发展成为京剧、秦腔、楚剧、黄梅戏、豫剧等地方戏，影响遍及大江南北。每一个剧种都有一些三国戏，其中三国戏剧目较多的剧种，主要有京剧、川剧、豫剧、秦腔、湘剧、蒲剧、晋剧等。从乾隆五十五年（1790 年）徽班三庆班进京，至道光年间京剧正式形成，京剧三国戏多达 511 种；其他主要剧种，如川剧有三国戏 142 种，湘剧 92 种，蒲剧 88 种，秦腔 85 种，豫剧 79 种。[①] 如果做一下调查，地方戏中的三国戏将是一个非常可观的数字。这些三国戏，大多是由一些知名戏班演出，如三庆班、四喜班、和春班、春台班等四大徽班，宜庆、集庆、萃庆、永庆等京剧名班，祥发、联升、福兴等楚剧名班。据《春台班戏目》记载，四大徽班之一的春台班演出的三国戏有《温明园》《陈宫记》《盘河战》《赐环》《战濮阳》《辕门射戟》《白门楼》《击鼓骂曹》《金锁阵》《荐诸葛》《长坂坡》《汉津口》《群英会》《赤壁记》《华容道》《黄鹤楼》《柴桑口》《斩马腾》《反西凉》《战渭南》《西川图》《冀州城》《战历城》《葭萌关》《献成都》《百寿图》《瓦口关》《定军山》《阳平关》《收庞德》《战山》《受禅台》《兴汉图》《造白袍》《伐东吴》《白帝城》《祭江》《英雄志》《渡泸江》《凤鸣关》《天水关》《骂王朗》《失街亭》《斩马谡》《陇上麦》《葫芦峪》等 46 种；另据《庆升平班戏目》记载，清道光年间庆升平班演出的三国戏有《陈宫记》《虎牢关》《盘河战》《借赵云》《战濮阳》《夺小沛》《凤凰台》《白门楼》《许田射鹿》《闻雷失箸》《马跳檀溪》《博望坡》《长坂坡》《舌战群儒》《临江会》《群英会》《借箭打盖》《祭东风》《华容道》《取南郡》《取桂阳》《取长沙》《战合肥》《龙凤呈祥》《柴桑口》《反西凉》《战渭南》《截江救主》《取雒城》《冀州城》《葭萌关》《献成都》《瓦口关》《定军山》《阳平关》《伐东吴》《白帝城》《英雄志》

① 南枝：《〈中国三国戏曲集〉编目》（下），载《罗学》第 4 辑，社会科学文献出版社 2015 年。

《渡泸江》《凤鸣关》《天水关》《失街亭》《五丈原》《铁笼山》等44种。[①] 一个戏班竟有如此之多的三国戏剧目，不难看出三国戏在当时是多么流行，多么深受民众欢迎。

与已知三国戏剧目相比，花部三国戏存本较为有限，但与雅部三国戏相比，其总量要大得多。仅以收录在《故宫珍本丛刊》《清宫升平署档案集成》《清车王府藏曲本》中的存本三国戏而论，花部三国戏就超过了百种。如清车王府藏曲本收有乱弹81种，高腔7种；《京都三庆班京调全集》《梨园集成》《汪笑浓戏曲集》及萧长华藏本等载有京剧32种。两者相加已达120种之多，几乎是雅部三国戏的二倍，约占了花部总数的五分之一。当然，这还不包括其他地方戏中众多的三国戏。显而易见，地方戏在花雅之争中明显占据上风，并形成了百花齐放的局面。

二、花部三国戏的主要特色

与元明杂剧、传奇中的三国戏相比较，清代花部三国戏题材更丰富，内容更广泛，剧种更多样，特色更鲜明。

其一，从花部三国戏演绎的故事内容来看，自元代以来的以刘、关、张和蜀汉故事为主的倾向得以保持。仅以《车王府藏曲本》所收81种花部三国戏而论，写刘、关、张和蜀汉故事的三国戏多达47种，占了总数的二分之一强。金登才《清代花部戏研究》著录三国戏85种，其中与刘、关、张和蜀汉故事有关的多达56种，约占全部三国戏的66%。[②] 造成这种现象的原因，主要有三点。其一是受自东晋习凿齿以来的蜀汉正统观念的影响。陈寿是西晋人，晋承袭曹魏基业，故其所著《三国志》以曹魏为正统；东晋习凿齿作《汉晋春秋》，以为蜀汉上承刘汉，于是以蜀汉为正统，其实乃是因为东晋偏安，与蜀汉相似，以蜀汉为正统，则东晋正统名正言顺。此后，曹魏正统和蜀汉正统之争一直没有

---

① 金登才：《清代花部戏研究》著录的三国戏，中国戏剧出版社2006年。

② 金登才：《清代花部戏研究》，中国戏剧出版社2006年。

间断。到了宋代，司马光作《资治通鉴》，延续陈寿之规，以曹魏为正统；南宋朱熹所著《资治通鉴纲目》，则承袭习凿齿之论，在汉献帝被废的第二年，就大书“昭烈皇帝章武元年”①，俨然以蜀汉为正统。由于朱熹《资治通鉴纲目》深得后人推崇，蜀汉正统渐入人心。其二是《三国演义》的广泛影响。《三国演义》问世之后，很快成为坊间流行之书，而《三国演义》则是尊刘抑曹，大量篇幅用于刘、关、张和蜀汉一方，而曹魏和孙吴则居于事实上的陪衬地位。其三是自元杂剧以来，三国戏多是以演绎刘、关、张和蜀汉故事为主，清代花部三国戏只是继承了三国戏的传统，并加以保持而已。

其二，从三国戏的思想倾向来看，清代花部三国戏继承了自东晋习凿齿以来的尊刘抑曹传统。如果说演绎刘、关、张和蜀汉故事的三国戏在清代花部中占有较大比重，仅仅说明了三国戏表现的主要内容倾向于蜀汉的话，那么，这些三国戏表现出来的尊刘抑曹倾向，则表明了剧作者鲜明的思想倾向和情感归属。结合花部三国戏可以看出，只要是涉及刘、关、张和蜀汉政权，剧作都要给予褒扬；而涉及曹魏，尤其是曹操及其属下谋臣武将，剧作就要进行贬抑。如《清车王府藏曲本》中的《挡曹》，写曹操赤壁大战后败走华容道，与埋伏在华容道的关羽相遇。曹操一上场就是长吁短叹：“眼流泪手捶胸口怨苍天，在中原领人马八十三万，实指望扫东吴要夺江南。又谁知小周郎谋略广远，诸葛亮那妖道诡计多端。黄公覆他把那苦肉计献，蒋子义引庞统来献连环。我只说四九天东风少见，又谁知诸葛亮力能回天，烧得我众兵将头焦肉烂，只剩下十八骑好不惨然。”此时的曹操好似战败的鹌鹑斗败的鸡，垂头丧气，霸气全无。闻报华容道有兵埋伏时，曹操手下的猛将张辽、许褚都是败军之将不敢言战，连说战不得了、杀不得了，往日的英雄豪气一扫而光。这样一种状态，这样一种表现，与往日的张辽、许褚判若两人。这是作者有意识地这样写，以此来贬抑曹操。而对于关羽，不仅着力突出他的英雄豪气和一身正气，而且通过他之口，

① 〔南宋〕朱熹：《资治通鉴纲目》卷十四。

累数曹操罪状，对曹操进行斥责："非是我忘却了云阳哀报，因为你这奸曹罪恶难逃！在许田射鹿时把君欺了，挟天子令诸侯势压群僚。逼死了董贵妃其罪非小，害董承斩马腾要夺汉朝。恨不得将奸曹剥皮揎草，向前来试一试偃月钢刀！"不仅如此，剧本还着力表现了关羽义薄云天的一面，他念当初对曹操的许诺，但又不好违背军令，心中十分矛盾："往日里杀人不眨眼，铁打心肠也未然。背地我把诸葛怨，思前想后悔是难。杀也难，放也难，实实难坏关美髯。叫三军摆开了一字长蛇阵，簇旗呐喊放了奸曹回中原。"关羽感念曹操旧情，最终还是不顾与诸葛亮订立的军令状，放了曹操。剧本通过关羽与曹操的独唱、对白、对唱，鲜明地表现出尊刘抑曹的思想倾向。

其三，从戏曲角色设计来看，出现在花部三国戏中的刘备一方的主要人物多是生、旦、末等正面角色，而曹操一方的主要人物则多是净、副、丑等角色。如《草船借箭》，旦扮周瑜，生扮孔明，末扮鲁肃，外扮黄盖，净扮曹操，丑扮曹操传令官。《失街亭》中，生扮孔明，小生扮马谡，净扮司马懿，花扮张郃。《空城计》中，生扮孔明，净扮司马懿。《西川图》人物较为复杂，曹操一方是净扮曹操，外扮杨修，小生扮曹洪，副扮徐晃，花扮李典，丑扮乐进、李华；刘备一方则是生扮孔明，老扮庞统，小生扮赵云，刘备等人则是径以姓称，关羽既以姓称，又作净扮。至于张松，入许都见曹操为末扮，入荆州见刘备则以生扮。花部三国戏的角色设计不仅明显地分出主次，而且突出了刘备为代表的蜀汉政权，与传统的尊刘抑曹思想倾向相呼应。

其四，与元明三国戏相比，花部三国戏的内容更为丰富，几乎涉及三国题材的方方面面，《三国演义》和《鼎峙春秋》敷衍的三国故事，在花部三国戏中几乎都有表现。从汉末之乱的黄巾起义开始，到诸侯纷争、汉献帝都许，再到曹操平定北方、刘备占据荆州、孙权割据江东、赤壁之战奠定三分局面，再到曹操称霸北方、刘备入主西蜀、孙权雄踞江东，直到最后三国归一统、西晋统一中国，中国社会经历了一个由合到分、又由分到合的历史轮回。这些历史史实和流传于民间的三国故事，花部三国戏都有表现。如写黄巾起火的《前出劫》，写刘、关、张桃园结义的《桃园结义》，写诸侯之乱的有《温明园》《虎牢关》《战濮阳》《盘河战》《辕门射戟》《神亭岭》《下邳城》等，写关羽的有《辞曹》《挑袍》《过五关》《挡曹交令》等，写诸葛亮的有《三顾茅庐》《草船借箭》《祭风台》《三气周瑜》《柴桑口》《空城计》《斩马谡》《葫芦峪》《五丈原》等，写赤壁之战的有《舌战群儒》《群英会》《盗书》《苦肉计》《连环计》《华容道》等，写刘备伐吴的有《造白袍》《小桃园》《伐东吴》《抱灵牌》《连营寨》《白帝城》等。值得注意的是，花部三国戏不像宫廷大戏《鼎峙春秋》那样对诸葛亮七擒孟获浓墨重彩进行描绘，而仅有《祭泸江》一个折子戏。这究竟是花部三国戏的本来面目，还是七擒孟获的剧目没有流传下来，很值得探究。

三、花部三国戏的著录与版本

在中国古代，戏曲小说属于不登大雅之堂的作品。同时，由于戏曲小说较为注重描写和表现世俗生活，而其中难免会有一些不入统治者“法眼”的东西，甚至有一些所谓的“诲淫诲盗”之作，因而常常遭到禁毁。也许正是因此，历代书目类著作在著录各种文献时，重在著录经史子集，而很少著录戏曲小说。中国戏曲研究院编辑的《中国古典戏曲论著集成》收录古典戏曲论著48种，属于曲目类的有《录鬼簿》《录鬼簿续编》《古人传奇总目》《笠阁批评旧戏目》《重订曲海总目》《也是园藏书古今杂剧目录》《曲目新编》等7种。此外，《太和正音谱》《传奇汇考标目》《今乐考证》等3种也涉及戏曲曲目。但这些著作著录的剧目多是杂剧、传奇和院本，而花部剧目则很少著录。

花部虽然在清初就已经出现了，但真正形成与雅部相抗衡的势头，则是在乾隆年间四大徽班进京之后，尤其是在嘉庆和道光年间，花部发展势头甚猛，不仅可以与雅部分庭抗礼，而且其影响和普及程度已经超过了雅部。但是，当时的许多剧目都是演出本，有的甚至只有故事梗概和主要人物，像元杂剧和清代宫廷大戏《鼎峙春秋》那些主要人物、各种角色、戏曲宫调、宾白科诨、且末道具等都一应俱全的文学剧本则是十分少见。一些戏班包括当时著名的四大徽班等，只有自己的演出剧目单，或简单的演出本，而很少留下完整的文学剧本。关于这一点，可以从前面所引乾隆年间春台班戏目单与道光年间庆升平班戏目单得到证明，不再赘述。

花部见于书目著作著录的，只有姚燮的《今乐考证》。是书“著录四”《国朝杂剧》附录有“燕京本无名氏花部剧目”45种，但实际著录95种。据是书小字注，《烤火》以上44种当是所谓“燕京本无名氏花部剧目”，以下27种录自吴长元《燕兰小谱》；《关王庙》《打盏饭》《广举》《毛把总上任》4种录自李斗《扬州画舫录》；《雪拥蓝关》以下至《请师斩妖》15种录自《钱氏曲选》（即《缀白裘》）；最后5种《三休樊梨花》《宫门挂带》《秦琼表功》《砍柴》《大审玉堂春》则不言出处。姚燮所录95种花部剧目，只有《斩貂》1种属于三国戏。这种情况在曲目类著作中较为少见。

除《今乐考证》外，清代戏班的剧目单也记载了不少花部剧目。如清乾隆三十九年春台班戏目，记载剧目743种，其中包括老徽戏的连台本剧目47种，《三国志》单出戏剧目30种，其他单出、杂出提纲戏566种，全班戏名96种，初排新戏4种。其中除《三国志》单出戏30种外，尚有前述三国戏46种。道光年间庆升平班戏目单见载于周明泰《道咸以来梨园系年小录》，收录剧目272出，其中三国戏41种。[①] 清代学者余治《得一录》卷十一之二《永禁淫戏目单》收录《晋阳宫》《打花鼓》《翠华宫》等剧目80种，以为“以上各种风流淫戏，诲淫最甚。而近世人情沿于习俗，每喜点演。试思少年子弟，情窦初开，一经寓目，魂销魄夺，因之堕入狭邪，渐成痨瘵。究其流毒所极，甚至贞女丧贞，节妇失节，桑濮成风，廉耻丧尽。推原祸始，此实厉阶”[②]。因而主张严加禁止，违者重罚。此外还有一些零星散见的著录，如李斗《扬州画舫录》著录扬州乱弹《滚楼》《抱孩子》等12种，焦循《剧说》《花部农谭》、吴太初《燕

① 金登才《清代花部戏研究》之《几份戏目单的说明》，中国戏剧出版社2006年。
② 〔清〕余治：《得一录》卷十一之二。

兰小谱》、小铁篴道人《日下看花记》、华胥大夫《金台残泪记》等，也都记载了一些当时流行的花部剧目。

由于花部剧本大多是艺人演出的提纲或简单的文学剧本，所以花部剧本大多是珍本或孤本，比较罕见。以花部三国戏而论，现今可见者，主要集中在《清车王府藏曲本》。北京首都图书馆藏《清车王府藏曲本》收录花部三国戏81种，高腔7种；仇江据北京孔德学校图书馆藏《清蒙古车王府曲本分类目录》、北京首都图书馆藏《清蒙古车王府藏曲本目录》、中山大学图书馆藏《车王府曲本编目》等收录的三国戏统计，《清车王府藏曲本》共收录三国戏125种。[①] 此外，《清宫升平署档案集成》《故宫珍本丛刊》《新镌楚曲十种》和清钱德苍辑《缀白裘》中也收录有少量花部三国戏。《新镌楚曲十种》收录有《英雄志》和《祭风台》2种；《缀白裘》收录梆子腔、乱弹腔、西秦腔等花部30种，其中只有《斩貂》为三国戏。这是现今所能见到的花部三国戏的主要作品。这些作品基本上都是原抄本与少量的刻本，很少有其他版本可以参校。即便同是《清车王府藏曲本》，又有同名不同戏、同戏不同名等情况，同时还有“总讲”“总本”和“全串贯”之分。同一剧目，如果有“总讲”“总本”和“全串贯”，那么实际上等于是同一剧目的两个不同演出本，故事情节大体相同，而唱词、宾白甚至人物都有较大出入，不存在互参互校的问题。

鉴于上述情况，对花部三国戏的整理，只能以本校为主。此次校勘整理，以《清车王府藏曲本》中的花部三国戏为底本，兼及《新镌楚曲十种》及《故宫珍本丛刊》中的花部三国戏，结合《三国志》《三国演义》和元明戏曲中的三国戏，对花部三国戏进行本校，显系讹误者，径加改正；属于当时用语用字习惯但与当下不同者，则一仍其旧，不作改动；至于其他讹舛等情况，则依校勘之例予以增删或复原。上述各种情况并出校记说明之。对于存在“总讲”“总本”和“全串贯”情况的花部三国戏，则通过比勘，择其善者而收录，而没有

① 仇江：《车王府曲本总目》，《中山大学学报》2000年第4期。

全部照录。差异较大者，则视为另一同名剧目收录。

现存花部三国戏多是抄本。由于抄写者的文化水平参差不齐，字写得有好有坏，有的字迹模糊不清，很难辨识，给整理校勘带来了很大麻烦。为了保证按时完成任务，胡世厚先生、杨波博士承担了部分校勘任务。胡世厚校勘的部分包括《温明园》《谢冠》《陈宫记》《辕门射戟》《探营》《战濮阳》《白门楼》《盘河战》《战宛城》《骂曹》《骂曹饯行》《三国志》《英雄志》《祭风台》《六出祁山》等15种；杨波校勘的部分包括《美人计》《下邳城》《问安说降》《取冀州》《博望坡》《黄鹤楼》《临江会》《汉阳院》《长坂坡》《求计》《群英会》《盗书》《献连环》《取南郡》《取南郡总讲》《取桂阳》《甘露寺》《取雒城》《葭萌关》《让成都》《讨荆州》《战合肥》《瓦口关》《定军山》《造白袍》《伐东吴（带）擒潘璋总讲》《凤鸣关》《战北原总本》等29种；其余48种由卫绍生负责校勘。最后由胡世厚先生对全书进行统稿。为表示对各自的工作负责，特说明于后。

现存《清车王府藏曲本》所收花部三国戏编目有较大的随意性，而所收高腔《问安说降》《小宴》《奉马》《挑袍》《古城》《河梁》《挡曹》等7种，主要写关羽屯土山约三事至华容道放曹这一阶段的故事，重点在于表现关羽的忠义。《新镌楚曲十种》所收《英雄志》《祭风台》和《缀白裘》所收《斩貂》，时间亦有先后之别。此次整理，则依《三国志》和《三国演义》时间顺序，对收录的92种花部三国戏进行重新编目，以表现黄巾起义的《前出劫》开篇，以写三国名士管宁为赵颜增寿，使其寿至百岁的《百寿图》结篇。这样可以给读者提供一条清晰的历史发展线索，也方便读者比照《三国志》和《三国演义》进行阅读。

（本文是为《三国戏曲集成·花部》撰写的前言）

关于三国文化旅游的几个问题

近年来，在各级地方政府的高度重视和积极推动下，文化旅游产业得到了迅速发展，而拥有雄厚文化资源的三国文化旅游，无疑成为新一轮文化旅游开发中的热点。有的地方为了发展区域经济，促进旅游事业的发展，精心打造三国文化旅游品牌，在国内外产生了一定的影响，真正做到了以文化旅游促地方经济，以文化旅游促社会全面发展，以三国文化旅游扩大对外开放。这些年来，一些地方打三国文化旅游牌，取得了明显的社会效益和经济效益，创造了很多成功的经验。但也不可否认，有的地方由于缺乏充分论证，没有作必要的市场调查，又无相应的旅游景区作为配合，盲目开发三国文化旅游项目，结果旅游景点建成之日，也就是关门大吉之时，成百上千万的钱打了水漂，交了学费，令人十分痛心。如何打造三国文化旅游品牌，借三国文化旅游促进地方经济发展，扩大对外开放，避免造成不必要的失误或损失呢？本文提出三个问题，与关心三国文化旅游的同仁共同探讨。

一、三国文化旅游的正本清源

三国文化旅游，顾名思义应是指和三国文化相关的人文及自然景观的旅游，它主要包括三个层面的内容：一是与三国历史、人物、事件相联系的文化遗迹和自然景观，二是由于《三国演义》的巨大影响而产生的与《三国演义》相联系的文化遗迹和自然景观，三是源自民间故事传说却又与三国历史、人物、事件相联系的人文和自然景观。在这三个层面中，第一层面是本源，第二、第三层面是末或流。三国文化旅游必须厘清这样一种关系，即何为本，何为源，何为基于本源的演绎、传说或附会。如果不能正本清源，而是本末倒置，三国文化旅游就失去了基础。

既然是一种文化旅游，既然要打三国文化牌，就应该名副其实，至少要和三国历史、人物、事件能够扯上一些关系，而不能仅仅是“据说”“据传”，更不能捕风捉影，乱加附会。作为文化旅游的一个特色，故事传说在文化旅游中无疑应占有一定的分量和比重。如果一定要追求史有明载，言之凿凿，恐怕文化旅游就要变成文化考古了。所以，文化旅游不仅不排斥故事传说，而且应该有一定的故事传说作为辅助物和“添加剂”，以丰富文化旅游的内涵，引起游客的兴趣，调动游客的积极性和参与意识。但是，故事传说仅仅是文化旅游的辅助物和“添加剂”而已，它可以是虚构，是传说，甚至完全可以是无稽之谈，但它附着或依附的文化遗迹必须是真实可信的。如果连其附着物和依附体也是“据说”“传说”之类，在此基础上进行旅游开发，那岂不是制造假古迹，有意蒙骗游客，贻误后人吗？这样的文化旅游开发虽然也可能红火一时，但由于它根本不具备文化旅游的内涵，很难真正吸引住游客，而且，一旦游客明白了他花钱来看的不过是当代人制造的一些假古迹，就会有上当受骗的感觉。而当他们把这种感受以某种方式传递给他周围的人时，这种文化旅游的消极后果很快就会暴露出来。有的地方投巨资在“传说”基础上搞文化旅游，还没有等到红火起来那一天，就已经“门前冷落车马稀”，很少有人愿意光顾了。这样的教训是极为深刻的。

文化旅游必须注重文化含量和文化附加值。具有文化含量的文化旅游项目，如果能够得地利之便，又有相应的旅游景区配合，辅之以灵活的体制和特色管理，自然会吸引游客的注意力，引起游客的浓厚兴趣。这方面已经有不少成功的例子。具体到三国文化旅游上，由于“三国”二字已经对其文化内涵作了质的规定，所以，三国文化旅游与其他文化旅游有很大不同。首先，文化旅游的内容必须和三国历史、人物、事件相联系，不能脱离“三国”这一基本时间概念和历史范畴；其次，三国文化旅游应该是具有丰富文化内涵、广泛社会影响和较高社会知名度的内容，具体说来就是属于三国时期的重大历史事件、重要历史人物，并且在当今社会仍然具有较高的知名度和较大影响；再次，必须有一定的文化遗迹和自然景观作为依托，最好能够形成一定的规模。最后一点，应结合时代特点、社会需求和游客心理，赋予三国文化新的意义和价值，不能停留在就古迹说古迹上。

在上述四点中，第一点是基础，是根本。既然是三国文化旅游，就不能脱离三国文化这个根本，不能脱离“三国”这一最为基本的时间概念和历史范畴，否则就不能称之为三国文化旅游了。这就是说，三国文化旅游应该名副其实地建立在三国文化之上。这就涉及何谓三国文化和如何理解三国文化旅游的问题。三国时期的人物、事件、文化遗迹，以及与三国历史有关的自然景观和人文景观，无疑都属于三国文化旅游的范畴。除此之外，和三国历史、人物、事件有关的故事传说，无疑也应属于三国文化旅游的范畴。两相比较，前者是根本，后者是流。后者只有依附于前者才有活力，只有前者与后者相结合，才能显示出其旺盛的生命力。如果脱离了前者，虽然仍可称为文化旅游，但其作为三国文化旅游的价值就会大打折扣。从这个意义上说，第一点是三国文化旅游最不可或缺的。

第二点和第三点是三国文化旅游至关重要的部分。作为一个旅游景区或旅游路线，能否吸引游客，最主要的是看两点，一是看其是否具有观赏价值，二是看其能否给游客带来精神和心理愉悦与快感。而影响游客对景区或旅游路线的观赏价值做出判断的，首先是它们的知名度，是它们在游客印象中占据的地位。如果它们具有很高的知名度，就会引起游客的兴趣，促使游客做出决定到此一游。然而，游客一旦到达了旅游景区，影响游客价值判断的，就不是景区的知名度了，而是旅游景区自身是否具有吸引人的魅力。旅游景区的魅力从何而来呢？除了山水景物雄阔壮丽、摇曳多姿、深邃幽静之外，就是其文化内涵了。旅游景区的文化内涵来自景区的人文景观和文化遗迹，来自它们所具有的文化含量、文化价值和文化意义，以及与之相关的故事传说。文化遗迹是祖先留下的财富，具有不可再生性。而人文景观就不同了，它可以根据历史记载或相关故事传说进行开发性创造。当已有的文化遗迹不足以支撑旅游景区的文化内涵时，根据历史记载或相关故事传说进行开发性建设，不仅是可行的，而且是必要的（若干年后，现在的这些开发性建设也就成了文化遗迹。现有一些文化遗迹，最初也正是这样建成的）。

第四点是三国文化旅游，尤其是新开发的三国文化旅游项目能否成功的关键所在。结合时代特点、社会需求和游客心理，赋予三国文化新的意义和价值，是三国文化旅游必须解决的问题。如果仅仅满足于既有的三国文化遗迹，对大量的三国故事传说视而不见，听而不闻，不去千方百计地丰富三国文化旅游的内涵，虽然也可能维持下去，但绝对不可能有大的发展，不可能成为一种具有广泛影响的文化旅游产业。但是，必须注意的是，在丰富三国文化旅游内涵时，不能脱离“三国”这一基本的时间概念和历史范畴，更不能捕风捉影，甚至无中生有，否则就背离了三国文化旅游这一根本，不能称之为三国文化旅游了。

二、三国文化资源的鉴别厘正

三国文化资源是三国文化旅游的基础。然而，由于现存的三国文化资源规模庞大，真伪夹杂，所以，在开发三国文化旅游的时候，必须对三国文化资源进行必要的鉴别厘正。

三国文化资源主要包括三个方面：三国历史文献、三国文化遗迹、三国故事传说（包括戏曲小说和民间故事传说）。但事实上，最为可行也最具开发价值的是三国文化遗迹。三国文化遗迹遍布全国各地，据沈伯俊先生统计，全国至少有 20 个省市自治区留存有三国文化遗迹，总数多达几百处。这些遗迹大体上可以分为四类：一是少数由三国时期遗存至今的古迹；二是虽然出自三国历史，或与三国历史史实大致相符，但或多或少掺入了《三国演义》和民间三国故事传说的内容；三是虽有一点历史的因子，却因《三国演义》和民间三国故事传说的影响而与史实大相径庭，甚至面目全非；四是出于对史实的附会，或者纯系《三国演义》和民间三国故事传说的产物。① 杨建文先生着重于对《三国演义》产生、传播和影响的考察，提出了“《三国演义》文化”的概念，把与《三国演义》相关的文化分为“原型三国演义文化”“本体三国演义文化”和“后续三国演义文化”。② 他们考察的重点虽然有所不同，但就其内容而言，基本上都属于三国文化资源的范畴。从三国文化旅游的角度来说，不论三国文化，还是《三国演义》文化，都可以视为一种文化资源。如何才能把这些文化资源转化为旅游资源，是开发三国文化旅游必须面对的重要课题。

把三国文化资源转化为三国文化旅游资源，一项基本的工作，就是要对现有的三国文化资源进行必要的鉴别和厘正，确定哪些三国文化资源通过必要的开发可以转化为三国文化旅游资源。就现有的三国文化资源来看，最为直观、最为经济，同时也是最具开发利用价值的，则是和三国历史、人物、事件相联系的文化遗迹。

现存三国文化遗迹与三国文化的联系各不相同，其开发利用的价值因而也就有很大差别。在沈伯俊先生所说的四类三国遗迹中，最具开发利用价值的是前两类，即少数由三国时期遗存至今的古迹，和虽然出自三国历史，或与三国史实大致相符，但或多或少掺入了《三国演义》和民间三国传说的内容。这两类三国遗迹的历史价值、实用价值和实证价值，都要远比后两类为高。而后两类虽然同样具有文化旅游价值，但其主要价值在对民间三国故事传说的传承和发扬，而不在三国文化方面。所以，对于后两类，虽然从某种意义上说可以归入三国文化资源，却需要进行审慎的鉴别厘正。

---

① 沈伯俊：《三国文化概念初探》，载《〈三国演义〉新探》，四川人民出版社 2002 年，第 325 页。

② 杨建文：《面对回归与跨越的抉择——〈三国演义〉文化论略》，载《〈三国演义〉与荆州》，中州古籍出版社 1993 年，第 53 页。

全国各地的三国文化遗迹很多，尤其是河南、湖北、江苏、四川、陕西五省，三国文化遗迹尤为众多。但是，仔细考察一下不难发现，其中一些虽然可以和三国历史、人物、事件扯上某种联系，但严格地说既不符合三国时间概念，又不能划归三国历史范畴。同时符合三国时间概念和三国历史范畴这两个标准的文化遗迹，大多是仅有遗址，如许昌的汉魏故城、南京的石头城、临漳的邺城遗址、洛阳的汉魏故城等等。这些遗址皆有文献记载和令人信服的考古发掘报告为证，只需对其进行旅游开发的可行性论证之后，即可进行三国文化旅游的开发。就总体而言，三国文化资源中有关三国历史、人物、事件的文化遗迹，有许多已经成为三国文化旅游资源，尚未成为三国文化旅游资源的，若将其转化为三国文化旅游资源，也是比较便捷可行的。

另外两类三国文化遗迹，即沈伯俊先生所说的“虽有一点历史的因子，却因《三国演义》和民间三国传说的影响而与史实大相径庭，甚至面目全非”，和“出自对史实的附会，或者纯系《三国演义》和民间三国传说的产物”，属于广义的三国文化，或者说属于《三国演义》文化和民间三国文化。而现有的被冠之以“三国文化遗迹”的，相当一部分属于这种情况。对这两类“三国文化遗迹”，只能做大三国文化处理。至于那些没有丝毫历史依据，而只是民间三国传说，或者是由于《三国演义》的流传经附会而出现的文化现象，虽然也可以作为一种文化旅游资源进行开发，但它们毕竟与三国历史无涉，不能视为三国文化资源，因而也就不能作为三国文化旅游资源来对待。譬如根据关索的传说而附会并被冠以“汉将军关索夫人”的鲍三娘墓，这类文化遗迹虽然可以作为旅游资源进行开发，但最好如实道来，尽量不要和三国历史、三国文化扯在一起，即使要扯在一起，也要说明原委，给游客以真相，否则，游客若是追根问底，就很难自圆其说。因此，为了促进三国文化旅游健康发展，对现有各种冠以三国文化之名的旅游资源必须进行必要的鉴别和厘正。

对三国文化资源进行必要的鉴别厘正，不仅无损于三国文化旅游，而且还是促进三国文化旅游发展的必由之路。当游客慕名而去参观游览某一景区，而游览之后却有一种看到的文化遗迹都是假“古董”的感受时，那该是怎样一种心情？不要说他们惊呼上当受骗，就是有虚枉此行之感，也会对景区产生十分不利的影响。这就有些像消费者慕名购买某种名牌产品，买回来一看竟是假冒伪劣，焉有不气愤的道理？虽然文化遗迹只是景区的一部分，游客看到假古迹虽然气愤，却是无可奈何，但他们据此做出对景区不利的宣传，你同样也是无可奈何。这样一来，必然会影响一部分游客来此旅游的兴趣，甚至会促使他们取消来此旅游的计划。精明的经营者只要算一算这个账，就会明白其中的道理。当然，景区的文化遗迹是前人留下来的，而有关的各种传说也是一代一代流传下来的，经营者对文化遗迹及相关传说的真伪或可信性不可能都了解得十分清楚；另一方面，出于自身利益考虑，有的人明知是假古董，也要巧妙地包装一番，以求获取更大的利益。所有这些，不仅表明三国文化资源的鉴别厘正是必要的，而且表明进行鉴别厘正面临诸多困难和阻力。

譬如现存三国人物陵墓，其真假就需要鉴别厘正。鲁肃墓有岳阳和汉阳龟山两处，小乔墓有庐江和岳阳两处，华佗墓有许昌和徐州两处。这些名人墓现在都是旅游景点，牵涉到一定的经济利益。也许正是因此，不能轻易否定任何一处。但事实上，真正的陵墓只能有一处。若有两处以上的陵墓，其中必有一处以上的真伪有待考证。汉阳龟山鲁肃墓，在 1955 年修建武汉长江大桥迁葬时，发现原来是鲁肃的衣冠冢，真正的鲁肃墓应在岳阳。鲁肃墓的真伪问题随之解决了。但其他人的陵墓仍有这个问题。

譬如小乔墓，究竟哪一处可信呢？这就需要结合有关记载对小乔这一人物进行考察。小乔是汉末桥玄之女，最早见载于《三国志·吴书·周瑜传》：“时桥公得两女，皆国色也。策自纳大乔，瑜纳小乔。”裴松之注引《江表传》有孙策戏周瑜语：“桥公二女虽流离，得吾二人作婿，亦足为欢。”桥玄是汉末名臣，汉灵帝光和中任太尉，以久病罢，后拜太中大夫。曹操发迹之前，桥玄见而异之，说："吾见天下名士多矣，未有若君者也。君善自持。吾老矣，愿以妻子为托。"[1] 桥玄乃梁国人，其女当是为避乱而南逃至皖城，故而才有孙策攻下皖城得大、小乔之事。《三国演义》则把桥玄作为东吴老臣，改称乔国老，其二女亦改称大、小乔。小乔既嫁周瑜，按照古代丧葬制度，死后应从夫而葬。而根据《三国志·吴书·周瑜传》记载，周瑜病死于巴丘（今湖南岳阳），死后灵柩还吴，孙权亲迎至芜湖致祭，之后还葬庐江。今庐江有周瑜墓，明英宗正统七年（1442 年），庐江知县黄金兰于墓前立石碑一通，上书"吴名将周公瑾之墓"，并建谈笑亭，改县城横街巷为朝墓巷。周瑜既归葬故里，则小乔无不随夫归葬庐江之理。所以，庐江县有乔夫人墓，俗名瑜婆墩，在今庐江县城西 1 公里，与城东 1 公里处的周瑜墓遥遥相对。从其不与周瑜合葬这一点来看，小乔当非周瑜正妻。虽非正妻，但依制仍需随夫归葬。如此，则岳阳小乔墓显系据传说而设可知矣。再者，周瑜是在征讨西川的途中病死巴丘的，小乔是否随军，亦未可知。根据当时的情况来看，不随军的可能性较大。即使随军，周瑜病死，小乔亦无不扶柩还归故里的理由。

通过对三国文化资源的必要鉴别厘正，可以对旅游景区的三国文化遗迹做出明确的判断，哪些属于三国文化，哪些属于《三国演义》文化，哪些属于民间传说的三国文化，可以清楚地告诉游客，让游客明明白白。这对三国文化旅游有百利而无一害。相反，假如只顾眼前利益，把假古迹当作真古迹，甚至为了使其变成真古迹不惜再去造假，结果不仅误导游客，而且会因文化造假而贻误后人。

三、三国文化精神的提炼升华

三国文化旅游主要的看点有二：一是三国文化遗迹，二是与之相关的山水景物。而现有的三国文化遗迹及相关山水景物，其所蕴含的文化内容，不单纯

---

① 〔晋〕陈寿：《三国志·魏书》卷一《武帝纪》裴松之注引《魏书》。

是与之相关的历史，而且融入了建造者和修缮者的思想意识、道德准则、文化观念和主观评价，留下了游览者和参观者的感受与认识，甚至夹杂有大量民间传说的内容。这些文化内容经历了长期的积淀与筛选，一般说来都具有较为丰富的文化内涵和一定的积极意义。但也不可否认，其中有许多已经远离了时代的要求，有些显得十分陈腐，与现代人的思想文化观念格格不入，很难再引起人们的兴趣。

文化旅游最为重要的是“文化”二字，它虽然也要借重山水景物，但主要还是其文化内涵和文化精神。这是文化旅游有别于山水风景旅游最为重要的标志所在。三国文化旅游也必须在“文化”二字上做文章，注意丰富其文化内涵，提升其文化精神，并通过这种方式重新唤起游客对三国文化旅游的浓厚兴趣。

何谓三国文化精神？若要对此做出准确的界定，的确有些难度。其难点不在对三国文化的把握，而在人们对三国文化的认知，在于人们受《三国演义》及民间故事传说的影响，把对忠义、智慧、勇敢的褒扬，和对奸佞、虚伪、愚钝的批判，视为三国文化的精华。这固然有其一定的道理，但三国文化首先应该是“三国”这一时间概念和历史范畴所涵盖的文化，三国文化精神不可能脱离这一基础。至于《三国演义》和三国民间传说，可以视为三国文化的延伸，而不能作为三国文化精神的基础。就时间概念而言，三国是指汉献帝建安年间至西晋统一中国这一段时间，具体指建安元年（196 年）至太康元年（280 年），前后 85 年。这一时期天下大乱，群雄逐鹿，社会无序，风云激荡，中国社会在不足百年间经历了一个由治趋乱又由乱到治的历史轮回。这一时期虽然在形式上看和战国时期十分相似，但有识之士面临社会大乱时的表现却有很大不同。如果说战国时期许多有识之士是以试图建立一套治理国家与社会的学说并努力说服战国诸君接受他们的学说作为奋斗目标，那么，三国时期的有识之士则是以积极投身于动乱时代自托明主建功立业为个人追求。这一特点决定了三国文化精神昂扬向上、积极进取、张扬个性的基调。刘勰论建安文学时指出：“自献帝播迁，文学蓬转。建安之末，区宇方辑。魏武以相王之尊，雅爱诗章；文帝以副君之重，妙善辞赋；陈思以公子之豪，下笔琳琅。并体貌英逸，故俊才云蒸。……观其时文，雅好慷慨，良由世积乱离，风衰俗怨，并志深而笔长，故梗概而多气也。”① 雅好慷慨，梗概多气，虽是就建安诗风文风而言，但以之概括三国文化精神，也是十分恰当的。从有志图王的曹操、刘备、孙权，到志存天下的诸葛亮、司马懿，到周瑜、鲁肃、郭嘉、荀彧、荀攸、钟繇、陈群等运筹帷幄的谋臣，再到关羽、赵云、张辽、徐晃、黄盖、甘宁等出生入死的猛将，无一不是以家国天下为己任，昂扬向上，积极进取，无一不是在通过适宜的途径和场合来表现自己的个性精神。整个三国时期，有识之士一方面追求建功立业，一方面又在张扬个性精神。

可以说，对功名事业的追求和对个性精神的张扬，是三国文化精神的核心与要义所在。刘大杰先生曾经指出：“从建安到永嘉，这一百多年中，是中国政治动摇最厉害的时代，也可以说是汉民族单独发展的最后时期。从此以后，东晋偏安江左，成为中国古代文化的中心。大江北部，为外族所据，中原文物，摧毁殆尽。在这一时期内，前代学术道德的腐败，都暴露出来，再不能维系读书人的信仰了。君主以篡夺残杀相尚，仕宦以巧媚游说相欺。于是一般士大夫，都竞尚虚无，谈玄说理，探讨人生之究竟，保性全真，以求安身立命之道；有的嬉笑怒骂，行近癫狂；有的袒裼裸裎，违叛礼法。因此，《老》《庄》《周易》之学，成为当时读书界的经典了。”② 竞尚虚无，谈玄说理，是魏晋时期士人的一大特色。魏晋士人之所以如此，不仅是为了“保性全真，以求安身立命之道”，而且更主要的是想通过这样一种形式来张扬个性精神。不论是饮酒服食，保性全真，还是嬉笑怒骂，袒裼裸裎，都是张扬个性的手段和途径。不过，魏晋士人在张扬个性的同时，从来不曾停止对功名事业的追求。从汉末诸雄到三国名臣，从“建安七子”到“竹林七贤”，在追求功名事业与张扬个性精神方面，都有十分精彩的表现。

---

① 〔南朝·梁〕刘勰：《文心雕龙·时序》。

② 刘大杰：《魏晋思想论》，上海古籍出版社 1998 年，第 20 页。

对三国文化精神的提炼与升华，应该紧扣建功立业和张扬个性这一基本点，而不能随波逐流，用世俗的眼光去看待和解释三国文化精神，诠释三国历史、人物、事件。三国文化旅游景区的三国遗迹，许多解释说明性文字，有史传的据史传，无史传的据传说，而对三国人物的介绍则较多接受《三国演义》和民间三国传说的影响，着重点多在宣扬人物的忠孝节义。这样就泯灭了三国文化精神的个性，无法表现出三国文化与其他历史时期文化精神的本质区别。有特色才有区别。三国文化在中国传统文化中是如此特色鲜明，独具个性，而有关的介绍说明性文字却对此十分漠然，多少年来一直循循相因，根本不曾意识到如何实事求是地表现三国文化的特色和精髓，展示异彩纷呈的三国文化。这不能不令人遗憾。

之所以出现这种情况，主要是因为许多三国文化遗迹最初建造的依据不是史籍，而是《三国演义》或民间三国故事传说。譬如赤壁古战场的凤雏庵、拜凤台，显然是《三国演义》流传之后的产物。据《三国志·蜀书·庞统传》记载，庞统初为南郡功曹。赤壁之战后，周瑜领南郡太守，庞统仍为功曹，故庞统本传注引《江表传》刘备对庞统语，又有“卿为周公瑾功曹”之语。周瑜死后，庞统还为周瑜送丧到江东。① 据此而言，庞统不仅不曾参与赤壁之战事，而且周瑜死前，他根本不曾到过江东。《三国演义》述赤壁之战，则有庞统隐居赤壁西山脚下江边的茅庵中，得蒋干引荐，过江向曹操献连环计，使周瑜得成大功。后人则根据《三国演义》的描述，在赤壁古战场建造了拜凤台和凤雏庵，将此事坐实，并借此宣扬庞统在赤壁之战中所建的殊勋。乍一看来，这似乎是为庞统贴金，但实际上却背离了庞统的性格，不仅与庞统对功名事业的追求格格不入，而且违背了庞统张扬个性的一贯原则。

庞统是一个有着强烈的社会责任心和功名事业心的名士，而不像《三国演义》所写的那样是一个隐者。《三国志·蜀书》庞统本传写道：“（庞统）性好

① 〔晋〕陈寿：《三国志·蜀书·庞统传》载：“瑜卒，统送丧至吴，吴人多闻其名。”

人伦，勤于长养。每所称述，多过其才。时人怪而问之，统答曰：‘当今天下大乱，雅道陵迟，善人少而恶人多。方欲兴风俗，长道业，不美其谭，即声名不足慕企，不足慕企而为善者少矣。今拔十失五，犹得其半，而可以崇迈世教，使有志者自励，不亦可乎？”一个以“兴风俗，长道业”为己任的名士，怎么可能去当隐士呢？如果对此不加辨析，仅仅根据《三国演义》或民间三国故事传说来描绘三国历史上的庞统，甚至把传说作为真实的历史向游客讲述，那只能是民间传说的庞统，而不是三国历史上的庞统。而历史上的庞统则是三国文化精神的实践者，他自负才高，热烈追求功名事业，处处张扬个性精神，常有惊世骇俗之举。有关庞统的三国文化旅游景点，在介绍庞统其人时，不应一味地从俗随俗，而应注意发掘庞统其人表现出来的三国文化精神，把三国文化提升到一个新的层次，进而实现从新的角度和文化层面吸引游客目光、引起游客兴趣的目的。

在现有的旅游景区和项目中，没有任何一个时期的文化像三国文化这样如此丰富多彩，如此具有吸引人的魅力。这无疑应该感谢古典小说《三国演义》和有关的三国民间传说。但是，既然是三国文化旅游，无疑应该依靠旅游景点、景区的文化内涵和文化品位来吸引游客。所以，无论是已有的三国文化旅游项目，还是开发新的三国文化旅游项目，都应该注重发掘其文化内涵，提升其文化品位。在这方面，我们的确有许多工作要做，三国文化旅游的正本清源，三国文化旅游资源的鉴别厘正，三国文化精神的提炼升华，不过是三国文化旅游中诸多亟待加强和改进的三个重要方面而已。

（原载《黄鹤楼前论三国》，长江文艺出版社 2003 年）

许昌开发三国文化旅游的思考与建议

利用历史文化资源开发文化旅游，是最近一些年来各地在文化资源开发利用方面选择最多的一种方式。改革开放之初，许多地方通过“文化搭台，经贸唱戏”进行招商引资，尝到了发展文化的甜头。但随着改革开放的深入，人们对文化的价值和作用的认识越来越深刻，文化是软实力也是硬实力的观念逐渐深入人心。利用历史文化资源开发文化旅游，变资源优势为发展优势，不仅逐渐成为人们的共识，而且已经有了不少成功的范例，深圳、杭州、西安、开封等城市突出城市文化旅游主题，强化文化创意，凝练文化品牌，加大文化资源开发力度，取得了很好的社会效益和经济效益，也为开发利用历史文化资源，发展文化旅游提供了很好的范例。许昌是三国历史文化名城，三国历史文化资源丰富厚重，可以借鉴深圳、杭州、西安、开封等城市的成功经验，在开发三国文化旅游方面有更大的作为。

一、许昌三国文化资源的独特优势

作为三国历史文化名城，许昌拥有较为丰富的三国文化资源，在三国文化旅游开发方面，显示出独特优势。具体言之，表现在以下三个方面。

其一，许昌三国文化遗迹在全国首屈一指。自建安元年八月曹操奉汉献帝都许开始，至建安二十五年十月曹丕代汉自立、十二月迁都洛阳为止，许县一直是汉献帝建都之地，见证了汉末大乱及三国风云的波谲云诡。当时，曹操统治下的北方称许县为许都。曹丕称帝之后，因曹魏是在许地昌盛起来的，故而改许县为许昌。在汉献帝都许的25年间，许县自然而然地成为北方政治、经济、文化中心，留下了许许多多的文化遗迹。今存有汉魏故城、丞相府、春秋楼、霸陵桥、毓秀台、受禅台、永始台、魏文帝庙、张公祠、张辽城、司马城、藏兵洞，以及愍帝陵、伏皇后墓、董贵人墓、张潘二妃墓、徐晃墓、夏侯渊墓、夏侯惇墓、毛玠墓、贾诩墓、郗虑墓、八龙冢等等。全国三国文化较为集中的地区，主要有河南洛阳、南阳，河北临漳、涿州，安徽亳州、舒城，江苏南京、镇江，浙江富阳，湖北襄樊、荆州、宜昌、赤壁，四川成都、绵阳，重庆万州、奉节，陕西汉中等地，但是，没有任何一个城市能够像许昌这样拥有如此之多的三国文化遗迹。这是许昌特有的三国文化资源优势，为许昌开发三国文化旅游提供了很好的物质基础。

其二，许昌是三国时期俊才云蒸之地。汉献帝在许县建都的25年间，正是三国鼎立之前风云激荡的时期，许多有志之士为了救国救民、建功立业，纷纷来到许县。而挟天子以令诸侯的曹操，为了招揽人才，也多次颁布求贤令，使许都一时人才济济。这里曾经聚集了以“三曹”和“建安七子”为代表的一代英才，为建安时期的文化建设留下了光辉的篇章，他们的不少作品至今仍令人叹为观止。今存魏初《上尊号碑》和《受禅表碑》等书法珍品，显示了汉字由隶入楷的趋势，在中国书法史上有重要影响。

其三，许昌有关三国的民间故事特别丰富。《三国演义》在普及三国文化方面具有不可替代的作用，而《三国演义》的材料来源，则包括了正史、稗史和民间故事传说等。许昌作为三国鼎立的发源地，三国故事传说在许昌地区也广为流传，以至于郭沫若有“闻听三国事，每欲到许昌”之说。现今仍在流传的三国故事传说，哪些产生于《三国演义》之前，哪些出现在《三国演义》之后，已经很难考证，但这些故事传说无疑丰富了许昌的三国文化内涵，为许昌的三国文化增添了一抹亮色。

二、许昌三国文化资源的产业化分析

许昌拥有丰富的三国文化资源是无可争辩的事实。但这些文化资源不同于自然资源，自然资源可以为拥有者带来财富，文化资源则只能说明某一地区曾经出现过的文化现象，除文化遗存外，其他文化资源都不具有专属性，既可以为你所有，也可以由他人开发利用。最为典型者是美国电影《功夫熊猫》，借用的全是中国文化元素，却赢得了盆满钵满的票房。深圳的锦绣中华和世界之窗，集中展示了中国和世界的文化精华，是深圳文化旅游业“无中生有”的典范。由此视角来分析许昌的三国文化资源，究竟有多少可以进行产业化开发的呢？从前述许昌三国文化资源来看，文化旅游是三国文化资源产业化开发的重要路径。而要开发三国文化旅游，就要使之具备观赏性、娱乐性、参与性和体验性。按照这一要求反观许昌的三国文化资源可以发现，许昌三国文化资源虽然十分丰富，但具有文化旅游所要求的观赏性、娱乐性、参与性和体验性特质的，却不是很多。目前已经开发为三国文化旅游景点的，只有春秋楼、丞相府和灞陵桥等，仅占许昌三国文化资源的很小一部分。

仔细分析许昌现有三国文化资源，可以进行产业化开发的，也就是前述第一类——三国文化遗迹。这其中，不少属于国家或省级重点文物，只能按照《文物保护法》进行保护性开发，如汉魏故都遗址、毓秀台、受禅台以及诸多三国名人墓葬等；有不少仅见于地方志或文献记载，今天仅能确定其大概位置，而遗迹早已不存，如一些墓葬和祠庙等。这些三国文化资源，都有相关故事传说，但已经失去了相应的景观配合，所谓“有说头，没看头”，实际上已经失去了产业化开发的价值。而能够进行产业化开发的三国文化资源，如丞相府、春秋楼、灞陵桥等，已经得到初步开发，已经成为许昌市重要的三国文化旅游景点。事实上，外地游客到许昌进行三国文化游，可看的景点，大概也就是这些。比一比那些无中生有就能把文化旅游搞得红红火火的地方，许昌作为三国历史文化名城，三国文化旅游仅有这样一些可看的内容，显得多少有些尴尬。而且，就已开发的三国文化旅游景点来看，无论是景区布局、景点打造，还是景区景点的内涵式开发，都与文化旅游的观赏性、娱乐性、参与性和体验性要求有不小的差距。游客不远百里千里来到许昌，就是慕许昌“三国历史文化名城”的名头，想观赏一下三国时期的文化景观，感受一下三国文化的博大厚重，体验一下三国文化的风云激荡与高超智慧。很显然，目前许昌的三国文化游，还不能完全满足游客的这些需求。这也为许昌三国文化旅游留下了进一步提升的空间。

许昌三国文化旅游存在的上述问题，与三国文化资源的产业化程度不高有很大关系。现在人们都在讲供给侧结构性改革，许昌三国文化旅游没有达到预想的社会效益和经济效益，表面上看是产业化程度不高，是许多三国文化资源没有实现产业化，没有把文化资源转化为资本和效益，实际上反映出的是供给侧结构性失衡的问题。换句话说，是许昌提供的三国文化旅游产品形式不够独特，内容不够丰富，特色不够鲜明，对游客的吸引力不够大，不仅与其他地方提供的三国文化旅游产品没有本质的差别，而且还比不过其他地区相类似的景点景区。譬如以春秋楼、灞陵桥为代表的关公文化旅游，与解州关帝庙、洛阳关林相比较，就没有多少优势可言；至于灞陵桥，全国则有多处，其中较为著名者有陕西西安汉武帝灞陵所在地的灞陵桥、甘肃渭源的灞陵桥和许昌关公挑袍处的灞陵桥。由于唐代大诗人李白的《忆秦娥》有“年年柳色，灞陵伤别”和“西风残照，汉家陵阙”之语，人们都把灞陵桥作为伤别处，所以，汉武帝灞陵所在地的灞陵桥最广为人知，也最有特色。而许昌的灞陵桥则是《三国演义》为表现关羽的义勇而设计的，容易给人虚构之桥的印象。许昌灞陵桥与西安灞陵桥相比，一虚一实，高下自见。至于曹丞相府，由于曹操提倡节俭，其丞相府不论是规模还是建制，皆无法与历代皇宫相提并论，吸引力自然要等而下之。许昌提供的三国文化旅游产品，级别不够，特色不彰，吸引力不强。其三国文化旅游处于比较尴尬的局面，也就可想而知了。

供给侧结构性改革，目的之一就是通过调结构、去产能，减少无效供给，增加有效供给，提供优质供给，让产品更加符合大众的消费需求，进而以消费需求的增长拉动经济增长。文化旅游产品也存在这样的问题。不少成功的文化旅游景区景点，都具有内涵丰富、特色彰显、形式独特和体验性、参与性强等特点，在适应游客需求方面都有独到之处；而那些缺少内涵、缺少特色、形式单调且又缺少自然景观作为依托的文化旅游景区景点，则很难为人接受和认可。仔细分析一下国内文化旅游的成功典型和失败案例，大体不外乎上述两种情况。许昌开发三国文化旅游产业，让三国文化资源产业化，就应积极借鉴国内外成功经验，以内涵取胜，以特色取胜，以参与性和体验性取胜。

三、许昌开发三国文化旅游的不利因素

通过对许昌三国文化旅游资源产业化现状的分析，与深圳、杭州、西安、开封等城市开发文化旅游进行比较，不难看出，许昌在开发三国文化旅游方面存在着“三少”现象，即缺少文化创意、缺少主打品牌、缺少景观配合。这些都是制约许昌开发三国文化旅游产业的不利因素。

文化创意是文化旅游的灵魂。有了好的创意，就可能化腐朽为神奇，就可能出奇制胜。港中旅和深圳华侨城联合打造的深圳世界之窗主题公园，深圳锦绣中华发展有限公司打造的锦绣中华和中华民俗村主题公园，都是以文化创意开发文化旅游的成功范例。文化产业，创意为王。不论文化旅游还是文化产业，都需要新颖而接地气的文化创意。开封的清明上河园、实景演出《大宋·东京梦华》和小宋城的《千回大宋》演出，都是富有创意的文化旅游产品，对开封的文化旅游有很大的带动作用。据了解，仅清明上河园的门票收入每年就超过2亿元。许昌市在三国文化资源开发方面做了不少工作，取得了一些成效。但总体来看，由于缺少有震撼力的文化创意，许昌市的三国文化旅游开发还不尽如人意。而规划建设中的三国文化产业园，从目前的“梦回许都”“关公弘义”和“许君以昌”三大板块设计来看，还有很大的提升空间。尤其是在文化创意方面，如何既突出三国文化主题，又能吸引游客注意；既展现精美绝伦的三国文

化，又体现鲜明的时代气息；既独出心裁不落窠臼，又能彰显特色连接地气，从而提升游客的观赏兴趣和参与积极性——仍是一个需要解决的问题。

打造品牌是文化旅游的关键。品牌就是竞争力，品牌就是效益。利用三国文化资源开发三国文化旅游，必须要有品牌意识。品牌做出来了，竞争力也就出来了，社会效益和经济效益也会随之而来。由于三国文化的特殊性，各地都在结合当地三国文化资源搞文化旅游开发，但做得好的少，做出品牌来的就更少。据报道，成都武侯祠 2012 年曾经成为四川旅游景点的“人气王”，前 5 个月接待游客 216. 28 万人次，门票收入 1790 万元。从接待游客人数和门票收入来看，成都武侯祠的品牌效应已经显示出来了。相比之下，南阳武侯祠和襄樊隆中就要逊色很多。至于其他地方的三国文化旅游，在品牌打造方面，就是更加难以望其项背了。所以，许昌开发三国文化旅游，一定要把打造三国文化旅游品牌放在至关重要的位置，以此来弥补短板，彰显优势，通过三国文化旅游品牌打造来带动许昌三国文化旅游业快速发展。

景观配合是文化旅游的根本。国内一些无中生有搞文化旅游的成功范例，大多出现在一线城市或热点城市，原因之一就是有景观配合。对内地一个三线城市来说，走无中生有的路子搞文化旅游开发，难度很大，成功的概率很小。但是，如果有相应的景观作为配合，成功的概率就会大增。就许昌来说，有说头，没看头，是许昌开发三国文化旅游的最大难题。这个难题不解决，许昌的三国文化旅游就很难有大的起色。要补齐这块短板，就要加强与三国文化旅游相关的景观建设，通过景观建设，让三国历史文化活起来，让三国故事场景动起来，让三国经典事件立起来，让三国英雄人物舞起来，让许昌的三国文化旅游不仅有说头，有看头，而且还能让游客主动参与其中，从中得到更多的美感和快感。

四、许昌开发三国文化旅游的建议

许昌依托丰富的三国历史文化资源，开发三国文化旅游，变资源优势为发展优势，使许昌的三国文化旅游发展水平与许昌三国历史文化名城的称号相匹配，既是历史责任和担当，也是许昌转变经济发展方式、提升经济发展水平，深化供给侧结构性改革的必然选择，同时也是许昌变三国文化名城为三国文化旅游名城的必然选择。为此，提出如下建议，仅供参考。

一是做好三国文化旅游整体规划。许昌开发三国文化旅游，是一项系统工程，需要科学论证，统筹规划，统一布局，不能各自为战，放任自流。许昌现有三国文化资源非常丰富，如何布局，如何开发，孰先孰后，如何通过统一开发使之相互协调，收到一加一大于二的效果，都需要一个既科学合理又符合许昌三国文化旅游实际的整体规划。应牢固树立创新、协调、绿色、开放、共享的发展理念，在整体规划上求创新，在总体布局上求协调，在项目推进上求开放，在发展成果上求共享。在三国文化旅游项目方面，要做到规划一批，上马一批，储备一批，形成可持续发展的良好局面。

二是用好现有三国文化旅游资源。许昌拥有的三国文化资源，是一笔宝贵的财富。要善待这些文化资源，首先是加强保护，保护好祖宗留给我们的珍贵遗产。同时，要在保护的基础上，根据整体规划酌情进行开发。文化资源与自然资源一样，都是不可再生的资源，一旦遭到破坏，即便恢复，已不再是原来的文化遗迹。因此，对三国文化旅游资源的开发必须慎之又慎。在进行开发之前，一定要经过科学论证和市场调研，哪些文化资源可以进行保护性开发，可以对现有三国文化旅游形成支撑，或者可以丰富三国文化旅游内涵，就要认认真真地把它做好，争取成熟一个，开发一个，见效一个。一时做不好的，不能急于求成，可以先放一放，待条件成熟时再做不迟。总之，珍贵的三国文化资源，一定要用好，不能仓促上马，浪费了宝贵的文化资源，更不能假借开发的名义，行破坏之实。

三是要讲好三国文化和三国故事。文化旅游，就是要有说头，有看头，有玩头，有回味头。对文化旅游来说，景区景点建设固然十分重要，但景区景点文化内涵的发掘更重要。一所庙宇，一座古冢，一棵老树，一口枯井，等等，看似都是无生命的东西，但只要挖掘其文化内涵，赋予其文化意义，无生命之物也可以活起来。许昌开发三国文化旅游，要加强景区景点建设，首先让三国文化旅游有看头；其次，就是要讲好三国故事，赋予景区景点三国文化内涵，让每一处三国文化景点都有说头，让无生命的景区景点鲜活起来，让游客在这里真正领略三国文化的博大精深，感受到三国文化的趣味和内涵，对三国文化留下美好的印象和回忆。要讲好三国故事，不仅要在景区景点的建造上下功夫，还要在景区景点的软件建设上出新招，借助现代科技手段再现三国风云，展示三国智慧，让游客在游乐中对三国文化留下美好记忆。

四是加强文化创意善于“无中生有”。许昌的三国文化遗迹在全国首屈一指，没有任何一个地方可以与之相比。这是许昌的优势。但是，应该清醒地看到，这么多三国文化遗迹，由于受到各种条件限制，真正可以进行产业化开发的却不是很多。如果拘泥于许昌现有的三国文化资源，就会被束缚住手脚，甚至觉得许昌开发三国文化旅游前景渺茫。这是缺少创新思维的表现。做文化旅游，有文化资源作为依托固然很好，没有的话，也不会有实质性影响。深圳锦绣中华与世界之窗的成功范例告诉人们，做文化旅游完全可以“无中生有”。深圳是一个改革开放之后兴起的沿海城市，没有多少文化资源。但是，他们善于“无中生有”，在没有任何文化资源的地方，竟然靠微缩景观，把中华大地和世界各地的人文与自然景观按照一定的比例复制过来，满足了游客的不同需求。许昌开发三国文化旅游，也可以“无中生有”，把三国时期其他地方的景观和发生在其他地方的重大事件，借助现代科技移植过来。这样，不仅可以弥补许昌三国文化有说头没看头之不足，而且可以满足游客游许昌一地而尽览三国文化精华的需求。

五是突出地方特色善于独辟蹊径。小说《三国演义》的流行和电视剧《三国演义》的播出，使人们对三国文化已经有了基本的了解。虽然它不是严格的历史，但人们对三国时期的事情总是有了一定程度的认知和了解。这是开发三国文化旅游的优势，也是劣势。说它是优势，是说人们对三国文化旅游有了一定的认知度，省去了对三国文化基本知识的普及；说它是劣势，是说三国文化旅游如果不能出点实招、奇招，就会给人平淡无奇之感，很难得到人们的认可。因此，开发三国文化旅游，必须独辟蹊径，彰显地方特色，做到人无我有，人有我新，人新我优，人优我奇。开发三国文化旅游，不能因许昌是曹魏的兴盛地而仅仅局限于曹魏一方，要兼顾蜀、吴。既然是三国文化旅游，仅有曹魏一方支撑不起来，必须有三国文化大局观。在景点、景区和人物故事的配置上，“三曹”“建安七子”和颍川人物要展示，刘、关、张、诸葛亮、五虎上将以及孙策、孙权、周瑜、鲁肃、陆逊等，也应有位置，赤壁之战、夷陵之战、七擒孟获、六出祁山、九伐中原等也要有所表现，而且要通过景观再现、故事再现、场景再现来展示。这样的话，不仅可以使人们“闻听三国事，每欲到许昌”，而且要让每一个准备来体验三国文化之旅的游客“欲知三国事，欣然到许昌”。倘能达到这一目的，许昌开发三国文化旅游才算做到了位。

（原载《三国文化与特色城市建设研究》，社会科学文献出版社 2016 年）

《搜神记》成书年代考论

《搜神记》究竟成书于何时，学术界一直有不同看法。由于《晋书》述干宝事迹颇为简略，其他有关干宝的史料又很少涉及《搜神记》的成书年代，所以学界有关《搜神记》的成书年代之说，多属推测之语。唐人许嵩《建康实录》述干宝卒于晋成帝咸康二年（336年），一些论者习焉不察，视为信史，遂把《搜神记》的成书年代下限定在咸康二年。然而，检阅相关史料可以发现，此说与事实有很大出入。兹略陈管见于后，就教于方家。

一、《搜神记》始作于晋元帝建武元年

《搜神记》始作于何时，现今可见各种文献资料皆无明确记载。李剑国先生以为“建武元年干宝以著作郎领修国史，其撰《搜神记》必始于此年”①。其依据主要是《文选集注》所引《文选抄》和《太平广记》所引《十二真君传》的有关记载。为论述方便起见，分别录之于后：

吴猛，豫章建宁人。干庆为豫章建宁令，死已三日。猛曰：“明府算历未应尽，似是误耳。今为参之。”乃沐浴衣裳，复死于庆侧。经一宿，果相与俱生。庆云：“见猛天曹中论诉之。”庆即干宝之兄。宝因之作《搜神

① 李剑国：《干宝考》，《文学遗产》2001年第4期。

记》。故其序云："建武中，有所感起，是用发愤焉。"

时武宁县令干庆死，三日未殡，（吴）猛往哭之，因云："令长固未合死，今吾当为上天讼之。"猛遂卧庆尸旁，数日俱还。时方盛暑，尸柩坏烂，其魂恶，不欲复入，猛强排之，乃复重苏。庆弟晋著作郎宝，感其兄及睹亡父殉妾复生，因撰《搜神记》，备行于世。①

因《文选抄》说干宝《搜神记序》有"建武中，有所感起，是用发愤焉"之语，李剑国先生遂据以判断《搜神记》是干宝于建武元年以著作郎领修国史时开始撰写的。但现存《搜神记序》并没有以上数语，故而据此作出判断，不能不令人生疑。

干庆死而复生之事，前引两条资料的记载已有分歧，一说为建宁令，一说为武宁令。而前者"豫章建宁"之说，与史实不合。汪绍楹《搜神记·附录三》注云："据《晋书·地理志》《宋书·州郡志》，豫章郡无'建宁县'。《宋志》另有'建宁县'，属郢州西阳郡，亦不属豫章。"② 上述两条资料要么相互矛盾，要么自相矛盾，其可信度很值得怀疑。检阅唐代之前的文献，亦有记干庆死而复生事者，但皆没有把此事与干宝撰写《搜神记》相联系。其最为典型者是《搜神记》和刘义庆《幽明录》：

吴猛，濮阳人。仕吴，为西安令，因家分宁。性至孝。遇至人丁义，授以神方；又得秘法神符，道术大行。……西安令干庆死，已三日，猛曰："数未尽，当诉之于天。"遂卧尸旁，数日，与令俱起。③

晋有干庆者，无疾而终。时有术士吴猛，语庆之子曰："干侯算未穷。我为试请命，未可殡敛。"尸卧静舍，唯心下稍暖。居七日，猛凌晨至，以

① 〔宋〕李昉等：《太平广记》卷十四引《十二真君传》之《吴真君》。
② 〔晋〕干宝撰，汪绍楹注：《搜神记》，中华书局1979年，第362—363页。
③ 〔晋〕干宝撰，汪绍楹注：《搜神记》，中华书局1979年，第13页。

水激之，日中许，庆苏焉。旋遂张目开口，尚未发声。阖门皆悲喜。猛又令以水含洒。乃起，吐血数升，兼能言语。三日平复。初见十数人来，执缚桎梏到狱。同辈十余人，以次旋对。次未至，俄见吴君北面陈释，王遂敕脱械令归。所经官府，皆见迎接吴君。而吴君与之抗礼，即不知悉何神也。①

上述两条文献皆言吴猛为干庆请命而“诉之于天”，语涉不经，显然是小说家语。在干庆的身份问题上，两份材料也是各说各话，或说为西安令（三国吴西安，即晋之豫宁），或称“干侯”，颇多分歧。把干庆死而复生之事与干宝撰写《搜神记》联系起来，不仅未见于唐之前的文献，而且明确说明干宝撰著《搜神记》的具体时间为“建武中”者，仅见于唐人《文选抄》，这就更增添了人们的怀疑。

比较而言，《世说新语》刘孝标注引《孔氏志怪》所记干宝撰著《搜神记》之事，则是更为客观一些：

宝父有嬖人，宝母至妒，葬宝父时，因推著藏中。经十年而母丧，开墓，其婢伏棺上。就视，犹煖，渐有气息。舆还家，终日而苏，说宝父常致饮食，与之接寝，恩情如生。家中吉凶辄语之，校之悉验。平复数年后方卒。宝因作《搜神记》，中云“有所感起”是也。②

正是因此，房玄龄等撰修《晋书》，在述及干宝创作《搜神记》的动因时，则是基本上采纳了《孔氏志怪》的说法，并取《搜神记》和《幽明录》所记干庆死而复生之说：

（干宝）性好阴阳术数，留思京房、夏侯胜等传。宝父先有所宠侍婢，母甚妒忌。及父亡，母乃生推婢于墓中。宝兄弟年少，不之审也。后十余年，母丧，开墓，而婢伏棺如生。载还，经日乃苏，言其父常取饮食与之，恩情如生。在家中，吉凶辄语之，考校悉验，地中亦不觉为恶。既而嫁之，

① 〔宋〕李昉等：《太平广记》卷三百七十八。

② 〔南朝·宋〕刘义庆撰，余嘉锡笺疏：《世说新语·排调篇》，中华书局 1983 年，第 798 页。

生子。又宝兄尝病气绝，积日不冷，后遂寤，云见天地间鬼神事，如梦觉，不自知死。宝以此遂撰集古今神祇灵异人物变化，名为《搜神记》，凡二十卷。①

至于《搜神记》的成书时间，房玄龄等则采取了审慎的态度，加以回避。这是一种负责任的做法。既然说不清楚，就不要说，以免贻误后人。

房玄龄等撰写《晋书》，不仅拥有国家藏书之便利，而且参与者达 21 人之多，除房玄龄、褚遂良、许敬宗三人为监修外，其余 18 人如令狐德棻、敬播、卢承基、李淳风、李义府、薛元超、上官仪、李延寿等，都是精通文史之人，其中令狐德棻是《周书》的作者，李延寿是《南史》和《北史》的作者。以这些人的才学见识，倘若此前文献记载有《搜神记》成书的年代，房玄龄等撰《干宝传》当不至于遗漏。以此而论，《文选抄》的说法也是大可怀疑的。

正是基于以上三点怀疑，笔者认为，《文选抄》所载干宝“建武中，有所感起，是用发愤”而作《搜神记》之说，是不足为信的，故而也是不足为凭的。《晋书》以后的文献，如《文选抄》《十二真君传》等仅可以作为参考，却难以作为依据。

干宝究竟什么时间开始创作《搜神记》呢？笔者以为，在缺少文献资料论证这一问题的前提下，应该换一个思路。在《搜神记序》中，干宝讲到创作《搜神记》的两种方式，即“考先志于载籍，收遗逸于当时”和“缀片言于残阙，访行事于故老”。这两种方式，也是两个条件，满足这样两个条件的时间，就可以视为干宝开始创作《搜神记》的时间。所谓“考先志于载籍”和“缀片言于残阙”，是指搜集、阅读、摘录朝廷所藏历史文献；所谓“收遗逸于当时”和“访行事于故老”，是指采访记录当时流传的民间故事传说。受到家庭发生的两件大事的刺激，干宝于是有了“撰集古今神祇灵异人物变化”的想法。在此之后，只要具备了前述条件中的任何一个，就可以视为干宝创作《搜神记》的

① 〔唐〕房玄龄等：《晋书》卷八十二《干宝传》。

开始。

干宝何时开始采访、搜集和记录民间故事传说，不好推断。但干宝“考先志于载籍”“缀片言于残阙”的时间，大体是可以确定的。因为，《晋书·干宝传》已经给出了答案：“中兴草创，未置史官。中书监王导上疏曰：‘夫帝王之迹，莫不必书，著为令典，垂之无穷。……陛下圣明，当中兴之盛，宜建立国史，撰集帝纪，上敷祖宗之烈，下纪佐命之勋，务以实录，为后代之准；厌率土之望，悦人神之心。斯诚雍熙之至美，王者之弘基也。宜备史官，敕佐著作郎干宝等渐就撰集。’元帝纳焉。宝于是始领国史。”① 《晋书·王导传》亦云：“时中兴草创，未置史官，导始启立，于是典籍颇具。”② 这里所说的“中兴草创”，指的是晋元帝初即位，时间在建武元年和太兴元年（317—318）。据《晋书·元帝纪》，晋元帝置史官、立太学，在建武元年十一月。据此，干宝以著作郎领国史之时，当在建武元年十一月。这与唐人许嵩《建康实录》的有关记载可相互印证：（建武元年）“冬十一月，进司空刘琨为太尉。初置史官，立太学，以干宝、王隐领国史。”③ 从建武元年十一月开始，干宝以著作郎领国史，开始了《晋纪》的写作，自然也就具备了搜集、阅读、摘录朝廷所藏历史文献的条件。所以，从理论上说，建武元年（317 年）也应是干宝撰写《搜神记》的起始之年。此结论虽然与李建国先生的说法相一致，但论据皆源于正史，非强为补缺，故而结论显然更为可靠一些。

二、《搜神记》成书于晋穆帝永和初

《搜神记》成书的时间，理论上讲可以从三个方面进行推论，即干宝自记、《搜神记》内证和史家所记。但由于现存《搜神记》为后人纂集，窜入者颇多，内证已不可靠。《四库全书提要》对此已有考证，兹不赘言。至于干宝自记，涉

---

① 〔唐〕房玄龄等：《晋书》卷八十二《干宝传》。
② 〔唐〕房玄龄等：《晋书》卷六十五《王导传》。
③ 〔唐〕许嵩：《建康实录》卷五，上海古籍出版社 2003 年，影印文渊阁四库全书。

及《搜神记》者仅有《搜神记序》和《进搜神记表》残篇，可惜这两种文献都没有提供可资参证的材料。所以，要判断《搜神记》的成书时间，就只能依靠史家的记载了。检索有关文献，可以为证者，仅《晋书》本传和唐人许嵩《建康实录》中的两段话，兹录之于后：

（干）宝以此遂撰集古今神祇灵异人物变化，名为《搜神记》，凡二十卷。以示刘惔，惔曰："卿可谓鬼之董狐。"

（咸康二年）三月，散骑常侍干宝卒。宝字令升，新蔡人，少勤学。中宗即位，以领国史，累迁散骑常侍。修《晋纪》，上自宣帝，迄于建兴，凡五十三年，成二十卷。辞简理要，直而能婉，世称良史。初，父亡，有所幸婢，母忌之，乃殉葬。后十余年，母丧，开冢合葬，殉婢乃活，取嫁之。因问幽冥，考校吉凶，悉验。遂著《搜神记》三十卷。将示刘惔，惔曰："卿可谓鬼之董狐也。"①

据《晋书》记载，干宝《搜神记》书成之后，曾以之示当时名士刘惔，希望这位大名士能够夸奖几句。刘惔很吝啬，仅说了一句"卿可谓鬼之董狐"，究竟是夸奖还是揶揄，论者还有不同看法。《建康实录》不仅采用了《晋书》的说法，而且记载了干宝去世的具体时间，即咸康二年（336年）三月。根据《建康实录》的记载，干宝以《搜神记》示刘惔，应在咸康二年之前。所以，一些学者认为《建康实录》这段记载很珍贵，并据此确定干宝的卒年就是咸康二年，《搜神记》的成书年代应在此之前。然而，考察刘惔的生卒年不难发现，学界相沿而用的《建康实录》的记载却是大误。

刘惔是《搜神记》成书年代的最重要见证人，也是唯一见证人，因此，只要确定了刘惔看到《搜神记》的时间，《搜神记》的成书年代也就不难确定了。

刘惔字真长，东晋中期大名士，其妻庐陵公主，乃晋明帝女，晋成帝司马

① 〔唐〕许嵩：《建康实录》卷五，上海古籍出版社2003年，影印文渊阁四库全书。

衍、康帝司马岳之妹。刘惔以善清谈而著称于世，并有知人之明。桓温将伐蜀，诸将皆以为不可，独刘惔料其必胜。《晋书》本传载："惔每奇（桓）温才，而知其有不臣之迹。及温为荆州，惔言于帝曰：'温不可使居形胜地，其位号常宜抑之。'劝帝自镇上流，而己为军司。帝不纳。又请自行，复不听。及温伐蜀，时咸谓未易可制，惟惔以为必克。或问其故，云：'以蒱博验之，其不必得则不为也。恐温终专制朝廷。'及后竟如其言。"① 其言桓温伐蜀必克，在晋穆帝永和二年（346年）。《通鉴总类》有明确记载："永和二年，安西将军桓温将伐汉，将佐皆以为不可。江夏相袁乔劝之曰：'夫经略大事，固非常情所及，智者了于胸中，不必待众言皆合也。……'惟刘惔以为必克。或问其故，惔曰：'以博知之。温善博者也，不必得则不为。但恐克蜀之后，温终于专制朝廷耳。"② 刘惔知桓温伐蜀必克，是在侍中任上。依《建康实录》记载，刘惔次年迁丹阳尹。何时去世，《建康实录》却是没有明载。

据《晋书·刘惔列传》，司马昱为丞相时，刘惔、王濛皆是其座上客，俱享上宾之礼：

> 以惔雅善言理，简文帝初作相，与王濛并为谈客，俱蒙上宾礼。时孙盛作《易象妙于见形论》，帝使殷浩难之，不能屈。帝曰："使真长来，故应有以制之。"乃命迎惔。盛素敬服惔，及至，便与抗答，辞甚简至，盛理遂屈。一座抚掌大笑，咸称美之。③

会稽王司马昱乃当时清谈领袖，故对清谈之士青眼有加。在他眼里，刘惔这位侄女婿是当时诸多谈士中的佼佼者，故而待刘惔和另一位清谈之士王濛如上宾。刘惔和王濛既是谈士，又是好朋友。《晋书·王濛列传》载：

> 及简文帝辅政，（王濛）益贵幸之，与刘惔号为入室之宾，转司徒左长史。晚求为东阳，不许。及濛病，乃恨不用之。濛闻之曰："人言会稽王

---

① 〔唐〕房玄龄等：《晋书》卷七十五《刘惔列传》。
② 〔宋〕沈枢：《通鉴总类》卷十二，上海古籍出版社2003年，影印文渊阁四库全书：史部八·总抄类。
③ 〔唐〕房玄龄等：《晋书》卷七十五《刘惔列传》。

痴，竟痴也。”疾渐笃，于灯下转麈尾视之，叹曰：“如此人，曾不得四十也。”年三十九卒。临殡，刘惔以犀柄麈尾置棺中，因痛绝久之。①

司马昱乃晋元帝少子，履尚清虚，志道无倦，晋元帝曾对其寄予厚望，以为他“仁明有智度，可以虔奉宗庙，以慰罔极之恩”②。永和二年（346年），骠骑大将军何充卒，会稽王司马昱奉崇德太后诏，以抚军大将军录尚书六条事，专总万机。王濛本传所说的“简文帝辅政”，即在此年。刘惔本传称，司马昱初做相，刘惔与王濛“俱蒙上宾礼”，应是指司马昱“专总万机”辅政之时。此时，刘惔与王濛俱应在世。

晋穆帝永和初，刘惔与王濛为司马昱的“入室之宾”，而晋穆帝永和五年，刘惔已然不在人世。《世说新语·轻诋篇》所载褚裒与孙绰的对话，透露了这一信息：

褚太傅（裒）南下，孙长乐于船中视之。言次及刘真长死，孙流涕，因讽咏曰：“人之云亡，邦国殄瘁。”褚大怒，曰：“真长平生何尝相比数，而卿今日作此面向人！”孙回泣向褚曰：“卿当念我。”时咸笑其才而性鄙。

褚裒是康献皇后之父，永和五年（349年）卒，享年47岁。《晋书·褚裒传》载：“永和五年卒，年四十七。远近嗟悼，吏士哀慕之。赠侍中、太傅，本官如故，谥曰元穆。”③ 褚裒卒前曾与孙绰言及刘惔之死，故刘惔卒年必在永和五年之前。

刘惔和王濛是东晋名士，可惜二人享年不永，皆英年早逝，刘惔活了36岁，王濛也仅活了39岁。王濛先刘惔而死，刘惔曾亲临吊祭，并把王濛心爱的犀柄麈尾置于棺木中一并埋葬。其惺惺相惜之情，不言自明。据《世说新语·伤逝篇》“王长史病笃”条刘孝标注引《王濛别传》记载，王濛卒于永和初：“濛以永和初卒，年三十九。沛国刘惔与濛至交，及卒，惔深悼之，虽友于之爱不能过也。”永和初王濛死时，刘惔曾亲往吊祭。由此可知，刘惔卒年应在永和

---

① 〔唐〕房玄龄等：《晋书》卷九十三《王濛列传》。
② 〔唐〕房玄龄等：《晋书》卷九《简文帝纪》。
③ 〔唐〕房玄龄等：《晋书》卷九十三《褚裒列传》。

初至永和五年之间，即公元346—349年。

从永和初至永和五年前推36年，即晋怀帝永嘉五年至晋愍帝建兴二年（311—314），便是刘惔的生年。考刘惔妻庐陵公主的年龄，亦可证明此一推断。晋明帝司马绍于太宁三年（326年）八月戊子薨，享年27岁。庐陵公主乃晋明帝女，又非长公主，故其生年应在晋明帝20岁以后。假定庐陵公主是晋明帝20岁至27岁间所生，则其生年应在西晋怀帝永嘉六年至东晋元帝大兴二年，即312年至319年。这一时间段，刚好和刘惔的生年相若。刘惔活了36岁，以其生年后推36年，则其卒年应在346年至349年。这种推测与刘孝标注引《王濛别传》及《世说新语》褚裒与孙绰议论刘惔之死所涉及的年代正相吻合。

根据以上的推论可以得知，刘惔约生于西晋怀帝永嘉五年至晋愍帝建兴二年，卒于晋穆帝永和初年至永和四年。干宝在《搜神记》成书后，以之示刘惔，应是在刘惔尚庐陵公主且以善清谈与王濛为时人所重、成为会稽王司马昱的座上宾之后，具体时间应在司马昱以抚军大将军录尚书六条事、专总万机之后，亦即晋穆帝永和二年之后。此时，刘惔大约34岁。在刘惔成名之前，干宝以《搜神记》示刘惔的事不太可能发生，换句话说，此事不会发生在刘惔与王濛成为简文帝的座上客之前。所以，干宝以《搜神记》示刘惔，最早应在晋穆帝永和初。这也应是《搜神记》成书的最早时间。

干宝撰写《搜神记》，既重视前朝留存历史文献，又注重本朝故老民间传说，即所谓“考先志于载籍，收遗逸于当时”和“缀片言于残阙，访行事于故老”。其创作过程，实际上是整理文献、搜集传说并加以摘录和编排的过程。这一过程是漫长的，可能是三年五年，也可能是伴其一生。如果从干宝具备了阅读朝廷所藏文献、走访民间故老的条件之时算起，推论《搜神记》始作于建武元年干宝以著作郎领国史之时，应是可信的。至于《搜神记》的成书年代，论者据《建康实录》所载干宝卒于咸康二年，进而推论《搜神记》应成书于咸康二年之前，缺少文献依据，殊不可信。考《晋书》干宝、刘惔、王濛等人传记及《简文帝纪》的有关记载，可以推知，干宝在《搜神记》成书之后以示刘惔的时间，应是在刘惔和王濛成为会稽王司马昱的座上客之后，具体时间应在晋穆帝永和初年。据此而论，干宝的卒年也应在晋穆帝永和初年之后。

（原载《河南教育学院学报》2009 年第 4 期）

不一样的隋唐英雄谱

——《隋唐演义·前言》

清代作家褚人获编著的长篇历史小说《隋唐演义》，尽管其知名度难以望《三国演义》项背，甚至也难以与《东周列国志》相提并论，但它却以独特的魅力赢得了广泛的关注，受到了读者的欢迎。

《隋唐演义》是褚人获在罗贯中《隋唐志传》、袁于令《隋史遗文》、齐东野人《隋炀帝艳史》等书的基础上，杂取相关笔记小说，又加连缀增削编著而成的。清人梁绍壬在其《两般秋雨庵随笔》中评此书“无一字无来历”：

> 《隋唐演义》，小说也，叙炀帝、明皇宫闱事甚悉，而皆有所本。其叙土木之功，御女之车，矮民王义及侯夫人自经诗词，则见于《迷楼记》；其叙杨素密谋，西苑十六院名号，美人姓名，泛舟北海遇陈后主，杨梅玉李花开，及司马戡逼帝，朱贵儿殉节等事，并见于《海山记》；其叙宫中阅《广陵图》，麻叔谋开河食小儿，冢中见宋襄公，狄去邪入地穴，皇甫君击大鼠，殿脚女挽龙舟等事，并见于《开河记》；其叙唐宫事，则杂采刘餗《隋唐佳话》、曹邺《梅妃传》、郑处诲《明皇杂录》、柳珵《常侍言旨》、郑棨《开天传信记》、王仁裕《开元天宝遗事》、无名氏《大唐传载》、李德裕《次柳氏旧闻》、史官乐史之《太真外传》、陈鸿之《长恨歌传》，复

纬之以《本纪》《列传》而成者，可谓无一字无来历矣。[1]

为了说明《隋唐演义》“无一字无来历”，梁氏在史传之外，罗列的旧小说和笔记野史，竟达13种之多。其目的在于说明《隋唐演义》事有所本，且采撷甚广。这是除《三国演义》之外的其他历史小说所不可企及的。鲁迅先生也认为，《隋唐演义》“叙述多有来历，殆不亚于《三国演义》”[2]。

褚人获编著《隋唐演义》之前，已经出现多种敷衍隋唐故事的历史小说，如罗贯中的《隋唐志传》、钟惺的《大隋志传》、熊锺谷的《唐书志传通俗演义》、林瀚的《隋唐志传通俗演义》，以及袁于令的《隋史遗文》、齐东野人的《隋炀帝艳史》，等等。这些小说，有的已经失传。褚人获编著《隋唐演义》时，可能见到了上述小说，但编著不是拼凑，东摘一章，西抄一回，这个取首，那个截尾，而是有其创作蓝本。

关于《隋唐演义》的蓝本，褚人获在《隋唐演义·序》和《发凡》中皆曾谈起。《四雪草堂重编隋唐演义发凡》这样写道：

> 《隋唐演义》原版出自宋罗贯中，明正德中三山林太史亨大复加纂辑授梓，行世已久，而坊人尤以为未尽善。近见逸史载隋炀帝、唐玄宗与贵儿、阿环两世会合，其事甚新异，因为编入，更取正史及野乘所记隋唐间奇事、快事、雅趣事，汇纂成编。

很显然，褚人获的蓝本是原出罗贯中，而明正德中林瀚又加纂辑的《隋唐志传》。在序文中，褚人获也表明了这种观点：“《隋唐志传》创自罗氏，纂辑于林氏，可谓善矣。然始于隋宫剪彩，则前多阙略，厥后补缀唐季一二事，又零星不连属，观者犹有议焉。昔箨庵袁先生曾示余以所藏《逸史》，载隋炀帝、朱贵儿、唐明皇、杨玉环再世姻缘事，事殊新异可喜。因与商酌，编入本传，以为一部之始终关目。合之《遗文》《艳史》，而始成其事。极之穷幽仙证，而已竟其局。其间阙略者补之，零星者删之，更采当时奇趣雅韵之事点缀之，汇成

① 〔清〕梁绍壬：《两般秋雨庵随笔》，引自蒋瑞藻《小说考证》之《隋唐演义》第一百八十三。
② 鲁迅：《中国小说史略》第十四篇“元明传来讲史”。

一集，颇改旧观。”这段序文记述了褚人获编著《隋唐演义》的基本情况。值得注意的是，序文在蓝本之外又提出另外两种较为重要的小说，即袁于令的《隋史遗文》和齐东野人的《隋炀帝艳史》。

《隋唐演义》据之为蓝本的《隋唐志传》究竟是怎样一部小说，对《隋唐演义》的影响究竟有多大，或者说《隋唐演义》多大程度上采用了《隋唐志传》，由于《隋唐志传》已经失传，这些问题已无从考察。所幸序文中言及的《隋史遗文》和《隋炀帝艳史》皆有传本，为人们考察《隋唐演义》的编著情况，提供了可资参证的依据。《隋唐演义》以隋文帝伐陈开篇，次以隋炀帝谋夺帝位，荒淫无道，大兴土木，穷兵黩武，以致天下汹汹，揭竿而起者此起彼伏。秦王李世民收拾天下英雄，创一世帝业，建立唐朝。传至唐玄宗天宝十四载(755年)，安禄山、史思明发动叛乱，唐玄宗避难蜀地，杨贵妃缢死于马嵬坡。后来，唐明皇求见杨贵妃魂，方知二人乃是隋炀帝和朱贵儿再世姻缘。小说虽名《隋唐演义》，但述唐代事仅至唐肃宗，且唐代所占篇幅尚不及全书的三分之一，全书的重点仍是隋炀帝荒淫亡国和秦叔宝、单雄信、王伯当、程咬金、徐茂公等隋末英雄，他们的篇幅占了全书三分之二强。这就是说，《隋唐演义》是以隋唐之际的时代兴替、历史变革及隋宫生活为主要内容。但是，如果将这些内容与《隋史遗文》和《隋炀帝艳史》进行比较，可以发现，《隋唐演义》在前六十六回中，取用二书甚多。

《隋史遗文》共六十回，被褚人获采用者，多达五十五回，其中有三十五回属于较少改动的照搬或抄录，另有二十回则是或多或少地取用。《隋史遗文》的回目，亦有半数以上为《隋唐演义》沿用，其中有些回目，如“齐州城豪杰奋身，楂树岗唐公遇盗”“秦叔宝途次救唐公，窦夫人寺中生世子”“蔡太守随时行赏罚，王小二转面起炎凉”“三义坊当锏受腌臜，二贤庄卖马识豪杰”“入酒肆蓦逢旧识人，还饭钱径取回乡路”“齐国远漫兴立球场，柴郡马挟伴游灯市”“李玄邃关节来总管，柴嗣昌托请刘刺史”等回目，几乎一字不差地为《隋唐演义》所袭用。另有不少回目，则是或取其上句，或取其下句，或是稍加改动。

值得注意的是,《隋唐演义》的情节结构与《隋史遗文》有惊人的相似或一致之处。《隋史遗文》有两条线索并行，一是隋炀帝夺宫、称帝和骄奢淫逸以致亡国的故事，一是秦叔宝、单雄信等瓦岗英雄反隋的故事，两条线索交错进行，构成了《隋史遗文》的主要框架；《隋唐演义》则承袭《隋史遗文》体式，将其两条主要线索一直延续到隋灭唐兴。这是《隋唐演义》与其后的“说唐”故事系列的区别所在。如清无名氏的《说唐全传》，只有一条主要线索，就是秦叔宝、单雄信等瓦岗英雄反隋兴唐，隋炀帝的故事只是穿插连缀而已。

《隋炀帝艳史》对《隋唐演义》的影响，则集中在隋炀帝这条线索上。其关于隋炀帝宫廷生活的描写，多为《隋唐演义》所取用。如隋炀帝在东都与萧后及众夫人、美人、嫔妃等的淫乐生活，隋炀帝在扬州淫逸无道的秽行，《隋唐演义》都大段大段照录，甚至是整回整回地采用。然而，由于《隋炀帝艳史》着重描绘的是隋炀帝放荡淫逸的一生，因而其对隋炀帝荒淫无度的宫廷生活津津乐道，颇有欣赏玩味之意。而《隋唐演义》则侧重对隋亡唐兴历史的描述，故其在取用《隋炀帝艳史》时，对隋炀帝荒淫无度的生活一方面照录，一方面则对那些渲染色情的章节和段落采取断然措施，毫不吝惜地删去。如《隋炀帝艳史》第三十一、三十二回，写隋炀帝用任意车和方药，恣意和宫女淫乐，香艳之外充满色情肉欲,《隋唐演义》则一概不取。这或许可以说明褚人获对此类内容的态度。尽管如此,《隋唐演义》取用《隋炀帝艳史》的章节仍不在少数。郑振铎称“褚人获的《隋唐演义》，前半部便全窃之于《艳史》”，虽有些夸张，却也道出了一些事实。

有人对《隋唐演义》袭用《隋史遗文》和《隋炀帝艳史》的情况作了统计，指出《隋唐演义》的前66回，总计有35回袭用《隋史遗文》，占总回数的53. 03%；有10回袭用《隋炀帝艳史》，占总回数的15. 5%。另有7回，系由二书的相关内容连缀而成，占总回数的10. 6%。而属于褚人获新增补的只有14回，占总回数的21. 1%。这些统计数字至少说明了这样一个事实，即《隋唐演义》有三分之二的章回出自《隋史遗文》和《隋炀帝艳史》，或径取自二书，或稍加增削连缀。褚人获在《隋唐演义·序》中自称“合之《遗文》《艳史》而始广其事”，道出了《隋唐演义》成书的基本事实。有论者指出《隋唐演义》系由褚人获编著，而非褚人获的个人创作，应是较为可信的。

《隋唐演义》是一部不一样的英雄谱。中国历史上有所谓出身社会下层的“草莽英雄”或“绿林好汉”，他们多因不满于官府暴政、苛政、恶政揭竿而起，或占山为王，或扯旗造反，或割据一地。在中国历史上，这些草莽英雄虽然也有成功者，甚至也有黄袍加身者（如明太祖朱元璋），但失败者多，悲剧者多（如陈胜、吴广等）。而隋唐时期的草莽英雄，借隋末之乱纷纷而起，或自扯旗号，或投奔明主，或中道改旗易帜。以秦琼、程咬金、王伯当为首的瓦岗英雄，在动乱中崛起，最后归顺了李世民，在隋末英雄谱系中占据了显著地位；而窦建德、单雄信等虽然皆是一时人杰，但因选择不同，最后的下场迥异。如第五十七回单雄信割袍断义一节，写单雄信对徐茂公的决绝态度：

> 郑国单雄信熟识此地，晓得此谷为五虎谷，前涧名曰断魂涧，无有出路。单雄信见燕伊飞赶进去，恐他夺了头功，也赶进谷来，只见一匹空马，飞跑出来，燕伊早已射死在地。雄信看了大怒道：“不杀此贼，以报燕伊，不为好汉！”因策马绕谷寻来，忽闻后边一骑马飞奔前来，高声叫道：“单二哥，勿伤吾主，徐懋功在此。”忙赶向前，扯住雄信衣袂道：“单二哥别来无恙，前在魏公处，朝夕相依，多蒙教诲，深感厚谊。今日一见，弟正有要言欲商，幸勿窘迫吾主。”雄信道：“昔日与君相聚一处，即为兄弟。如今已各事其主，即为仇敌。誓必诛灭世民，以报先兄之灵，以尽臣子之道。”懋功道：“兄不记昔日焚香设誓乎？我主即你主也，兄何不情之甚？”雄信道：“此乃国家之事，非雄信所敢私。此刻弟不忍加刃于兄者，尽弟一点同契之情耳，兄何必再为饶舌？”随拔佩刀割断衣襟，加鞭复去找寻。懋功见事势危急，如飞勒马奔回，大叫：“诸将，主公有难！”

秦琼、程咬金、徐茂公等归顺李世民，单雄信则归顺了王世充。如此一来，原来的好兄弟便分为不同的阵营，成为战场上的对手和敌人。后来，秦琼等人辅佐李世民削平各路豪强，建立了唐朝。而窦建德、单雄信等人则因选择失当而成为悲剧英雄。虽然历史从来是成王败寇，但单雄信等亦是令人尊敬的悲剧英雄。正是有了他们这些人，隋唐英雄谱系才越发显得多姿多彩，才更加令人心驰神往。

《隋唐演义》的另一独特之处，表现在褚人获匠心独运的艺术构思上。褚人获在编著《隋唐演义》时，面临着一个无法回避的问题，即如何把如此众多的隋唐史料（包括稗史、小说）构架出一部气象恢宏的巨著？如何把诸多人物和线索有机地联系在一起？他所依据的蓝本《隋唐志传》又是“前多阙略，厥后补缀唐季一二事，又零星不连属，观者犹有议焉”的一部书。对这样一部书，显然需要重新构架和整合。但如何构架，如何整合，殊非易事。褚人获想起了在袁于令那里看到的《隋史遗文》，其中载有隋炀帝和朱贵儿、唐明皇和杨玉环再世姻缘的故事，从中得到了启发，经和袁于令商酌，决定以四人的两世姻缘为基本线索，重新构思《隋唐演义》，而将唐明皇之后14帝悉数舍去。《隋唐演义》以两世姻缘为全书大关目，开篇并无伏笔，直至全书结局，才由张果出来解说隋炀帝和朱贵儿、唐明皇和杨玉环的两世姻缘：

> 通幽道：“梅妃在蕊珠宫中，弟子适已闻之矣。只不知杨妃魂魄在何处，伏乞仙师指引一见，以便覆上皇之命。”张果道：“你可知上皇与贵妃的前因后果么？”通幽道：“弟子愚昧，多所未知，愿闻其详。”张果道：“上皇宿世乃元始孔升真人，与我辈原是同道。只因于太极宫中听讲，不合与蕊珠宫女相视而笑，犯下戒律，谪堕尘凡，罚作女身，为帝王嫔妃，即隋宫中朱贵儿是也。贵儿再世，便是大唐开元天子了。”通幽道：“朱贵儿何故便转生为天子？”张果道：“贵儿忠于其主，骂贼殉节而死。天庭最重忠义，应得福报，况系谪仙，本宜即复还原位的，只因他与隋炀帝有宿缘，又曾私相誓愿，来生再得配合，故使转生为天子，了此一段誓愿。”通幽道：“请问朱贵儿与隋炀帝有何宿缘？”张果道：“炀帝前生乃是终南山一个怪鼠，因窃食了九华宫皇甫真君丹药，被真君缚于石室中一千三百年。他

在石室潜心静修，立志欲作人身，享人间富贵。那孔升真人偶过九华宫，知怪鼠被缚多年，怜他潜修已久，力劝皇甫真君，暂放他往生人世，享些富贵，酬其夙志，亦可鼓励来生悔过修行之念。有此一劝，结下宿缘。此时适当隋运将终，独孤后妒悍，上帝不悦。皇甫真人因奏请将那怪鼠托生为炀帝，以应劫运。恰好孔升真人亦得罪，降谪为朱贵儿，遂以宿缘而得相聚。不意又与炀帝结下再世姻缘，因又转生为唐天子，未能即复仙班。”通幽道：“贵儿便转生为唐天子了，那炀帝却转生为何人？”张果笑道：“你道炀帝的后身是谁？即杨妃是也。炀帝既为帝王，怪性复发，骄淫暴虐，况有弑逆之罪，上帝震怒，只判与十三年皇位，酬其一千三百年静修之志。不许善终，敕以白练系颈而死，罚为女身，仍姓杨氏，与朱贵儿后身完结孽缘，仍以白练系死，然后还去阴司，候结那弑逆淫暴的罪案。当他为妃时，又恃宠造孽，罪上加罪。如今他的魂魄，正好不得自在，你那里去寻他？”

经张果解说，读者方知隋炀帝乃终南山千年鼠精转世，孔升真人因犯戒律被贬凡尘，转生为朱贵儿。后来朱贵儿转生为唐明皇，隋炀帝转生为杨贵妃，完成了这一再世姻缘。这种解说在今天看来殊为可笑，但褚人获觉得此故事“新异可喜”，遂取之为一书之关目，故在诸线索交替进行时，有朱贵儿割腕报宠、隋炀帝与朱贵儿对天盟誓、朱贵儿骂贼殉节，以及唐明皇与杨玉环长生殿盟誓等情节。这些情节不仅勾勒出隋炀帝、朱贵儿、唐明皇、杨玉环的两世姻缘，而且是全书关目的主要环节，对全书的艺术结构具有重要作用。当然，这种两世姻缘式的情节设计，不可避免地落入当时颇为流行的因果业报的窠臼，消极意义显而易见。

关于《隋唐演义》的思想和艺术价值，鲁迅先生有这样的评价：“惟其文笔，乃纯如明季时风，浮艳在肤，沉著不足，罗氏轨范，殆已荡然，且好嘲戏，而精神反萧索矣。”① 褚人获由明入清，《隋唐演义》又是完成于清初，故其文笔表现出“浮艳在肤，沉著不足”的明季世风，原不足为怪。但其“精神”，却难以“萧索”二字概括之。其一，《隋唐演义》述隋宫生活，极写隋炀帝荒淫无耻、大兴土木之事，如命侍卫许庭辅等点选天下美女，命宇文恺营建东都，命麻叔谋、令狐达开通各处河道，等等，致使天下鼎沸，怨声载道，并最终导致了隋朝的灭亡。如第二十七回写隋炀帝荒淫无道：“再说炀帝荒淫之念，日觉愈炽。初命侍卫许庭辅等十人，点选绣女；又命宇文恺营显仁宫于洛阳，又令麻叔谋、令狐达开通各处河道，又要幸洛阳，又思游江都。弄得这些百姓东奔西驰，不是驱使造作，定是力役河工。各色采办，各官府州县邑，如同鼎沸。”从有关描述中，读者可以看出隋朝灭亡的重要原因，就在于隋炀帝荒淫无道、不施仁政、不体恤百姓。其二，小说着重表现了以秦叔宝、单雄信为代表的瓦岗英雄重义轻利、扶弱济贫、不畏强暴、敢于抗争的英雄品格，并对瓦岗英雄这样的品格给予了热情的礼赞。数百年来，瓦岗英雄一直为广大民众津津乐道，《隋唐演义》所起的重要作用是不容忽视的。作为一部历史演义小说，《隋唐演义》能够如此深刻地揭示朝代兴替和社会治乱的深层原因，敢于把批判矛头直指封建统治者，且敢于将那些揭竿而起的草莽英雄置于中心地位，颂扬他们的英雄壮举，实属难得。若目之为“精神萧索”，未免把《隋唐演义》这样一部既脍炙人口又影响深远的小说看低了。

至于《隋唐演义》的艺术价值，人们从其问世三百年来流行不辍、影响不衰，多少可以感受到一些。尽管它不是独立创作，但褚人获在编著时却是匠心独运，精心选材，择善而取，认真构思，巧妙安排，在前人创作的基础上进行艺术加工和艺术创造，致使此书一出，其他相同或类似的小说黯然失色，坊间的刊刻流传亦受到了影响。作为《隋唐演义》蓝本的《隋唐志传》的失传，可以看出《隋唐演义》在此类小说中的巨大影响力。当然，《隋唐演义》在艺术结

① 鲁迅：《中国小说史略》之十四篇“元明传来讲史”。

构上还存在着诸多前无铺垫和后失照应等缺陷。如李密与杨玄感密谋反隋被囚系之事，前无文字交代，至第三十八回“王伯当设计全交”，却突然冒出李密被押解赴京，令读者感到十分突兀，此为前无铺垫。又如吴绛仙、妥娘、月宾等，皆是隋炀帝宠幸的宫女，亦是隋宫生活中颇负盛名的人物。隋炀帝以24个妃子、宫女命名的“二十四桥”，众人皆得预焉。可是，隋炀帝被宇文化及杀害后，除沙、秦、狄、夏、李五夫人及朱贵儿、袁宝儿、薛冶儿、袁紫烟等人的下落有所交代外，其他如吴绛仙、妥娘、月宾等，皆无下文，此为后失照应。不过，这些疏漏对《隋唐演义》的艺术价值并无太大的影响。

此次整理以清康熙乙亥（1695年）四雪草堂刻本为底本，以名山聚藏版《隋史遗文》、明末翻刻人瑞堂本《隋炀帝艳史》为主要参校本，另辅以隋唐笔记小说，进行校点整理，对原书错讹之处径加改正，对文理不通处稍加连缀，对缺夺之处酌加补正删削，对那些读来虽不够顺畅但仍可通之处，以及属于古小说常用的异体字、通假字和习惯用语，则一仍其旧。不妥之处，敬祈方家教正。

（此文为中州古籍出版社2008年出版的《隋唐演义》整理本的前言，收录时作了修订）

家族英雄传奇的典范

——简论《杨家将演义》

家族英雄传奇是中国文学史上的一道亮丽风景线。顺着这道风景线看过去，我们会发现有三处风景最为动人、最富魅力，这就是初唐时期的薛家将和北宋时期的杨家将、呼家将。宋代以来，这三个以爱国主义为主题的家族英雄传奇故事先后在民间广为流传，并在逐渐系统化中趋于完善，形成了《说唐后传》（后41回实为《薛家府传》）、《说唐三传》、《薛刚反唐》、《杨家将演义》、《杨家府演义》和《呼家将》（即《说呼全传》）等古典章回小说。这些小说构成了中国古典小说家族英雄传奇系列的主体，并且以各自不同的人物故事和艺术手法生动地演绎着中华民族传统的爱国主义精神，展示着富有传奇色彩的家族英雄群像，广受中国百姓的喜爱。

杨家将故事主要见于明代小说《杨家将演义》和《杨家府演义》。《杨家将演义》共50回，是由明代嘉靖、万历年间福建建阳书商熊大木刊刻的。因为熊大木创作有《北宋志传》，而其故事情节和《杨家将演义》基本相同，所以有人认为熊大木就是《杨家将演义》的作者。《杨家府演义》全名《杨家府世代忠勇通俗演义》，共8卷58则故事。序文后题“时万历丙午长至日秦淮墨客书”。万历丙午是明神宗万历三十四年（1606年），可知此书成书年代最迟不迟于万历三十四年。把《杨家将演义》《杨家府演义》与薛家将和呼家将进行比较分析，可以发现，杨家将家族英雄传奇在以下六个方面表现最为突出。

一是杨家将英雄群体最为壮观。在三个家族英雄传奇中，以杨家将英雄群体最为壮观。人们熟知的有金刀杨令公、百岁挂帅的佘太君、七郎八虎（杨泰字延平、杨永字延定、杨勋字延光、杨贵字延辉、杨春字延德、杨景字延昭、杨希字延嗣、杨顺字延顺）、12寡妇、杨宗保、杨文广、杨金花、杨排风，以及焦赞、孟良、岳胜等一帮非杨姓英雄。这样一个英雄群体，为百姓熟知者就多达三四十人。这是薛家将和呼家将无法企及的。薛家将中的英雄人物，只有薛仁贵、薛丁山、薛刚、薛金莲以及樊梨花、窦仙童、陈金定等数人比较知名而已；呼家将中的英雄人物，仔细算起来也不少，有呼延赞、呼延必显、呼延守用、呼延守信、呼延庆、呼延平、呼延寿、呼延明、呼延豹，以及王金莲、萧赛红、刘金定、花瑞莲、铁金娥等等，总计也有几十位，但很多只是充数，民间认可度不高，影响也不大。

二是杨家将英雄传奇历时最久。从北汉刘钧开始，迄于北宋神宗年间，杨家将经历了北汉刘钧、北宋太祖赵匡胤、太宗赵炅、宋真宗赵恒、宋仁宗赵祯、宋英宗赵曙和宋神宗赵顼等两朝7帝，前后历时一百多年。杨家将从杨令公到杨延景，再到杨宗保、杨文广、杨怀玉，前后跨越五代。薛家将从唐太宗开始到唐中宗反正，历时80多年；呼家将的故事则发生在北宋仁宗朝，前后也就是40多年的时间。

三是杨家将英雄人物影响最大。杨家将英雄辈出，许多英雄人物在民间有广泛影响，如杨令公、杨四郎、杨五郎、杨六郎、杨七郎、杨宗保、杨文广，佘太君、穆桂英、八姐、九妹、杨金花、杨排风，以及焦赞、孟良、岳胜等，在民间都有广泛影响。特别是杨延景、杨宗保、穆桂英、佘太君，更是由于杨家将戏曲和评书的流行而为广大民众所熟知，所喜爱。仅以民间影响而论，能够和他们相提并论的，只有薛家将中的薛仁贵、薛丁山、薛刚和樊梨花，呼家将中的呼延庆等英雄人物。

四是杨家将巾帼英雄名头最响。中国历史上和民间故事传说中有许多巾帼英雄，南北朝时期的花木兰，唐代的平阳公主，南宋的梁红玉，明末的秦良玉，都是闻名遐迩的女英雄。但是若和杨家将中的佘太君、穆桂英等人比起来，却又逊色不少。佘太君百岁挂帅，率领12寡妇和曾孙杨文广出征，大败西夏的故事，在民间传为美谈；穆桂英大破天门阵、征西夏为先锋的故事，脍炙人口，妇孺相传。至于12寡妇，更是民间故事传说中的唯一一支寡妇军。12寡妇，在杨家将家族英雄传奇中还有不同说法。在《杨家将演义》中，12寡妇是指周夫人（杨渊平妻，最有智识）、黄琼女（杨延昭之妻，善使双刀）、单阳公主（萧后之女）、杨七姐（杨延昭之女，尚未纳婚）、杜夫人（杨延嗣之妻，乃天上麓星降世，幼受九华仙人秘法，使三口飞刀，百发百中）、马赛英（杨延德之妻，善使九股练索）、耿金花（小名耿娘子，杨延定之妻，好用大刀）、董月娥（杨延辉之妻，善射箭，能百步穿杨）、邹兰秀（杨延定次妻，极善枪法）、孟四娘（太原孟令公养女，杨渊平次妻，能征善战，军中呼为孟四娘）、重阳女（杨延昭之妻，善使双刀）、杨秋菊（杨宗保之妹，武艺高强，箭法更精）；在《杨家府演义》中，12寡妇分别包括杨宣娘、满堂春（杨满堂）、邹夫人、孟四嫂、董夫人、周氏女、杨秋菊、耿氏女、马夫人、白夫人、刘八姐和殷九娘。12寡妇征西，是小说家的创造，是中国文学的奇观，表现了人们对女性地位的认可，对巾帼英雄的赞美。《杨家将演义》有一篇美文，这样赞美12寡妇：

兹者西番播乱，兵甲扰雄州之境；皇上震怒，旌旗出汴城之师，征云冉冉，杀气腾腾。连环寨垒，如山岳之势；辎重器械，犹鱼鳞之多。金鼓鸣声，车箱匝地，六师奋力以前，三军鼓勇而斗。金山一战，垓下遭围。敬烈闺中之寡妇，敢膺阃外之重权。周女帅，运筹算于帷幄。杨七姐，破坚阵于山前。斩将搴旗，独羡单阳公主。呼风唤雨，最雄杜氏夫人。马赛英，有争先缚捉之能。耿金花，多救应砍斫之力。运双刀，黄琼女军中独胜。开的矢，董月娥塞下无双。邹兰秀，枪法取番人之首。重阳女，飞刀枭敌将之头。孟四娘，英雄莫及。杨秋菊，气势超群。穆氏桂英，施百步穿杨之箭。八娘、九妹，怀图王霸业之机。天生豪杰，地聚精灵。干戈西指，束天神倒旗丧命；貔貅齐进，殷元帅跌马亡身。屠部落，如残云迅扫；

斩蛮丑，如病叶辞柯。番王纳款，边境争迎。班师唱杨柳之歌声，回旅敲金鞍之响镫。于戏盛哉！宋运休明，名播万方之威武；杨门奋勇，世称千载之英雄。

五是杨家将故事改编戏曲最多。薛家将、杨家将和呼家将三个家族英雄传奇都有一些故事被改编为戏曲，但改编最多且至今仍广为流传的是杨家将。比较著名的有京剧《李陵碑》《四郎探母》《三关排宴》《三岔口》《破洪州》《杨门女将》《太君辞朝》《杨八姐游春》，豫剧《穆桂英挂帅》，秦腔《金沙滩》，等等，都广为人知。以杨家将为题材的地方戏多达几十种。这是薛家将和呼家将无法望其项背的。日本学者青木正儿在《中国近代戏曲史》中，对杨家将故事在戏曲中的盛况甚为感慨，他说："近时所行之京戏中演其一门事迹者多，《李陵碑》之外，《四郎探母》《穆柯寨》《辕门斩子》《雁门关》等各出，极受台下欢迎。"

六是杨家将故事搬上屏幕最多。据统计，以杨家将故事为题材的电影已经有6部，分别是1972年邵氏兄弟（香港）有限公司拍摄的《十四女英豪》、1983年香港邵氏兄弟（香港）有限公司拍摄的《五郎八卦棍》、1984年中港合作拍摄的《杨家将》、国内拍摄的《杨家将智斩潘仁美》、2011年北京和颂世纪文化传播有限公司拍摄的《杨门女将之军令如山》和2011年中港合作电影河南电影电视制作集团有限公司开拍、即将上演的《忠烈杨家将》。电视剧有14部，分别是1981年香港无线电视台拍摄的《杨门女将》、1982年台湾电视公司拍摄的杨丽花歌仔戏《杨家将》、1984年台湾电视公司拍摄的连续剧《铁血杨家将》、1985年香港无线电视台拍摄的庆剧《杨家将》、1989年中华电视公司拍摄的《一门英烈穆桂英》、1991年中国山西电视台拍摄的《杨家将》、1994年香港亚洲电视台拍摄的《碧血青天杨家将》、1998年香港亚洲电视台拍摄的《穆桂英》、2001年唐人电影制作有限公司拍摄的《杨门女将——女儿当自强》、2004年北京超新星文化艺术交流有限公司拍摄的《巾帼英雄穆桂英》、2005年北京天中文化发展有限公司拍摄的《杨门虎将》、2006年上海唐人电影制作有限公司和华谊兄弟传媒集团合资拍摄的《少年杨家将》、2011年陕西杨家将影视文化有限责任公司拍摄的《杨家将》、2011年金牌制作有限公司拍摄的《穆桂英挂帅》，等等。可以说，迄今为止，还没有任何一个故事能够像杨家将这样受到影视制作界的青睐，受到广大观众的欢迎。

杨家将家族英雄传奇之所以历久不衰，备受中国民众的欢迎和喜爱，主要是因为杨家将身上表现出来的爱国精神和英雄气概赢得了中国民众的赞誉，道出了中国民众的共同呼声，引起了中国民众强烈的心理共鸣，中华民族的传统美德和优秀品质在他们身上得到了集中体现。概括而言，主要有以下五点。

一是他们的忠勇之气。杨家将最令人感佩的，是他们对国家的忠贞。虽然他们的忠贞主要表现在对大宋君主的忠诚上，但人们依然对他们表示由衷的敬佩。尤其是幽州之战，七郎八虎为保护宋太宗死伤大半，大郎杨渊平替主死，二郎被乱马踩死，三郎被乱剑砍死，四郎被俘，五郎出家；两狼山之战，杨令公被围，杨七郎在搬取救兵时被潘仁美乱箭射死，杨令公走投无路，头撞李陵碑而死。杨家一门仅剩独苗杨六郎。在古代中国，君主就是国家的象征，是国家的代表。忠于君主，实际上就是忠于国家。在忠于国家的同时，他们表现出非凡的胆略和勇气。不论是杨令公慷慨赴义还是杨渊平替主死，不论佘太君百岁挂帅还是穆桂英大破天门阵，都表现出非凡的胆略和勇气，无不令人肃然起敬。

二是他们的侠肝义胆。杨家将身上表现出来的侠肝义胆，是在中国民众心中引起强烈共鸣的重要品质。孟良随杨六郎镇守三关，得知杨令公骨殖尚在辽邦，只身深入虎穴，巧施妙计，把杨令公的骨殖盗回。可谓急人之难，侠肝义胆。谢金吾恶人告状，要拆毁天波府无佞楼，焦赞夜入谢府，杀谢金吾及其全家，为杨家出气解恨。为防杨家受牵累，他留诗为证：“四水星连家下流，二仙并立背峰头。明明写出真名姓，仔细参详莫浪求。”电视剧《水浒传》主题曲有“路见不平一声吼，该出手时就出手”。杨家将就具有这样一种侠肝义胆、急人所难的情怀，让人感到可亲可敬。

三是他们的责任担当。杨家将是一个具有责任担当的英雄群体。他们的责任担当表现为对国家、民族和百姓的强烈责任感，表现为在国家、民族和百姓面临危难之时的奋不顾身和挺身而出。在《杨家将演义》和《杨家府演义》等杨家将故事传说中，宋朝在面临外敌入侵或挑衅时，常常陷入无将可选、无人可用的窘境，是杨家将体恤君主和国家的困境，急国之所难，急民之所难，勇于担当，敢于面对各种挑战。穆桂英的“我不挂帅谁挂帅，我不领兵谁领兵”，表现出“舍我其谁”的豪迈与担当。

四是他们的决战决胜。杨家将一百多年的历史，大小数百战，死伤无数，但他们从不惧战。一旦国家民族需要他们，他们会义无反顾，勇往直前，而且决战决胜，屡屡凯旋。他们不是一介武夫，更不是街头莽汉，而是凭借大智大勇，运筹帷幄，决胜千里。凭借超凡绝伦的武艺，临敌制胜。在大破天门阵、取幽州、战柳州、征西番等一系列征战中，杨家将都表现出决战决胜的智慧和勇敢，旗开得胜，所向披靡。值得一提的是，宋真宗被辽兵困在魏府，无计可施。八王献计扯起杨家将的旗号，令人假扮杨六郎等杨家将，在城墙上巡视。辽兵一见，以为杨六郎是诈死，骗辽兵来魏府，欲将他们一网打尽，遂弃营而逃，被宋军掩杀一阵，损失惨重。即便杨家将不在场，但杨家将英勇无畏，决战决胜，已令辽军胆寒。正如《杨家将演义》开篇诗中所言：“太原灵气产英豪，慷慨埋沉世所遭。宝剑利磨新出匣，愤然有志入中朝。铁甲坚兵曾斩阵，保銮从驾建功勋。东荡西除群寇服，晋阳声势又相闻。”

五是他们的百折不挠。杨家将是为国而生，为民而生。他们反对战争，渴望胜利，为了战争的胜利而不屈不挠，愈挫愈勇。幽州之战、两狼山之战，杨家将损失惨重。破天门阵，杨家将也付出了巨大的牺牲。但他们不畏强敌，百折不挠，直至胜利。即使是受了委屈，甚至是被奸人诬陷的时候，他们也不消沉，不气馁，不低迷，不放弃。当宋真宗受奸人蛊惑，下令拆除象征杨家将刚直不阿的无佞楼时，杨家将忍受委屈，据理力争。当杨六郎因私下三关而被革职查办，贬至汝州又被诬陷私卖官酒的时候，杨家将虽然也觉得冤屈，甚至也愤愤不平，但为了国家、民族和百姓，杨家将却能忍辱负重，百折不挠，永不言败。他们这种愈挫愈勇、百折不挠的精神，已经成为中华民族宝贵的精神遗产，成为激励人们为国家强盛、民族福祉而努力奋斗的精神动力。

鲁迅先生在谈到薛家将、杨家将等古典小说时，虽然批评其“文意并拙”，但他也承认这类家族英雄传奇“盛行于里巷间”，肯定他们在社会民众间的广泛影响。这种影响固然得力于小说作者、说书艺人和戏曲艺术家不遗余力的推广，但更得力于杨家将家族英雄传奇所具有的独特魅力，得力于杨家将家族英雄的高尚情操和可贵品质所产生的巨大影响力和感染力。

《杨家将演义》有首卷首诗：“杨氏肇兴翊宋深，风闻将落尽寒心。青衿叱咤风雷迅，绿鬓挥扬剑戟新。暗地有蝇污白壁，明廷无象铸黄金。英雄跳出樊笼外，坐对江山慨古今。”这是对杨家将一百多年兴衰演变的高度概括，也是对杨家将忧国忧民、勇于担当、决战决胜却又胜不骄、败不馁的高尚品质的赞美。尤其是其“英雄跳出樊笼外，坐对江山慨古今”之句，更表现出杨家将少有的潇洒和超脱。

让我们向在国家民族危难之际挺身而出屡建奇勋的杨家将英雄群体表示敬意，向塑造出这样一个英雄群体的艺术家特别是电影《忠烈杨家将》的演职员们表示敬意。

（本文原为在河南省姓氏文化研究会杨姓委员会召开的研讨会上的演讲稿）

北宋忠臣良将的颂歌

——《万花楼演义·前言》

在以北宋的一些历史人物为主人公的故事传说中，流传最广、影响最大的莫过于杨家将、呼家将和包公、狄青的故事了。有关杨家将、呼家将和狄青的故事，大多属于抗敌御辱、忠君报国一类的英雄传奇，而有关包公的故事传说，则基本上属于秉公执法、除恶扬善之类的公案故事。宋元以来的话本、小说、戏曲，在敷衍这些故事传说的时候，大多是以某一家或某一人为主。即使是大部头的长篇小说，也往往采取这种方法。如《杨家府演义》写杨家将的故事，《说呼全传》写呼家将的故事，《五虎平西传》写狄青的故事，《包公案》写包公破案的故事，等等，皆属此类。由于这四大故事传说皆发生在北宋时期，故事年代前后相去不远，故有人试图将他们捏合在一起，形成北宋忠臣良将的故事。清代作者李雨堂就是这样一位尝试者，《万花楼演义》就是他的尝试之作。

在这部十四卷、六十八回、洋洋几十万言的长篇小说中，李雨堂试图将狄青的故事和杨家将故事、包公故事糅合在一起，以期更为全面生动地展示北宋真宗至仁宗年间，发生在边庭和朝野的重大历史事件，展示狄青和杨家将的风采，表现包拯疾恶如仇、机智果敢、忠心耿耿的人物品格。小说既已涉及杨家将、狄青和包拯，且都在不同阶段成为该书的主人公，所以，此书在流传过程中，曾经又名《万花楼杨包狄演义》《后续大宋杨家将文武曲星包公狄青初传》。但较为通行的名字则是《万花楼演义》。

小说名为《万花楼演义》，是因为狄青随王禅老祖学艺七年，奉命下山，赴汴京寻亲，与张忠、李义在万花楼惹出一段是非而得名。万花楼乃胡制台之子胡伦所建。胡伦诨名“胡狼虎”，平素欺凌百姓，势焰滔天，当地人人害怕，百姓见之退避三舍。狄青等三人当时不顾劝阻，执意上楼用酒，恰逢胡伦带着喽啰来巡视，令手下上前殴打狄青等人。狄青等三人怒从胆边生，失手把胡伦打下万花楼跌死。胡制台闻报，立即下令地头知县捉拿凶手，却遇包拯巡查到此，把三人救了下来。于是，包拯、狄青等与以孙兵部、胡制台为首的一帮权臣结下梁子，由此演绎出北宋仁宗年间一部跌宕起伏的忠奸之争活剧。万花楼是故事发生之地，故小说名之为《万花楼演义》。

李雨堂之前，杨家将和包公、狄青的故事已经广为流传，故事内容相当丰富。即以包公故事而论，仅元杂剧就有10多种，至今仍存者有：《包待制三勘蝴蝶梦》《包待制智斩鲁斋郎》《包龙图智勘后庭花》《包待制智赚生金阁》《包待制智勘灰阑记》《包龙图智赚合同文字》《包待制陈州粜米》《王月英元夜留鞋》《神奴儿大闹开封府》《包待制断叮叮当当盆儿鬼》等10种。如此丰富的故事传说，为李雨堂的再创作提供了充裕的素材，但同时也给李雨堂出了一道不大不小的难题：如此丰富的创作素材如何取舍呢？杨家将和包公、狄青的故事素材既然都是如此丰富，且创作中又不可能将三家等量齐观，所以，作者就采取了一条主线构架全书的方法，围绕狄青从出生到成为三关元帅这一过程，将杨家将和包公的故事穿插进去，并将忠奸两大阵营的斗争贯穿始终。

北宋时期，朝廷党争十分激烈。小说家把这种斗争演义成忠良与奸佞两大党派的斗争。忠良一方以狄青为中心，包公、杨宗保、韩琦、富弼等文臣武将为后援；奸佞一方则以庞太师、孙秀和“朝中五鬼”为代表。奸佞一派处心积虑谋害忠良，争夺朝中大权，多次几欲置狄青于死地。然而，由于包拯和几位王爷千岁的鼎力相助，狄青不仅每次都能逢凶化吉，而且得到重用，步步高升，直到代替杨宗保成为三关元帅，保卫三关。有意思的是，这部小说并没有落入说唱文学所常见的“拿不住奸臣不刹戏”的旧套路，而是以狄青、杨文广奉旨完婚，忠良欢乐庆贺，庞洪、孙秀等奸佞愁眉不展、无可奈何为结局。这种结局或是因了狄青刚刚升任三关元帅、大有作为的时候尚未到来的缘故。因为在此之后，狄青的故事还有奉旨平西（《五虎平西传》）、平南（《五虎平南传》），还需要奸佞作为对立面。无奸佞无以显示忠良。倘若把庞洪、孙秀等人早早除去，则狄青后半生的对立面就要重新设计了。这样的话既与史实不相符合，也无法处理已有的故事素材。

小说虽然曾名《万花楼杨包狄演义》，但真正的主人公却是狄青，杨家将和包拯最多只能算是“二号人物”。不过，包公和杨家将在全书中的地位却不能低估。尤其是包公，可以说是狄青由穷而达、由贱而贵过程中一个不可或缺的人物。狄青在万花楼打死胡坤的儿子，被封丘县令抓获，如果不是被巡查民情的包公遇到，带回南衙，狄青就很难逃脱胡坤的魔掌；狄青醉酒后去行刺孙秀，反被庞洪、孙秀拿获，幸遇包公夜巡拦了下来，又捡回了一条命；包公得知狄青乃忠良之后，在狄青押送征衣赴三关时，让狄青捎带一封书信给范仲淹，希望范仲淹对忠良之后能够有所照应。正是由于包公等忠臣的着意呵护和关照，狄青才逃脱了庞洪、孙秀等奸佞设置的陷阱，终于脱颖而出，成为安邦定国的擎天玉柱、架海金梁。当然，包公的作用还不止于此。自四十五回“佘太君亲临金殿，包待制夜筑乌台”以后，包公则由“二号人物”晋升为“一号人物”，成了小说后半部的灵魂。包公陈州赈灾，路上忽遇狂风，料有案情，遂夜筑乌台，听鬼魂诉冤，得知沈御史诬陷杨宗保和狄青，要将二人斩首，就连夜回京，纠劾奸党。行至陈桥镇，有旋风将其乌纱帽吹落，包公遂令捉拿“落帽风”，由此牵扯出几十年前的“狸猫换太子”一案。包公经认真勘查，终于查出元凶，将郭槐押赴市曹正法，刘太后畏罪自杀。而出面诬陷杨宗保和狄青的沈国清和孙武，也因事情败露被送进铡口。刑部尚书王炳在审理“狸猫换太子”一案时，贪赃枉法、欺君昧主，亦被包拯访出，王炳夫妇同被腰斩。在这些故事中，包拯机智果敢、刚直不阿的性格得到了很好的表现。也许正是因为包公破案的故事在《万花楼演义》中占了较大的分量，才有论者将其归为“包公案”系列。

《万花楼演义》中的包公破案故事，沿袭了自元杂剧以来的神秘化倾向。包公破案往往要借助超自然的力量，比如神灵，比如鬼魂，比如冤魂，比如阴曹地府，等等，包公都能够与他们沟通或对话，通过他们查明案情。这样一来，就把一些案件的侦破归结为超自然力量的暗示或提示。如元杂剧《三勘蝴蝶梦》，包公白昼梦一只蝴蝶坠入蜘蛛网中，一只大蝴蝶飞来飞去，把小蝴蝶救去。又有一只小蝴蝶坠入蜘蛛网，大蝴蝶却见而不救，徘徊飞去。包公受到此梦的启示，审理三兄弟争认自己为凶手一案，终于审得实情；《叮叮当当盆儿鬼》一剧，包公通过审瓦盆，终于将谋财害命的杀人凶手绳之以法；《神奴儿》也有冤魂告状的情节。这些通过冤魂、梦兆、神示来审理案件的故事，虽然显得有些神秘，但对其后的公案小说，尤其是“包公案”系列，却有很大影响。这种影响从《万花楼演义》中也能看出来。沈御史夫人尹氏诉冤，是借助狂风来实现的；李皇后隐居民间多年，包公是通过捉拿“落帽风”才访到的；包公审理郭槐一案，借助假设的地狱，令郭槐说出了“狸猫换太子”的真相，充满了神秘气氛。如第四十六回包公下令捉拿“落帽风”一节，令人颇感荒诞：

却说包公行了一程，已是陈桥镇上，方到一桥中，忽狂风一卷，包爷打了个寒噤，一顶乌纱帽被风吹落。原来包公由西而东，这顶帽子在轿中吹出，落在桥石上。张龙、赵虎即忙抓抢，岂料四手抢一冠，也抢不及，竟滚落于桥下，露出包公光头一个。包公喝道：“什么风，这等放肆！”旁立排军呆呆答曰：“这是落帽风。”包公冷笑道：“如此，就是落帽风了。”说时，张龙、赵虎将乌纱与包公戴好。包公一想，唤张龙、赵虎道：“着你二人立刻拿了落帽风回话。”二人一想，不好了，如今又要倒运了，忙启上大老爷道：“落帽风乃无影无踪之物，何处可以捕拿？乞恳大人详参。”包公喝道：“狗奴才！差你些须小事，竟敢懈俯退避！”二人曰：“并不是小人们贪懒畏避，只因无根之物难以捕拿，求乞大人开恩。”包公喝道：“该死奴才，天生之物，那有无根之理？明是你们贪懒畏劳。限你们一个时辰，拿落帽风回话。”言罢，吩咐仍回转东岳庙中等候。

至于第五十九回“假丰都赚佞招供”一节，包公设置阴曹地府审理郭槐，就更见其荒诞了：

却说君臣人等装扮阴府事毕，众人或朱紫涂脸，或墨水涂面，披头散发，绕立四旁，正是阴风飒飒，惨雾纷纷，再加天随人意，助发狂风，吹得树木间一派凄凉，殿廷上烛光明灭，恍闻鬼声盈耳，顿觉阴气逼人。

当日郭槐罪恶满盈，该当报应，日间受刑，押下天牢时，已是神思恍惚，心下糊涂。夜半正在似睡非睡，又见奇形怪状，狰狞凶恶，催命鬼手执钢叉，跑进监牢，吓得仰面一交，跌得昏迷，认做已死，只由他拘锁而去。押到一个去处，只见阴风惨惨，冷气森森，东也鬼叫，西也神嚎，黑暗中一赤发长鬼，厉声喝道：“鬼门关那得私走？”有后边拘押众恶鬼，喝道：“他有大罪在身，奉阎王之命，拿捉讯究，休得拦阻。”那长大凶鬼，呵的一声，闪去不见。这郭槐正在朦胧之际，悠悠醒转，说道：“不好了！果然我已死去，到了鬼门关了。”只觉黄泉路上，渺渺茫茫，行一步跌翻数尺，黑暗中隐隐鬼声嚎泣，又闻处处铜锤铁链之声，惊得魂魄离身。忽然拘至森罗殿中，郭槐微微睁目，见殿中半明半暗，阎罗天子远远南面而坐，两旁恶鬼，披头散发，一赤发红脸鬼将他抓提上阶，往当中一掼，郭槐伏在地下，再也不敢抬头，只低声道：“阎王饶恕！”阎王厉声喝道：“郭槐，你在世间干了欺君恶事，可知罪么？”郭槐发抖，只是求饶。阎王喝道：“你在阳间希图将幼主谋害，烧毁碧云宫，谋害君嗣，罪孽深重。阳间被你瞒过，今阴府中断难遮瞒，如有半字虚情，定不饶恕，众鬼中，将此奸贼先撩入油锅之内。”早有青黄赤黑四凶鬼，“嗷”的一声，一把拖下。郭槐慌忙中哭喊道：“乞阎王宽宥，自愿招实……”

如果说小说第四十五回之前写狄青从出生到三关元帅的过程，属于写实笔法的话，第四十六回之后，写包公通过破获案件辅助忠良、铲除奸佞，则过多地借用了超自然力量，不免给人荒诞神秘之感。这样处理也许可以更引人入胜，从而吸引更多的读者，但借助鬼魂、神灵等超自然力量侦破案件，毕竟削弱了故事的真实性，让读者在欣赏之余打上一个大大的问号。需要指出的是，这种情况不仅为“包公案”系列所采用，其他公案小说也不同程度地借用各种神秘力量，以此来破解神秘案件，增加小说的故事性和可读性。

《万花楼演义》歌颂了狄青和杨家将等爱国抗敌御辱、保家卫国的民族英雄，表现了忠臣义士为国尽力、为君尽忠、为民请命的情怀，表现了包公大智大勇、刚直不阿的品格，迎合了褒扬忠烈、贬斥奸佞的朴素民族情感，问世以后广为流行，以至于坊间有多种刻本，而且，每刊行一次，书名和内容都会有所变动。今见有经纶堂本、嘉庆十九年（1814 年）长庆堂本、道光十五年（1835 年）重刊近文堂本、咸丰九年（1859 年）右文堂本，以及光绪四年（1878 年）聚文堂本等。各本同源异流，繁简不同，文字出入也比较大。今传各本每回回末附缀有评论，评论者的着眼点则是褒贬忠奸善恶，品评人生三昧，道德家的味道较为浓厚。如第七回回末评论：

胡伦，众民目之曰胡狼虎，其平日虐害何其惨毒！其狼虎虽烈，奈何遇三位专除狼虎之客。

保善良而除恶逆，吾事也，公事也。封丘县岂有不知之理？无奈前程重看，君公易忽。吁乎，难移矣！

莅民济之以严，未有不刻薄，过于残忍而已。而包公反忖思三人除却民害，而有开释心。岂非君子常存仁慈之志！

此回接写上文，三杰收除一恶，固为时民之感激，亦与朝廷暗正一法。可见公之开释三人，宜矣。

回末评论着眼于内容批评，而较少涉及小说叙事艺术和表现手法。但亦偶有涉及，如第十五回回末评论：“此十五回，因圆梦引出韩琦，而琦又荐出狄青。青有此武略，琦方敢果于荐，是会合之机也。”从叙事的角度，对前十五回作了总结。评点对于人物形象的评论，亦不乏精到之论。

此次整理，以清光绪四年聚文堂本为底本，以上海古籍出版社《古本小说集成》所收经纶堂本和其他一些版本为参校本，正讹纠误，去衍补缺，并对个别文理不通的字词加以改正，而对那些虽不合今人阅读习惯但仍可解的字词，则是一仍其旧，以保持原书的语言风格和行文特色。为了使读者对小说有一个完整的认识和把握，回末评论一并予以保留。需要特别说明的是，有关《万花楼演义》的作者李雨堂，其生平资料非常有限，仅能从其《万花楼演义·叙》中窥知一二。叙文落款“时戊辰之春自叙于岭南汾江之觉后阁云，鹤邑李雨堂识”，鹤邑，或以为即今位于珠三角腹地的广东鹤山市，汾江则是流经鹤山市的一条江水。据此可知，李雨堂为今广东鹤山市人，其居地当在汾江之畔。该书的成书时间，从叙文“戊辰之春”判断，则应是乾隆戊辰（1748年）或嘉庆戊辰（1808年）。至于点评人，因未署点评者姓名，不便妄论。但有论者以为“评者与编者当为一人”①。但从有关的评论文字来看，编纂者与评论者并非同一人，或是坊间刊刻时，为扩大小说的影响而聘人所作，亦未可知。此一问题，尚有待发现新的文献资料加以证实。

（本文是为秋玲、志生校点的《万花楼演义》作的前言，收录时作了必要的修订。该书1996年由中州古籍出版社出版）

① 《古本小说集成》第3辑《万花楼演义·前言》，上海古籍出版社。

传承的是爱国精神

——《说岳全传·前言》

民族英雄岳飞抗敌御辱、精忠报国的故事，南宋时期就已经广为流传。南宋罗烨《醉翁谈录》所载《张韩刘岳》“说话”名目，讲述的就是南宋初年抗金名将张浚、韩世忠、刘锜和岳飞抗金的故事。周密《齐东野语》亦载有岳飞抗金的故事，其中“岳武穆逸事”记岳飞斩亲将的故事，足见岳飞治军之严：

> 杜充之驻建康也，岳飞军立硬寨于宜兴，命亲将守之。飞出兵不利，夫人密喻亲将，选精锐，具糇粮，潜为策应之备。未几，飞兵还，即入教场呼问之：“汝欲何为？”曰：“闻太尉军小不利，故择敢战之士以备策应。此男女孝顺耳。”飞曰：“吾命汝坚守根本，天不能移，地不能动。汝今不待吾令，擅自动摇，违无师律也。”立命责短杖。将大惧，祈哀吐实，谓此非某所自为，盖夫人亦曾有命耳。飞愈怒，竟斩之。①

迄于元代，岳飞的故事则被频繁搬上戏曲舞台，元杂剧有孔文卿《秦太师东窗事犯》、无名氏《宋大将岳飞精忠》，传奇《岳飞破虏东窗记》等。上述有关岳飞的话本、杂剧、传说等虽然尚不系统，但这些珍贵的文献却为岳飞故事系统化做了必要的准备。

到了明代，岳飞故事出现了由零散向完整、由支离向系统的转化。明嘉靖

---

① 〔宋〕周密：《齐东野语》卷十三“岳武穆逸事”。

年间，熊大木编著的《大宋中兴通俗演义》，第一次将岳飞故事系统化。小说从金兵南寇写起，以秦桧冥府遭受报应为结。中间以岳家军抗金作为主线，对岳飞抗金作了生动描述。如第五十六回“岳飞兵近黄龙府”，借金兵风声鹤唳，写岳家军声势，大快人心：

兀术辄败，人马损折将尽，欲复签点民兵以抗岳飞，河北一路并无一骑应者。兀术乃叹曰：“我自北方以来，未有如今日之挫衄。”密嘱部下，各准备走路。有金副将韩常，因与兀术女婿夏金吾领兵南下，在郾城遇宋军，被岳侯斩于阵中，怕兀术见罪，不敢回营，乃驻兵于长葛，见金人势促，密遣小骑求见岳飞，愿将所部之兵五万来降而为内应。岳飞许之。金将马陵思谋，最骁勇者。夜来巡视，闻得军中号叫之声，马陵思谋潜听之，皆曰：“我等皆是宋朝士民，被兀术拘迫为军。今岳少保大兵来到，兀术出战即败，虏贼早晚休矣。所怕金将马陵思谋素强悍，我们何不暗用计策，杀此贼去见岳侯，功劳不小。”数内一个道：“不要走透，我们看个空便下手。”马陵思谋闻之大惊，自思曰：“军心已变，莫如做个人情，同去归降岳家，又且自保其患，岂不美哉。”次日至其军中，但谕之曰：“尔众人毋自轻动，待岳家军来到即降。”众人大喜，各备候迎接官军。金将王镇、崔庆、李凯、崔虎、华旺等，皆率所部降飞。金龙虎大王部将忔查等亦密受岳飞旗榜，自本国来降。岳飞大喜，语其下曰：“须待大军直至黄龙府，与诸君痛饮耳！”是夕，岳侯欢悦不自胜，出帐外仰观星象，见紫微垣奸星近逼，知朝廷有人蔽惑圣聪矣。因作《满江红》词一阕以见志云。词云：“怒发冲冠，凭栏处，潇潇雨歇。抬望眼，仰天长啸，壮怀激烈。三十功名尘与土，八千里路云和月。莫等闲、白了少年头，空悲切。　靖康耻，犹未雪，臣子恨，何时灭！驾长车、踏破贺兰山缺。壮志饥餐胡虏肉，笑谈渴饮匈奴血。待从头、收拾旧山河，朝天阙。”

万历年间，于华玉有感于熊大木之作多神仙地府之事的荒诞不经，便在熊大木原作的基础上“正厥体制，芟其繁芜，一与正史相符”[①]，并将其书名改为《岳武穆尽忠报国传》。于华玉本诸史传，对熊著大加删削，虽然更为接近正史，但是却把民间传说中的岳飞故事精华删除不少，使之变得索然无味。明朝末年，与赵南星、顾宪成同为东林党领袖的邹元标舍弃于本的迂腐，对熊大木之作进行修订，并将该小说易名为《精忠传》。此外，还有萃锦堂刻本《武穆精忠传》，是书不题撰人，前有李春芳序，中有李卓吾评。该书叙岳飞抗金故事，多有感激愤慨之辞。由此可知其作者当是胸中有块垒之人。而所谓的李卓吾评点，则是托名而已。

到了清康熙年间，浙江仁和（今杭州）人钱彩在前人基础上撰《精忠演义说岳全传》。乾隆年间广西永福人金丰对钱彩本加以增订，形成《增订精忠演义说岳全传》。该书一经流行，此前有关岳飞故事的小说则渐为不传，就连李春芳序、李卓吾评的《武穆精忠传》也逐渐失去了市场。诸书虽至今见传，但已是知之者甚少，以至于说起岳飞抗金故事，许多人只知《说岳全传》而已。

钱彩编纂、金丰增订的《说岳全传》之所以能够在众多的“说岳”小说中一枝独秀、尽领风骚，在于后出者可以汲取前人之长，根据读者需要作必要的修改，使之更趋完善。其一，《说岳全传》既取诸史传，又广采民间故事传说，使小说既免除了“一与正史相符”式的迂腐和拘泥，又避免了“荒诞不经”之弊，亦实亦虚，虚实结合，颇得历史小说创作之精要。正如金丰序所说：“从来创说者，不宜尽出于虚，而亦不必尽由于实。苟事事皆虚，则过于荒诞，而无以服考古之心；事事皆实，则失于平庸，而无以动一时之听……故以言乎实，则有忠有奸有横之可考；以言乎虚，则有起有复有变之足观。实者虚之，虚者实之，娓娓乎有令人听之而忘倦矣。”[②] 其二，善于设置一些重要情节，并加以连缀敷衍，使全书跌宕起伏，高潮迭起，如枪挑小梁王、岳母刺字、大战爱华山、牛头山保驾、大破五方阵、大战朱仙镇、屈死风波亭等，或一波三折，或

---

① 〔明〕于华玉：《岳武穆尽忠报国传·凡例》。
② 〔清〕金丰：《说岳全传·序》。

重峦叠秀；或以情动人，或情理俱胜，读来美不胜收，令人爱不释手。

《说岳全传》广为流行的重要原因之一，是它传承的爱国精神。《说岳全传》紧紧围绕“精忠报国”的爱国精神，着力塑造岳飞这一近乎“完人”的英雄形象。他为国效力、为主尽忠、恪守孝道、有仁有义，传统的伦理道德观念，在岳飞这一艺术形象上得到了集中体现。忠、孝、节、义等传统伦理道德观念，一向是传统文化极力张扬的，也是为大多数人接受和认可的。小说既在这些方面与读者达成了共识，也就比较容易为广大读者所接受了。《说岳全传》在“说岳”系列中能够一枝独秀且广为流传，在于小说所传承的爱国精神。小说着力描写的是以岳飞为代表的民族英雄抗敌御辱、保家卫国的故事，反映了中华民族抗敌御辱、不屈不挠的民族精神，以小说的形式见证了中华民族前赴后继、保家卫国的坚强决心。正是因此，该书在清初得以广泛流传，但在乾隆朝遭到禁毁。这也可以从一个方面说明《说岳全传》传承的爱国精神和民族精神具有广泛的影响力。

“精忠报国”是爱国精神的体现，也是爱国精神的要义。小说围绕“精忠报国”这一主题，浓墨重彩叙写岳飞抗敌御辱的英雄故事，同时又将“精忠报国”与“忠君”紧密联系在一起。传统的“忠君”观念是“君要臣死，臣不得不死”。岳飞战斗在抗金前线，既要“壮志饥餐胡虏肉，笑谈渴饮匈奴血”，报仇雪耻，恢复中原，又要唯皇帝之命是从，恪守忠君之道，维护忠君之名。可是，南宋高宗皇帝偏安临安以后，一方面表示要兴兵北伐，迎还“二圣”；一方面却存有私心，担心迎还“二圣”之后，自己将失去天子之位，因而对北伐之事是表面热情，做做样子，实际上却较少行动。秦桧等主和派抓住宋高宗这一心理，极力阻挠岳飞、韩世忠、张浚等名将北伐。当岳飞朱仙镇大败金兵，准备恢复中原、直捣黄龙之时，秦桧却矫诏连发十二道金牌，命令岳飞班师回朝，给金兵以重整旗鼓的机会。岳飞此时统帅大军在前线，本来完全可以“将在外君命有所不受”，抓住战机，乘胜追击，收复失地，直捣黄龙府。可是，岳飞受传统的“忠君”思想影响，不辨十二道金牌真假，更不敢抗旨不遵，强行挥师北上，而是唯命是从，班师回朝，以致坐失战机，使北伐大业功亏一篑。其结果自然是英雄扼腕，奸佞称庆。岳飞“待从头收拾旧山河，朝天阙”的雄心壮志，顷刻间化为泡影，抗金御敌的努力也顷刻间付诸东流。读者至此每每扼腕痛惜，感慨岳飞班师是为“愚忠”所误。岳飞朱仙镇班师，致使抗金大业功败垂成，着实令人扼腕。但是，人们在扼腕痛惜之余，却很难对岳飞有所指责。生如岳飞，若非如此，也就不是岳飞了。

《说岳全传》在艺术上颇多可圈可点之处。其情节安排，采用了中国古典小说常用的因果轮回模式，借助超自然力量安排人世间的事情，并形成完整的故事链。小说以岳飞为大鹏金翅鸟转世，以金兀术为赤须龙下界，以秦桧妻王氏为女士蝠下凡，以万俟卨为铁背虬王再生，把岳飞与诸人的矛盾归结为宿世冤仇。小说第一回“天遣赤须龙下界，佛谪金翅鸟降凡”，交代的就是岳飞与诸人的前世渊源，为《说岳全传》蒙上了一层神秘色彩。这种以宿世因果为情节结构主线的现象，早在元代《三分事略》和《三国志平话》中就已经出现了。《三国志平话》开篇“仲相断阴间公事”，有司马仲相断案的情节，交代了三国鼎立之因与三分归一统的缘由：

> 天公即差金甲神人赍擎天佛牒，玉皇敕道：“与仲相记：汉高祖负其功臣，却交三人分其汉朝天下。交韩信分中原为曹操，交彭越为蜀川刘备，交英布分江东长沙吴王为孙权，交汉高祖生许昌为献帝，吕后为伏皇后。交曹操占得天时，囚其献帝，杀伏皇后报仇。江东孙权占得地利，十山九水。蜀川刘备占得人和。刘备索取关、张之勇，却无谋略之人，交蒯通生济州，为琅琊郡复姓诸葛，名亮，字孔明，道号卧龙先生，于南阳邓州卧龙岗上建庵居住。此处是君臣聚会之处，共立天下，往西川益州建都为皇帝，约五十余年。交仲相生在阳间，复姓司马，字仲达，三国并收，独霸天下。”

可见，《说岳全传》的情节结构，受到了这种因果报应思想的影响，并调和了佛道两家，糅合了传统的佛道思想，突出了因果轮回对社会发展的深刻影响。

《说岳全传》不仅在小说艺术结构上学习借鉴前人成果，而且模仿《三国演义》故事情节的痕迹也比较明显。如第二十三回“胡先奉命探功绩，岳飞设计败金兵”，写粘罕兵败青龙山，与《三国演义》曹操败走华容道颇为相似：

铜先文郎保着粘罕，拼命逃出谷口，却是一条大路。这时已是五更时分了，粘罕出得夹山道，不觉仰天大笑。铜先文郎道：“如此吃亏，怎么狼主反笑起来，却是为何？”粘罕道：“不笑别的，我笑那岳南蛮虽会用兵，到底平常。若在此处埋伏一支人马，某家插翅也难飞了！”话言未毕，只听得一声炮响，霎时火把灯球照耀，如同白日。

比较一下《三国演义》第五十回写曹操败走华容道，就可以清楚地看出《说岳全传》对《三国演义》的学习和借鉴了：

又行不到数里，操在马上扬鞭大笑。众将问：“丞相何又大笑？”操曰：“人皆言周瑜、诸葛亮足智多谋，以吾观之，到底是无能之辈。若使此处伏一旅之师，吾等皆束手受缚矣。”言未毕，一声炮响，两边五百校刀手摆开，为首大将关云长，提青龙刀，跨赤兔马，截住去路。操军见了，亡魂丧胆，面面相觑。

《说岳全传》第三十六回“何元庆两番被获”一节，在写法上与《三国演义》诸葛亮收服孟获也有某种渊源。

《说岳全传》出现之前，中国古典小说在情节结构、形象塑造、叙事艺术、语言艺术等方面已经趋于完备；与此同时，岳飞故事的素材也比较丰富，既有《宋史》等史传相关记载，又有熊大木等人之作奠定了基础。所以，对《说岳全传》的作者来说，不论是人物形象、故事情节还是小说叙事、语言、人物形象塑造等艺术方法，只需学习借鉴即可。这一方面会使小说与中国古典小说更为接近，更易为读者接受，但同时也会造成某种消极影响。譬如以因果轮回来结构全书，表现出来的是宿命观念，给真实的历史蒙上了神秘色彩。虽然以宿世恩怨或因果轮回为全书大关目者，《水浒传》《西游记》《隋唐演义》和《红楼梦》等名著也曾经采用，并非只是《说岳全传》的专利，但这样一种结构方式却在一定程度上削弱了小说的思想意义，其消极影响也是不容否定的。

《说岳全传》的作者，锦春堂本题署“仁和钱彩锦文氏编次，永福金丰大有氏增订”。卷首有康熙九年（1670 年）金丰序，序称“予亦乐是说之可以公诸同好，因序数语以弁诸首，而付之梓”①。据此可知，《说岳全传》是钱彩编次、金丰增订，其首次刊行时间是清康熙九年春。钱彩和金丰的生年行实，迄无所知，仅据题署知钱彩字锦文，浙江仁和（今杭州市）人，金丰字大有，福建永福（今福建永泰县）人。然而，清乾隆年间，归安姚氏刊《禁书总目》仅称“钱彩《说岳全传》”，没有提到金丰的名字。也许正是因了此一原因，有人在言及《说岳全传》的作者时，或仅称钱彩，或说“钱彩等”，而不提金丰的名字。其实，《说岳全传》的作者问题，康熙九年锦春堂刊本已经说清楚了，那就是钱彩编次、金丰增订。所以，关于《说岳全传》的作者，合乎实际的说法应是“钱彩编次、金丰增订”。仅称钱彩或“钱彩等”，埋没了金丰对《说岳全传》的贡献，是不公平的，也是不准确的。

此次整理，以上海古籍出版社影印清锦春堂刊《说岳全传》为底本，同时参校明天德堂本《精忠全传》和友益斋刊于华玉《精忠传》进行整理，作了必要的纠讹正误。由于时间仓促，不当之处在所难免，敬祈方家教正。

（此文原为中州古籍出版社 1998 年出版的《说岳全传》前言，收录时作了必要的修订）

① 〔清〕金丰：《说岳全传·序》。

明季世俗生活画卷

——《三刻拍案惊奇·前言》

在卷帙浩繁的明代拟话本中，《三刻拍案惊奇》（以下简称《三拍》）的名头，显然不及冯梦龙编著的“三言”和凌濛初编著的“二拍”响亮。之所以会出现这样一种情形，既不是因为《三拍》的故事情节不够新奇，不足以传世，也不是因为《三拍》的思想内容不能为时人接受，而是在于作品自身之外的原因。撮其大要，在于以下三个方面。

一是生不逢时。《三拍》的作者，题署为“明梦觉道人，西湖浪子”。关于这个梦觉道人，孙楷第《中国通俗小说书目》以为即是曾撰传奇《鸳簪合》的梦觉道人。庄一拂《古典戏曲存目汇考》卷十“明代作品”有《鸳簪合》传奇，署“李文烛”名下。其作者小传云：“李文烛，字晦卿，号梦觉道人，江苏丹徒人。著有《黄白镜》《幻影》等小说。”二说参证，可知这位名李文烛字晦卿的梦觉道人，曾著有传奇《鸳簪合》和小说《黄白镜》《幻影》等。但是，清人姚燮的《今乐考证》和无名氏的《重订曲海总目》，却把传奇《鸳簪合》的作者梦觉道人列入清代传奇作者中。姚燮还将自苍山子至梦觉道人 11 位传奇作者，确定为“皆康熙、雍正间人，无姓名可考”。传奇《鸳簪合》无同名剧，而孙、庄二人所说的梦觉道人，当是同一人物无疑。然而，梦觉道人的生活年代，为何相去甚远呢？要解开这个谜，还需从《三拍》卷首的梦觉道人序文说起。

《三拍》卷首有一篇梦觉道人写的《惊奇序》。序文最后题署“时□□□未仲夏孤山梦觉道人漫书”。郑振铎据此以为，“此书之作当在崇祯辛未（1631年），或崇祯癸未（1643年），或顺治乙未（1655年）的三个‘未’年中的一个，当不会作于辛未以前，也当不会作于乙未之后”，并据序文中“方今四海多故，非苦旱潦，即罹干戈”等语，进一步认为“似以指其作于‘崇祯癸未’（即崇祯十六年）为更妥当些”①。从《三拍》记述的故事来看，最迟的一个发生在崇祯元年（1628年），即第二十五回“缘投波浪里，恩向小窗亲”。由此来看，《三拍》成书于崇祯年间是大抵可信的。崇祯年份中有“未”字的，只有“辛未”和“癸未”。而从《三拍》所记故事发生的最迟年份来看，该书成书于“辛未”（1631年）的可能性较大。但无论是书成书于“辛未”还是“癸未”，其作者由明入清的可能性都很大。倘此推论成立，则《今乐考证》和《重订曲海总目》列梦觉道人于清代作家之中，也就不足为奇了。

《三拍》成书于崇祯年间，可以说是它的不幸。明天启年间，宦官魏忠贤勾结熹宗的乳母客氏，独断专权，大兴党狱，以致天下鼎沸，义民四起。自天启七年（1627年）陕北王二率民众起义开始，明末农民起义便风起云涌，很快席卷了半个中国。崇祯皇帝就是在这种情况下登上天子宝座的。一个烂摊子，交给一个年纪尚轻的人去收拾，那种艰难可想而知。所以说，崇祯是一个倒霉透顶的皇帝。《三拍》成书于这个烽烟四起、生灵涂炭的年代，也只好跟着倒霉了。生不逢时，其流传自然也就受到影响了。

二是数易其名。《三拍》在流传过程中曾多次易名，现在所能见到的最早的版本名《型世言》，韩国汉城大学奎章阁藏有《峥霄馆评定通俗演义型世言》。②另据王重民《中国善本书提要》，美国国会图书馆藏有崇祯间峥霄馆本《皇明十六名家小品》，其中有《型世言》，题署“西湖何伟然仙郎选，钱塘陆云龙雨侯评”。峥霄馆本《型世言》十一卷四十回，明末重新刊印时，易名为《幻影》，

① 郑振铎：《西谛书话。明清二代的评话集》之《幻影》（拍案惊奇三刻）。
② 【韩国】朴在渊：《韩国所见奎章阁藏〈型世言〉》，《文学遗产》1993年第3期。

并减少为八卷三十回。但此书极为罕见，据说郑振铎先生原藏有《幻影》的前七回残本。关于《幻影》一名的由来，梦觉道人的序说得很清楚："总之，君臣、父子、夫妇、兄弟、朋友之理道，宜认得真。贵贱、穷达、酒色、财气之情景，须看得幻。当场热哄，瞬息成虚，止留一善善恶恶影子。"① 也许是书商觉得《幻影》一名不足以吸引人们的眼球，重刊时就来个移花接木之术，采取挖版、补刻、重新拼版等手法，将《幻影》易名为《三刻拍案惊奇》，希望借助凌濛初《初刻拍案惊奇》和《二刻拍案惊奇》的影响，扩大《三拍》的知名度，促进《三拍》的销售。然而，多次易名，使得读者产生了一种陌生感，无意中拉大了读者与小说的距离。这对《三拍》的流行自然也就造成了不利影响。

三是版本罕见。明崇祯间峥霄馆本《皇明十六家小品》虽然收有此书，但接踵而来的战火兵燹却使许多典籍遭受灭顶之灾。能够躲过明季兵火，应该说已经是不幸之中的大幸了。由于入清之后此书再未刊行，而流传于世的峥霄馆十一卷四十回本《峥霄馆评定通俗演义型世言》，改名后的八卷三十回本《幻影》，以及改版后易名为《三刻拍案惊奇》的版本，海内亦是罕见。现今所知，国内藏本仅有 3 种。一是郑振铎原藏《幻影》前七回残本（现藏北京图书馆）；二是 1929 年秋马廉在北京琉璃厂文友堂购得的明末刻本《幻影》（现藏北京大学图书馆），八卷三十回，前七卷各四回，第八卷二回，第十三至十五回缺损；三是北京市文物保管部门收藏的《三刻拍案惊奇》，亦是明末刻本，三十回，不分卷。该书第一、八、十五、十六、十七、二十七、二十八、二十九、三十回仅存其目，其他回目亦有残缺。版本罕见，后世又未重新刊行，读者对该书知之甚少，也就是情理之中的事情了。

自明末以来，《三拍》长期湮没无闻。直到 1987 年北京大学出版社和北京燕山出版社分别出版了《三刻拍案惊奇》之后，知道它的人才逐渐多了起来。如今说起《三拍》，人们已不是那么陌生了，而且已经有人将《三拍》与明代世

---

① 〔明〕梦觉道人：《惊奇序》。

俗小说“三言”“二拍”相提并论了。

人们把《三拍》与“三言”“二拍”相提并论不是没有缘由的。从创作主旨上看，该书沿袭了明代拟话本所共有的劝世教人、意在风教的思想倾向。凌濛初在《拍案惊奇·序》中说：“宋元时有小说一家，多采闾巷新事，为宫闱承应谈资。语多俚近，意存劝讽。虽博雅之派，要亦小道可观。”在语及编纂《初刻拍案惊奇》的主旨时，凌濛初曾这样说：“是编主于劝诫，故每回之中，三致意焉。观者自得之，不能一一标出。”[①] 可见，“主于劝诫”是明代文人创作拟话本的传统，也是文人拟话本自觉遵守的一条创作原则。梦觉道人生逢明季乱世，自觉承袭了明人拟话本的传统，他编纂《三刻拍案惊奇》，不仅要劝世教人，而且还要救世补世，所谓“在以此救世，使人睹之，可以理顺，可以正清，可以悟真，觉君父师友，自有定分；富贵利达，自有大义。今者叙说古人，虽属影响，以之喻俗，实获我心，孰谓无补于世哉”[②]！从思想内容上看，作者在描摹明季社会风俗、勾画世态人情、反映社会现实的时候，虽然意在申明劝世救世的主旨，一方面善善恶恶，宣扬封建伦理纲常，一方面却有意无意地对明季腐朽、淫荡、黑暗、没落的现实，对贪官、污吏、豪强、劣绅一类人物，给予了无情揭露和辛辣讽刺，对生活在社会下层的百姓，则给予了尽可能多的抚慰和同情，对文人、商贾、衙役、书生、小姐、村姑、村夫、僧尼、道士等各色人物，都有生动的描绘和上佳的表现。所以，读一部《三拍》，如同欣赏一幅明季风土人情画卷，对明季社会和世态万象，都会有更多的了解和更深一层的认识。

从创作艺术上看，《三拍》继承了明代拟话本故事情节编排上的新、奇、巧等特点，以情节的偶合与巧合突出故事的戏剧性和新奇性，令人往往忍不住拍案叫绝。在写作手法上，《三拍》基本上采取写实的手法，在平实中见新奇，在粗笔中见个性，写来很有特色。但小说朴素而不失想象，平实而不失浪漫。有

---

① 〔明〕凌濛初：《拍案惊奇·凡例》。
② 〔明〕梦觉道人：《惊奇·序》。

些回目，如第二十回“良缘狐作合，伉俪草能偕”，第二十二回“藏珠符可护，贪色檄能诛”，第二十三回“猴冠欺御史，皮相显真人”等章节，写得有声有色，富于浪漫色彩。尤其是第二十回，写老蚌率领族类与蛟龙大战的情形，想象奇特，颇似神魔小说的写法：

> 只见风雨之中，半云半雾拥着一个金甲神，后边随了一阵奇形异状的勇猛将士，向东南杀来：乌贼搴旗，鼋兵挝鼓。龟前部探头瞭哨，鲤使者摆尾催军。团牌滚滚，鼋使君舞着奋勇冲锋；斧钺纷纷，蟹介士张着横行破阵。剑舞刀鳅尾，枪攒黄鳝头。妖鳗飞套索，怪鳄用挠钩。
>
> 还有一阵虾鱼之类飞跳前来。这厢水中也烟雾腾腾，波涛滚滚，杀出三个女将，恰有一阵奇兵：白蛤为前队，黄蚬作左冲。蛏挥利刃奏头功，蚶奋空拳冒白刃。牡蛎粉身报主，大贝驼臂控弓。田螺滚滚犯雄锋，簇拥着中军老蚌。
>
> 两边各率族属相杀：这边三个女子，六口刀。那边一个将官，一支枪。那当得他似柳叶般乱飞，霜花般乱滚。她三个三面杀将来，这一个左支右吾，遮挡不住，如何取胜？

写两军交锋，虽仅“这边蚬蛤之类，腾身似炮石弹子般一齐打去，打得那些龟鼋缩颈、鳅鳝蜿蜒，金甲神只得带了逃去”数语，但形象逼真，极富个性特色。在语言风格上，《三拍》保留了拟话本的口语化特色，对研究明代方言有一定的史料文献价值。

作为与“三言”“二拍”约略同时的一部拟话本集，《三拍》不可避免地要受到明季淫荡奢靡世风的影响。但是，事涉男女风情的时候，《三拍》的作者既不像某些明代拟话本那样津津乐道、玩味不已，又不扭捏作态，故出道学家迂腐酸臭之语，而是很艺术地加以处理，或是一笔带过。如第十三回“匿头计占红颜，发棺立苏呆婿”，写徐铭与表妹柏爱姐苟且偷情之事：

> 爱姐只得听他再试。柳腰轻摆，修眉半蹙，嘤嘤甚不胜情。徐铭也只要略做一做破，也不要定在今日尽兴。爱姐已觉烦苦极了，鲜红溢于衣上。

娇莺占高枝，摇荡飞红萼。

可惜三春花，竟在一时落。

凡人只在一时错，一时坚执不定。贞女淫妇，只在这一念关头。若一失手，后边越要挽回越差，必至有事。自此一次生，两次熟，两个渐入佳境。兴豪时，也便不觉丢出一二笑声，也便有些动荡声息。

作者不仅点到为止，而且指出徐铭和柏爱姐做出这种苟且之事，不仅是一念之错，而且是一错再错，以致后来酿成大错。作者为了"不为风雅罪人"，总是有意识地遵循着凌濛初编著《拍案惊奇》时定下的原则，所谓"是编矢不为风雅罪人，故回中非无语涉风情，然止存其事之有者，蕴藉数语，人自了之。绝不作肉麻秽口，伤风化，损元气。此自笔墨雅道当然，非迂腐道学态也"①。正是因为该书语及男女风情时"笔墨雅道当然"，而非"肉麻秽口，伤风化，损元气"，故而此次整理，对这些涉及男女风情之事的故事情节，皆一仍其旧，未加删节。

《三拍》原为十一卷四十回，但目前国内存本皆作三十回。韩国学者朴在渊《韩国所见奎章阁藏本〈型世言〉》一文，就韩国汉城大学奎章阁收藏的明崇祯间峥霄馆本《型世言》和北京大学图书馆藏《三拍》作了比较，指出"《型世言》不同于《三拍》的全部篇目皆是五言对句的形式，而采取五言、七言、八言对句的形式。有关篇目名，相同或相近的只有《型世言》第十四回和《三拍》第十回，《型世言》第二十一回和《三拍》第十三回，其余的都不一样"。根据朴氏所列的篇目名，相同或相近的，还有《型世言》第三十四回和《三拍》第十八回，《型世言》第三十三回和《三拍》第十七回。朴氏还将《型世言》所有而《三拍》所无的十回作了内容提要。这十回是：

第四回　寸心元格神明　片肝顿苏祖母

第八回　矢志终成智　盟忠自得忠

---

① 〔明〕凌濛初：《拍案惊奇·凡例》。

第九回　避豪恶懦夫远窜　感梦兆孝子逢亲

第十回　烈女忍死殉夫　贤媪割爱成女

第十二回　宝钗归仕女　奇药起忠臣

第十六回　内江县三节妇守贞　成都郡两孤儿连捷

第十七回　逃阴山运智南还　破石城抒忠靖贼

第二十四回　飞檄成功离唇齿　掷杯授首殪鲸鲵

第三十一回　阴功吏位登二品　薄幸夫空有千金

第三十二回　三猾空作寄邮　一鼎终归故主

为了给明清小说研究者提供较为完备的研究资料，使读者对《三拍》有一个全面的了解，兹将《型世言》所有而《三拍》所无的十回，作为附录收录于后。另外，《三拍》所缺第十五回“劫库机虽巧，擒凶智倍神”，《型世言》作第二十二回“任金刚计劫库，张知县智擒盗”，兹亦据以补入，回目相应作了变动。增补之后，三十回本《三拍》已大体完备。而且，就其思想性、艺术性而言，与凌濛初“二拍”相比，亦不为辱没矣。

由于版本的限制，国内曾经出版过的几种《三拍》皆非全本。除了整理者作的删节外，原书所缺亦未能增补完备。此次整理，以上海古籍出版社影印明末刊本《三刻拍案惊奇》为底本，结合某些故事的史实和本事，参校其他版本，对《三拍》重新进行整理。由于原版损毁严重，挖版、改版、补版、缺字、脱句之处甚多，故整理时又参考了其他一些排印本，对原书缺脱处作了补正。但对于某些确难补正之处，整理者则不敢擅专，只好依旧暂付阙如，用□标出。限于整理者的学识及版本限制等客观情况，本书的整理难免有不妥之处，敬祈方家有以校正。

（此文原为中州古籍出版社 1993 年出版的《三刻拍案惊奇》前言，收录时作了修订）

从泛戏剧到戏剧的自觉

——兼论宋元戏剧观念及其与儒家诗教之关系

一、宋元之前的泛戏剧倾向

在我国古代传统文化中，人们习惯把各种游戏性、娱乐性的技艺泛称作“戏”或“剧”，故有角抵戏、百戏、参军戏、杂戏、杂剧等诸多说法。但在何为戏剧这一根本问题上，宋元之前并没有形成共同的或比较一致的看法。人们关于戏剧的种种认识，都带有明显的泛戏剧倾向，也就是说，人们对戏剧的认识和界定是宽泛的、不明确的。宋元之前，确切些说是宋元南戏出现之前，如果说传统观念范畴也包括了戏剧观念的话，那也只能说是一种泛戏剧观念。

考察一下宋元之前“戏”或“剧”的种种不同含义，可以发现，泛戏剧倾向长期存在于人们的观念形态中。据《西京杂记》记载，秦汉之际三辅人尝演东海黄公伏虎的故事，“汉武帝亦取为角抵之戏焉”。一些戏剧史家以之为中国戏剧的发端。其实，“东海黄公”只不过是一种“以人虎相斗的‘角抵’为主要目的”的娱乐性技艺,① 它虽然也演故事，但当时人们无论在观念上还是在实践中都是把它当作一种竞技形式，即当作角抵戏之一种来对待的。张衡《西京赋》里描述的东汉安帝时长安百戏竞艳的情景，人们都较熟悉，那些游戏、杂

① 周贻白：《中国戏剧与杂技》一文称东海黄公“系一种故事表演。但以人虎相斗的‘角抵’为主要目的”。见《周贻白戏剧论文选》，湖南人民出版社 1982 年。

耍之类的娱乐性技艺，既作竞技之用，又包含有招徕观众之目的，尚不能上升为艺术的层次。魏晋时期，人们除沿用角抵戏、百戏的说法外，又创造了“水转百戏”和木偶戏。[①]“戏”在人们的观念中成了名副其实的游戏。降而至南北朝，角抵戏、百戏、木偶戏之外，又有代面戏、傀儡戏、踏摇娘等，其中代面戏和踏摇娘有了更多的戏剧成分，但仍没能摆脱模仿性娱乐技艺的旧路子，人们在观念上并没有把它们与其他歌舞技艺分而视之。隋唐两代，戏或剧的名目更加繁多，不仅沿用旧说，而且又出现了参军戏、散乐、康晋戏、杂戏、杂剧等名目，戏剧的观念又为宽泛，音乐、歌舞、杂技、游戏、杂耍等，几乎无所不包。《隋书·音乐志》所说的“每岁正月，万国来朝，留至十五日，于端门外，建国门内，绵亘八里，列为戏场”[②]，实际上是对上述各种娱乐、游戏而言的。至于白居易《立部伎》诗中所说的“杂戏”，则的确可称为“杂”，包括了舞双剑、跳七丸、袅巨索、掉长竿等娱乐技艺，与宋元人观念中的戏剧相去甚远。涵虚子说“戏曲至隋始盛”[③]，但其所说戏曲并不是宋元南戏或元人杂剧那样按照一定的音乐、歌舞和剧场形式、据本敷衍故事的戏剧，而主要是指戏剧音乐。晚唐出现了杂剧，李德裕《第二状奉宣令更商量奏来者》文中已有“杂剧丈夫两人”语[④]，但此时之杂剧与元人杂剧绝非同一概念，继之而起的宋金杂剧就是明证。它实际上只是教坊部色之一种，所谓“散乐传学教坊十三部，唯以杂剧为正色”[⑤]。不过，和之前的百戏相比较，这个时期的杂剧的确有很大进步，它虽仍属歌舞杂技之类，但已是据本按曲敷演。南宋吴自牧尝云：“向者汴京教坊大使孟角球曾做杂剧本子，葛守诚撰四十大曲，丁仙现捷才知音。”[⑥]然而，这些杂剧“务在滑稽”，以逗乐嬉笑、诙谐讽刺、歌功颂德为宗旨，而且仍带有很大的随意性和即兴表演的成分，尚未成为真正的艺术，故不能与元人杂

① 〔唐〕欧阳询等：《艺文类聚》卷四《岁时部中》引《典略》。
② 〔唐〕魏征等：《隋书》卷十五《音乐志下》。
③ 〔清〕王奕清：《御定曲谱·卷首》之《涵虚子论曲》。
④ 〔唐〕李德裕：《会昌一品集》卷十二《第二状奉宣令更商量奏来者》。
⑤ 〔宋〕吴自牧：《梦粱录》卷二十《妓乐》。
⑥ 〔宋〕吴自牧：《梦粱录》卷二十《妓乐》。

剧等而视之。总之，在宋元之际南戏和北杂剧形成之前，人们的戏剧观念十分模糊混乱。称谓的纷繁杂乱，清楚地表明人们对戏剧认识的分歧。这正与前戏剧期（戏剧艺术的胚发和滥觞期）的发展状况相一致。戏剧尚未形成，戏剧观念当然也就不可能先于戏剧而固定下来。认识到这一点，戏剧史家对于中国戏剧的形成时期也就不会产生太大的分歧了。

从秦汉角抵戏、百戏到宋金杂剧院本，大约经历了一千四五百年的漫长发展历程。在这一历史时期中，如仅就某种技艺（如角抵戏、参军戏、傀儡戏等）而言，都是日趋进步，技巧性也越来越高。但由于缺少一种可以把各种相关技艺纽结、黏合、统一于一体的内在力量，各种游戏性、娱乐性技艺都始终处于自身发展状态，各自为战。它们虽然也吸收其他相关技艺的优点，但总是不能把相互联系的技艺合为一体，形成艺术的、审美的戏剧。这样，人们对“戏”或“剧”的认识就不可能有大的改变，更不可能有根本性的转变，戏剧观念也就迟迟不能作为一种独立的、有相对严格意义的观念而进入传统观念的范畴，泛戏剧倾向一直相沿而下。宋元之际，南戏和北杂剧登上了南北剧坛，它们的出现，立刻让人们耳目一新。

人们怀着极大的热情欢迎这种富有青春活力的立体艺术和综合艺术，而向来称之为“戏”或“剧”的技艺则逐渐被人们冷落了，代之而起的是新兴的戏剧艺术。经过下层文人或艺人的共同努力，戏剧终于迎着人们的掌声在时代的文化审美心理的土壤上成长壮大起来。它不再是简单的仅供游戏娱乐的即兴歌舞技艺，而是包容了更多、更复杂的生活内容、情感因素、个性精神和美学意义，艺术表现手段也较前大为丰富。戏剧文学（剧本）与舞台创作（表演、舞美、音乐等）的一体化，促使人们自觉地反省之前的泛戏剧观念，总结新兴戏剧艺术的经验，析理来自各方的戏剧信息，于是，一种新的、有相对稳定意义的戏剧观念形成了。从泛戏剧倾向而到新的戏剧观念的形成，经历了一个极为漫长的发展时期，但它毕竟最终完成了艰难的蜕变，开始了中国戏剧的自觉的时代。

二、宋元戏剧观念形成的标志

任何一种观念的形成，都首先表现为实践的和观念的自觉，表现为主体对客体的自觉的有意识的相互存在状态。只有摆脱了直觉的、无意识的、非理性的状态，进入理论和实践的理性阶段，人们的思想意识才能进入观念的范畴。宋元戏剧观念的形成，也是以戏剧创作和戏剧观念的自觉为主要标志的。

戏剧创作（包括剧本和舞台创作）成为一种自觉的理性活动，是宋元戏剧观念形成的第一个标志。宋元之际出现的南戏和北杂剧，大都是出自作家、艺术家自觉的心理状态，他们跳出了单纯游戏娱乐的旧圈子，摆脱了竞技意识的束缚，自觉地、有意识地在戏剧创作中表现各自的情感情趣、人生思考、社会见解和艺术体验，满怀激情但又不失理智地倾吐各自的衷曲和心声，整个创作过程都呈现出理性运动状态。“初为杂剧之始”的关汉卿，其戏剧创作鲜明地表现出这种特征。他写《窦娥冤》，显然是有感于平民阶层的不幸，有感于元朝吏治的庸败和官府的黑暗。他借窦娥之口指天骂地，痛斥贪官污吏，言词之激切，感情之充沛，足以感天地泣鬼神。但关汉卿并没有失去理智的控制，在戏剧高潮已经出现，大悲剧已经完成（窦娥临刑前三桩愿望皆已应验）之后，又设计了一个能令当权者和一般观众心理上都能接受的美妙的“法治之梦”，为这一备受赞赏的大悲剧加上了一道光环；他的《单刀会》《双赴梦》，具有十分强烈的民族意识，表现出强烈的民族情绪。他塑造关羽、张飞这两个英雄形象，显然接受了陈寿以降的蜀汉正统观念，有意识地宣扬和表彰这种民族意识：“百忙里趁不了老兄心，急切里倒不了俺汉家节。”（《单刀会》）但他在艺术表现中却十分理智和清醒，把历史的理性思考深深隐喻在字里行间，能够意会而不能言传。宋元之际的许多戏剧作家都同关汉卿一样，理智地处理戏剧题材、情节和人物，摆脱了倡优语言的直言不讳和油腔滑调，并在宫调设置上表现出清醒的理性。自觉取代了无意识，理性取代了非理性，戏剧创作进入了自觉的理性阶段。

戏剧观念的普遍自觉，是宋元戏剧观念形成的第二个标志。宋元之际戏剧观念的自觉，不是表现为理论的大成，而是以戏剧作家、艺术家和批评家的普遍自觉为特征。出现于宋元之际的一些文人笔记，如周密的《武林旧事》《齐东野语》、耐得翁的《都城纪胜》、吴自牧的《梦粱录》等，已经涉及当时戏剧的角色、体制、排场、宫调等方面。稍后一些的《辍耕录》《唱论》更多地涉猎戏剧，许多论断和见解至今仍为戏剧研究者征引。再后一些，更出现了《青楼集》《中原音韵》《录鬼簿》这样一些专论戏剧表演、戏剧音乐与戏剧作家的著作。宋元戏剧作家的戏剧观念，更多地出现于他们的创作中。如南戏剧目《宦门子弟错立身》的题目云："冲州撞府妆旦色，走南投北的俏郎君。戾家行院学踏爨，宦门子弟错立身。"它概括了此剧的大致内容，同时也透露出人们观念中的戏剧消息。"戾家行院"即《太和正音谱》所说倡优扮演的"戾家把戏"；"学踏爨"即学演戏。官宦子弟从倡优冲州撞府学演戏，则被视为"错立身"，反映了戏剧和戏剧艺术家在书中会才人观念中的地位，表明当时人们对戏剧的认识已进入自觉阶段。随着戏剧艺术的成熟和完善，人们对戏剧的认识逐步深化，人们观念中的戏剧轮廓越来越清晰了。宋元戏剧观念的普遍自觉，为元杂剧的繁荣做了观念上的准备。

标志之三，是戏剧创作成为一种具有广泛社会意义和一定美学价值的艺术活动。艺术并不完全排斥功利性，但过分追求功利的目的，则往往使艺术流于平庸，失去其作为艺术而存在的本来意义。"东海黄公""踏摇娘""兰陵王破阵曲"等，之所以不能成为真正的艺术，重要的原因不在于它们是否用歌舞表演故事，而在于它们只是游戏性、娱乐性的竞技活动或娱乐活动，而非艺术的或审美的活动。它们同其他被称为"戏"或"剧"的技艺一样，都有明显的功利目的，因而不可能摆脱随意性和即兴成分。宋元南戏和北杂剧作家虽尚未完全摆脱功利目的的影响，但他们毕竟更多地关注到戏剧的社会意义和美学价值，注意从艺术和审美角度进行创作，把戏剧变成真正的戏剧，戏剧的社会意义和美学价值显著增强了。戏剧融入了更多情感的、社会的、个性的和审美的内容，既是戏剧作家、艺术家历史与现实社会生活的理性思考和个性意识的载体，又是施展艺术才干、驰骋艺术想象的天地。无论是取诸史籍，还是寻常小事，抑或是搬演现实社会生活，他们都能精心剪裁，认真构思，合理安排，表现着理性光彩的社会人生思考，抒发愤激和欢娱之情，反省历史，憧憬未来，显示出情趣各异的艺术匠心。关汉卿、马致远、王实甫、白仁甫等元前期作家的剧作大抵如此。即以《西厢记》而论，王实甫对这一流传甚广的故事，作了新的冶炼和加工，他精心设计的故事情节，着意刻画的莺莺、张珙、红娘和老夫人等人物形象，赋予这一故事更广泛的社会意义和更深刻的思想价值，而表现于剧本人物、情节、结构、语言等方面的艺术匠心，以及剧作者刻意求工的意境意象创造，更加丰富了剧本的美学价值。在宋元南戏和北杂剧作家笔下，戏剧已经由功利性转而为社会性和艺术性的戏剧，戏剧创作成为真正的艺术活动。

标志之四，是戏剧集各种艺术于一体，成为一种立体的综合艺术。应该说，据本按曲敷衍的宋金杂剧院本已经向综合性戏剧靠近了一大步，但其各构成部分的联系和结合都比较松散，尚未达到宋元南戏和北杂剧那样的高度综合和有机统一。宋元南戏和北杂剧集诗、文、词、曲于一体，融唱、念、做、打于一炉，动静为一，表现出高度的综合性。它以词曲为主体，以宾白为针线，连缀歌舞科诨，安排舞美场面，构成一个艺术整体。在这个艺术整体中，词曲的地位最为重要，它倾注了戏剧作家、艺术家的主要精力，既交代和推进剧情，剖白人物心理，表现人物的情感性格，又显示出作家、艺术家的创作个性和艺术功力，故世有“实甫作《西厢》，至‘碧云天，黄花地，西风紧，北雁南飞’，构想甚苦，思竭，扑地遂死”之传①，有“一声唱到融神处，毛骨萧然六月寒”之论②。然而，仅有主干绝不能成为大树。戏剧艺术之所以格外引人注目，不仅因为词曲美妙，演唱动人，而且有众多相互联系着的艺术相映衬。就宾白而言，宋元南戏和北杂剧宾白的各种形式（对白、独白、语白、韵白）在戏剧艺术的

---

① 〔清〕梁廷枬：《曲论》。

② 〔清〕王奕清：《御定曲谱·卷首》之《涵虚子论曲》。

整体结构中各司其职，介绍人物身份经历，揭示人物心理活动，交代剧情发展，连缀戏剧的各构成部分，承前启后，起承转合，都是非宾白莫属。如果抽去宾白，则整个戏剧就显得残缺不全，甚至莫名所以。戏剧的其他各构成要素，都是戏剧艺术整体的有机组成部分，既显示着戏剧艺术的综合性，又鲜明而顽强地表现出各自的特性和作用，显示出戏剧的立体性。

中国戏剧自成为一种自觉的理性活动和具有广泛社会意义和审美价值的艺术活动之时起，就成了缪斯的又一宠儿，成为“第七种艺术”。这是我国戏剧发展过程中的一个有决定意义的转变。它标志着我国古代戏剧观念的正式形成，有力地促进了元杂剧的大繁荣。然而，宋元戏剧观念包括哪些主要内容呢？它与传统文艺观念有何联系？显然，我们的论题需要向更深的层面拓展。

三、宋元戏剧本体观和时空观

宋元之前的角抵戏、百戏、参军戏、杂戏等大都是歌舞技艺，人们观念中的戏或剧，实际上是指那些具有一定的技巧性或艺术性的技艺。宋元南戏和北杂剧出现以后，人们对戏剧本体的认识发生了重要变化，以游戏娱乐和竞技为主要目的的歌舞技艺，无论在创作实践中还是在观念形态中，都开始与新兴的戏剧艺术分道扬镳，戏剧本体观趋于明朗。在时人看来，戏剧不单纯是以歌舞演故事的游戏或娱乐形式，而是动态的表现形式（歌舞技艺，包括唱、念、做、打等）和静态的表现形式（剧本、舞美等）的统一体，它依据剧本提供的故事情节、人物形象以及所要表现的思想内容进行舞台创造，剧本已大体规定了舞台创造的内容和方式，较之于之前表演者根据个人好恶选择表演方式，增删表演内容的即兴表演，这是一个了不起的进步。宋元戏剧本体观就建立在这种进步之上。

用动静结合的形式表现一定的生活内容和思想内容，展示人生观念和艺术个性，是宋元戏剧本体观的核心，燕南芝庵归结为“道家唱情，僧家唱性，儒家唱理"[1]，虞集称之为"鸣国家气化之盛"[2]，周德清则以为是"曰忠曰孝，有补于世"[3]。尽管他们对戏剧思想内容的总结都有自己的倾向性，但他们对戏剧动态与静态表现形式都给予了同等重视，重视作为动态表现形式主体的演唱，重视作为静态表现形式主体的词曲，同时也重视演唱之曲的思想意义情感内容。从这一点出发，他们对戏剧艺术的综合性和动静构成形态的认识升华到理性高度，不再凭直觉和好恶组织戏剧艺术的各构成要素，也不再随意更易动静表现形式的构成关系。在结构词曲、宾白、科诨、舞蹈、音乐、效果等动态表现时，总是围绕着演唱这一表演主体，在设计人物、结构情节、设置宫调、配备角色、安排场面时，也总是受到剧作家的思想情感、个性意识以及他们对现实与人生的理性思考的制约。理性分析取代了直观感受，艺术组织取代了随意安排，动静两个主体构成了支撑和维系戏剧艺术本体的核心。在这一核心的整合作用下，动态与静态表现形式的各构成要素构建成一个有机联系的、富于立体感的艺术整体。任何一种构成要素都不可能游离这个整体，更不可能脱离戏剧艺术本体的核心，否则，仍不免流为技巧或技艺。后世一些论曲者，常常将戏剧艺术动静两种表现形式的主体分而视之，要么称戏剧艺术为表演艺术，唯重演唱；要么视戏剧艺术为填词作曲的艺术，而唯重词曲。殊不知，宋元之际出现的南戏和北杂剧皆是动静为一的艺术，动静两种表现形式相互依存，彼此不能独立存在，剧本创作不能脱离舞台创作，否则就无法流传和存在；舞台创作不能脱离剧本创作这一根本，否则仍被视为歌舞技艺。陶宗仪尝云："稗官废而传奇作，传奇作而戏曲继。金季国初，乐府犹宋词之流，传奇犹宋戏曲之变，世传谓之杂剧。"[4] 人们称传奇为杂剧，是因为它像宋元之前的杂剧那样可以搬演，戏剧已经同表演联系在一起。明胡应麟也曾指出过这点，他说："至元王、关所撰，

---

① 〔元〕陶宗仪：《辍耕录》卷二十七《燕南芝庵先生唱论》。
② 〔元〕虞集：《中原音韵序》。
③ 〔元〕周德清：《中原音韵·起例》。
④ 〔元〕陶宗仪：《辍耕录》卷二十七《杂剧曲名》。

乃可登场搬演。”① 实际上，宋元之际的绝大部分戏剧作品都是为搬演而作，与舞台创作密不可分。可以断言，流传下来的元杂剧作品，都是在递相搬演的过程中流传和保存下来的。后世戏剧理论批评家把宋元戏剧两大构成部分——剧本创作与舞台创作分而视之，是对宋元戏剧本体观的一种误解，戏剧理论批评的某种片面性就是由此而来。

宋元戏剧时空观与宋元戏剧本体观是相互联系的，它建立在戏剧本体观之上，又是戏剧本体观的必要补充。任何艺术，就其自身存在形式而言，都是一定时空观念影响制约下的时空艺术，是一定时空观念的体现。宋元南戏和北杂剧的时空艺术处理，同样不可避免地要受到一定时空观念的影响和制约。然而，时人对戏剧时空观念缺少理性总结，其戏剧时空观主要表现在戏剧创作实践中，综而论之，主要有三点。其一，是时空的假定性。戏剧是一种集虚与实、真与假于一体的特殊艺术，但剧作家、表演者和戏剧观众三者却能“心有灵犀一点通”，而极少在戏剧的艺术表现和内涵上发生分歧，这“灵犀”就是时空的假定性。它是剧作家、表演者和戏剧观众交流思想情感、沟通人生见解的天使和媒介。《魔合罗》第四折张千去刘玉娘家取魔合罗一段，是典型例证：

(张千云) 理会得。(做行科) 我出的这门，来到这醋务巷，问人来，这是刘玉娘家里。我开开这门，家堂阁板上有个魔合罗，我拿着去。出的这门，来到衙门也！孔目哥哥，兀的不是魔合罗儿。

日不移影，人未换场，场景也未发生任何变化，但随着演员的“做行科”和宾白，戏剧时空却从衙门到醋务巷，到刘玉娘家门、房里，又反过来到衙门，人们一看便懂，自然明白，不会产生任何歧义。假如没有时空的假定性作为戏剧时空既定的不言而喻的前提，剧作家、表演者和观众三者就不可能在生活时空与戏剧时空的彼此呼应上达到认同，形成默契，戏剧的艺术效果不免要受到损害。正是由于人们对戏剧时空假定性的先验认同，宋元南戏和北杂剧的时空

① 〔明〕胡应麟：《少室山房笔丛正集》卷二十五《庄岳委谈下》。

处理才显得如此洒脱无羁，异彩纷呈。其二，是时空的多变性。既有时空的假定性作为戏剧时空的大前提，戏剧时空呈现出多变性也就很容易理解了，它可随着人物的表演、唱词、宾白随时随处发生变化，既可表现生活时空的顺序变化（如前面所举《魔合罗》张千取魔合罗，以及《窦娥冤》中蔡婆向赛卢医索钱、《冻苏秦》第三折苏秦被逐一段等），又可表现生活时空的跳跃性变化，如《赵氏孤儿》中屠岸贾下场复上场，念了几句开场白，二十年倏忽而过；《墙头马上》裴行俭和李总管一上一下，戏剧时空已从长安移至洛阳。类似的例子很多。尽管戏剧时空有如此强的变异性，观众也不会因此而产生任何迷惑，基于假定性之上的戏剧时空无论怎样变化，都不会成为艺术欣赏和审美感受的障碍。其三，是时空的舞台规定性。时空的假定性，无疑给戏剧时空处理以极大自由。然而，受戏剧舞台性、剧场性的限制，宋元南戏和北杂剧的时空处理又表现出一定程度的舞台规定性。剧场和舞台既为戏剧艺术家提供了驰骋艺术才能的天地，同时又表现出强大的约束力，要求戏剧艺术家尽可能恪守戏剧时空的舞台规定性，在剧场和舞台允许的范围内施展其艺术才能。戏剧艺术家在集体无意识的状态下默默地承受着戏剧时空舞台规定性的束缚，主要是因为舞台规定性为创作实践提供了许多方便，解决了许多棘手的难题。如窦娥临刑前许下的三桩宏愿：血溅白练、六月飞雪、亢旱三年。三桩愿表明了窦娥对吏治腐败的愤怒，对现实社会的绝望，包含了窦娥海一样深的冤情，具有抚慰和宣泄观众愤激之情的心理作用。但这三桩愿在舞台上确实无法表现，戏剧艺术家只有在戏剧时空的舞台规定性上同观众求得心理的一致和认同，借剧中人物之口将三桩愿兑了现。许多不便或无法在前场表现的事件都放在幕后冷处理，以及古代戏剧表演艺术的程式，也都是舞台规定性制约限制的结果。宋元戏剧时空观从时空艺术的角度丰富和完善了宋元戏剧本体观，规定了戏剧本体的时空范围和变化规则，对后世戏剧时空的艺术处理产生了深远的影响。其成功经验，更为后世戏剧创作开拓了广阔道路。

四、宋元戏剧功能观和价值观

戏剧自其成为一种真正的艺术始，其功能就发生了巨大变化，已不再是游戏性、娱乐性的技艺，而是具有很强的社会功能和情感表现功能的艺术形式。宋元戏剧作家对他们所历时代的社会动乱和民族纷争深有所感，对政治的黑暗，吏治的腐败，对贫富悬殊、等级森严等社会现象甚为不满，兴亡之感、不平之气、愤激之情郁结在他们心头。不平则鸣，有感则发。不拘嬉笑怒骂、唱念做打的戏剧艺术成了最适宜、最有力的表现形式。在剧中，戏剧艺术家可以较少顾忌地言兴亡之感、故国之思，可以痛快淋漓地批判时政，批判社会，抨击贪官污吏，痛斥权豪势要，可以一吐不平之气，其剧作表现出较强的斗争性和批判精神。当然，宋元戏剧社会功能的另一方面也是很突出的，那就是歌舞升平、裨补风教。元代的一些戏剧批评家很是推崇宋元戏剧社会功能的后一方面，虞集《中原音韵序》云："我朝混一以来，朔南暨声教，士大夫歌咏，必求正声，凡所制作，皆足以鸣国家气化之盛。"罗宗信亦云："国初混一，北方诸俊新声一作，古未有之，实治世之音也。"① 他们肯定和赞美戏剧，主要就是基于这样一种认识。当然，他们的批评并非无的之矢，元初确有一些歌舞升平的剧目为他们提供了批评的基础，而那些宣扬封建思想意识、意在裨补风教的剧目，更给元代那些恪守儒家诗文批评观的戏剧批评家强调戏剧的教化功能提供了事实依据。元蒙统治者对这些歌舞升平、裨补风教的剧作也采取奖掖的办法，有意识地加强戏剧的这种功能，出现了"《尸谏灵公》演传奇，一朝传到九重知。奉宣赍与中书省，诸路都教唱此词"的现象。② 这样的剧目，这样的戏剧功能观，固然都是时代的产物，但同时也表明元初戏剧艺术家艺术观念和人生态度的复杂性。寄幻想之梦，扬希望之帆，解脱和慰藉受伤的心灵，唤起人们生活的勇气和希望，是宋元戏剧艺术的另一重要职能。那么多的兴亡之感、不平之气、

---

① 虞集、罗宗信语俱见《中原音韵序》。

② 元杂剧《尸谏灵公》题目正名。

愤激之情，压得下层人民喘不过气来，他们“载不动这许多愁”，便寻求解脱和慰藉，寻求心理的平衡，用戏剧幻想真挚的爱情，憧憬幸福的生活，抚慰一颗颗受伤的心灵，寄托迷惘的、无所依附的灵魂。受此观念的影响，他们讴歌美好的爱情，讴歌真挚的人类之爱——个性意识支配下的情爱和群体识意（阶级、阶层和民族识意）支配下的友爱，幻想社会的安定与法制，希望正义对邪恶的胜利。所以，宋元戏剧的许多剧目，无论喜剧、悲剧或正剧，往往采取大团圆结局，尽管大团圆的方式各不相同，但都表现出剧作家对现实社会和人生道路的幻想与憧憬，寄托了他们对未来生活的希望。《西厢记》《窦娥冤》《救风尘》等许多优秀剧目无不如此。有论者以为元杂剧大团圆结局是剧作家把民族审美心理积淀运用于戏剧的结果，其实，这种说法只是对了一半，它还是宋元社会现实作用于剧作家的结果，是时代文化心理的折映。

受宋元戏剧功能观的影响，人们的戏剧价值评判也采取了新的角度和尺度，他们不是从游戏、娱乐和功利主义的观念出发看待和评价戏剧，而是以戏剧的功能为价值尺度给戏剧以价值评判。这样，宋元戏剧价值观就偏重于戏剧的社会价值和情感宣泄价值，而对于戏剧的审美价值则不甚重视。朱经《青楼集序》云：“我皇元初并海宇，而金之遗民若杜散人、白兰谷、关已斋辈，皆不屑仕进，乃嘲风弄月，流连光景。”许多由金入元、出宋入元的戏剧作家大都像关汉卿、白仁甫这样，承受着故国兴亡的沉重心理负荷，目睹了许多不平之事，创作了许多具有较强的斗争性和批判精神的历史剧和时事剧，讴歌明君贤相、忠臣义士和抗敌御辱的民族英雄，痛斥昏君奸相、贰臣逆子，反映现实，批判现实，向往社会安定和民族团结。从他们的剧作中，人们看到了中华民族的过去，思考着它的现状与未来，感受到了戏剧艺术振奋精神、鼓舞人心的力量，发现了戏剧匡正和推动社会进步的作用。这正是宋元戏剧社会价值之所在，也是人们喜爱戏剧、执着于戏剧的重要原因所在。然而，无论当时还是其后，那些正统的戏剧理论批评家们并不太欣赏宋元戏剧这样的一种社会价值，他们欣赏的是戏剧教化世风、和悦人心的社会价值，因为它与儒家诗教观点是一致的。这是其一。其二，宋元戏剧价值观比较重视戏剧的情感宣泄价值。故国兴亡的沉重心理负荷，腐败的社会现实对人性的扭曲，程朱理学和封建伦理对个性的压抑，无疑给人们造成了巨大的精神和心理压力，被压抑的情感迫切需要宣泄，以保持精神的心理的平衡。当被压抑的情感借助戏剧得以宣泄的时候，人们就暂时得到了精神的解脱和心理的平衡。尽管这种平衡时时被严酷无情的社会现实所打破，但人们还是特别珍爱戏剧的这种价值，喜爱戏剧的程度远远超过了其他各种艺术。不过，这种价值观主要表现在戏剧创作中，当时的戏剧理论批评却很少涉及。其三，审美价值评判在宋元戏剧价值观中也占有一定的分量。宋元戏剧作家、艺术家都比较重视戏剧的艺术性，变戏剧创作为自觉的审美活动和艺术活动，力图使戏剧更富艺术性和审美价值，所谓“必使耳中耸听，纸上可观为上”①。赏心、悦目、娱耳，成了戏剧作家、艺术家的共同追求。正是这种追求，使戏剧艺术日臻完善，提高了戏剧的美学价值，这在关汉卿、王实甫等名家之作中表现得尤为明显。从他们的剧作中，人们可以感受到美的存在，美的升华，感受到不可折服的美的力量。然而，当时的戏剧美学批评却侧重于词曲的音韵和声律，追求和谐的美，把戏剧审美评价引入到形式主义批评的轨道。

五、宋元戏剧观念与儒家诗教

宋元戏剧观念是宋元之际人们对南戏与北杂剧的直观感受与理性思考的升华，是人们对新兴戏剧艺术的整体把握与认识。它自形成之日起，就作为一种新的观念范畴而成为我们民族传统观念的组成部分。其主要内容，尤其是其功能观、价值观，与儒家诗教却有着千丝万缕的联系。探讨一下它们之间的相互联系，对全面把握和认识宋元戏剧观念的形成及特征是不无裨益的。

儒家诗教历来十分重视文艺的抒情言志功能，《尚书》已有“诗言志，歌永

① 〔元〕罗宗信：《中原音韵·序》。

言”之论，至孔子则发展为“兴观群怨”说。《毛诗序》集其大成，丰富和完善了儒家的抒情言志文艺观：“诗者，志之所之也，在心为志，发言为诗。情动于中而形于言，言之不足故嗟叹之，嗟叹之不足故永歌之，永歌之不足，不知手之舞之，足之蹈之也。”[①]《毛诗序》的这一观点，后来便成了儒家诗教的重要内容。后世诗家论诗，大都基于这一观点。宋元诗会才人和下层文人自然亦熟知儒家诗教的这一内容，他们不仅把胸中的情志形之于诗，赋之于言，而且嗟叹之，永歌之，手之舞之，足之蹈之，化为动作，化为形象。可以说，是戏剧第一次真正完全地实践了儒家抒情言志的诗教理论。长期接受儒家思想浸染的戏剧理论批评家们对儒家诗教也不陌生，他们也用儒家抒情言志的诗教理论要求戏剧，评价戏剧，表现于戏剧观念，就出现了抒情言志的戏剧功能观和情感宣泄的价值评判。就其本质意义而言，宋元戏剧观念中的抒情言志功能观和价值评判中的情感宣泄内容，实际上是儒家诗教在戏剧观念中的表现。

裨补风教的戏剧功能观，与儒家诗教传统有着更为密切的关系。孔子尝言：“《诗》三百，一言以蔽之，曰思无邪。”[②]认为诗可以“迩之事父，远之事君”[③]。《毛诗序》全面阐发了这一观点，认为诗用之乡人邦国，则可“风以动之，教以化之”，具有“经夫妇，成孝敬，厚人伦，美教化，易风俗”的社会功能[④]。这就是以儒家君臣、父子、夫妇等纲常伦理为主要内容的诗教原则，千百年来，一直被视为神圣不可侵犯的教条，用以规范文艺创作，批评各种文艺作品。在这一诗教原则的约束和规范下，我国古代文艺创作大都比较重视文艺的社会功能，注意发挥文艺裨补风教的作用，而所谓“离经叛道”、富于反抗精神的文艺作品则很少问世之可能，即令有之，亦不免遭到封建统治阶级的禁毁，受到封建文人的排抵。人们在心理上和创作实践上似乎已经完全自觉地习惯和适应了儒家诗教的束缚，因为若要挣脱这种束缚，不仅首先要冲破自我意识的

---

① 〔唐〕孔颖达：《毛诗注疏》卷一《国风·周南序》。

② 《论语·为政》。

③ 《论语·阳货》。

④ 〔唐〕孔颖达：《毛诗注疏》卷一《国风·周南序》。

禁锢，而且还要冒天下之大不韪，甚至准备身败名裂。儒家诗教原则已经深入到人们的观念意识中，而程朱理学的泛滥，更把宋元戏剧作家框范在传统诗教的圈子内，不少作家严格遵循着儒家诗教原则进行创作，其剧作自觉地担负起“经夫妇，成孝敬，厚人伦，美教化，易风俗”的社会教化功能。然而，宋元之际是一个极为特殊的历史时期，一面是理学泛滥，一面是纲常废弛；一面是否定自我，一面是发展个性；一是民族自救，一面是流连光景……时代的社会文化心理环境，促使戏剧作家、艺术家对历史、现实和人生作出积极的思考，做出富有个性的判断和评价，促使他们在儒家诗教的框范内作出有限的自由选择。他们既为安以乐、美教化的治世之音，也言怨言怒，寄哀寄思，为郑卫之音和桑间濮上之音，反省历史，观照现实，砥砺意志，感发人心。宋元戏剧中悲欢离合、风花雪月、烟花粉黛之剧占了很大比重，重要的原因即在于此。这对宋元裨补风教的戏剧功能观是一个不小的冲击，但客观上也为元末明初统治者强化风教、禁毁戏剧提供了口实。

儒家诗教对宋元戏剧观念的影响，还表现在审美创造和美学评价上。宋元杂剧，尤其是元前期杂剧，具有很高的美学价值，元代戏剧批评家曾给予很高评价。他们的评价主要着眼于戏剧的曲词、声律和音韵，而对戏剧冲突、人物形象、舞台艺术等则不甚重视。这主要是因为戏剧本体观限制了他们的视野，同时也是儒家诗教影响的结果。他们严格承袭着传统的批评方法和价值尺度，强调词曲的“声依永，律和声”和“八音克谐”①，讲究中和之美，崇尚自然之音。周德清对王实甫、关汉卿、马致远等人的词曲的评价，可以说代表了有元一代的基本看法，反映了元代戏剧批评反对做作、主张自然通神、音律和谐的共同美学见解。他认为，自从关汉卿、马致远等人开创了戏剧创作的新局面，北杂剧就“字能通天下之语，韵共守自然之音”②，评价曲词，他是质文并重，所谓“造语必隽，用字必熟。太文则迂，不文则俗。文而不文，俗而不俗”，雅

---

① 《尚书·虞书·舜典》。

② 〔元〕周德清：《中原音韵·起例》。

俗共赏，文质彬彬，恰与儒家诗教相吻合；他提出了“耸观耸听”“格调高、音律好”的戏剧美学批评标准，并从词曲的格调和音律两方面肯定了关汉卿等人杂剧创作的美学价值。不幸的是，周德清这种本来就有较大片面性的戏剧美学批评竟然又被一些戏剧批评家们片面地理解和运用了，他们从音韵学和演唱的角度对宋元戏剧进行美学评价，戏剧美学批评挤进了狭窄的甬道。之所以出现这种现象，除了戏剧艺术刚刚进入成熟期，真正的戏剧美学批评尚未建立，以及以词曲和演唱为主体的戏剧本体观的影响等原因外，最主要的是持有政治文化特权的统治阶级和封建文人对戏剧和戏剧艺术家的偏见，他们一方面用儒家诗教要求和评价戏剧，一方面又对戏剧作家、艺术家和他们的艺术创造表现出带有明显的等级贵贱之见的蔑视，把杂剧艺人与所谓“十恶奸盗之人”等而视之，认为优伶演剧“聚集人众，充塞街市，男女相混，不唯引惹斗讼，又恐别生事端”①，公开禁戏。元代统治者实行的戏剧政策，是用强制手段限制戏剧作家、艺术家的个性意识，试图从根本上扼杀他们富有批判精神和艺术个性的审美创造。这对元人杂剧创作和戏剧理论批评，无疑是一道紧箍咒，正是这道紧箍咒，使元人杂剧长时间徘徊于审美与教化之间，造成了戏剧理论批评的严重缺陷，而某些戏剧批评则干脆迎合统治阶级的需要，用教化的观点批评和评价戏剧，对于戏剧的审美特性和美学价值只是偶尔有那么漫不经心的一瞥，有元一代戏剧理论批评的缺憾就是不可避免的了。明初统治阶级唯重教化，戏剧美学批评一再受冷落，直到明嘉靖年间方才出现真正的转机。

从泛戏剧到戏剧的自觉，是宋元戏剧的显著特征。它开始了戏剧创作和戏剧理论批评的自觉时代，对宋元戏剧观念的形成具有决定意义的作用，而宋元戏剧观念的形成，反过来又促进了元杂剧的繁荣，加速了真正的戏剧理论批评的建立，并对明清戏剧创作、戏剧观念和戏剧理论批评产生了深远的影响。认真探讨一下宋元戏剧观念的形成、特征及主要内容，对全面了解中国戏剧创作、

① 《元典章·刑部》“杂禁”。

戏剧观念和戏剧理论批评的历史走向，了解中国戏剧与儒家文化及相关艺术的关系，对新的戏剧观念的建立和戏剧艺术的振兴，都是很有意义的一件事情。希望本文能够引起更多的戏剧研究者对这一问题的重视。

（原载《内蒙古师范大学学报》1988 年第 2 期，《高校文科学报文摘》1989 年第 1 期作了摘要）

元人杂剧的时空观念论略

伴随着戏曲艺术的发展完善，舞台时空与生活时空的关系逐渐为人们发现和认识。迄元，北杂剧空前繁荣，杂剧艺术家在共同的艺术实践中不断总结艺术经验，对舞台时空与生活时空关系的认识，趋于一致和固定。于是，一种为众多的元杂剧作家所接受，并融贯于元杂剧的创作和演出之中的、具有时代规定性的戏曲时空观念形成了。元人杂剧时空观念的形成，对我们整个民族的戏曲艺术尤其是戏曲舞台艺术的发展，产生了巨大而深远的影响，以至于我们至今仍不能摆脱元人杂剧时空观念的束缚，而形成一种新的、适应时代发展节奏和观众审美需要的戏曲艺术观，尚不能完全摆脱其影响而创造出一种全新的艺术形式。为了全面地总结元人杂剧的艺术经验，振兴中华戏曲艺术，探讨一下元人杂剧的时空观念，就显得很有必要了。

一、用“真实”的尺度要求元人杂剧是一种失误

元人杂剧是以假定和虚拟为特色。它遵循舞台时空与生活时空和谐统一的原则，是假中求真的艺术。而我们一直视其为写实的艺术，用“真实”的尺度来衡量它。这是我们的失误。

戏曲时空观念是在长期的戏曲艺术实践中形成和固定下来的，它反映出人们对舞台时空与生活时空关系的认识。随着人们对舞台时空与生活时空关系的

认识的不断深化，戏曲时空观念也在不断发生变化。元人杂剧时空观念的形成，正是人们的认识逐步深化的结果。它用假定性的舞台时空，代替真实的生活时空，通过假定人物的虚拟化表演，把生活中发生的事情重现于假定时空之中。因此，元人杂剧是一种假定与虚拟的艺术。无论是以现实生活为题材的时事剧、爱情剧、道德剧，还是以历史事件或历史人物为题材的历史剧，亦或是充满神秘色彩的神仙道化剧，杂剧艺术家都毫无例外地运用了假定性时空与虚拟化的表演。元人杂剧在汲取宋金杂剧经验的基础上，用假定性的舞台时空（演出场所及演出时间）取代生活时空，为假定人物（演员）提供了一个可变性极强的表演场所。不仅如此，他们还通过演员虚拟化的表演以及置景、道具、音响、效果等其他舞台艺术，来揭示或表现各种各样的生活时空。他们借助艺术化了的假定与虚拟，把诸多有补于世或可娱人耳目的生活事件搬到杂剧中。在这一艺术实践过程中，他们“精骛八级，心游万仞”，广阔地驰骋艺术想象，经过高度的艺术抽象和艺术概括，把社会大舞台与戏曲小舞台统一起来，假定性的舞台时空与真实的生活时空达到了和谐统一，启发和调动了观众对戏曲时空的审美感知。假定性与虚拟性成了舞台演出的元杂剧的基础，成为元杂剧最为明显的艺术特征。

元杂剧这种以假定性与虚拟性为特色，力求舞台时空与生活时空和谐统一的艺术经验，为后来的戏曲和其他舞台艺术借鉴和汲取，进而形成了我国戏曲艺术的民族特色。然而，无论元杂剧的创作者还是观赏者，都不认为艺术的夸张和虚拟是超现实的，更不会把它们视为对生活真实的歪曲。他们能够从演员的虚拟化表演中真切地感受到生活中曾经或正在发生的一切，根据假定的舞台时空想象出真实的生活时空。这一点深刻地表明了元人杂剧假中有实、假中见真的艺术特征。正是这种特征把杂剧家、演员同观众沟通起来，他们不仅不认为杂剧艺术的假定与虚拟是作假或虚假，相反，却把它看作求真摹真的艺术途径。元人杂剧的时空观念正是在这样的艺术实践中逐步形成的。

但是，在长期的戏曲活动和戏曲欣赏中，很多人一直把元人杂剧当作写实的艺术来对待，用“真实”的尺度和求实的眼光去审视它，而忽略了作为舞台演出艺术的元杂剧假中见真的特性，因而很难理解它的假定性与虚拟性。这种情况的出现，或许与我们经常运用的真实性批评标准有关，许多人已经习惯于用真实性衡量文艺作品的得失，忽视了戏曲艺术尤其是科学技术还比较落后的元人杂剧艺术的特性。如果把真实性标准运用于纯文学的元人杂剧，那是应该的，而且也是必需的。然而，元人杂剧不仅是文学，更是一种舞台艺术。因此，只有认识了它的舞台性，才能做出合乎实际的科学评价，才能有继承和发展。在没有认清元人杂剧的真实面目，没有充分重视其假中求真的艺术特性的情况下，就轻易地用真实性的尺度衡量它，因而形成了一种错觉，似乎元人杂剧就是一种写实的艺术，而我们今天的戏曲则是这种写实艺术的继承和发展，进而导致了用写实的标准来要求20世纪80年代的戏曲。戏曲不同于电影，也不同于话剧。电影是实中见真的艺术，话剧是实中求真的艺术，而戏曲则是假中求真的艺术。实中见真或实中求真相对比较容易，而假中求真则比较难。因此，戏曲舞台时空不能像电影或话剧那样采用写实化手法。虽然现代戏剧艺术较之于元人杂剧有了很大发展变化，但它们在假定性和虚拟化这一根本特性上，仍然是一致的。在写实性这一点上，戏曲不能同电影、电视、话剧争一席之高下，但在假定性与虚拟化上，它却可以大显身手，使电影等其他现代艺术相形见绌。这是由于人们的艺术观念和审美标准不同造成的，但归根结底是由于它们的本质特征不同。一部成功的戏曲，应该是假定性与虚拟化的和谐统一，二者不能相互抵牾，否则舞台时空与生活时空的关系就会出现矛盾现象。用“真实”的尺度要求戏曲，是无视戏曲艺术的基本特征，所以戏曲舞台时空的假定性往往因写实的表演和舞美而变得虚假不可信了。

二、元人杂剧处理舞台时空与生活时空关系的经验

元人杂剧的时空观念是建立在杂剧艺术假定性与虚拟化的特性之上的。它可以根据剧情发展的需要，通过演员虚拟化的表演，借助一定的舞美手段，表

现和揭示舞台时空与生活时空的内在联系。

戏曲是表演艺术，也是舞台艺术。要在有限的舞台时空内表现生活，塑造人物，演绎历史事件，首先会遇到舞台时空与生活时空的矛盾。元人杂剧的时空观念，主要就反映在对这对矛盾的处理上。元杂剧艺术家在舞台时空的假定性与表演虚拟化的关系上下功夫，借助演员的身段、动作、曲白以及有限的舞美手段，启发或调动观众的直接生活感受和间接社会想象，以造成舞台时空接近或等同于生活时空的艺术效果。正因为如此，元人杂剧的舞台时空才具有很强的变动性，它可以根据剧情发展的需要，通过演员虚拟化的表演，随时变换舞台时空，以表现生活时空发生的变化。元人杂剧艺术家大胆设想、勇于创造，不仅使杂剧艺术迅速趋于繁荣，而且形成了一种较为固定的、有广泛影响的戏曲时空观念。具体表现在以下四个方面。

其一，利用舞台时空的顺移，表现生活时空的连续性。

元人杂剧的舞台时空如行云流水，随着剧中人物舞台位置的变化而变化，演员到什么位置，就有什么样的舞台时空相伴随。只要演员到，一句台词，一个动作，便可表现或揭示出特定的生活时空。这种通过同一演员（确切点说是同一剧中人物）舞台位置的顺移来揭示生活时空的连续性的方法，简单易行，普遍地为元人杂剧艺术家所采用。如《窦娥冤》一剧中蔡婆婆索钱一段：

（卜儿蔡婆做行科，云）蓦过隅头，转过屋角，早来到他家门首。赛卢医在家吗？

(卢医云) 婆婆，家里来。

(卜儿云) 我这两个银子长远了，你还了我罢。

(卢医云) 婆婆，我家里无银子，你跟我庄上去取银子还你。

(卜儿云) 我跟你去。(做行科)

(卢医云) 来到此处，东也无人，西也无人，这里不下手等什么？

蔡婆婆做个圆场，就从城内来到城外；又做个圆场，生活时空又发生了变化。演员两次“做行科”，只是舞台位置发生了两次变化，生活时空却是从此到彼，又从彼到另一时空。但实际上，仍是两个演员，一个舞台。演员无须上下场，亦不用变换舞美，只是顺移一下演员在舞台上的位置，演员做几个虚拟化的舞台动作，生活时空的连续性就清楚地显示出来了。

通过演员宾白的顺接和舞台位置的变化，来表现生活时空的连续性，也是元人杂剧艺术家常用的手法。如《冻苏秦》第三折，张仪激苏秦上进，苏秦不理解，张仪逐客一段，即是典型的例子：

（正末苏秦云）点汤是逐客，我则索起身。

（张千云）点汤。

（正末云）我下的这厅阶来。

（张千云）点汤。

（正末云）我来这门楼底下。

（张千云）点汤。

（正末云）这门楼底下也喝点汤？

随着张仪“点汤”的喊声，苏秦的舞台位置发生了连续性变化，由客厅至厅阶，从厅阶又顺移到门楼底下。演员宾白的顺接，配合舞台位置的变化，表明舞台时空发生了变化（在这一过程中，舞美的变化基本可以忽略），而舞台时空的变化，则又表现了生活时空的连续性。除了演员舞台位置的变化外，舞台上其他一切依旧，但杂剧作家、演员和观众却是“心有灵犀一点通”，他们都能够从演员宾白的顺接和舞台位置的变化中，体会到舞台时空与生活时空之间的那种密不可分的内在联系。

其二，通过演员上下场或场次变化，表现生活时空的跳跃性。

较之于现代戏剧艺术，元人杂剧的舞台规定性似乎更为严格一些。元人杂剧一般是每剧四折，这就使它们的演出时间接近一致；每折分别由正末或正旦主唱，场景变化围绕着他们而展开，这就相对地减少了舞台空间变化的随意性。尽管如此，元人杂剧的舞台时空依然有很强的变动性和灵活性。它可以根据演员的上下场或场次的变化，表现生活时空的大幅度变化。剧情中有什么样的生活时空，就会出现什么样的舞台时空，不论越时多久，距离多远，变化多大，都可以在舞台上得以表现。《汉宫秋》一剧，开始是毛延寿上场，奉旨选美。毛延寿下场后，紧接着是王嫱上场，念了四句上场诗：“一日承宣入上阳，十年未得见君王。良宵寂寂谁来伴，唯有琵琶引兴长。”两个演员这一下一上，十年时间倏忽而过。毛延寿如何入川选美，王嫱如何进宫，入宫十年间王嫱是如何度过的，等等，都在这一下一上中完成了。《赵氏孤儿》的时空处理也是这样。屠岸贾上场、下场、再上场，念了几句开场白，二十年过去了，赵氏孤儿从盈月的婴儿，长成了知文精武的男子汉。上下场之间，充其量不过三五分钟，但由于剧情发展的需要，舞台时空瞬间的变化，显示了生活时空发生的跳跃性变化。

比较起来，通过演员的上下场或场次的变化表现生活时空跳跃性变化的情况，要更多更普遍一些。《墙头马上》第一折中裴行俭和李总管的一上一下，生活时空从长安移至洛阳；《谢金吾》中，杨令公三关报信，杨延景从三关回到东京，舞台时空一会儿是东京，一会儿是三关，一会儿又是东京，千里之程，东京三关，随着演员的上下场而出现或消失。而实际上，舞台还是那个舞台，舞台置景也没有发生变化，但透过演员的表演和台词，观众对舞台时空的变化已经形成了默契，表示认可。至于用变换场次表现生活时空的变化，就更为广泛地运用了，几乎每一剧目，甚至每一场次，都是如此。应该说，不论元人杂剧，还是今天的戏曲，在舞台上表现生活空间的变化比表现生活时间的变化要更难一些，然而，对于元人杂剧来说，生活空间与时间的处理一样轻而易举。数年、数十年的时间，弹指之间便可结束；遥隔千里万里的空间，可以在演员的上下场或场次的变化之中来实现。

其三，分解舞台时空，以表现舞台时空的一致性。

舞台时空的假定性，为元人杂剧分解舞台时空提供了现实可能性。在现代戏曲舞台上，用分解舞台时空的方法表现生活时空的一致性，已属常见。然而，对于元人杂剧来说，却是一个了不起的创造。在元代戏曲艺术家看来，舞台时空不仅是一个完整的艺术体，而且是一个可以分解的舞台艺术体，必要的时候，它可以分解成两个或更多一些的时空，以表现生活时空的一致性。《西厢记》“崔莺莺夜听琴”一折，舞台以假定的花墙为界，一分为二，一边是张生抚琴，一边是莺莺轻舒歌喉，虽仅一墙之隔，却迥然两个天地。这样的处理，看似分解舞台时空，其实则表现了生活时空的一致性，通过分解舞台时空，把生活时空合成给观众看。《墙头马上》一剧，裴少俊与李千金邂逅，一见倾心，互约佳期，也是通过分解舞台时空来表现的。他们一个在花园之内，一个在花园之外，隔墙相望，当为同一生活时空。然而，移植到舞台上之后，就必须用分解舞台时空的方式来处理，不然就不易揭示这一偶发事件在生活时空中的联系。用分解舞台时空的方法，显示生活时空的相互联系，是元人杂剧处理舞台时空与生活时空关系的一种成功艺术经验。它反映出元人杂剧艺术家对舞台时空与生活时空相互关系的理解与把握，从一个方面表明了元人杂剧的时空观念。

其四，根据剧情发展和舞台演出需要而浓缩生活时空，使之符合舞台规定性。

元人杂剧的舞台时空处理，是以剧本所提供的生活时空为依据的，它的使命就是努力协调舞台时空与生活时空的对应关系，让观众从假定性与虚拟化中感受或想象到生活的“真”。因此，元人杂剧处理舞台时空，不是消极或被动地去适应生活时空，而是具有相当大的时空处理主动权。元杂剧艺术家可以根据剧情发展和舞台演出需要，浓缩生活时空，使之符合舞台规定性。所谓舞台规定性，是指舞台所占空间及演出时间对舞台艺术的制约和限制作用。任何一种舞台艺术都不可能不考虑舞台规定性；脱离了舞台规定性，就谈不上什么舞台艺术。元人杂剧在处理舞台时空与生活时空的关系时，充分注意到了戏曲艺术的舞台规定性，把不易表现的放在幕后，或经过浓缩处理之后再搬上舞台。如《马陵道》第二折庞涓令捉拿孙膑一段，庞涓说一声“与我拿将孙子来者”，刀斧手就立即把孙膑捉拿过来，至于怎样捉拿，捉拿中有何曲折，则放在幕后处理了。《赚蒯通》一剧中，萧何看到韩信权力太重，遂令人请樊哙密谋剪除韩信之计：

（萧何云）……令人与我请将樊哙来者。

（祇候云）理会的。樊将军有请！

（净扮樊哙上，诗云）……有丞相令人来请，不知何事。须索走一遭去。可早来到也。令人报复去，道有樊哙下马也。

（祇候报科，云）报的丞相爷得知，有樊哙到于门首。

（萧何云）道有请。

萧何与樊哙，一个在相府，一个在官邸，一个在台上，一个在幕后，然而，台上说声“有请”，被请者立马就到。怎样去请，怎样而来，都浓缩在请与被请的几声通报中。元人杂剧把许多不易或不便在舞台上表现的，都放在幕后处理，避免了剧情和表演的拖沓冗杂，使得剧情发展紧凑而又富有跳跃性。这是元人杂剧处理舞台时空与生活时空关系的又一成功经验，后世戏曲艺术家从中得到不少教益和启示。

三、元人杂剧时空观念的意义和启示

元人杂剧依照假中求真的原则处理舞台时空与生活时空的关系，形成了以假定性和虚拟化为主要特征的时空观念。杂剧艺术家虽然也借助置景、道具等舞台美术，但并不依赖它们，而主要是通过演员的表演和曲白来揭示时空的变化。和现代戏曲艺术比起来，元人杂剧的舞台置景和道具可谓十分简单，后场挂一块配有一两个图案的天幕，中场大多数情况下都是一桌二椅，左右分别为上下场门，道具则是随时随需而定。这些简单的舞台布置，仅仅是表明舞台的存在，不代表任何生活时空。只有当演员上场表演时，它们才获得了具体而实在的意义。所以，表演和曲白在元人杂剧的舞台时空处理中具有极为重要的意义和作用。演员一举手、一投足、一句宾白、一支曲子，都可以表现生活时空的变化。如果需要运用置景、道具或其他舞台艺术手段，也只是在某一方面强调或突出规定情景，提醒观众注意而已。

但是，由于元人杂剧过于偏重演员表演和曲白在揭示舞台时空与生活时空关系中的作用，较少借重舞台美术，这就使得观众常常如雾里看花，总有一种隔膜感，觉得舞台上发生的一切很“像”，而不以为它们很真。应该说，这是元人杂剧艺术的弱点。到了现代，不少戏曲艺术家看到了元人杂剧的不足，并着手解决这些问题，较多地使用了现代化的科技和艺术手段，戏曲舞台时空的处理有了很大变化，也有了长足进步，舞台美术越来越写实化，越来越逼真，舞台时空与生活时空的距离似乎更近了。这应该是舞台时空处理上的进步。但是，我们也非常遗憾地看到现代戏曲舞台上出现的另一种现象，那就是舞台美术处理的写实化和演员表演的虚拟化的矛盾。令人更加遗憾的是，许多戏曲工作者并没有意识到这一矛盾，甚至还在加剧这种矛盾。戏曲是舞台艺术，更是表演艺术，在表演尚未摆脱假定化、虚拟化、程式化而进入写实化的时候，就是说在演员没有丢掉表演（或做戏）的意识而全身心地进入角色和规定情境时，用写实化的方法处理舞台时空，只能收到相反的效果。表演是戏曲艺术的核心，也是舞台时空处理的基本手段之一。舞台时空处理应该服从服务于表演的需要，而不是与表演相背离，至少不能与表演发生矛盾。如果表演是虚拟化的，而舞美却追求写实化，那么只会加剧表演与舞台时空的矛盾。因此，脱离表演艺术的需要来处理舞台时空，与戏曲艺术的规律是背道而驰的。

表演的虚拟化、程式化与舞台时空处理写实化的矛盾，在元人杂剧和明清传奇中虽然也时有表现，但总的来说，虚拟化的表演与假定性的舞台时空基本上是和谐一致的。之所以能够出现这样一种现象并长期得以保持，重要的一条就是元人杂剧的时空观念一直在发生着有力的影响。表演的虚拟化、程式化与舞台时空处理的写实化的矛盾，只是在现代科技日渐增多地运用于戏曲舞台美术的时代才逐渐突显出来的。现代科学技术的发展和其他舞台艺术的完备化、系统化，促使人们重新认识戏曲艺术的特征，探讨戏曲艺术的规律，校正自己的戏曲观念，于是，戏曲舞台发生了许多充溢着现代气息的变化。这是时代的挑战，是新艺术对旧的戏曲艺术的挑战。它迫使古气十足的戏曲艺术向时代靠拢，向时尚靠拢，向新的方向发展。元人杂剧舞台时空与生活时空的和谐一致被打破了，一些观众开始用写实的眼光去审视舞台时空的变化，如此一来，表演的虚拟化、程式化与舞台时空的矛盾就越发凸显了。表演虽然仍处于核心地位，但由于舞台时空处理的日趋现代化，表演在舞台时空处理中的作用明显地削弱了。

写实化是各种舞台艺术处理的基本发展趋势。在这一趋势下，用写实化的舞台时空代替假定性的舞台时空，就成为各种舞台艺术必须面对的重大课题。因此，必须突破元人杂剧时空观念的束缚，根据现代艺术的特性及观众的审美心理和欣赏要求，调整舞台时空与生活时空的关系，创造适应现代生活节奏的表演方式和表演技巧，使之符合广大观众的审美心理和欣赏要求，这就需要表演艺术向写实化、生活化、时代化靠拢，与舞台时空的写实化相一致。唯其如此，舞台时空和表演艺术才能形成新的协调统一，即写实化的舞台时空与真实化、生活化的艺术表演相统一。

（原以笔名“夏炜”发表，载《中华戏曲》第1辑，山西人民出版社1986年出版，收录时作了必要订正）